Der erste Kreuzritter

ERZÄHLTE GESCHICHTE

Gunter Haug

Der erste Kreuzritter

Das abenteuerliche Leben des Swigger von Gundelfingen

Historischer Roman

DRW-Verlag

Dem Andenken an Hans Römer gewidmet,
dem Bewahrer von Burg Hohengundelfingen vor dem Zerfall

Weitere Informationen über Hohengundelfingen:
www.hohengundelfingen.de

ISBN 3-87181-013-4

Produktion: Verlagsbüro Wais & Partner, Stuttgart

Einband und Schutzumschlag: Das Wappen „Die Gundelfinger“ stellte Stefan Römer zur Verfügung. Die grafischen Elemente erstellte Andreas Härlin, die Gestaltung besorgte Hans-Jürgen Trinkner, Verlagsbüro Wais & Partner.

Übersichtskarte: Kartographiebüro Dieter Ohnmacht, Frittlingen
Gesamtherstellung: Karl Weinbrenner & Söhne GmbH & Co. KG, Leinfelden-Echterdingen

Bestellnummer: 013

Stuttgart
Lorch
Hohenstaufen
Donauwörth
Remigiusberg
Neckar
Donau
Tübingen
Achalm
Reutlingen
Justingen
Ulm
Augsburg
Gundelfingen
Steusslingen
Iller
Zwiefalten
Lech
Biberach
0
40 km
Nordsee
Ostsee
Hamburg
Stettin
Danzig
Breslau
Mainz
Prag
Dnjepr
Regensburg
Wien
Gundelfingen
Donau
Mailand
Venedig
Genua
Belgrad
Donau
Schwarzes Meer
Adrianopel
Konstantinopel
Korsika
Rom
Nicaea
Dorylaeum
Sardinien
Ikonium
Palermo
Athen
Antiochia
Sizilien
Zypern
Tripolis
Tunis
Kreta
Damaskus
Mittelländisches Meer
Jerusalem
Tripolis
Alexandria
Kairo
Nil
N
0
200 km
Der 1. Kreuzzug (1096-1099)

Wer sie waren und woher sie kamen:

Auszug aus der um 1560 entstandenen „Chronik der Grafen von Zimmern“ über den Tod von Schweikhardt, dem letzten Gundelfinger:

„Anno 1546 ist er zu Neufra in gutem Alter gestorben und mit ihm ist das uralte Geschlecht und Herkommen der Freiherren von Gundelfingen abgestorben, auch Schild und Helm mit ihm zu Neufra in der Pfarrkirche begraben worden (...)

Seine Voreltern sind nach ihrem Herkommen die alten, rechten Herzöge von Bayern, vor den Grafen von Scheyern. Es soll der erste im Geschlecht, der sich Freiherr von Gundelfingen geschrieben hat, einen seiner nächsten Vettern und Verwandten, einen Herzog in Bayern, im Zorn entleibt haben und deshalb hat er zur Strafe den fürstlichen Titel ablegen und damit von allen seinen Gütern und seinem väterlichen Erbe weichen müssen.

Er hat eine Barschaft mit davon gebracht und ist damit an die Lauter herauf in die Alb geraten, da haben er und seine Nachkommen sich nach und nach Land gekauft, Schlösser und Häuser gebaut, wie Gundelfingen, Derneck und andere. Und so ist sein Sach damals nach Gestalt und Gelegenheit wohl gestanden. Ein römischer Kaiser hat ihm dazumal sein bayerisches Wappen geändert und ihm anstatt der blauen und weißen Wecken zur Strafe einen roten Hagdorn in einem goldenen Feld gegeben, soviel, als ob er mit einem feurigen und brennenden Dorn vom Land und allem väterlichen Erbe gewiesen sei ...“

Und so könnte es gewesen sein ...

1

Mitte Oktober 1099

Er würde es schaffen! Er würde sie wieder sehen! Sie wieder in seine Arme schließen dürfen: die Mutter – und das Kind! Das Kind! Seinen Sohn! Nach dieser schier unvorstellbar langen Zeit, die seit seiner Abreise vergangen war! Trotz all jener zahlreichen und schweren Kämpfe, die er lebend überstanden hatte – im Gegensatz zu vielen der unglücklichen Weggefährten. In der lebensfeindlichen Gluthitze Kleinasiens! Eine unversehrte Rückkehr war ihm völlig unmöglich erschienen. Mit Grausen dachte Swigger an die letzte Schlacht zurück, die sie vier Wochen nach der Eroberung von Jerusalem mit den Heiden hatten ausfechten müssen. Die Schlacht bei Askalon, wo viele der Gefährten den Tod fanden, die sich längst zur ersehnten Heimreise gerüstet hatten. Der Tod, dem auch er in jenen Tagen nur mit knapper Not entronnen war. Völlig überraschend war die Gegenoffensive der Heiden in der Nähe der Stadt am Mittelmeer über sie gekommen. Gerade als er mit den Venezianern handelseinig geworden war, um sich gegen eine gewaltige Summe des bei der Eroberung erbeuteten Goldes zur Rückreise auf einer Galeere der oberitalienischen Stadt einzuschiffen. Zähneknirschend hatte er den Wucherpreis akzeptiert, denn keinesfalls wollte er für seine Rückkehr den Landweg wählen, auf dem neue monatelange Strapazen drohten: Durst, Hunger, Überfälle. Nein, selbst wenn es ihn die gesamte Beute gekostet hätte: er wollte nur noch nach Hause. So schnell wie irgend möglich. Zurück nach Hause! Doch dann war urplötzlich dieses riesige Heer der Ägypter am Horizont erschienen und hatte die entsetzten Ritter zum Kampf herausgefordert. In wilder Hast hatten sich die Kreuzfahrer formiert und den Feind schließlich mit der Kraft ihrer Verzweiflung bezwungen.

Ein Sieg, der einem Wunder gleich kam. Gottes Hilfe war ihnen neuerlich zuteil geworden!

Vorsichtig tastete Swigger von Gundelfingen nach den beiden winzigen dunkelgrünen Glasfläschchen, die mit einer Schnur versehen an seinem Ledergürtel baumelten. Einzig und allein auf deren kostbaren Inhalt führte er sein Überleben in jenem letzten grausamen Gemetzel zurück. Zwar hatte das wiederum eine gewaltige Summe gekostet, doch es war ihm einerlei gewesen. Denn immerhin hatte er damit sein Leben gerettet. Mit der wundertätigen, durch das Blut der unschuldigen Kinder von Bethlehem getränkten Erde im einen Fläschchen und Dank der magischen Kraft des weißen Pulvers in der zweiten Glasphiole, in dem sich die Milch der Jungfrau Maria befand. Milch, die seinerzeit aus Marias Brüsten auf den Boden der Höhle in Bethlehem getropft war, wo sie sich nach der Geburt des Erlösers aufgehalten hatte. Mit dem Erdboden vermischt war die heilige Milch zu Pulver getrocknet. Jahrhunderte lang, über viele Generationen hinweg, war das heilige Pulver dann von gottesfürchtigen Menschen vor dem Zugriff der Heiden versteckt worden. Erst jetzt, nach der Befreiung Jerusalems, war es wieder aufgetaucht. Kein Preis der Welt wäre ihm dafür zu hoch gewesen. Er hatte recht gehandelt. Denn schneller, als er dies jemals vermutet hätte, war ihm der wundersame Schutz der Muttergottes zuteil geworden. Hätten seine Gefährten doch nur ebenfalls zugegriffen, anstatt ihn mit höhnischen Worten zu verspotten! All jene hatte er im feindlichen Staub der Wüste begraben müssen, fern der Heimat, die wieder zu sehen ihnen nicht mehr vergönnt war.

Im Gegensatz zu ihm selbst, Swigger von Gundelfingen: in wenigen Augenblicken würde er wieder an den Ort zurück kehren, von dem er vor nahezu drei Jahren aufgebrochen war, um zusammen mit tausenden von abendländischen Rittern das Heilige Grab und all die anderen Stätten der Christenheit im Heiligen Land aus den Händen der Heiden zu befreien. Was ihnen in diesem brütend heißen Sommer des Jahres 1099, der so viele Opfer gefordert hatte, mit der Eroberung von Jerusalem schließlich auch gelungen war!

Nur wenige Tage nach der verlustreichen Schlacht von Askalon war die stinkende Galeere, die von den Venezianern als Schiff bezeichnet wurde, in See gestochen. Die Winde waren ihnen überwiegend günstig gewesen und so konnten Swigger und einige weitere unter den wenigen Überlebenden deutschen Rittern samt ihren Knappen tatsächlich schon nach nicht einmal drei Wochen währender Seereise im Hafen von Venedig an Land gehen.

Nach einigen Mühen, was den Erwerb zweier maßlos überteuerter Pferde betraf, war es ihm und seinem Knappen Frieder gerade noch vor dem ersten Wintereinbruch in den Alpen gelungen, den Brenner zu überwinden. Jenen Pass, an den er aus den vergangenen Jahren so manche Erinnerung hegte, die ihn noch heute frösteln machte.

Aber nun, in diesen sonnendurchfluteten Oktobertagen hatte er mittlerweile die Hochfläche über dem Tal der Lauter erreicht. Es war ihm also tatsächlich vergönnt, den vor vielen Jahren auf sein Geheiß erbauten stolzen Sitz seiner Familie wieder zu sehen! Einige wenige Schritte des Pferdes noch, dann würde er den Berg wieder erblicken können, auf dessen Spitze die Burg thronte. Im Vergleich zu den mächtigen Anlagen im Heiligen Land oder gar in Italien zwar klein und bescheiden, doch auch dies würde sich schon in wenigen Jahren ändern.

Urplötzlich war es in diesem Moment wieder da. Dieses unbeschreibbare Gefühl, als er das ruhige stille Tal so friedlich vor sich liegen sah. Vor Jahren war es ihm schon zur neuen Heimat geworden. Dasselbe Empfinden wie in jener lange zurückliegenden Zeit, als er das Tal unmittelbar nach den dramatischen Geschehnissen um seine Verbannung aus der alten Heimat zum ersten Mal in seinem damals noch jungen Leben zu Gesicht bekommen hatte. Jenen Landstrich, der ihm von seinem Onkel Anno von Steusslingen, dem mächtigen Erzbischof von Köln und ehemaligen Regenten des Salierreiches, als neues Herrschaftsgebiet zugewiesen worden war. Weitab der anfangs so schmerzlich vermissten Heimat. Doch in der Tat hatte es sich um den letzten rettenden Strohhalm gehandelt, der ihm noch verblieben war. Mehr als einmal war ihm dies von Anno mit drastischer Bitterkeit verdeutlicht worden. Es war die einzige Möglichkeit gewesen, die Schande, die Swigger mit seiner unbedachten Tat über die gesamte Familie gebracht hatte, zu tilgen. Die Schuld zu sühnen – nichts anderes war fortan seine Bestimmung.

Fürwahr – er hatte einen bitteren Preis bezahlen müssen!

Es war dieser Wunsch nach einer endgültigen Reinwaschung von aller Schuld, die ihn noch als alten Mann dazu bewogen hatte, das Kreuz zu nehmen. Einzig und allein aus diesem Grund hatte er sich im Jahr 1097 dazu entschieden, im Alter von immerhin schon mehr als 44 Jahren am ersten Kreuzzug der abendländischen Ritterschaft teilzunehmen! Nur deshalb hatte er die Gefahren der langen und beschwerlichen Reise mit den vielen grausamen Schlachten auf sich genommen und seinen Besitz den Händen des Vogtes anvertraut. Schweren Herzens zwar, aber es gab kein Zurück. All seine Lieben – wie sehr er sie vermisst hatte! Vor allen anderen Swigger, seinen kleinen, damals knapp zehnjährigen Sohn. Seine ganze Hoffnung!

Tapfer hatte er die Bürde auf sich genommen, um sich endgültig rein zu waschen von dem Mord, den er vor vielen Jahren als junger Mann im Jähzorn begangen hatte. Um die Schuld von seinem ganzen Geschlecht zu nehmen. Um der Zukunft seiner Familie willen! Es war ihm unter Einsatz seines Lebens gelungen!

Nun also war es ihm nach nahezu drei Jahren vergönnt, die neue Heimat wieder zu sehen.

Durch die im gleißenden Sonnenlicht in allen Farben des Regenbogens erstrahlenden herbstlichen Blätter der mächtigen Buchen schimmerten die Umrisse des Bergkegels auf, um den sich das kleine Flüsschen schlängelte und auf dessen Gipfel erhaben der Herrensitz thronte. Die auf Swiggers Geheiß errichtete Stammburg des Geschlechts der Herren von Gundelfingen! Oben, auf der hölzernen Spitze des Turmes, bauschte sich die rot – gelbe Fahne der Gundelfinger im leichten Herbstwind. Der „rote Hagdorn auf goldenem Feld“: das neue Wappen seiner Familie. Das Erkennungszeichen der Herren von Gundelfingen!

Es war zu viel. Zu viel auf einmal. Selbst der grauhaarige, sonnengegerbte Ritter, der in den letzten Jahren so viele Gefahren für Leib und Leben tapfer überstanden und dabei mehr als einmal dem Tod ins Antlitz geschaut hatte, fühlte sich in diesem Augenblick klein, verletzlich und wehrlos. Überwältigt von den tiefen Gefühlen, die urplötzlich über ihn gekommen waren. Swigger von Gundelfingen ließ seinen Tränen freien Lauf.

Sein Sohn! Ob der den Vater überhaupt noch erkennen würde? Swigger II., der in diesem Jahr immerhin schon seinen zwölften Geburtstag gefeiert haben musste.

Und wie war es Bärbel ergangen, seiner heimlichen Gefährtin. Wie sehr freute er sich auch auf die Begegnung mit ihr, der Müllerstochter von der Wittsteige, mit der er seit Jahren schon eine versteckte Beziehung unterhielt. Über die im Kreise des Gesindes zwar getuschelt wurde, über die sie aber dennoch nichts Näheres wussten und falls doch, es auf gar keinen Fall auszusprechen wagten. Bärbel, die Mutter seines Sohnes... Gute 30 Jahre mochte sie inzwischen zählen. Nur wenige Augenblicke noch, und er würde sie auch wieder in die Arme schließen können. Vor aller Augen diesmal! Was sollte ihn fortan noch das Geschwätz seiner Lehensleute kümmern – und erst recht das der Leibeigenen!

Vom Tal her näherte sich ihm in gestrecktem Galopp ein Reiter. Es handelte sich um Frieder, seinen ihm treu ergebenen Knappen. Der Gefährte war am heutigen Morgen, sicherheitshalber wie er sagte, vorausgeritten. Nicht zuletzt, um die Burgbewohner von der überraschenden Wiederkehr ihres Herrn in Kenntnis zu setzen.

Frieder, der Knappe: der Sohn des Reisigen Friedbert. Des Mannes, der Swigger damals, nach dem Alptraum, im Auftrag des Erzbischofs Anno hierher in diese Gegend geleitet hatte. Bald schon würde Swigger nun dessen Sohn Frieder für all die treuen Dienste zum Ritter schlagen lassen, die ihm dieser nicht nur auf dem glücklich überstandenen Kreuzzug geleistet hatte. Herzog Friedrich von Staufen würde seinem Vorschlag sicherlich zustimmen und den Ritterschlag womöglich sogar persönlich übernehmen. Was durchaus folgerichtig wäre. Denn anschließend würde Swigger den treuen Frieder mit Grund, Boden und Leibeigenen belehnen. Auf dem Kapf oberhalb der beiden Weiler genannten Bauernhöfe, nahe der gundelfingischen Burg also. Mit der Maßgabe versehen, hier einen Wohnturm zu errichten. Samt einem hohen Aufbau, der es ihnen ermöglichen würde, weit in Richtung Süden zu spähen. In das Gebiet der Welfen hinein. Um Gundelfingen, den in diesem Teil der Alb am weitesten vorgeschobenen Posten der Kaiserpartei, noch rascher über mögliche Gefahren aus dem Welfenland in Kenntnis setzen zu können. Der Wohnturm seines künftigen Lehensmannes, des Ritters Frieder von Kapf: nichts mehr und nichts weniger als eine weitere Sicherung ihrer Alarmkette.

Kaum hatte der Kreuzfahrer diesen Gedankengang lächelnd zu Ende gebracht, da zügelte der Knappe auch schon das vom scharfen Galopp gezeichnete Pferd vor seinem Gebieter.

Swigger bedachte den anderen mit einem strengen Kopfschütteln: „Wieso gibst du dem armen Tier denn dermaßen die Sporen? Nach all den Wochen, die inzwischen vergangen sind, ist solche Eile weiß Gott nicht mehr notwendig! Deswegen reitet man sein Pferd doch nicht zuschanden!“

Ein weiterer prüfender Blick auf Frieder ließ ihn stutzen. Was stellte der denn für eine betretene Miene zur Schau?

„Frieder... na, was sagen sie? Haben sie womöglich nicht mehr an unsere Rückkehr geglaubt? Ich kann es ihnen kaum verdenken“, krächzte Swigger mit vor Aufregung heiserer Stimme, während er sein Herz bis zum Hals pochen spürte. Dieser Ernst! Weshalb dieser merkwürdige Ernst in den Gesichtszügen seines Knappen? Und wie sollte er den traurigen Blick deuten, mit dem dieser ihn bedachte?

Mein Sohn! Wie ein Messerstich durchzuckte Swigger von Gundelfingen der Gedanke, dass sich während seiner langen Abwesenheit etwas Schreckliches ereignet haben könnte.

„Was ist? Jetzt sprich schon! Ist es... handelt es sich um...ist etwas...“, die plötzlich aufkeimende Furcht machte es ihm schier unmöglich, den Namen seines Sohnes auszusprechen. Der alte Ritter schluckte trocken, bevor er all seine Selbstbeherrschung zusammen nahm. „Ist etwas mit... Swigger, meinem Sohn?“

Angstvoll starrte er in die betroffene Miene seines Gegenübers.

„Herr“, schlug Frieder verlegen die Augen nieder. Verzweifelt schien er nach den richtigen Worten zu suchen, während sich das beklemmende Gefühl mehr und mehr in Swiggers Brustkorb ausbreitete. Wieder griff er nach den beiden Glasfläschchen mit dem wundertätigen Inhalt an seinem Gürtel und nahm dann alle Kraft zu einer entschiedenen Aufforderung zusammen.

„Jetzt sprich schon! Auf der Stelle!“

Langsam hob Frieder seinen Kopf und begegnete ernst dem furchterfüllten Blick seines Herrn.

„Herr! Es ist... es ist etwas Schreckliches geschehen. Vor wenigen Wochen erst...“

Swigger von Gundelfingen schien es bei diesen Worten, als schwanke der Boden unter seinen Füßen. Es war etwas Furchtbares geschehen! Wie durch einen immer dichter werdenden Nebel hindurch drang Frieders bittere Nachricht an seine Ohren...

2

Rückblick

Frühjahr 1075

Niemals mehr würde dieser Alptraum von ihm weichen. Niemals! Der junge Ritter verzog das Gesicht zu einer schmerzvollen Grimasse, während sich die Worte durch den Nebel seiner Erinnerung drängten. Worte voller Mitgefühl, die sie ihm beim Abschied mit auf den langen Weg gegeben hatten. Einem Weg ohne Wiederkehr. Unbeholfen formulierte Sätze des Trostes. Reden von gespielter Zuversicht, die neue Hoffnung in ihm hätten wecken sollen. Aufmunternde Erkenntnisse von geradezu anrührender Banalität und Hilflosigkeit. Naive Feststellungen wie jene schlichte Volksweisheit, dass die unaufhörlich fortschreitende Zeit irgendwann ganz sicherlich alle Wunden heile. Irgendwann!

Swigger lachte bitter in sich hinein. Die Zeit! Von wegen! Nach wie vor handelte es sich um dieselbe zentnerschwere Last, die seit vielen Monaten auf seine Seele drückte. Und um kein Gramm war sie seitdem geringer geworden. Um kein einziges Gramm. Genau genommen seit nunmehr einem Jahr!

Nein! Kein Mensch brauchte ihm vorzumachen, er würde diese Bürde jemals abschütteln können. Kein Herzog, kein Graf, kein Priester, kein Mensch: gar niemand. Wie sollte er dieses denn auch bewerkstelligen?!

Und nun also lag es direkt vor seinen Füßen. Präsentierte sich seinen unruhig umherschweifenden Augen. Dieses Land. Die neue Heimat, in der sie jetzt angekommen waren, wie ihm Friedbert, der von Erzbischof Anno mit dieser Aufgabe persönlich bedachte Reisige, gerade eben erläutert hatte. Heimat! Er beschrieb eine unwirsche Handbewegung. Von wegen Heimat!

Ein Fluchtpunkt war es, nichts anderes. Ein letzter Ausweg. Man konnte es den Wendepunkt nennen, an dem sein Leben noch einmal neu zu beginnen hatte. Neu? Im Alter von 22 Jahren? Trotz der Last der Erinnerung? Wie sollte das denn gehen? Nicht neu also, doch immerhin eröffnete sich ihm Dank Annos großzügiger Geste die Möglichkeit, hier in dieser ihm völlig fremden Gegend ganz von vorne zu beginnen. Fernab der Heimat, die er wohl nie mehr wieder sehen würde. Getrennt von der Familie, von all seinen Freunden und Gefährten. Viele Tagesreisen entfernt von den vertrauten Gebäuden seiner Familie: ihrem stolzen Herrensitz, mit den sich kreisförmig herum gruppierenden, rasch wachsenden Dörfern und der Landschaft, in die er im Jahr 1053 hinein geboren worden war.

Die Landschaft! Müde fuhr sich der traurige junge Mann mit seiner rechten Hand, die in einem Handschuh aus weichem Ziegenleder steckte, über die Augen. Merkwürdig! Was auch immer es gewesen sein mochte: das Bild, das da gerade in sein Bewusstsein gedrungen war, ließ ihn plötzlich stutzen. Voller Verwunderung blinzelte er in das grelle Licht der Sonne, die in eben diesem Moment durch die Wolken gebrochen war und das Tal in einem märchenhaften Schein erstrahlen ließ.

In der Tat! Die Ähnlichkeiten mit der Heimat waren nicht zu übersehen. Allein die steilen schroffen Kalkfelsen, die jetzt weiß im Sonnenlicht erstrahlten und einen scharfen Kontrast zu dem blauen Himmel bildeten, der Dank des frischen Windes nun die letzten schmutzig grauen Regenwolken rasch verdrängte. Die nach dem regenreichen Frühjahr sattgrünen Wiesen der Talaue, durch die sich in zahlreichen Windungen ein schmales Flüsschen schlängelte. Verblüfft zügelte der Ritter sein Reittier und wandte sich fragend an den Beauftragten des Erzbischofs. „Hier also sind wir am Ziel? Ist es dieses Tal, von dem mein Onkel seinerzeit gesprochen hat?“

Der Reisige nickte bestätigend. „Ja, Herr. Es ist genau, wie ihr vermutet. So lautet der Wille meines Auftraggebers. Euch zu Füßen liegt hier in der Tat eure neue Heimat. Und da drüben auf dem Berg,“ er streckte den Arm weit aus und wies dabei über die Felsen hinaus auf eine Stelle, an der das Tal sich weit öffnete. Genau in der Mitte erhob sich hier ein regelmäßiger Bergkegel, um den der kleine Fluss einen nahezu kreisrunden Bogen beschrieb. „Das ist der Ort, an dem der ehrwürdige Bischof euch bittet, fürderhin euren Sitz zu nehmen!“

Bittet! Der Mann hatte von einer Bitte gesprochen! Swigger drückte hart den Rücken durch, als er diese Formulierung vernahm. Von wegen bitten! Es war schließlich die einzige Möglichkeit, die ihm noch verblieben war! Was doch auch der andere wissen musste, der dennoch diese vermeintlich rücksichtsvoll klingende Formulierung gewählt hatte und die doch wie Hohn in Swiggers Ohren klang. Denn von einer wirklichen Bitte des Erzbischofs an Swigger, sich hier niederzulassen, konnte in Wahrheit gar nicht die Rede sein. Es war der Ort, den man ihm zugewiesen hatte. Nichts anderes! Die Zuflucht! Der Fluchtpunkt! Wie auch immer! Worte waren Schall und Rauch – genauso wie jene Worte aus Friedberts Mund, auch wenn dieser ihn damit nicht verletzend oder gar bösartig hatte treffen wollen. Ganz im Gegenteil sogar. Langsam ließ Swigger die frische, würzige, nach Frühling duftende Luft in seine Lungen strömen und nahm das Land ein weiteres Mal in Augenschein. Nein, es konnte kein Zufall sein, dass er auf Geheiß seines Onkels Anno von Steusslingen, des mächtigen Erzbischofs von Köln ausgerechnet hierher geführt worden war. Dass der Kirchenfürst ihm diesen und keinen anderen Landstrich als neues Siedlungsgebiet zugeteilt hatte. Nun gut, immerhin handelte es sich bei jenem Gebiet um die schwäbischen Stammlande von Ottos Familie: der Herren von Steusslingen also. Ottos Familie und in gewisser Hinsicht auch Swiggers Familie. Denn schließlich entstammte ja auch Swiggers Mutter Uta diesem Adelsgeschlecht. Sie war die jüngere Schwester des einflussreichen Erzbischofs: ein Spross aus derselben alteingesessenen edelfreien Familie Geschlecht, dessen Wurzeln weit in die früheste Geschichte des Herzogtums Schwaben hinein reichten. Weiter zurück sogar noch, als in die Regierungszeit des großen Kaisers Karl, wie ihm ein schreib- und lesekundiger Mönch vor Jahren einmal respektvoll bedeutet hatte.

Das legendenumwobene Stammland, von dem der junge Ritter durch die sehnsuchtsvollen Erzählungen seiner Mutter zwar schon manches vernommen hatte, das er aber bislang nie mit eigenen Augen hatte sehen können. Das Land nördlich des Bussen, jenes heiligen Berges der Alemannen! Uralter Familienbesitz. In der Tat wohl schon seit den Zeiten des Frankenkönigs Dagobert, der den Alemannen nach ihrer bis auf den heutigen Tag immer noch schmerzenden, endgültigen Niederlage neue Grafschaften eingerichtet hatte. Seitdem also siedelte Annos Familie hier, genauso wie die engsten Verwandten, die benachbarten Herren von Justingen.

Beide Familienzweige leiteten sich in direkter Linie ab aus dem alten alemannischen Uradel, den sagenhaften Alaholfingern und mit berechtigtem Stolz verwiesen sie auf immer wieder auf dieses uralte Herkommen. Denn außerdem entstammte ja auch Kaiser Karls zweite Frau, Hildegardis mit Namen, jenem Geblüt. Und war es nicht auch ein weiterer ihrer Vorfahren gewesen, der hoch gerühmte Erchanger, der im Jahr 913 nach unseres Seligmachers Geburt an der

Spitze des Schwäbischen Heeres zusammen mit den Herzögen von Bayern die bereits weit ins Reich vorgerückten Ungarn zurückgedrängt und bei Passau nach hartem Kampf vernichtend geschlagen hatte.

Die Herren von Steusslingen. Die Familie seiner Mutter Uta, die mit einem Mann aus dem welfischen Herzogshaus verheiratet worden war. Die nicht müde geworden war, Swigger in dessen Kinderjahren von ihrer alten Heimat zu erzählen, die wieder zu sehen ihr freilich nicht mehr vergönnt gewesen war. So wie es im umgekehrten Fall nun auch ihm ergehen würde – wenngleich aus anderen Gründen. Der Gedanke versetzte ihm einen schmerzhaften Stich in der Brust. Die Heimat seiner allzu früh verstorbenen Mutter!

Im weiteren Umkreis wären mit an Sicherheit grenzender Wahrscheinlichkeit noch viele geeignete Siedlungsgebiete denkbar gewesen, die Anno dem Verbannten hätte zuweisen können. Dessen war sich der junge Ritter zweifelsfrei bewusst. Für einen Mann wie den nahezu allmächtigen Erzbischof von Köln, der viele Jahre lang sogar als Vormund des noch minderjährigen Königs Heinrich IV. an der Spitze des Heiligen Römischen Reiches Deutscher Nation gestanden hatte, eine leichte Übung. Doch Anno hatte sich für genau diesen Landstrich entschieden. Mit Bedacht und Einfühlsamkeit die Stammlande seiner Familie gewählt, von der eben auch Swigger einen Teil seiner Wurzeln ableiten konnte. So dass er sich also sogar mit einer gewissen Legitimation hier niederlassen würde. Eine nicht nur weise, sondern auch über die Maßen sensible Vorgehensweise, die Swigger bei dem Erzbischof nie und nimmer vermutet hätte. Angesichts der Rage, die der vor Wut und Empörung bebende Anno an den Tag gelegt hatte, als er Kenntnis von der schändlichen Tat erhalten hatte, die Swigger, sein Neffe, begangen hatte. „Meiner Schwester Sohn! Ausgerechnet! Utas Sohn – ein rücksichtsloser, feiger Mörder!“ Wieder und wieder hatte er seinen Zorn lautstark direkt in Swiggers Gesicht geschleudert. Von christlicher Demut oder gar dem Willen zur Vergebung war keine Rede gewesen. Im Gegenteil vielmehr: nichts anderes hatte den frommen Bischof in Wirklichkeit umgetrieben, als die Sorge um seine eigene Zukunft und um den Makel, der durch die unbedachte Tat eines jungen Mannes auf die gesamte Familie gefallen war. Ein Makel, der das feine diplomatische Gespinst, das Anno im gesamten Reich ausgelegt hatte, empfindlich durchtrennen und auch seiner auf den ersten Blick so unangreifbaren Stellung gewaltigen Schaden zufügen konnte. Denn die Feinde lauerten überall. Je höher man stieg, desto tiefer (und härter!) konnte man fallen. Mehr als einmal hatte der ruhelos in seinem prachtvollen Steinhaus umherwandernde Erzbischof diese Befürchtung geäußert. Bis dann plötzlich sein Plan gereift war. Ein Plan, der unmittelbar danach auch schon ausgeführt worden war. Bei dem es um „Schadensbegrenzung“ ging. Was sich freilich unverfänglicher anhörte, als die Tatsache der Verbannung seines Neffen in eine für diesen bislang völlig unbekannte Region. Um jenen damit, wie Anno sich ausdrückte, „vorerst aus dem Schussfeld zu nehmen“. Aus der unmittelbaren Wahrnehmung der nach wie vor aufgebrachten Ritterschaft und des misstrauischen Königs. Nur so könne der Schaden für die Familie in Grenzen gehalten werden. Denn lediglich mittels dieser auf den ersten Blick durchaus hart erscheinenden Anordnung könne er von vornherein den Vorwurf im Keim ersticken, er lege zweierlei Maßstäbe an, wenn es um die Begleichung von Unrecht gehe. Keiner der zahlreichen Gegner des Erzbischofs, die beständig auf einen entscheidenden Fehler Annos lauerten, könne ihn nach einer solchen Entscheidung der einseitigen Parteinahme zeihen. Eine Handlungsweise, die einzig und allein sicherstellen sollte, dass Annos eigene Machtbasis keinen Schaden leiden konnte. Nur darum war es dem machthungrigen Kirchenfürsten in Wirklichkeit zu tun, dessen war sich Swigger völlig sicher gewesen. Doch nun...

Zumindest hatte sein Onkel den Versuch unternommen, ihm die endgültige Trennung von der Heimat mit der Zuweisung dieses Siedlungsortes leichter zu machen: so gut dies eben gehen mochte. Denn die Ähnlichkeit mit der Landschaft, in der Swigger aufgewachsen war, sie war in der Tat nicht zu übersehen. Die Kalkfelsen, das enge Tal, der Fluss... Es schimmerte feucht in den Augen des Ritters, als ihn die Erinnerung kurz zu überwältigen drohte. Swigger räusperte sich trocken. Dann nahm er die Zügel des Pferdes fest in die Hand und setzte sein Reittier mit einem leichten Druck der Oberschenkel wieder in Bewegung. „Vorwärts also! Wollen mal schauen, wie uns die Leute wohl empfangen!“ ließ er mit gespielter Gleichgültigkeit verlauten. Die anderen brauchten über seine wirklichen Gefühle weiß Gott nicht Bescheid zu wissen. Schließlich galt es, sich mit einem entschiedenen Auftreten von vornherein Respekt zu verschaffen. So wie dies im Verhältnis zwischen einem Mann von vornehmer Geburt und den einfachen Landvolk eben ziemlich war. So, wie sich das auch gehörte. Es war die letzte Chance, die ihm einzig und allein Anno verschafft hatte, um sich von neuem zu behaupten – bei allem Kalkül, das bei dem Erzbischof dennoch mitgeschwungen haben mochte. Die letzte Gelegenheit! Er würde sie nutzen! Schon um der Seele seiner Mutter Uta willen! Um dem Seelenfrieden der allzu früh Verstorbenen!

Langsam trabten sie auf dem steilen Waldweg hinunter auf die Talaue zu. Wie eine leuchtend grüne Wand schimmerten die jungen Blätter der mächtigen Buchen vor den Reitern auf. Nur ab und zu gaben sie im leichten Frühlingswind einen kurzen Blick frei auf den immer deutlicher sich abzeichnenden imposanten Bergkegel, um den sich das gemächlich dahin gurgelnde Flüsschen in einer langen Schleife wand.

Er hätte es schlimmer treffen können. Weiß Gott! Er sollte dankbar sein dafür!

Wie vielen anderen unglücklichen Männern war eine solche Gnade zuteil geworden?

Und wieder drängte sich die Erinnerung an die unselige Tat unaufhaltsam in den Vordergrund seines Denkens. Die verfluchte Tat, um die seine Gedanken seit Monaten wieder und wieder kreisten. Das Geschehen, mit dem die bleierne Zeit begonnen hatte, in der er sich nach wie vor gefangen fühlte. Unentrinnbar gefangen fühlte.

Wie hatte es nur geschehen können! Und worin war letztendlich die Ursache zu suchen?

Wie konnte er sich als Abkömmling einer der vornehmsten Familien in Bayern zu solch einer Handlung nur hinreißen lassen?

Müßig überhaupt hierüber zu spekulieren, aber dennoch wollte ihm die Frage einfach nicht aus dem Sinn gehen. Die Frage, wie wohl alles gekommen wäre, wenn Swiggers Mutter Uta seinerzeit nicht nach tatkräftiger Vermittlung ihres Bruders Anno einen vornehmen Edelmann aus welfischem Geblüt geheiratet hätte. Sie, die ihre Herkunft ja genau wie Anno von Steusslingen selbst mit Fug und Recht von einer vornehmsten Familien in Schwaben herleiten durfte. Manch einer unter den Edlen des Reiches hatte diese Verbindung misstrauisch beäugt, denn nicht jeder war dem zu dieser Zeit noch als Hofkaplan des gesundheitlich bereits angeschlagenen Kaisers Heinrich III. amtierenden Anno gewogen. Schon allein aus dem Grund, weil nicht verborgen bleiben konnte, mit welch konsequenter Skrupellosigkeit der fromme Priester nach höheren

Ämtern gierte. Ein verwandtschaftlicher Schulterschluss zwischen zwei alles andere als unbedeutenden süddeutschen Familien musste zumindest Anlass sein, die weiteren Absichten genauestens zu hinterfragen, die sich hinter der Mühe verbarg, die sich Anno mit der von ihm vermittelten Heiratsabrede gegeben hatte.

Andererseits musste dem Deutschen Adel sehr daran gelegen sein, im unausgesprochenen Konflikt mit Kaiser Heinrich III. um die Machtbalance im Reich als Einheit gegenüber zu treten. Und nicht nur um die Handlungen des Kaisers ging es dabei. Nein, vor allem die Pläne der von Heinrichs eigenwilliger Gemahlin Agnes von Poitou, galt es, wachsam im Auge zu behalten. Agnes, dieses Frauenzimmer aus dem Westen, die den deutschen Fürsten von jeher misstrauisch gegenüber gestanden war und nur auf die passende Gelegenheit zu warten schien, den Kaiser viel stärker an die Seite der Kirche zu binden, als diesem das selbst recht sein konnte. Die Kaiserin und ihre frömmlerischen Ratgeber. Deren Pläne den Interessen des Reiches – und vor allen Dingen denen der weltlichen Würdenträger – entschieden zuwider liefen. Man musste sich gegen die immer selbstbewusster auftretende Kurie mit vereinten Kräften zur Wehr setzen. Sonst würde man das Spiel verlieren. Der Kaiser womöglich gar als Vasall des Papstes enden – und mit ihm die deutschen Fürsten! Insofern also musste die vom Hofkaplan angestrengte Verbindung als durchaus begrüßenswert angesehen werden – sofern Anno sie nicht nur für seine eigenen, mit Sicherheit ehrgeizigen Karrierepläne ins Spiel zu bringen gedachte. Anno, von dem man andererseits mit begründetem Verdacht vermutete, dass auch ihn durchaus die Sorge umtrieb, der Heilige Stuhl in Rom könne zu größerem Einfluss im Reich gelangen, als dies den eigenen Interessen im Hinblick auf eine starke Machtbasis förderlich sein würde.

Utas Ehe hatte jedoch von Beginn an unter keinem guten Stern gestanden. Aus Gram und Heimweh, wurde hinter vorgehaltener Hand gemunkelt, war die Mutter früh verstorben. Trotz der harten Erziehungsmethoden, die der Vater seinen beiden Söhnen schon in jüngsten Kinderjahren hatte angedeihen lassen, um aus Rainald (den älteren) und Swigger „tapfere Ritter zu formen“, wie er sich ausdrückte, fühlte sich gerade Swigger viel stärker zur Mutter hingezogen, die vergeblich versuchte, ihren heranwachsenden Kindern auch andere

Tugenden mit auf den Weg zu geben: angefangen vom Spielen der Laute bis hin zum beharrlichen Versuch, die Knaben in der Kunst des Lesens und Schreibens zu unterrichten. Eine Fertigkeit, die Uta zum maßlosen Erstaunen der Bediensteten tatsächlich beherrschte. Regelrechte Tobsuchtsanfälle hatte dies freilich beim Vater ausgelöst, als er sie wieder einmal bei diesem in seinen Augen nutzlosen, wenn nicht gar schädlichen Unterricht überrascht hatte. Weiberkram! Buchstabenakrobatik! Seine Söhne wolle er später schließlich nicht hinter dicken Klostermauern sozusagen lebendig begraben sehen, wo sie sich als kahlrasierte Mönche hinter dicken Pergamenten versteckten, sondern als kampferprobte stolze Ritter auf rassigen Pferden. Schreiben! Lesen! Laute spielen! Er hatte es ihnen ein für allemal verboten. Nicht einmal der Hinweis darauf, dass man direkt vom Hof des unlängst verstorbenen Kaisers Heinrich die Kunde erhalten habe, auch der kleine Sohn des Monarchen werde inzwischen in solchen Fertigkeiten unterrichtet, hatte beim Vater zu einem Umdenken geführt. Welsche Sitten! Kein Wunder, hatte er voller Verachtung geschnaubt. Es könne sich dabei wieder einmal nur um den verhängnisvollen Einfluss dieser Agnes von Poitou handeln, der Gemahlin des Kaisers, die ihrem Mann schon zu dessen Lebzeiten mit diesen welschen Gebräuchen den Kopf verdreht und sich nun selbst an die Spitze der Reichsregierung gestellt hatte. Schlimm genug, dass ein deutscher Kaiser solches an seinem Hofe geduldet habe. Aber niemals würde sich auch die deutsche Ritterschaft zu solch nutzlosem und verderblichem Zeitvertreib verführen lassen. Niemals!

Swiggers wehrlose Mutter hatte sich ihrem Mann fügen müssen. Was war ihr auch anderes übrig geblieben? Sehr zu Swiggers Bedauern im Übrigen, der den Unterricht im Gegensatz zu seinem älteren Bruder Rainald durchaus genossen hatte. Doch nach nur wenigen Wochen war es nun definitiv zu Ende gewesen. Schade. Und dennoch: einen Rest dieser faszinierenden Fähigkeit des Lesens und Schreibens hatte sich Swigger im Gedächtnis bewahren können und in stillen Stunden heimlich dafür gesorgt, dass ihm die Buchstaben und Zeichen auch weiterhin vertraut blieben, in dem er sie mithilfe eines Zweiges vor sich in den Staub einer vor neugierigen Blicken geschützten Ecke des Burghofes malte. Ungelenk und mit mancher Mühe zwar, aber immerhin. Auch in seinen späteren Lebensjahren hatte er sich damit von vornherein den Respekt eines lesekundigen Mönches verschafft, wenn er beispielsweise auf eine ganz bestimmte Stelle eines Pergamentes gedeutet und den Mann aufgefordert hatte, bei dem Abschnitt mit dem großen „B“ mit dem Vortrag zu beginnen. Immer wieder bereitete es Swigger ein geradezu diebisches Vergnügen, die Verblüffung in den Gesichtern der Leute zu betrachten, wenn diese die erstaunliche und von ihnen nie und nimmer vermutete Fähigkeit des Ritters zum Entziffern von Buchstaben gewahrten.

Leider hatte der junge Swigger jedoch auch das aufbrausende Temperament des Vaters geerbt. Ein Wesenszug, der ihm in den Jahren des Erwachsenwerdens mehr und mehr zu schaffen machte. Erst recht vor dem Hintergrund, dass sich in dem zweitgeborenen Swigger der Eindruck verfestigte, von seinem Vater im Vergleich zu Rainald permanent zurückgesetzt zu werden. Ausgerechnet wegen Rainald, seinem nur um ein einziges Jahr älteren Bruder! Doch dieser war es, der eines Tages die Herrschaft erben würde. Nicht er, nicht Swigger!

Einen regelrechten Schock hatte es in Swigger ausgelöst, als ihm erstmals auch von seinen Freunden diese Tatsache schonungslos und alles andere als behutsam oder gar feinfühlig vor Augen geführt worden war. Nein, er würde den Tag niemals vergessen. Ein völlig harmloser Ringkampf, wie man ihn als künftiger Ritter eben zu beherrschen hatte, entbrannte zwischen Rainald und ihm. Nach den Regeln, die sie ein erfahrener Ritter lehrte. Und wieder einmal war Swigger im Ringen gegen den körperlich schwächeren Gegner als klarer Sieger hervorgegangen und hatte den Kopf seines Bruders zur Bestätigung seiner Überlegenheit kurz auf den Erdboden gedrückt. Ganz kurz nur, ohne weiteren Hintergedanken. Lediglich deshalb, um damit seine Bereitschaft zum Ende des Kampfes zu signalisieren. Ganz und gar nicht, um den anderen zu demütigen. Weiß Gott nicht!

Doch dann war etwas Unerwartetes geschehen: voller Wut hatte Rainald, der sich keuchend erhob, vor Swigger ausgespuckt und ihm mit hasserfüllter Miene die zornige Bemerkung ins Gesicht geschleudert, er möge seinetwegen über so viel Kraft verfügen, wie er nur wolle, all dies würde ihm, Swigger, dennoch nichts nützen. Er solle seine Muskeln ruhig erproben. Um eines unseligen Tages nicht etwa als dahergelaufener Taugenichts zu enden. Als einfacher Knappe. Als Fußvolk womöglich – ohne eigenes Pferd. Doch, das könne ihm durchaus blühen, hatte Rainald seinem wie versteinert wirkenden jüngeren Bruder mit rohen Worten an den Kopf geworfen. Unglaublich! Aber es war noch weiter gegangen: ihm Rainald stünde das alleinige Erbrecht zu. Und nicht im Mindesten habe er später im Sinn, einen unnützen Esser an seinem eigenen Hof womöglich bei sich durchzufüttern. Er solle also ruhig sein Mütchen an wem auch immer kühlen und den letzten kleinen Triumph gegen den älteren Bruder genießen.

Waren die harschen Worte allein Swigger schon wie gewaltsame Schläge in die Magengrube erschienen, so sehr litt er noch wesentlich stärker unter der Reaktion seiner Freunde und Bekannten auf diese zornige Tirade. Die hatten ein hämisches Grinsen an den Tag gelegt, anstatt Rainald zur Räson zu bringen oder für seinen unbedachten Ausbruch zu tadeln. So, wie es eigentlich ihre Pflicht gewesen wäre. Wie man dies eben von guten Freunden wohl erwarten durfte. Von wegen! Schlimmer noch verliefen die folgenden Tagen und Wochen, in denen sie ihn dann erst recht zum Gegenstand von spöttischen Bemerkungen machten, nachdem ihnen nicht entgangen war, wie fruchtbar der Boden war, auf den ihre Worte fielen. Wie Swigger vor ohnmächtiger Wut und Enttäuschung bebte, als sie ihn wieder und wieder mit spitzen Hinweisen auf diese unabänderbaren Fakten traktierten. Von einem Tag auf den anderen hatte sich der bis jetzt mit seinem Dasein zufriedene Swigger plötzlich hilflos und leer gefühlt und sich einer Zukunft beraubt gesehen, um die er sich bis zu diesem Zeitpunkt keinerlei Gedanken gemacht hatte.

So war er immer tiefer in diesen Zustand der verzweifelten Depression hinein geraten. Im Nachhinein mit dem Maßstab der Vernunft kaum zu erklären. Schon deshalb nicht, weil Swigger zwar in der Tat den Besitz des Vaters nicht hätte übernehmen können, ihm andererseits dafür aber mit an Sicherheit grenzender Wahrscheinlichkeit eine herausragende Rolle im Umfeld des Königshofes zuteil geworden wäre. Gerade ihm, als einem jungen Edelmann, in dessen Adern welfisches Blut pulsierte. Denn der jugendliche König Heinrich IV. unternahm gerade in jenen Jahren alles, um den misstrauischen bayerischen Adel wieder für das Königshaus zu gewinnen. Was eine alles andere als leichte Aufgabe darstellte, nachdem noch Heinrichs Mutter (keine andere als die ihnen so sehr verhasste Kaiserin Agnes) im Jahr 1061 den sächsischen Grafen Otto von Northeim als Herzog von Bayern eingesetzt hatte! Eine gewaltige Demütigung für die alteingesessenen stolzen Adelsgeschlechter von Bayern! Nicht nur die Schmach, dass man sie alle übergangen hatte! Schlimmer noch: dass

Kaiserin Agnes mit Bedacht und Heimtücke das Land ausgerechnet in die Hände eines Sachsen gespielt hatte! Offener Aufruhr drohte und um ein Haar wäre es zum Krieg gekommen, wenn der mittlerweile zum Erzbischof von Köln aufgestiegene Anno nicht in einer spektakulären Aktion im Frühjahr 1062 den damals 13 Jahre alten, noch minderjährigen Kaisersohn Heinrich IV. in seine Gewalt gebracht und Kaiserin Agnes schließlich zur Flucht nach Italien bewogen hätte. Nur durch dieses riskante Manöver hatte ein Bürgerkrieg vermieden werden können – und nur mit Bezug auf die Fehlentscheidung der Kaiserin war der von Anno dreist vollzogene Staatsstreich zu rechtfertigen, der das Reich in seinen Grundfesten erschüttert hatte.

Im Jahr 1070 war Otto von Northeim zwar von dem mittlerweile als König inthronisierten Heinrich IV. als Herzog von Bayern abgesetzt worden und klugerweise hatte der junge König dann mit Welf IV. auch den geeigneten Mann aus dem richtigen Herkommen mit dem Herzogsamt belehnt, aber dennoch war seit der unverständlichen Handlung der Kaiserin Agnes dieses Misstrauen der Bayern gegenüber dem Königshaus der Salier nie mehr völlig gewichen. Umso mehr also benötigte der junge König aus diesem Grund sichtbare Beweise seines erklärten Willens, die Bayern auch künftighin nicht nur mit Respekt, sondern gar mit einem gewissen Vorrang zu bedenken. Mit anderen Worten: man würde König Heinrich an seinen Taten messen. An seinen Entscheidungen, wie viele junge bayerische Männer aus edlem Geblüt er mit wichtigen und herausgehobenen Posten im Reich belehnen würde. Nur durch solche Anordnungen würde es ihm gelingen, die Skepsis unter den Bayern einigermaßen zu verwischen und das Herzogtum auf seiner Seite zu wissen. Was für König Heinrich von geradezu existenzieller Bedeutung sein musste. Denn in seinem sich immer deutlicher abzeichnenden Konflikt mit der römischen Kurie bedurfte er der vollen Unterstützung des deutschen Adels: Uneinigkeit oder gar Auseinandersetzungen im eigenen Land mussten deshalb unter allen Umständen vermieden werden.

Eine verheißungsvolle Zukunft am Hof des Königs stand jungen Männern vom Schlage Swiggers also offen. Gerade ihm, Swigger, der ja Dank seiner väterlichen Wurzeln dem Haus der Welfen entstammte. Das vor vielen Jahren schon zur vornehmsten Familie in Bayern aufgestiegen war.

Weshalb nur hatte er all diese Tatsachen einfach beiseite gewischt? Blind vor Wut hatte der junge Ritter die Realität nicht mehr wahrgenommen und war in einem Strudel von Hass und Eifersucht versunken. In den ersten Tagen des Monats Mai 1074 war es geschehen. Wie ein Blitz aus heiterem Himmel hatte sich der in ihm schwelende Konflikt urplötzlich zur Katastrophe entladen! Ein Jahr war seitdem vergangen! Ein Jahr, in dem er sich wieder und wieder das Hirn zermartert hatte. Wie hatte es nur jemals so weit kommen können! Eine Frage, auf die es – allen angestrengten Erklärungsversuchen zum Trotz – keine Antwort gab. Niemals mehr war wieder gutzumachen, was seinerzeit geschehen war. Unfassbar im Nachhinein, aus welch lächerlichem Anlass heraus!

Weshalb denn nur? Weshalb?!

Die Schwertleite! Zwei Wochen zuvor hatte sie stattgefunden. Der wichtigste Tag im Leben eines jungen Mannes. Die feierliche Aufnahme in den Kreis der Ritterschaft. Endlich! Wie sehr hatten sie diesen Tag seit Jahren schon regelrecht herbei gefiebert. Den Moment, in dem sie dieses würdevolle Ereignis nicht mehr nur als staunende Statisten würden erleben dürfen. Der Augenblick, in dem sie niemand anderem, als ihnen galt: die Ritterpromotion. Der Tag aller Tage!

In der Tat hatte es sich um ein Ereignis gehandelt, wie es prunkvoller gar nicht mehr denkbar war. Alle Edlen des Reiches waren versammelt gewesen, um als Zeugen anwesend zu sein, als der mit 24 Lebensjahren selbst noch jugendliche König Heinrich IV. seinen vor Stolz und Anspannung bebenden jungen Gefolgsleuten nun den Ritterschlag erteilte. Ganz langsam hatte der prachtvoll gewandete Heinrich in einer dem bedeutenden Anlass angemessenen Zeremonie Heinrich einem nach dem anderen die lange ersehnte Würde zuteil werden lassen. Nur andeutungsweise hatte das Schwert des Königs mit der flachen Klinge erst die linke, dann die rechte Schulter des mit gefalteten Händen und demütig gesenktem Haupt auf die Knie gesunkenen Kandidaten berührt. Damit war die Promotion vollzogen. Vor aller Augen sichtbar waren sie vom König persönlich nunmehr in den Stand eines Ritters erhoben worden.

Gleich anschließend an den Ritterschlag seines Vetters Bertold war auch Swiggers Aufnahme in den Kreis der deutschen Ritterschaft erfolgt. Mit pochendem Herzen hatte sich der überglückliche Swigger wieder erhoben und sich mit der feierlich auf das Herz gepressten rechten Hand dankbar vor seinem

König verneigt. Ein unabdingbare Handlung, da deren Symbolhaftigkeit gleichzeitig auch die Anerkennung des neuen Ritters unter die Lehenshoheit des Königs bedeutete. Und König Heinrich IV. hatte ihm durch ein mildes huldvolles Kopfnicken lächelnd seine Antwort erteilt.

Alles hätte gut werden können. Alles schien so wundersam gefügt und gerichtet. Die Zukunft schimmerte golden!

Doch schon auf der sich an die Schwertleite anschließenden Feier hatte es begonnen. Mit einer zunächst ganz harmlos gestellten Frage des Tischnachbarn. Mit der Frage, ob es wohl eine besondere Bewandtnis damit habe, dass Swigger bei der Ritterpromotion erst als zweiter an die Reihe gekommen war. Kurz nach dem Vetter Bertold zwar – aber eben doch erst danach. Wieder einmal: danach. Was sich der König und dessen Berater wohl dabei gedacht haben mochten? Gespannt schien der Fragesteller auf Swiggers Antwort zu warten, doch dieser war überhaupt nicht gewillt, sich mit solch einer Banalität zu beschäftigen. Heute stand ihm der Sinn nach feiern. Nach ausgelassener Fröhlichkeit. Nach essen, trinken, tanzen. Wegwerfend zuckte er mit den Schultern und griff zu dem bis an den Rand mit rotem Wein gefüllten Pokal, dem er in seiner ausgelassenen Glückseligkeit schon mehrfach kräftig zugesprochen hatte. Lächelnd prostete der junge Ritter dem anderen zu, dann setzte er das Trinkgefäß an die Lippen und ließ den angenehm kühlen Wein mit langen, durstigen Schlucken durch seine Kehle rinnen. Bis zum letzten Tropfen genoss er das aromatische Getränk samt dessen berauschender Wirkung. Und schon wieder eilte einer aus der Riege der aufmerksamen Bediensteten herbei, um ihm von neuem einzuschenken. „Immer langsam", lächelte Swigger, ohne den Mann freilich von seinem Vorhaben abzuhalten. Ein seltsam schwereloses Gefühl schien sich in ihm auszubreiten. Der Wein! Natürlich. Er war es gewohnt, Wasser zu trinken. Allenfalls das eine oder andere Mal hatte er schon einem schäumenden gelben Gebräu zugesprochen, das sie in letzter Zeit vermehrt in einem der Klöster herstellten, hauptsächlich in der Fastenzeit. Und fürwahr: auch davon konnte einem nach einigen Humpen ebenfalls schwindelig werden. Aber dieser Wein hier! Das war kein Vergleich! Der rote Wein, der hatte es in sich! Es war ihm, als legte sich ganz allmählich ein grauer Schleier über seine Wahrnehmung. Wie? Welche Bemerkung hatte ihm einer aus der Runde eben gerade zugerufen? Und: weshalb legte der Tischnachbar nun die Stirn in vordergründig nachdenkliche Falten? Welche Frage hatte ihm sein Gegenüber mit hinterhältigem Grinsen eben herüber gerufen?

Und mehr noch jetzt! Wie durch immer dichter werdenden Nebel drang die spöttische Tirade des nächsten in sein Bewusstsein: „Einmal zweiter, immer zweiter!“

Ein meckerndes Gelächter folgte auf den Fuß. Einem drohenden Donnergrollen gleich hallten die spöttischen Ausrufe, die ganz offenkundig ihm gegolten hatten, in Swiggers Schädel. Vermischten sich mit dem höhnischen Lachen, in das jetzt auch die anderen einfielen und dröhnten peinigend durch das vom Alkohol mehr und mehr verwirrte Bewusstsein.

Kecker und frecher schienen sich die Spottreden der Lästermäuler jetzt an Lautstärke zu steigern. „Der ewige zweite!“

„Swigger der erste, den jedermann doch nur als den zweiten kennt...“

Solche und noch viel drastischere Sprüche waren es, die wie Nadelstiche direkt in sein Herz trafen. Der König! Und all die anderen Würdenträger des Reiches! Wollten sie ihn tatsächlich hier, in dieser edlen Versammlung demütigen. Vor aller Ohren demütigen? Trogen ihn seine Sinne, oder hatte ihm nicht eben auch der ganz am Ende der Tafel thronende König schon einen befremdeten Blick entgegen geworfen? „Der ewige Zweite! Niemals der Erste!“ Nein, es musste sich um eine Sinnestäuschung handeln. Die Wirkung des berauschenden Weines! Nichts anderes! Denn so würden die Gefährten doch nicht mit ihm umspringen. Schon gar nicht hier, an dieser Stelle! Niemals!

In diesem Moment, den er später als den „unseligen Moment“ verfluchen würde, hatte jedoch selbst um Vetter Bertolds Lippen ein spöttisches Grinsen gezuckt. Bertold! Sein seit Jahren engster Freund und Weggefährte! Auch Bertold hatte dann in das lautstarke Gelächter mit eingestimmt, das von weiteren dieser üblen Feststellungen durchtränkt war. Ausgerechnet Bertold! Es musste am reichlichen Weinkonsum gelegen haben. Bei ihnen allen. Doch wie hätte ihm dieses damals bewusst werden sollen, in seiner peinlichen und ausweglos scheinenden Lage, die wie eine dunkle Wand über ihn hereingebrochen war. Umnebelt vom Alkohol. Erfüllt von rasendem Zorn ob dieser gemeinen Demütigungen. Dazu noch von Männern, die vorgaben, seine Freunde sein zu wollen! In seiner blinden Wut war Swigger aufgesprungen und hatte Berthold, dem engsten Freund, von dem er sich deshalb auch am meisten im Stich gelassen fühlte, seinen Handschuh vor die Füße geworfen. Die Aufforderung zum Duell! Auf der Stelle! „Heute noch! Wenn du wenigstens einen Funken Ehre im Leib hast!“ hatte Swigger dem anderen seine Beleidigung ins Gesicht geschleudert und es Bertold damit in der Tat unmöglich gemacht, die Auseinandersetzung in irgendeiner Form gütlich zu beenden.

Und so war es tatsächlich noch in der Abenddämmerung dieses Tages zum Duell der beiden Freunde gekommen. Gegen jede Sitte und Gepflogenheit war von den aufgebrachten jungen Männern noch nicht einmal der nächste Morgen abgewartet worden: so wie dies doch eigentlich lange geübter Brauch war in der deutschen Ritterschaft. Kurz nachdem sich der König von der festlichen Tafel erhoben hatte und auch der Großteil des Hofstaates in seinem Gefolge gegangen war, hatten sich zur maßlosen Überraschung der zahlreichen anderen jungen Ritter auch die mit einem Mal finster und wild entschlossen dreinschauenden bayrischen Ritter verabschiedet und waren – teilweise mit unsicher schwankenden Schritten – aus dem Saal gestampft. Die anderen hatten sich freilich nicht sehr lange am merkwürdigen Benehmen der Bayern aufgehalten, sondern ratlos die Schultern gezuckt und daraufhin von Neuem freudig dem Wein zugesprochen, der nach wie vor in Strömen floss.

Draußen bei den Stallungen war der immer noch vor Wut am ganzen Körper bebende Swigger schnurstracks zu seinem Pferd geeilt und hatte seinem neben dem Reittier im Stroh vor sich hin dösenden Knappen mit scharfen Worten den Befehl zum sofortigen Satteln des Pferdes gegeben. Während der erschrockene Mann dem Auftrag schleunigst nachkam, ließ sich der Ritter von einem der Stallknechte die beiden neumodischen Turnierlanzen reichen, die sowohl Bertold, als auch er, zur feierlichen Schwertleite mit sich geführt hatten. Erschrockene Ausrufe der Umstehenden waren die Folge. Auch Sigehart meldete sich zu Wort. Einer der bedächtigeren jungen Männer, dessen Stimme zu Swiggers maßloser Enttäuschung am heutigen Tag freilich ebenfalls im Chor der Spötter erklungen war. „Das ist nicht dein Ernst!“ deutete Sigehart auf die mit einer scharfen eisernen Spitze bekrönte Lanze, die neuerdings beim so genannten Tjost, also einem ritterlichen Zweikampf, auch von den deutschen Rittern verwendet wurde. Eine neue Sitte, die aus Frankreich herüber getragen worden war und sich gerade unter jungen Rittern bei den immer zahlreicher werdenden Turnieren einer wachsenden Beliebtheit erfreute.

„Wenn er die Hosen voll hat, dann soll er es eben bleiben lassen!“ entgegnete Swigger mit einem verächtlichen Blick auf Bertold, der angesichts der scharfen Waffe, die sein Kontrahent gewählt hatte, ebenfalls erschrocken zusammen gezuckt war.

„Aber darum geht es doch gar nicht“ ließ Sigehart seine Einwände nicht so leicht beiseite schieben. „Denk doch nur einmal nach: ich bitte dich! Weder du, noch Bertold, keiner von euch hat bislang Übung mit dieser ungewohnten Form des Zweikampfes. Und außerdem: keiner von euch ist gegen eine solche Waffe gewappnet. Ihr seid auch nicht mit der dafür notwendigen schweren Rüstung ausgestattet, die euch vor schlimmen Verletzungen schützen kann! Es geht nicht! Es ist lebensgefährlich so!“ versuchte der besorgte junge Mann, den nach wie vor wild entschlossenen Swigger zur Vernunft zu bringen. Doch vergeblich. Swigger ließ ein höhnisches Lachen ertönen, dann deutete er mit dem ausgestreckten Arm direkt in Bertolds Gesicht – was einer weiteren, genau kalkulierten Beleidigung gleichkam. „Es liegt einzig und allein an diesem da. Er braucht nur vor mich hinzutreten, sein Schwert zu Boden fallen zu lassen und den Kopf zu senken. Dann kommt er ohne den geringsten Kratzer davon!“

Mit dieser wohl kalkulierten Schmähung war nun freilich auch die letzte Chance vertan, die Auseinandersetzung vielleicht doch noch in friedlichere Bahnen zu lenken. Die Dinge nahmen ihren unabänderlichen Lauf. Mit aschfahler Miene schüttelte Bertold seinen Kopf, dann schob er den besorgten Vermittler grob zur Seite. „Genug jetzt, Sigehart. Er hat es so gewollt! Also soll er es haben! Bist du bereit?“ zischte er Swigger entgegen, der in den Augen des Kontrahenten gleichwohl ein unsicheres Flackern zu entdecken vermeinte. Doch wie auch immer: Bertold hatte keine andere Wahl. Er musste den Kampf annehmen, wollte er nicht zeitlebens dem Gespött der gesamten Ritterschaft anheim fallen. „Bertold, der stolze Rittersmann, der gleich nach seinem Ritterschlag vor der ersten Auseinandersetzung gekniffen hat“. So – oder so ähnlich hätte es landauf – landab geheißen. Er hatte keine Chance. Der Kampf war damit unabwendbar geworden!

Und dennoch – diese Frage hatte sich in den darauf folgenden Monaten nicht nur Swigger selbst voller Bitterkeit wieder und wieder gestellt: hatten nicht auch die anderen durch ihre Tatenlosigkeit eine schwere Mitschuld auf sich geladen? Denn keiner von ihnen war beherzt eingeschritten und hatte dem drohenden Wahnsinn im allerletzten Augenblick noch mutig ein Ende bereitet. Nur so hätten sie Bertold ersparen können, seine von Swigger beschmutzte Ehre wieder herzustellen. Natürlich: auf alle Fälle hätten sie sich dazwischen werfen müssen. Beide Kontrahenten ergreifen und vermutlich sogar fesseln müssen. Und so trugen natürlich auch sie einen Teil jener Schuld, der dennoch einzig und allein auf Swiggers Schultern lastete.

Zugegeben: niemals hätte er sich von ihren dummen Spottreden dermaßen aufstacheln und in blindwütige Rage versetzen lassen dürfen. Und selbstverständlich war es für einen hoch geborenen jungen Edelmann über die Maßen unziemlich gewesen, sich ausgerechnet in Gegenwart des Königs zu betrinken. Sich dermaßen zu betrinken! Das eigentliche Verhängnis aber stellte die Wahl der Waffe dar: es hatte sich um seinen Vorschlag gehandelt. Einen Vorschlag, auf dem er stur beharrt hatte. Zweifelsfrei lastete die Hauptschuld somit auf seinen Schultern. Die Verantwortung an all dem, was anschließend unglückseligerweise geschehen war. Somit hatte er auch nun die Folgen zu tragen. Zu ertragen! Und dennoch...

Wer aber hatte mit dieser unglückseligen Wendung rechnen können? Dass Bertolds Pferd ausgerechnet im selben Augenblick scheute und den Reiter abwarf, als Swigger mit seiner waagrecht gelegten Lanze auf ihn zu stürmte. Dass sich der Körper des anderen ganz genau in diesem Moment zur Seite neigte, so dass sich die eiserne Spitze der Lanze tief in dessen durch keinen Panzer geschützte Brust bohrte! Nein, niemals hätte er Bertold treffen können, wenn der nicht die Kontrolle über sein Pferd verloren hätte. Swigger hatte es nicht einmal versucht. Noch nicht. Denn es handelte sich erst um den Beginn des Zweikampfs. Zunächst nämlich würden beide zwar mit zum Stoß bereiten Lanzen eng aneinander vorbei preschen, aber eben nur aneinander vorbei galoppieren. Nicht mehr. Lediglich eine Geste, die beim Gegner möglichst großen Respekt vor der Kampfbereitschaft des Kontrahenten hervorrufen sollte. Noch war der Zeitpunkt der direkten Konfrontation nicht gekommen! Wenn er es überhaupt tatsächlich jemals darauf angelegt haben sollte, den tödlichen Stoß zu führen. Auch diese Frage hatte sich Swigger seitdem tausendfach gestellt: hätte er es tatsächlich darauf angelegt? Wäre er in seiner blinden Raserei wirklich bis zum äußersten gegangen? Hatte er Bertold wirklich und wahrhaftig töten wollen?! Das konnte doch nicht sein! Konnte es nicht?! Und genauso oft, wie er an der

Beantwortung eben dieser Frage schier verzweifelt war, genauso eindeutig hatte er sie als völlig sinnlos auch wieder verworfen. Müßig, sich darüber noch Gedanken zu machen. Denn es war geschehen. Bertold war tot. Durchbohrt von Swiggers Lanze. Ein Unglücksfall zwar, aber dennoch. Er, Swigger, hatte Bertold im Duell getötet. In dem von ihm selbst geforderten Duell. So hatte es landauf – landab geheißen. Unerheblich für die entsetzten Leute, dass im Grund genommen das eigentliche Duell noch gar nicht begonnen hatte. Falls das überhaupt jemand erfahren hatte. Der junge Ritter Bertold, der erst wenige Stunden zuvor aus der Hand des Königs seine Schwertleite erfahren hatte, war tot. Erstochen von einem jugendlichen Heißsporn, kaum, dass auch dieser zum Ritter geschlagen worden war. Ein tödliches Duell im unmittelbaren Umfeld des Königs! Unfassbar! Was waren das nur für Burschen, die sich der Würde ihres gerade eben erworbenen Standes als so wenig geeignet erwiesen hatten?!

Dementsprechend drastisch war die Reaktion von König Heinrich ausgefallen. Eine glänzende Karriere am Königshof war damit zerstört worden, bevor sie überhaupt begonnen hatte! Und alle Ratgeber hatten König Heinrich IV. Recht gegeben. Das war weiß Gott nicht immer so. Aber in dieser Sache konnte es gar keine abweichenden Meinungen geben. Zu unfassbar war die Tat des leichtfertigen Burschen, der sich zuvor doch allen Ernstes um ein Amt im Umfeld des Königs bemüht hatte. Unfall oder Absicht: was spielte das jetzt noch für eine Rolle. Der andere war tot! Umgekommen in einem hitzigen Konflikt zweier leichtfertiger junger Burschen. Sozusagen vor den Augen des Königs! Allein die Tatsache, dass bekanntlich in Anwesenheit des Königs das Tragen von Waffen verboten war, machte die Sache noch schlimmer. Denn, wie würde die Nachricht im ganzen Reich verbreitet werden? Eben so, dass da einer in Anwesenheit des Königs erstochen worden war. Dass also einer trotz dieses Verbots seine Waffe nicht abgelegt hatte. Kein Wunder, dass König Heinrich noch mehr in Rage geriet, als ihm der Kanzler die Konsequenz dieser Nachricht auseinander setzte. Denn aller Voraussicht nach würde es nun da und dort heißen, der König habe die Lage nicht im Griff gehabt. Womöglich würden sie bei den Sachsen gar von einem Attentatsversuch auf den König sprechen! Und dabei in Jubel ausbrechen! Unfassbar, welche zunächst kaum überschaubaren Konsequenzen der Tod des jungen Ritters zeitigen konnte! „Als wenn ich die ganze deutsche Ritterschaft hinter mir wüsste! Wo ich in der derzeitigen Lage jeden aufrechten Getreuen brauchen kann! Da zerfleischen sie sich gegenseitig – und schaffen darüber hinaus noch Unruhe im Land!" Voller Wut hatte König Heinrich die Fäuste geballt und fassungslos seinen Kopf geschüttelt. In der Tat musste die Situation im Reich nach wie vor als höchst kritisch eingeschätzt werden. Man brauchte nur an den im vergangenen Jahr erfolgten Aufstand der Sachsen zurückzudenken. In dem im Übrigen Erzbischof Anno vergeblich versucht hatte, zu vermitteln. Der früher allmächtig scheinende Anno, dessen Stern aber längst im Sinken begriffen war, wie manche hinter vorgehaltener Hand schon munkelten. Anno, der ausgerechnet bei dieser Zusammenkunft nicht anwesend gewesen war. Was die Sache für Swigger umso schlimmer machte – umso besser vielleicht für den stets auf den eigenen Vorteil bedachten Anno, der sich ja in diesen Monaten einer starken Opposition in der eigenen Kirche ausgesetzt sah. Kein Wunder, denn die Auseinandersetzungen zwischen König Heinrich und Papst Gregor VII. hatten sich spürbar verschärft. Der Konflikt mit ausgerechnet dem Mann, der als Beichtvater der Kaiserin Agnes fungiert hatte. Der Mutter des jugendlichen Königs, mit dem er seit seiner Papstwahl im letzten Jahr schon mehrfach hart aneinander geraten war.

„Die Zeiten werden härter – und ausgerechnet jetzt verstricken sie sich in ihre eigenen Kämpfe, anstatt die Reihen zu schließen und sich hinter mir zu versammeln!" Für die Berater des Königs stand zweifelsfrei fest: Heinrich musste ein Exempel statuieren. Wenn er sich in diesem Fall nicht entschlossen und unnachgiebig zeigte, dann würde dies mit an Sicherheit grenzender Wahrscheinlichkeit manch anderen ermutigen, es mit der Lehenstreue nicht gar so genau zu nehmen. Wenn der junge König nun Schwächen zeigte und zauderte, dann hätte dies neue Unruhe zur Folge. Und so blieb Heinrich IV. gar keine andere Wahl: das bereits in Aussicht gestellte Lehen des Ritters Swigger war verwirkt, bevor dieser es erhalten hatte. Der Traum von einem ehrenvollen Amt am Hof? Zu Ende geträumt! Aber es sollte noch schlimmer kommen: der König verbannte ihn aus seinem Land! Befahl ihm streng, die Heimat nie wieder zu betreten. Die Ehre seiner Familie habe Swigger in den Schmutz gezogen und so sei ihm künftig auch das Recht verwehrt, das Wappen seiner Familie weiterhin zu führen. Zur Strafe habe man ein neues Wappen ersonnen: einen feurigen roten Hagdorn auf gelbem Flammengrund.

Einen feurigen roten Hagdorn auf gelben Flammen! Als ewige Erinnerung an eine ruchlose Tat! Als immerwährende Strafe!

Nicht einmal die jüngeren unter den bayerischen Edelleuten, bei deren Großteil es sich doch bislang um seine Weggefährten gehandelt hatte, waren ihm in seiner Not hilfreich zur Seite gestanden. Ehrlicherweise konnte man es ihnen kaum verdenken. Denn gerade jetzt, in der Phase, in der sich das lange gespannte Verhältnis zwischen König Heinrich und dem bayerischen Adel allmählich zu entkrampfen begonnen hatte, konnte keiner Seite daran gelegen sein, neue Konflikte auszutragen – selbst dann nicht, wenn es sich um einen der ihren handelte, dem fürderhin ein Dasein in der Verbannung drohte. Der Zeitpunkt des unglückseligen Streits, er hätte nicht ungünstiger liegen können! Zu spät!

„Das also ist es: Gundelfingen!" Die laute Stimme des Reisigen Friedbert ließ Swigger aus seinen bitteren Gedanken aufschrecken. Verwirrt blickte der Ritter sich um. Die kleine Gruppe war mittlerweile am Fuß des Bergkegels angelangt. „Hierher sollte ich euch auf Geheiß des hochwürdigen Erzbischofs geleiten. Nach Gundelfingen am Lauterfluss. Es ist der Ort, auf den künftighin auch euer Name lauten wird: Swigger Freiherr von Gundelfingen."

Gundelfingen! Fürwahr keine schlechte Wahl. Mit anerkennendem Kopfnicken betrachteten auch die übrigen Reiter die reizvolle Landschaft, das Ziel ihrer Reise. Die neue Heimat des Ritters, den sie auf Geheiß des Erzbischofs von Köln sicher hatten geleiten sollen. Der Ritter, von dessen Tat und deren Folgen sie natürlich gehört hatten. Gleichwohl durfte der unglücklich dreinschauende Edelmann auf keinen Fall mit ihrem Mitleid rechnen. Weshalb auch? Immerhin war er trotz seines Vergehens nicht nur mit dem Leben davon gekommen, sondern hatte überdies einen neuen Wohnsitz erhalten. Mit Bauern und Leibeigenen, die ihm künftig zinspflichtig waren. Die dem hohen Herrn nun zu dienen und diesen zu versorgen hatten! Welches Los wäre ihnen, den einfachen Berittenen in Diensten des Erzbischofs, dagegen zuteil geworden? Keine Frage: die Todesstrafe natürlich! Nichts mehr und nichts weniger! Dazu die Beschlagnahme des minimalen Besitzes, den sie ihr Eigen nannten: die Kleidung, die sie am Leib trugen. Ein paar wenige Kupfermünzen noch, das war alles. Und dennoch meinte es das Schicksal mit Männern wie ihnen doch trotzdem deutlich besser, als mit dem gemeinen Volk. Zumindest mussten sie den hohen Herren keine Abgaben zahlen, sondern erhielten für ihre Dienste sogar ausreichend zu essen, ein Lager und ein eigenes Reittier. Was wollte man mehr? Mehr konnte man gar nicht erreichen. Denn: sich mit den Herren zu messen, das war von vornherein vergebliche Mühe. Möglich, dass der eine oder andere von ihnen, sofern er noch jung und kräftig genug war, künftig mit einem eigenen, vom Erzbischof verliehenen kleinen Lehen rechnen durfte, so wie man es zurzeit aus verschiedenen Teilen des Reiches immer wieder einmal hörte. Aber den Stand eines solch hohen Herren, wie es dieser einer war, hätte man dann beileibe noch lange nicht erreicht. Ein Herr, der für solch eine Tat, wie er sie begangen hatte, noch nicht einmal die Todesstrafe zu befürchten hatte. Ganz im Gegensatz zu Leuten wie ihnen. Weshalb also Mitleid haben? Mochte der junge Ritter, in dessen blasse Gesichtshaut sich tiefe Falten gegraben hatten, auch noch so kummervoll dreinschauen: er hatte sein Leben behalten. Und der künftige Wohnort des Mannes schien den Männern ebenfalls akzeptabel. Die von ihnen am Morgen überquerte Hochebene und nun auch das Tal der Lauter, in dem sie angelangt waren, vermittelten den Anschein, dass die Äcker und Wiesen sorgsam bewirtschaftet wurden. Ganz offensichtlich seit Jahrzehnten schon. An Bauern und Leibeigenen würde es dem freien Herrn auf Gundelfingen also nicht mangeln. Er brauchte nicht zu darben.

Der Liebreiz des Tales blieb selbst Swigger nicht verborgen, der seinen Blick langsam über das Land schweifen ließ. Ein schöner Besitz, das musste er sich widerstrebend eingestehen. Er hätte es schlimmer treffen können. Weitaus schlimmer. Weiß Gott! Überdies: das Gebiet grenzte doch direkt an die Landschaft, in der seine Mutter Uta aufgewachsen war. Die Heimat der Mutter. Und der Familie, der er doch zur Hälfte entstammte. Familienland also.

Familienland! Unwirsch blies Swigger Luft durch die Nase. Von wegen Familienland! Unbekanntes Land! Nichts anderes war es als Niemandsland. Nie zuvor hatte er seinen Fuß auf diese Erde gesetzt. Das war nicht sein Zuhause! Und würde es auch niemals werden! Wieder verspürte der junge Ritter dieses bittere Stechen in der Brust, als ihm der tiefere Sinn des Wortes bewusst wurde. Niemandsland!

3

„Dort oben werden wir dem dornigen Gestrüpp mit einem ordentlichen Feuer erst einmal kräftig einheizen müssen“, deutete Friedbert, der persönliche Beauftragte des Erzbischofs, mit wissendem Blick auf die abgeplattete Spitze des mit dichtem Buschwerk bewachsenen Bergkegels. „Von einem früheren Besuch weiß ich, dass viele von den alten Holzbalken zwar völlig vermodert sind, aber ein paar richtiggehend strohtrockene Hölzer meine ich, damals unter den Ziegelresten schon auch noch gesehen zu haben. Es wird uns also nicht allzu viel Mühe bereiten, das Feuer zu entfachen. Viel mehr müssen wir dann aufpassen, dass sich die Flammen nicht den ganzen Hang entzünden und sich bis unten an den Fluss ausdehnen. Obwohl, “ setzte er achselzuckend noch hinzu, „schade wär's um die paar lausigen Hütten dort drüben nun wirklich nicht. Wäre vielleicht ganz sinnvoll, wenn wir sie gleich mit beseitigen würden, damit die Leute dann etwas Besseres aufbauen. Ich möchte gar nicht wissen, wie feucht es da drinnen ist und vor allem: wie es stinkt!“ Angewidert fasste er sich an die Nase und betrachtete kopfschüttelnd die in der Tat armseligen windschiefen Hütten, deren lückenhafte Strohdächer deutliche Anzeichen allmählichen Verfalls aufwiesen.

„Das wirst du nicht tun!“ fuhr ihm Swigger scharf in die Parade. „Wir werden dafür sorgen, dass nur die Spitze des Berges gesäubert wird, nichts mehr. Und zwar mit Hilfe dieser Leute da, deren Behausungen du so leichtfertig opfern willst. Ist das klar? Verstanden?!“ donnerte er dem anderen in dessen überraschtes Gesicht. Sein Widerspruch war harscher ausgefallen, als er dies eigentlich hatte formulieren wollen, doch andererseits verspürte Swigger nicht das geringste Interesse, die Menschen, die hier siedelten, von vornherein gegen sich aufzubringen. Selbst dann nicht, wenn es sich bei den Bewohnern der altersschwachen Hütten am Fuß des Bergkegels nur um Leibeigene handelte. Immerhin seine neuen Untertanen. Ob Leibeigene oder zinspflichtige Bauern, samt der beiden Mühlen, die da einige hundert Meter voneinander entfernt den Berg und die Talöffnung auf beiden Seiten zu flankieren schienen. Er würde die Leute schließlich noch mehr als genug mit ungeliebten Fronarbeiten überziehen. Da brauchte er weiß Gott nicht schon vorher die Konfrontation.

„Wie ihr befehlt Herr“, verlegen senkte Friedbert den Kopf und starrte vor sich auf den Boden. Ob er den Sinn des Tadels verstanden hatte? Vermutlich nicht. Doch das war Swigger am heutigen Tag einerlei. Natürlich musste er sich auch in den kommenden Wochen auf die Unterstützung Friedberts und dessen vier Berittene verlassen können. Denn bis auf zwei weitere unbewaffnete Knechte, die er als Zimmerleute für das Herrichten seines künftigen Wohnsitzes angeheuert hatte, gab es niemanden, auf dessen Hilfe er sich in den ersten Wochen hier verlassen konnte. Erst Recht nicht, wenn sich die Bewohner der herunter gekommenen Ansiedlung Swigger gegenüber feindselig verhalten würden. Denn ob es sich nun um den verbrieften Willen des bisherigen Lehensherren handelte oder nicht: Köln war für Menschen dieses Schlages unvorstellbar weit entfernt und ein derartig mageres Gefolge, wie es in Swiggers Tross daher kam, war keinesfalls dazu geeignet, den Bauern übergroßen Respekt vor dem Edelmann einzuflössen. Wo sich das Landvolk und der Adel ja schon seit einigen Jahrzehnten mehr und mehr feindselig gegenüber standen. Und dies nur deshalb, weil die dummen Menschen die herausgehobene Stellung der stolzen Ritter oft genug nicht anerkennen wollten. Wer aber würde sie vor Angriffen der wilden Horden aus dem Osten verteidigen, wenn nicht die kampferprobten Ritter, die sich die Abgaben, die das Landvolk für diesen Schutz abzuliefern hatte, doch wahrlich verdient hatten. Im Kriegsfall aber würden sie dann wieder voller Angst und Panik an die Tore der starken Befestigungsanlagen klopfen, die sie vorher fluchend auf Anordnung des weit blickenden Adels errichtet hatten. Landvolk! Man konnte nicht vorsichtig genug im Umgang mit diesen Leuten sein! Und schon aus diesem Grund heraus wäre es nicht nur sinnlos, sondern sogar gefährlich für Swigger, den Knappen Friedbert allzu sehr zu maßregeln und womöglich gegen sich aufzubringen. Schon klar. Und dennoch: auch Friedbert musste lernen, vorsichtiger zu Werke zu gehen. Man befand sich nun einmal nicht in Köln, Worms oder Aachen, wo es ein leichtes war, andere Reisige zu alarmieren, um das pöbelnde Volk in Schach zu halten. Hier waren sie ganz auf sich allein gestellt, falls die Bauern sich ihnen gegenüber feindlich benahmen. Und in der Überzahl befand sich das Landvolk überdies!

Vorsichtig zu Werke gehen. Darauf musste er sich jetzt konzentrieren. Egal, wie es in seiner Seele auch rumoren mochte: es handelte sich um die letzte Chance, sein Leben neu zu ordnen. Er musste sie nutzen. Und er würde sie nutzen! Mit der ganzen Kraft seines eisernen Willens nutzen! Swigger ballte die Fäuste und schloss für einen Moment konzentriert seine Augen. So, wie er das schon früher immer getan hatte, wenn er vor neuen Herausforderungen gestanden hatte. Wenn sein ritterlicher Lehrer von dem jungen Burschen beispielsweise verlangt hatte, erstmals auf einem ungesattelten Pferd in gestrecktem Galopp über die Wiese zu preschen. Wenn er unter den Augen des strengen Vaters den Pfeil seiner Armbrust genau in der Mitte der Zielscheibe zu versenken hatte. Oder wenn man von ihm erwartet worden war, im Ringkampf mit einem körperlich überlegenen Gegner dennoch die Oberhand zu behalten. Allein die bloße Erinnerung daran ließ ihn erbeben. All die mit äußerster Konzentration bestandenen Prüfungen, die ihm damals zunächst unüberwindbar erschienen waren. Erfüllt von neuer Tatkraft reckte Swigger das Kinn entschlossen in die Höhe. Ja, er würde auch diese Herausforderung meistern. Mit Sicherheit meistern!

Zunächst einmal galt es für den neuen Ritter von Gundelfingen jedoch, seinen künftigen Wohnsitz in genaueren Augenschein zu nehmen. Den Wohnsitz, über dessen bedeutende und uralte Geschichte man ihm auf Annos Geheiß schon vor Anbruch ihrer Reise berichtet hatte. Auch wenn ihm die Bezeichnung „magischer Berg“ doch um einiges übertrieben schien, die der geschichtskundige Mönch auf den Lippen geführt hatte. Aber der Mann hatte ihm die neue Heimat verständlicherweise im besten Licht verklären wollen. Andererseits musste es sich in der Tat um eine bedeutende Landmarke handeln, da sie schon vor unvordenklichen Zeiten besiedelt worden war. Deren Ursprünge weit in die Zeiten der großen alemannischen Vorfahren hineinreichten. Jener legendären Ahnen, die vor vielen hundert Jahren schon das Volk der Römer besiegt und aus deren Häuser verjagt hatten. Das mächtigste Volk, das der Erdenkreis bis dahin jemals gesehen hatte. Seine tapferen Vorfahren hatten wirklich über diese Römer triumphiert, deren Behausungen noch da und dort im Land als verfallene Ruinen zu sehen waren. Ruinen, in des Wortes wirklicher Bedeutung. Denn es handelte sich zumeist um Steinhäuser, über die sogar normale Bauersleute verfügt hatten. Unglaublich. Schon aus dieser Tatsache ließ sich erkennen, um ein bedeutendes Volk es sich gehandelt haben musste, das dennoch schließlich von den Vorfahren Swiggers in die Flucht geschlagen worden war. Ausgerechnet von denen besiegt, die sie zuvor verächtlich als Barbaren bezeichnet hatten. Zurück nach Süden waren sie geflohen. Dorthin, woher sie einst gekommen waren. Aber selbst in das Land jenseits der Alpen hatten ihnen die Alemannen nachgesetzt und am Ende mit tatkräftiger Unterstützung befreundeter Stämme sogar Rom erobert, die riesige Stadt, deren Ausmaße alle Vorstellungskraft sprengte. Welche kühnen Helden waren die Ahnen doch gewesen. Die Bezwinger eines Weltreiches! Umso bitterer lasteten die anschließenden Demütigungen auf der Seele jedes Alemannen. Demütigungen, die zwar schon viele Jahrhunderte zurück lagen, die sich aber dennoch unauslöschlich in die Seele jedes alemannischen Edelmannes gebrannt hatten. Die blutigen Niederlagen gegen die Franken, die sich in zähen Kämpfen gegen den Stamm der Alemannen behauptet hatten und von denen dann nahezu die gesamte alemannische Oberschicht ausradiert worden war. Niemals mehr würde sich die Schmach der Niederlage aus der Erinnerung des Volkes tilgen lassen. Obwohl die Franken schon in den Zeiten des großen Kaisers Karl damit begonnen hatten, die Alemannen wieder mit Regierungsgeschäften zu betrauen und ihnen seitdem auch gestatteten, ihr uraltes Siedlungsgebiet von Angehörigen aus den alten Familien regieren zu lassen. Wenige genug waren es, die dem fürchterlichen Morden überhaupt entgangen waren. Doch der große Kaiser hatte sich bemüht, einen Schlussstrich unter die erbitterte Auseinandersetzungen zu ziehen. Wozu mit allergrößter Wahrscheinlichkeit auch die immer zahlreicher werdenden Überfälle durch Reiterheere aus dem Osten beigetragen hatten. Eine Bedrohung, der man auf Dauer nur durch Geschlossenheit in den eigenen Reihen Herr werden konnte. Und der zweite maßgebliche Grund war zweifellos in der Person von Hildegardis die suchen, die zweite Frau des Kaisers Karl, die ja bekanntlich dem Geschlecht der Alaholfinger entstammte. Die Alaholfinger! Deren sagenhafte Stammburg einst über dem Bussen gethront hatte, dem heiligen Berg der Alemannen. Die Ausmaße der in diesen Zeiten zum großen Teil mit starken Holzpalisaden gesicherten Anlage ließen sich mit denen der heutigen, eher bescheidenen Burg nicht einmal ansatzweise mehr vergleichen, hatte der Mönch mit ehrfürchtiger Miene geraunt. Derart mächtig musste dieses Geschlecht einmal gewesen sein!

„Hier, Herr! Schaut doch nur! Reste von uralten Mauern, die noch aus Lehmziegeln aufeinander geschichtet worden sind!“ Staunend kauerte Friedbert vor einem Busch, dessen Zweige er beiseite geschoben hatte und damit den Blick frei machte auf die Überreste eines einstmals wohl gut und gerne anderthalb Meter breiten Mauerfragments, das sich unmittelbar am Rand des Plateaus befand. „Sie müssen viele Jahrhunderte alt sein! Seht nur, teilweise sind die Ziegel schon zu Staub geworden."

Swigger bückte sich, um die sonderbare Mauer genauer in Augenschein zu nehmen. In der Tat eine erstaunliche Entdeckung, die Friedbert da gemacht hatte. Auch der junge Ritter hatte eine solche Mauerkonstruktion nie zuvor gesehen. Denn weder handelte es sich um die verfaulten Überbleibsel von hölzernen Palisaden, noch um eine aus Steinen hergestellte Mauer. Nachdenklich betrachtete er den porösen gelbbraunen Brocken, den er aus dem Schutthaufen gezogen hatte. „Erstaunlich leicht ist das. Ich denke, du hast Recht. Es sind wirklich Ziegel, die sie hier zu einer gewaltigen Mauer aufgeschichtet haben!" Langsam ließen die beiden Männer ihre Augen von den Mauerresten weiter wandern. „Wenn man weiß, wonach man sucht, dann wird es einem plötzlich deutlich", murmelte Friedbert. „Da und dort ist der weitere Verlauf der alten Befestigung doch noch zu erkennen. Seht ihr, Herr?"

Swigger nickte. Zwar behinderte das dichte Gestrüpp eine genauere Beobachtung des Mauerverlaufs, aber es war dennoch offenkundig, dass dieser Verteidigungsring wohl einmal um die gesamte Spitze des Berges herum geführt worden war. Und angesichts des üppigen Schutthaufens vor seinen Füßen konnte der Ritter durchaus erahnen, dass die längst eingefallene Mauer einst durchaus eine Höhe von zwei Metern erreicht haben mochte. „Eine Mauer aus Lehmziegeln!" Und wieder erinnerte er sich an die Worte des Mönchs, der ihm auf Annos Geheiß die Geschichte seiner neuen Heimat auseinander gesetzt hatte. Dass es sich bei dem Berg, auf dem er seinen Wohnsitz errichten würde, nicht nur um eine Anlage handelte, die aus der Zeit der alemannischen Vorfahren stammte. Sondern dass sich zuvor schon auch die Römer hier oben niedergelassen hatten, wo man eine sichere Distanz zu dem Geschehen im Tal wahren konnte. Die Römer, die dann von den Alemannen vertrieben worden waren. Womöglich war der Berg aber schon vor den Zeiten der Römer besiedelt gewesen.

„Die Kelten! Es muss sich um eine Mauer handeln, die schon von den Kelten erbaut worden ist!" Swigger verspürte einen ehrfürchtigen Schauder, als er sich selbst das Stichwort gab. Die Kelten! Das rätselhafte Volk, von dem man sagte, dass es aus dem Dunkel der Geschichte gekommen war. Genauso, wie es auch schließlich in diesem Dunkel wieder verschwunden war. Wie vom Erdboden verschluckt! Um groß gewachsene, blonde Krieger schien es sich gehandelt zu haben, die lange vor der Geburt des Seligmachers Jesus Christus schon gelebt hatten und mit ihren ausgedehnten Raubzügen Angst und Schrecken unter den Römern verbreitet hatten. Bis sie von den Römer dann über die Alpen zurück gedrängt worden waren. Hier, in dieser Landschaft hatten die Kelten dann riesige Burgen errichtet, in denen mehrere hundert Menschen gelebt haben mussten. Darauf jedenfalls ließen die Überreste schließen, von denen auch der geschichtskundige Mönch berichtet hatte. Erst, als die Römer dazu übergegangen waren, ihr Weltreich nun auch weit nach Norden hin auszudehnen, waren die Kelten plötzlich verschwunden. Nicht ohne zuvor noch viele ihrer Befestigungen zu vernichten. Mit wenigen Ausnahmen, die dann von den Römern gerne weiter genutzt worden waren. Wie allem Anschein nach auch dieser Berg, dessen Spitze ganz eindeutig von Menschenhand geebnet worden sein musste. Womöglich von Menschen, die sogar noch vor den Kelten gelebt hatten! Der junge Ritter fröstelte bei diesen Gedanken. Was für eine unvorstellbar lange Zeit seitdem schon vergangen sein mochte! Wie viele Schicksale sich wohl an diesem Berg schon gebrochen hatten? Seiner neuen Heimat. Gundelfingen. Welch lächerlich geringe Lebenszeit konnte er dagegen setzen! Und: was würde eines Tages bleiben? Würde man sich nach ein- oder gar zweihundert Jahren noch an ihn erinnern? An Swigger, den ersten Ritter von Gundelfingen? Oder würde nicht auch sein Leben verschluckt werden vom ewigen Lauf der Jahre? Genauso wie die mächtige alte Mauer zu Staub zerfallen war, so würde auch sein Körper zu Staub werden, würde sein Name für immer verschwunden sein aus dem Gedächtnis der Menschen die ihn nicht mehr gekannt hatten...

Genug! Swigger fuhr sich mit einer unwirschen Handbewegung über die Stirn, gerade so, als wolle er damit die düsteren Gedanken aus dem Kopf wischen, denen er gerade nachgehangen hatte. Erfüllt mit neuer Entschlossenheit erhob er sich und klatschte unternehmenslustig in die Hände. „Nun denn: es ist nichts weniger als historischer Boden, auf dem wir stehen! Wollen wir uns dieser Tatsache für immer bewusst bleiben und diese Herrschaft also zu neuer Blüte führen. Der Platz ist mehr als geeignet: wir werden so rasch wie irg-

möglich mit dem Bau hier oben beginnen!" Er heftete seinen Blick auf den Reisigen Friedbert und fixierte den Mann aus ernsten Augen. „Zunächst aber werden wir entschlossen auftreten müssen, wenn es darum geht, in der Mühle unten unser Quartier zu nehmen. Sehr willkommen werden wir den Leuten dort sicher nicht sein. Selbst dann nicht, wenn es sich um Müller handelt, die künftig unter meiner unmittelbaren Herrschaft stehen werden, nachdem der hochwürdige Erzbischof seine Mühlenrechte an mich abgetreten hat. Denn es war bequemer, den Vogt von Steusslingen einen halben Tagesritt entfernt von hier zu wissen. Ganz zu schweigen von der Tatsache, dass die Müllersleute zunächst einmal unseretwegen aus dem Haus gehen müssen. Selbst wenn dies nur einige Wochen währen wird, wie ich hoffe..."

Friedbert nickte. „Sie werden nicht sehr glücklich dreinschauen, das ist anzunehmen. Aber wir werden ihnen schon deutlich machen, worum es geht..."

„...ohne die Leute freilich zusätzlich zu reizen!" fiel ihm der Ritter vorsichtshalber streng ins Wort. „Alles was geschieht, wird nur auf meine persönliche Anordnung hin geschehen!"

„Wie ihr dies befehlt, Herr", senkte der Reisige den Kopf. „Aber was auch geschieht: auf meine Männer kann ich mich verlassen. Seid deswegen also unbesorgt."

Swigger runzelte kaum wahrnehmbar die Stirn. Der Mann hatte leicht reden. Was aber würden sie im Fall eines Aufruhrs schon gegen einige Dutzend Bauern ausrichten können. Selbst wenn sie über die weitaus besseren Waffen verfügten, als das Landvolk. Nein, auf eine solche Auseinandersetzung wollte er es gar nicht erst ankommen lassen. Besser nicht! Und auch der Bau seines Herrensitzes sollte so zügig wie möglich vonstatten gehen. Glücklicherweise verfügte er über die entsprechende Barschaft, um noch weitere fachkundige Zimmerleute und genügend Hilfskräfte eventuell aus dem oberen Teil des Lautertals und vom Vogt der Herrschaft Steusslingen im Schmiechtal anzuwerben. Daran sollte ein rascher Baufortschritt also nicht scheitern. Genauso wenig wie an geeignetem, gut abgelagertem Bauholz. Auch daran würde er keinesfalls sparen. Denn Geld für den Bau war reichlich vorhanden. Dank dem Erbe der Mutter, die ihren beiden Söhnen kurz vor ihrem Tod eine stattliche Geldsumme übereignet hatte. Mit der strengen Maßgabe, dem Vater nicht das Geringste davon zu erzählen. Woran sich beide aus guten Gründen dann auch gehalten hatten. Und das war der Grund, weshalb Swigger wenigstens nicht auch noch auf die barmherzige Unterstützung des Onkels angewiesen war. Die gewaltige Summe von 500 Silbermark, die er gut im Packsattel seines persönlichen Lastpferdes versteckt glaubte und von der noch nicht einmal Friedbert etwas zu ahnen schien, würde ihn problemlos in die Lage versetzen, so viel Handwerker und Hilfskräfte anzuheuern, wie er nur brauchte. Auf die Frondienste der Leibeigenen und Bauern vor Ort wollte und sollte er zwar auch keineswegs verzichten, schon um seinen Anspruch ihnen gegenüber deutlich hervorzuheben, er war jedoch nicht auf Gedeih und Verderb auf diese angewiesen. Mehr noch: das Silber würde auch noch dafür reichen, die Burg nicht nur mit einer guten Ausstattung zu versehen, sondern überdies mit angemessenem Personal und guten Pferden. In wenigen Wochen schon könnte der erste Bauabschnitt somit vollendet sein und Swigger seinen Wohnsitz auf dem Berg beziehen – als erstem aus dem Geschlecht der Herren von Gundelfingen.

Wieder zuckte ein bitterer Schmerz unvermittelt durch seine Gedankengänge. Hoffentlich war es ihm überhaupt vergönnt, der erste in einer langen Reihe zu sein – und nicht der einzige! Mochte das Schicksal gnädig mit ihm sein und ihn reinwaschen von der schweren Schuld, die er auf sich geladen hatte!

4

„Herr, seht doch, was einer der Bauern da in der Asche gefunden hat. Er hat die abgebrannte Grasnarbe mit seinem Rechen abgezogen und dabei ist es zum Vorschein gekommen!“ Mit ehrfurchtsvoller Miene streckte einer der beiden Zimmerleute, die Swigger schon auf seinem Ritt ins Lautertal begleitet hatten, dem jungen Ritter ein schmutziges Metallstück entgegen. Neugierig betrachtete dieser den erstaunlichen Fund, der eine Länge von wohl einem drittel Meter haben mochte. „Ein Kurzschwert! Eindeutig!“ Klinge und Griff der Waffe waren trotz der starken Rostspuren deutlich erkennbar. „Ein Kurzschwert...“ wiederholte er nachdenklich.

„Aber ein ganz Besonderes, Herr. Seht nur, diese Verzierungen! Es muss ein Fund aus uralten Zeiten sein!“ Aufgeregt deutete der Mann auf die kunstvollen Verzierungen zu beiden Seiten des Griffes, die beinahe wie fein gearbeitete Köpfe auf den Betrachter wirkten. Mit langer Mähne. Drohend aufgerissenem Rachen...

„Löwenköpfe!“ entfuhr es dem überraschten Swigger.

„So scheint es in der Tat“, nickte der Zimmermann eifrig. „Und hier, am Griff: fast scheint es, als solle es eine Schlange darstellen. Bis hoch zum Knauf. Mag sein, dass der Kopf schon lange verrostet ist. Oder zerbrochen. Denn es ist merkwürdigerweise nicht aus Eisen hergestellt worden, sondern aus Bronze, dieses Schwert. Kein Wunder, dass die Leute sagen, es sei wohl einer dieser Funde, die noch aus der Zeit der Heiden stammten!“ Der große, bärenstarke Mann bekreuzigte sich rasch und musterte das Kurzschwert mit einem nunmehr furchtsamen Blick.

„Du könntest richtig liegen mit deiner Vermutung“, bestätigte Swigger. Nicht zum ersten Mal in den beiden vergangenen Tagen waren Tonscherben, verrostete Eisennägel, Reste von Tierknochen und Gewandspangen zum Vorschein gekommen, die eindeutig weit in lange vergangene Zeiten deuteten. Uraltes Siedlungsgebiet eben. Ein geschichtsträchtiger Hügel, auf dem er mit den Vorarbeiten für seinen neuen Wohnsitz begonnen hatte. Endlich begonnen hatte.

Es waren kritische Situationen zu überwinden gewesen, die sich mehr als einmal krisenhaft zugespitzt hatten. Natürlich hatte sich die Begeisterung der

Bauern in engen Grenzen gehalten, als sie Kenntnis von der Ankunft eines neuen Lehensherren erhalten hatten. Der ihnen zu allem Überfluss auch noch seine Absicht kundtun ließ, hier siedeln zu wollen. Für alle Zeiten!

Nicht, dass es den Menschen etwas ausgemacht hätte, vom einen Grundherren sozusagen wie ein Stück Vieh oder irgendeine Ware an den anderen übergeben zu werden. Nein, daran hatte sich das gemeine Volk schon vor Generationen gewöhnen müssen. Solange es die hohen Herrschaften mit neuen Steuern, Abgaben und Verboten nicht übertrieben, wie man dies leider dennoch immer wieder hören musste, solange war es den Hintersassen im Grunde genommen einerlei, welchem Geschlecht der Edelmann entstammte, der als lästiger Blutsauger gerade über ihnen thronte.

Doch Swigger hatte mit seiner Einschätzung richtig gelegen. Verständlicherweise war es den Leuten weitaus angenehmer, den Vogt, der im Auftrag des Grundherrn die Abgaben eintrieb, weitab von sich zu wissen, als nun den neuen Gebieter künftig direkt über ihren Köpfen residieren zu sehen. Und erst die damit verbundenen Konsequenzen! Die von Friedbert unmissverständlich verkündete Anordnung, für den Bau der Burg wochenlange Frondienste leisten zu müssen. „So wie es das Recht von euch verlangt!" hatte Friedbert den entgeisterten Männern und Frauen zugerufen. Am Spätnachmittag ihres Ankunftstages hatten sie die Bewohner der armseligen Siedlung auf der Wiese oberhalb der größeren Mühle vollzählig vor sich versammelt, um den Leuten die Huldigung für ihren neuen Herrn, für den edelfreien Ritter Swigger von Gundelfingen, abzunehmen. Knapp zwei Dutzend Erwachsene, um mehr handelte es sich dabei nicht. Und die Hälfte von ihnen dürfte das 40. Lebensjahr schon fast erreicht haben, falls man angesichts des eher schlechten Gesundheitszustands der früh gealterten Menschen überhaupt eine solche Schätzung wagen konnte.

„Herr, die Ernten der beiden vergangenen Jahre sind schlecht ausgefallen. Dazu kam der lange Winter in diesem Jahr. Einige von uns sind daran gestorben – an Kälte und an Entkräftung gestorben. Die Vorräte sind knapp. Wie sollen wir da die nötigen Kräfte aufbringen, um nun auch noch eine Burg bauen zu müssen. Wie soll das gehen, Herr?" Einer der Bauern, ein kahlköpfiger älterer Mann, hatte sich ein Herz gefasst und war mit unsicher gesenktem Kopf zögernd einen Schritt nach vorne getreten, um Friedbert ihre Lage zu schildern.

Doch der Beauftragte des Erzbischofs war auf diese Worte mit keiner Silbe eingegangen. Mit unwirsch gerunzelter Stirn hatte er den Mann fixiert und anschließend seinen Blick streng über den elenden Haufen wandern lassen. Es hatte lediglich eines kurzen Augenaufschlags bedurft, um den Mut des Kahlköpfigen zu brechen. Rasch war der Bauer hinter den anderen verschwunden. Ein befriedigtes Lächeln spielte um Friedbert Mundwinkel, dann deutete er mit seinem weit ausgestreckten rechten Arm auf den feuchten Boden der Wiese. „Beugt eure Knie und schwört den Treueid auf euren neuen Herrn, den edlen Ritter Swigger von Gundelfingen. So, wie es die Pflicht von euch verlangt!“, hatte er ein zweites Mal laut und überdeutlich auf die unabänderlichen Gegebenheiten verwiesen.

Vereinzelt waren bei diesen Worten mürrische Laute zu hören gewesen, vor allem bei der Erwähnung des Namens ihres neuen Lehensherren. Doch dann hatten sich die Leute einmal mehr zähneknirschend in ihr unabänderliches Schicksal ergeben. Mit versteinerten Mienen hatten sie ihre Knie gebeugt und mit gesenkten Köpfen den Treueid gemurmelt. Swigger schien es, als habe mancher dabei die Faust hinter dem Rücken krampfhaft geballt. Doch in diesem Fall musste er Friedbert innerlich beipflichten: in einem Moment wie diesem durfte man keinerlei Schwäche zeigen. Nur durch eine klare Sprache konnte das Bauernvolk in seinen Schranken gehalten werden. So, wie sich dies im Verhältnis zwischen einem Edelmann und dem gemeinen Volk schließlich auch geziemte.

Und dennoch war es ausgerechnet unmittelbar nach dem Treueid noch zu einer äußerst prekären Auseinandersetzung gekommen, als Friedbert bereits für den folgenden Tag den Beginn der Flammrodung auf dem künftigen Wohnsitz des Edlen von Gundelfingen angekündigt hatte. Laute Unmutsäußerungen waren erfolgt, die von trotzigem Kopfschütteln begleitet wurden. Ein groß gewachsener Mann, dessen Kleidung deutlich weniger Flicken aufwies, als die der übrigen Bauern, hatte sich aus der Menge gelöst, um seinen entschiedenen Protest gegen diese Anordnung vorzubringen. Bei dem Mann handelte es sich um Hans, den Müller der benachbarten Wittsteigen-Mühle, der bislang nicht in den Chor der Unzufriedenen eingestimmt hatte. Als Müller war er es gewöhnt, ein deutlich engeres Verhältnis zur Grundherrschaft zu pflegen. Schließlich ging er im direkten Auftrag des grundherrlichen Vogtes seinem Handwerk nach und stand so traditionell immer in einer besonderen Position zwischen den Bauern und ihrem Lehensherrn. Und nicht nur, dass auch diese Mühle schon seit alten Zeiten unter dem ganz besonderen Schutz des Grundherrn stand, in deren Areal Fremden das Waffentragen genauso verboten war, wie Verfolgte hier Zuflucht vor ihren Häschern fanden. Auch um die Wittsteigenmühle rankten sich die üblichen Verdächtigungen, die da den Verdacht streuten, dass es der Müller mit dem Abwiegen des Getreides nicht immer ganz genau nehme und so einen ordentlichen Teil in die eigene Tasche wirtschafte. Kurioserweise handelte es sich bei dieser Vermutung um die einzige Übereinstimmung, die zwischen dem Vogt und den ihm unterstellten Bauern bestand. So wenig beide Seiten auch in der Lage waren, ihren Verdacht konkret zu untermauern: wenn es um das Misstrauen gegenüber der Wirtschaftsweise des Müllers ging vertraten sie ausnahmsweise derselben Meinung.

Schon aus diesem Grund schien es Swigger durchaus ungewöhnlich, dass sich nun ausgerechnet der Müller zum Sprecher der Bauern erhob und sich bei seiner Gegenrede auch nicht etwa an Friedbert wandte, wie dies der schüchterne Bauer zu Beginn versucht hatte, sondern dass er direkt vor den neuen Herrn von Gundelfingen trat – dazu noch ohne jedes Anzeichen von Furcht, wie es den Anschein hatte!

„Herr“, begann er seinen Widerspruch mit fester Stimme und nahm Swigger dabei fest in sein Visier. „Alles, was ihr verlangt, ist sicher rechtens. So will es das Gesetz. Und dennoch möchte ich euch im Namen dieser Menschen bitten, euch noch eine Weile zu gedulden. Der Winter war in der Tat sehr hart für uns und noch immer steckt uns die Krankheit in den Knochen. Die Alten und auch viele Kinder sind gestorben, wir anderen erholen uns nur mühsam. Die Ernte im letzten Jahr ist schlecht ausgefallen, unsere Vorräte sind längst aufgebraucht und noch finden sich in den Wäldern kaum Beeren, um den ärgsten Hunger zu stillen. Noch nicht einmal die Bucheckern haben wir im Herbst sammeln können. Auch sie sind im vorangegangenen Frühjahr nach einem späten Frost erfroren. Und die Behausungen der Leute sind in einem üblen Zustand. Räumt ihnen, Herr, doch erst einmal genügend Zeit ein, damit sie ihre Hütten richten können und im warmen Strahl der Sonne allmählich wieder zu Kräften kommen. Gönnt ihnen, Herr, noch einige Wochen der Erholung. Sie werden es euch danken, Herr!“

„Erholung!“ Zornbebend hatte sich Friedbert zwischen den Müller und Swigger geschoben. „Was erdreistest du dich! Wie kannst du es wagen, deinem Herrn gegenüber solche Reden zu führen? Soll er womöglich über Wochen oder gar Monate in deiner verlausten Mühle hausen? Die Befehle, die ich euch erteilt habe, sind eindeutig! Morgen nach Tagesanbruch wird mit der Rodung begonnen!“

Laute Protestrufe waren die Folge auf Friedberts harsche Reaktion. Voller Ärger biss sich Swigger auf die Lippen: er hatte die Leute endgültig gegen sich aufgebracht. Genau die Situation war eingetreten, die er hatte vermeiden wollen. Genau aus diesem Grund hatte er Friedbert doch noch vor wenigen Stunden zurecht gewiesen. Hatte diesem erklärt, dass man vorsichtig zu Werke gehen musste. Und jetzt dies! Krampfhaft umklammerte er den Knauf seines Schwertes und überlegte fieberhaft. Es war nun einmal geschehen. Wie sollten sie sich jetzt verhalten? Zurückweichen kam nicht in Frage. Die Bauern hätten dies sofort als Zeichen der Schwäche verstanden. Ein spitzer Ausruf unterbrach seine Gedankengänge.

„Was?!“ Mit vor Empörung dunkelrotem Gesicht hatte Hans Müller die Hände in die Hüften gestemmt und stellte den Reisigen zornig zur Rede. „Was sagt ihr da? In der Mühle wollt ihr Quartier nehmen? Und...“

„Wo sonst?“ donnerte Friedbert mit derselben Lautstärke zurück. „Es ist deine Pflicht, dem Lehensherrn dein Haus zu überlassen! Was sage ich? Dein Haus? Es ist das Eigentum des Grundherrn! Sein Haus! Nicht deines! Du wirst dich fügen – und zwar auf der Stelle!“ Blitzschnell zog er sein Schwert aus der Scheide und präsentierte es dem erschrocken zurückweichenden Müller drohend. Auch die übrigen vier Waffenträger taten es ihrem Anführer nach und reckten ihre mächtigen Schwerter Respekt gebietend in den Himmel.

Trotz dieser unmissverständlichen Geste ließen sich die Bauern jetzt nicht mehr so leicht zur Räson bringen. Zu groß war ihr Zorn, zu heftig ihre Verbitterung angesichts des unnachgiebigen Tons, den die arroganten Fremden ihnen gegenüber angeschlagen hatten. Zu tief steckte in ihnen noch die Verzweiflung des katastrophalen Winters. Zahlreiche ihrer Angehörigen waren dem Hunger und der Kälte zum Opfer gefallen. Und sie, die Überlebenden: was für ein erbärmliches Dasein mussten sie seit vielen Wochen schon fristen? Was hatten sie noch zu verlieren? Diejenigen, die von ihnen gegangen waren – vielleicht hatten sie sogar das bessere Los gezogen! Fast schien es ihnen sogar, als sei der Tod das kleinere Übel!

„Was die Herren sich erdreisten!"

„Sie glauben, sie könnten sich alles herausnehmen!"

„Das ist nicht Gottes Wille!"

„So ist das Leben unserer Ahnen nicht verlaufen!"

„Sie versuchen, sich alles zu nehmen. Die Rechte unserer Väter lassen wir uns nicht streitig machen!"

„Niemals!"

Immer lauter und zorniger wurden die Rufe. Die Situation drohte, ihnen aus den Händen zu gleiten. Schon bewegten sich die ersten abgerissenen Gestalten mit einem mutigen Schritt auf die Waffenträger zu.

Es galt jetzt, rasch zu handeln. Natürlich befanden sich die Bauern klar in der Überzahl. Swigger von Gundelfingen, Friedbert mit seinen vier Reisigen und die beiden sich ängstlich duckenden unbewaffneten Zimmerleute auf der einen Seite, die dreifache Anzahl an Bauern auf der Gegenseite. Sicher – sie würden die Leute in die Flucht schlagen können, schon Dank ihrer Waffen und der oft geübten Kampftechnik, über die sie im Gegensatz zu den anderen verfügten. Doch um welchen Preis? Es würde Opfer kosten – und zwar auf beiden Seiten. Er durfte es nicht so weit kommen lassen. Der Preis war zu hoch!

Mit einem lauten Schrei glitt Swigger vom Pferd und stürzte sich mit all seiner Kraft auf den völlig überraschten Müller, der von der Wucht des Aufpralls zu Boden gerissen wurde. Noch ehe dieser begriff, wie ihm geschah, hatte sich der groß gewachsene Ritter auf seine Brust gesetzt und ihm grob die Arme nach hinten gerissen. Hans stieß einen gellenden Schmerzensschrei aus, der die Bauern innehalten ließ.

„Es ist genug jetzt! Hast du verstanden?" Zur nachdrücklichen Untermauerung seiner Frage zerrte der Edelmann ein weiteres Mal an den Armen des Müllers, was einen weiteren Schmerzenslaut zur Folge hatte.

Der hoffnungslos eingezwängte Müller nickte mit vor Schmerz und Panik weit aufgerissenen Augen.

„Ich höre nichts!" knurrte Swigger wütend und drückte fester zu.

Ein lautes qualvolles Stöhnen entrang sich dem Mund des Unterlegenen. „Ja Herr!"

„Lauter!"

„Ja Herr, es ist genug!"

Swigger nickte den Waffenträgern kurz zu. Die Männer verstanden. Augenblicklich hatten sie den Müller mit eisenharten Griffen an dessen Oberarmen gepackt und aufgerichtet. Sein Kopf baumelte kraftlos auf die Brust herunter, lang gezogene Klagelaute drangen aus seinem Mund: der Mann war zu keinerlei Gegenwehr mehr fähig. Voller Entsetzen betrachteten die Dorfbewohner das Resultat des blitzschnell beendeten Zweikampfs. Wo doch Hans Müller als ihr Stärkster galt, gegen den niemand so die Oberhand behalten würde! Es war kaum zu fassen! Ausgerechnet Hans! Der Widerstand der Gundelfinger war unvermittelt in sich zusammen gebrochen.

„Hat noch jemand eine Klage vorzubringen?" nutzte Friedbert die Erstarrung der Bauern und ergriff wieder das Wort.

Doch bis auf das gequälte Stöhnen des Müllers blieb es still. Kein Wort war zu hören. Keine Widerrede mehr.

Ein zufriedenes Lächeln spielte um Friedberts Mundwinkel. „Nun gut! Damit sind wir uns also einig. Ich erwarte euch also morgen in der Frühe kurz nach Tagesanbruch. Hier, an dieser Stelle!" Mit einer wegwerfend-herablassenden Handbewegung bedeutete er den Leuten, sich nun rasch zurückzuziehen. Die Auseinandersetzung war glücklich zu Ende gebracht worden. Wenn auch nur um Haaresbreite! Und die Zuneigung der künftigen Untertanen hatten sie schon am ersten Tag verspielt. „Aber diesem Volk kann man sowieso nie trauen. Niemals," knurrte Friedbert verächtlich, nachdem ihm von Swigger heftige Vorhaltungen in dieser Hinsicht gemacht worden waren. Wie auch immer: die Fronten zwischen dem Edelmann auf dem Berg und den Bewohnern von Gundelfingen würden in Zukunft eindeutig verlaufen. Von Anfang an!

Und auch die Stellung des Müllers im Beziehungsgeflecht der winzigen Siedlung würde sich künftig verändern. Die Bauern und selbst die Leibeigenen würden ihn nach der erfolgten Auseinandersetzung eher als einen der ihren ansehen und nicht mehr – wie das noch bis vor kurzem der Fall gewesen war – als eine Art Untervogt der Herrschaft. Selbst der auf seine herausgehobene Stellung bislang so stolze Müller würde diese neue Rolle annehmen. Fürwahr kein guter Grundstein für das neue Geschlecht der Herren von Gundelfingen. Die

Tatsache, dass Swigger und sein Gefolge logischerweise wie angekündigt ihr Quartier in der Mühle an der Wittsteige, dem größten Gebäude ringsum, genommen hatten, würde die Bitternis in der Seele des Müllers zusätzlich verstärken. Zumal Hans Müller samt seiner gesamten Familie in die benachbarte Scheune auszuweichen hatte. Und dies über viele Wochen: so lange, bis der Wohnsitz des Herrn von Gundelfingen auf der Spitze des Umlaufberges endlich hergerichtet war.

Bis auf die achtjährige Bärbel, die jüngste Tochter des Müllers, bekamen die neuen Mühlenbewohner Angehörige der Müllersfamilie nur selten zu Gesicht. Vor allem Johann, der wohl 15 jährigen Sohn, schien schwer mit der Schmach umzugehen, die der adelige Herr seinem Vater zugefügt hatte. Bisweilen schien es Swigger, als würde sich ein finsterer Blick heimlich in seinen Rücken bohren. Dann und wann konnte er gerade noch erkennen, wie eine schattenhafte Gestalt rasch hinwegtauchte, als er sich umwandte. Aber weshalb um alles in der Welt sollte er sich Gedanken um die Befindlichkeit eines Müllerssohnes machen?

Sollte ihn der Junge ruhig beobachten. Irgendwann würde er ihm zum Ausgleich dafür einmal den Mehlstaub aus den Kleidern klopfen lassen.

Aber zumindest die kleine Bärbel mit ihren blonden Zöpfen und den lustig dreinblickenden blauen Augen begegnete ihnen mit kindlicher Unbefangenheit. Tag für Tag betrat sie, ohne anzuklopfen, die Mühle und setzte sich auf den Schoß des Ritters, zu dem sie – aus welchem Grund auch immer – von Beginn an ein besonderes Zutrauen gefasst hatte. Eine Zuneigung, die durchaus auf Gegenseitigkeit beruhte. Es war ein lange nicht mehr erlebtes Gefühl, das warm durch Swiggers Körper pulsierte, wenn er mit ihr scherzte und die eine oder andere erfundene Abenteuergeschichte erzählte. Ob diese enge Bindung ihrem Vater nun gefiel oder nicht! Der Mann würde sich hüten, seiner Tochter den Umgang mit den hohen Herrschaften zu verwehren. Merkwürdig: irgendwie schien es Swigger, als könne das Mädchen gar nicht zu der Müllersfamilie gehören. Und diese Vermutung hegte er nicht nur wegen ihrer blauen Augen, auch die dunkle Haut der kleinen Bärbel ließ sie so gänzlich anders wirken, als der Rest der Müllersippe. Und ihr Verhalten ohnehin!

Wenigstens eine Seele unter den ansonsten feindlich gesinnten Gundelfingern, die ihnen freundlich begegnete.

Zwar bemühten sich die übrigen Bewohner der bescheidenen Siedlung seit der heftigen Auseinandersetzung, den Neuankömmlingen gegenüber nun freundliche Mienen an den Tag zu legen, aber wer konnte ihnen schon trauen? Und wie es wohl in ihren Herzen aussah... Swigger konnte sich dies nur allzu gut ausmalen. Zu seinem großen Leidwesen. Nicht, dass er sich um die Befindlichkeiten solcher Leute wirklich scherte. Das wäre von einem Edelmann aus edlem Geblüt dann doch zu viel verlangt gewesen. Aber trotz alledem: eine freundlichere Aufnahme in seiner neuen Heimat hätte er sich dennoch gewünscht. Zu spät. Beide Seiten hatten die Gelegenheit dazu vertan.

Dabei wäre es ja durchaus von Vorteil gewesen, einige Leute mehr als die fünf Bewaffneten verlässlich auf der eigenen Seite zu wissen.

Zumal Friedbert, der Reisige, kürzlich mit eher bedenklich stimmenden Nachrichten aus dem nördlichen Teil des Lautertals zurückgekommen war. In Swiggers Auftrag hatte er einen ersten Besuch auf Burg Hundersingen absolviert, der nächsten Herrschaft Flussaufwärts. Um den Herren dort die Nachricht von Swiggers Ankunft zu vermelden und ferner die Tatsache der Lehensübergabe durch Anno von Steusslingen an den neuen Herrn von Gundelfingen bekannt zu geben. So wie dies der gute Brauch war. Über alles Weitere würde Swigger den Herren von Hundersingern gerne bald schon persönlich Auskunft erteilen. Doch die Brüder Eberhard und Theobald von Hundersingen hatten dem Beauftragten des Gundelfingers einen kühlen Empfang bereitet und dessen Grüße zwar mit stoischen Mienen entgegen genommen, jedoch keine Einladung an den neuen Nachbarn ausgesprochen. Aus welchem Grund auch immer. Weshalb war ihnen Swigger nicht willkommen? Weil sie ihn aufgrund seiner Verwandtschaft mit Erzbischof Anno als Mann des Königs einstuften? Auf dessen Seite sie nach all dem, was Swigger bekannt war, doch ebenfalls zu finden waren. Oder hatte sich der Wind gedreht, wie es in diesen unruhigen Zeiten ja geradezu an der Tagesordnung schien? Hatten etwa auch sie sich inzwischen dem gegnerischen Lager zugewandt, das sie mit zahlreichen Versprechungen im Hinblick auf eine Vergrößerung ihres Lehensgebietes und künftigen herausgehobenen Ämtern im Reich auf seine Seite gelockt hatte? So, wie dies ja immer wieder über die heimlichen Umtriebe und Ränkespiele berichtet wurde, die dem Umfeld der Grafen von Achalm zu entspringen schienen. Nicht zu vergessen, trieben auch mancher Bischof und zahlreiche Klöster ihr eigenes

Spiel, indem sie mehr oder weniger unverhohlen ihre Gegnerschaft zu König Heinrich IV. bekundeten und dafür sogar noch von Papst Gregor persönlich gelobt worden waren! Man durfte sich bei niemandem mehr sicher sein. Umso misstrauischer und behutsamer würde Swigger von Gundelfingen also seine nördlichen Nachbarn im Auge behalten.

Aber dabei handelte es sich noch nicht einmal um die beunruhigendste Nachricht, mit der Friedbert wieder nach Gundelfingen zurückgekehrt war. Mit offenkundiger Häme hatten die Hundersinger den Abgesandten darüber in Kenntnis gesetzt, dass Swigger bald schon ganz offen Unbill drohte. Denn auch der noch ein ganzes Stück weiter im Norden des Tals siedelnde Herr von Blankenstein, dessen Augenmerk schon von jeher immer auf den Süden gerichtet war, war keinesfalls gewillt, die neue Machtbalance an der Lauter stillschweigend zur Kenntnis zu nehmen. Ganz im Gegenteil: persönlich wolle er beim König als oberstem Lehensherrn des Reiches Protest gegen Swiggers Ansiedlung einlegen – und sollte dies etwa nicht zum gewünschten Ziel führen, dann könne er sich immer noch mit dem althergebrachten Fehderecht gegen den Rivalen durchsetzen.

Ausgerechnet Schweikhart von Blankenstein, ein entfernter Verwandter also, dessen Vorväter demselben Geschlecht entstammten, wie Swigger und Anno. Wenngleich sich die Familien im Laufe der vergangenen vier Generationen auseinander bewegt hatten. Aber dennoch machte der Blankensteiner mit eben jenem Hinweis auf diese Verwandtschaft eigene Ansprüche auf Gebiet geltend. Ein impulsiver jähzorniger Mann, der schon des Öfteren auch in direkte Konfrontation mit dem Erzbischof gegangen war. Einer der Gründe, weshalb Anno von Steusslingen mit Sicherheit bei König Heinrich rechtzeitig intervenieren würde. Aber dennoch: bei Schweikhart konnte man nie wissen! Und den Hundersingern war also ebenfalls nicht recht zu trauen.

Unfreundlicher hätte sich die Situation kaum darstellen können, mit der sich Swigger von Gundelfingen ohne eigenes Zutun dennoch konfrontiert sah.

5

Sommersonnwende Juni 1075

Alles schien sich in diesen Tagen nun dennoch zum Besseren zu wenden. Erzbischof Anno hatte blitzschnell reagiert, als die Nachricht von der kühlen Aufnahme seines Neffen im Lautertal zu ihm gedrungen war. Gleich unmittelbar nach dem so unerfreulich verlaufenen Besuch Friedberts auf Burg Hundersingen hatte Swigger einen Entschluss gefasst und den Reisigen als Boten eilig fortgeschickt, damit dieser dem Erzbischof persönlich darüber Bericht erstatte, wie die Dinge standen. Aller Wahrscheinlichkeit nach würde Anno in diesen Juniwochen wohl in Worms oder eventuell in Mainz verweilen. Nicht in Köln. Insofern war die Strecke für Friedbert so auch in wenigen Tagesritten zu bewältigen.

Und tatsächlich: es waren keine drei Wochen vergangen, als Friedbert an der Spitze eines berittenen Zuges zurückkehrte. Und mit ihm ein gutes Dutzend wehrfähiger Männer mit ihren Familien. Männer, die Swigger jetzt mit Pferden und einfachen Waffen ausstatten konnte. Eine Art berittener Schutztruppe, die fortan dafür Sorge tragen würde, dass der Wohnsitz des neuen Herrn von Gundelfingen keinem Überfall eines feindlich gesinnten Nachbarn wehrlos ausgeliefert sein würde.

Bei den Untertanen, die Anno ihm hatte überstellen lassen, handelte es sich um Leibeigene aus dem Schmiechtal – aus Besitzungen der Familie derer von Steusslingen also. Und die Leute waren freiwillig gekommen, nachdem Friedbert jeden einzelnen von ihnen prüfend unter die Lupe genommen hatte und ihnen dann das Angebot unterbreitet hatte, fortan als berittene Wächter in die Dienste des Herrn von Gundelfingen zu treten. Denn das Leben eines Berittenen war dem trostlosen Dasein eines Leibeigenen Bauern auf alle Fälle vorzuziehen. Aus diesem Grund waren die starken muskulösen Männer auch gerne auf Friedberts dementsprechendes Angebot eingegangen. Das Reiten würde ihnen Friedbert schon noch beibringen und auch einen geschickteren Umgang mit den Spießen. Es würde nur wenige Wochen in Anspruch nehmen. Auf alle Fälle aber durfte Swigger von Gundelfingen zu seiner Erleichterung gleich einen doppelten Fortschritt konstatieren: die Männer und ihre Familien waren freiwillig gekommen und hatten sich als künftige Berittene überdies in ihrem Stand wesentlich verbessern können. Sie würden ihm also treu ergeben sein. Und: sie würden ihn beschützen.

Eine wahrhaft großzügige Geste des Erzbischofs, von dem ansonst doch immer nur als hartem nur auf den eigenen Vorteil bedachten Mann die Rede war. Möglich, dass er sich angesichts seines hohen Alters von nunmehr immerhin schon 65 Jahren etwas gewandelt hatte. Altersmilde also? Swigger war sich in dieser Einschätzung alles andere als sicher. Viel eher schien ihm der Onkel nach wie vor als gewiefter Stratege, der zahlreiche Fäden in seiner Hand zusammenhielt. Und dies, obwohl es seit einigen Jahren hieß, dass Zahl und Einfluss seiner Gegner im Reich deutlich gewachsen wären. Nein, allein die rasche Reaktion auf Swiggers Hinweis zeigte deutlich, wie umsichtig Anno seine Macht verteidigte. Und aus diesem Grund brauchte man die Überstellung der Leibeigenen keinesfalls als eben jene großzügige Geste betrachten, als die sie natürlich auch der Erzbischof selbst darstellte. Nein, mit dieser Maßnahme hatte er dafür gesorgt, auch das Gebiet im mittleren Lautertal mit einem seiner Parteigänger sicher zu besetzen. Allen eventuellen Begehrlichkeiten der Grafen von Achalm, der Hundersinger oder des Blankensteiners zum Trotz. Ein wahrhaft weiser Schachzug!

Mit den neuen Waffenträgern und deren Familien hatte sich die Einwohnerschaft der bescheidenen Siedlung Gundelfingen innerhalb kürzester Zeit mehr als vervierfacht. Denn zu den Berittenen gesellten sich noch zusätzliche Handwerker samt ihren Gehilfen, die Friedbert ebenfalls in Swiggers Namen angeworben hatte, um den Bau des herrschaftlichen Wohnsitzes auf dem Berg möglichst schnell vollenden zu können. An den finanziellen Mitteln hatte es hierbei nicht gemangelt: Dank der Barschaft seiner verstorbenen Mutter Uta, über die der Ritter bekanntlich verfügte. Darüber hinaus hatten sie auch ideales Bauholz erstehen können: vor fünf Jahren am Dreikönigstag geschlagene und sorgfältig gelagerte Eichen- und Buchenstämme, mit denen die Zimmerleute am heutigen Tag nun bereits die Fachwerkkonstruktion des ersten Stocks aufrichteten.

Kein Wunder, dass die Talaue am Umlaufberg der Lauter mit einem Mal erfüllt war von geschäftigem Leben, wie nie zuvor. Zahlreiche schwer beladene Ochsengespanne, die sich langsam aber beständig vorwärts quälten, das Gewieher der erschrockenen Pferde, die ihre ungeschickten Reiter mehr als einmal von ihren Rücken schüttelten. Zu diesen Geräuschen gesellte sich das Echo der mächtigen Hammerschläge, mit dem die Zimmerknechte die schweren Holzbalken bearbeiteten, das sich dutzendfach an den Hängen brach und wie ein niemals enden wollendes Donnergrollen über das Tal dröhnte.

Doch wieder war der Friede nicht von langer Dauer. Eigentlich kein Wunder, bei der hektischen Betriebsamkeit, die das Dorf durch die Bauarbeiten erfasst hatte. Kein Wunder auch, dass es sich natürlich wieder um die alteingesessenen Bauern der Siedlung Gundelfingen handelte, von denen neue Proteste ausgingen. Denn die Leute, die hier seit Jahr und Tag ein zurückgezogenes kärgliches Dasein gefristet hatten, sahen sich mit immer größeren Anforderungen konfrontiert. Längst wurden nämlich nicht mehr nur die arbeitsfähigen Männer durch die Zwangsarbeit am Bau des adligen Wohnsitzes stark in Anspruch genommen, auch die Schwächeren von ihnen, selbst Frauen und Kinder, hatten auf Friedberts strenge Anweisung mitzuhelfen am Aufbau der Hütten, die für die zahlreichen neu eingetroffenen Handwerker rasch erstellt werden mussten. Und selbst wenn es Swigger in der Zwischenzeit gelungen war, die entsprechenden Nahrungsvorräte herbei zu schaffen, so dass auch die Gundelfinger endlich wieder einmal einigermaßen ausreichend zu essen hatten: es handelte sich um schwerste Arbeit. Kein Ende war absehbar. Und dies, obwohl sie längst an die Pflege ihrer Kornfelder hätten gehen müssen, die nun jedoch vom Unkraut ungehindert überwuchert wurden. Kein Wunder, dass die Leute von neuem aufbegehrten.

„Die hohen Herren!“ Verächtlich spuckte der eine oder andere hinter Swiggers Rücken aus. „Nichts als Steuern und Abgaben eintreiben, das können sie. Doch wozu sonst sind diese Plagen nütze?“

„Um uns bis zur totalen Erschöpfung auszupressen. Ja, das können sie!“

„Und dann behaupten sie in ihrer Dreistigkeit auch noch, das sei vom Herrgott so gewollt!“

„Niemals!“

Immer zorniger wurden ihre Reden, immer wütender ihre Blicke. Und dennoch wuchs die Burg rasch in die Höhe. Kein Monat mehr, dann könnten die ersten bereits damit beginnen, das Holz für die ringförmige Wand aus dicken Palisaden zu schlagen. Für diese erste Befestigung bedurfte es keiner abgelagerten Stämme. Man konnte die Bäume dazu auch im Sommer fällen. Was jedoch wiederum ein verständnisloses Kopfschütteln der Gundelfinger nach sich zog, die voller Sorge betrachteten, wie der ungeheure Verbrauch an Gerüstholz und demnächst also zusätzlich an Palisadenholz die Wälder lichtete, aus denen sie sich doch schon seit Menschengedenken ihr Brennholz für die Wintermonate besorgten.

Der Tag der Sommer-Sonnenwende war angebrochen. Ein Festtag schon in Zeiten der Ahnen. Wie dies der Brauch war, würde man ihn auch in diesem Jahr wieder begehen. Würde den großen Haufen aus dürren Ästen und Zweigen entzünden, den die Bauern ab dem Nachmittag einsammeln wollten, wenn ihnen Friedbert für den heutigen Tag gestattete, die Arbeit an der Burg schon nach der Einnahme des mittäglichen Getreidebreies ausnahmsweise zu beenden. Es sollte doch auch in diesem Jahr ein schönes Feuer werden, aus Anlass der Sonnenwende, diesem wundersamen Himmelsereignis, das kein Mensch je zu begreifen vermochte. Zumindest keiner der ihren.

Doch Friedbert hatte ihre Bitte kategorisch abgelehnt. Es komme überhaupt nicht in Frage, dafür die Arbeit an der Burg zu vernachlässigen. Nicht in diesem Jahr. Nach der ersten Verblüffung über diese Antwort, mit der keiner von ihnen gerechnet hatte, war es zum einem harschen Wortwechsel gekommen.

„Wir feiern diesen Tag seit unvordenklichen Zeiten!“

„Es ist ein heiliges Fest, das schon unsere Vorfahren gefeiert haben!“

„Es ist unser Recht, das Feuer zu entzünden!“

Und wieder war es kein anderer als Hans Müller, der sich mutig als Sprachrohr vor die anderen stellte und es als einziger von ihnen wagte, seinen Protest dem Reisigen mit hoch erhobenem Kopf direkt in das Gesicht zu schleudern.

„Was wagst du elender Wurm, dich gegen mich aufzulehnen?!“ Mit finsterer Miene fixierte Friedbert den Müller, während er mit der Rechten den Knauf seines Schwertes umklammerte. Langsam und ohne Anzeichen irgendwelcher Furcht. Selbst wenn sie sich ihm gegenüber momentan in der Überzahl befanden. Sie sollten sehen, dass er sich vor dem verlausten Bauernpack überhaupt nicht fürchtete! Weshalb auch!

„Es ist nicht meine Absicht, mich gegen euch aufzulehnen … Herr,“ versuchte Hans Müller, die Erregung zu dämpfen, die ihn bei der arroganten Antwort erfasst hatte. „Und überdies: in all den Jahren zuvor hat unser Sonnwendfeuer auch dazu gedient, das Unkraut gleich mit zu verbrennen, das wir auf unseren Felder beseitigt haben. Die Felder, die wir heuer nicht haben pflegen können und in denen das Unkraut ungehindert wuchert! Aufgrund der Fronarbeit, die wir verrichten müssen. Schlimm genug! Doch da könnt ihr uns jetzt nicht auch noch die Tradition rauben, mit der wir..."

„Schweig!" unterbrach Friedbert lautstark die Rede des Müllers. „Was ich kann und was ich nicht kann, das entscheidet niemand anders, als ich selbst! Mit Ausnahme des edlen Herrn von Gundelfingen! Aber niemals ein dahergelaufener leibeigener Müllersknecht! Und jetzt genug..."

Wie eine Explosion brach sich die Erinnerung an die nur wenige Wochen zuvor erlittene Demütigung in Hans Müller ihre Bahn. Rasend vor Zorn zog er ein Messer aus dem Gürtel und stürzte sich auf sein Gegenüber. Er hätte den von dem plötzlichen Angriff völlig überrumpelten Friedbert wohl tatsächlich zu Boden gerissen und in seiner blinden Wut womöglich auch zugestochen, wenn nicht im selben Augenblick Swigger herangeritten wäre, der die bedrohliche Situation blitzschnell erfasst hatte. Geistesgegenwärtig hieb er seine Hacken in die Flanken des laut aufwiehernden Pferdes, das mit einem gewaltigen Satz nach vorne preschte. Mitten im Galopp ließ sich der Ritter aus dem Sattel fallen und schaffte es dabei gerade noch, den Müller an dessen Schultern zu packen und mit sich zu Boden zu reißen.

Für den im Ringkampf geschulten Swigger musste es ein Leichtes sein, den Müller zu bezwingen und ihm das Messer aus der Hand zu entwinden. Zumal dem Ritter überdies noch das Überraschungsmoment zugute kam. Doch Hans Müller gelang es mit einer reflexartigen Bewegung, seine linke Faust krachend an das Kinn des Angreifers zu setzen, so dass dieser hart mit dem Kopf auf den felsigen Untergrund prallte und einen Moment lang benommen liegen blieb. Ein stechender Schmerz bohrte sich in Swiggers Hirn und nur wie durch einen dichten weißen Nebel hindurch nahm er wahr, wie sich sein Gegner halb aufrichtete und im Begriff war, mit der weit erhobenen Rechten, in der die Klinge eines Messers aufblitzte, zuzustechen. Es konnte sich nur noch um die Länge eines Wimpernschlages handeln, bis sich das Messer in die Brust des Ritters bohren würde, doch dieser war zu keiner Bewegung fähig. Sein Ende war nahe! Ohne Möglichkeit zur Gegenwehr erwartete Swigger von Gundelfingen den tödlichen Schlag.

Schon senkte sich die Klinge unbarmherzig auf ihr Opfer, als plötzlich ein erstickter Schrei aus Hans Müllers Kehle drang. Wie vom Blitz getroffen sackte der Mann danach kraftlos in sich zusammen.

Ein Gottesurteil?

Mitnichten!

Irgendwie war es Friedbert während der sich in Windeseile abspulenden Ereignisse dennoch gelungen, sein Schwert aus der Scheide zu ziehen. Mit all seiner Kraft hatte er es in den Rücken des Müllers gestoßen. Einmal, zweimal und sogar noch ein drittes Mal stach er zu. Dann endlich ließ er von dem längst in einer grotesken Haltung reglos am Boden liegenden Mann ab. Erst, als er sich ganz sicher war: von Hans Müller würde keine Gefahr mehr ausgehen. Hans Müller war tot!

Entsetzt starrten die umstehenden Leute aus dem Dorf auf die Leiche ihres Mitbewohners herunter, unter dessen Rücken sich eine große dunkelrote Blutlache gebildet hatte. Wie gelähmt standen sie da, mit leichenblassen Gesichtern. Unfähig selbst zu erschrockenen Kommentaren. Langsam richtete sich Swigger auf, dessen Schädel vor rasenden Schmerzen beinahe zu zerspringen schien. Vorsorglich trat Friedbert an die Seite des unsicher schwankenden Ritters und stützte mit seinem linken Unterarm den Rücken des verletzen Swiggers.

Eine unnatürliche Ruhe hatte sich bleiern über den Ort des furchtbaren Geschehens gelegt. Als wäre die Zeit in diesem Moment für immer stehen geblieben. Keiner der Beteiligten sagte ein Wort. Eine Ewigkeit schien so verstrichen zu sein, als mit einem Mal Stimmen hinter ihnen zu hören waren. Sie gehörten zu drei Zimmerknechten, die mit einem frisch bearbeiteten Holzbalken auf den Schulter, wenige Augenblicke später keuchend um die Biegung des Weges kamen, der zu ihrer Baustelle hinauf führte.

Der Anblick der Handwerker löste die Erstarrung. Zögernd lösten sich einige Männer aus der Gruppe der Dorfbewohner und näherten sich der Leiche des Müllers mit vorsichtigen Schritten. Nachdem ihnen weder durch Swigger noch durch Friedbert Einhalt geboten worden war, hoben sie den leblosen Körper behutsam in die Höhe, um den Toten anschließend zu der Mühle an der Wittsteige zu schaffen. Wortlos und mit gesenkten Köpfen trotten die übrigen Bauern hinter ihnen her.

Nur einer von ihnen, weder Swigger noch Friedbert konnten erkennen, um wen es sich handelte, zischte im Schutz der Menge eine lautstarke Verwünschung. „Verflucht sei die Willkür der Herren bis in alle Ewigkeit!"

Während sich das Gesicht des so verhängnisvoll impulsiven Knappen sich von Neuem zornesrot verfärbte und er Anstalten machte, sich mitten in die Leute zu stürzen, hielt Swigger, in dessen Kopf der Schmerz noch immer heftig dröhnte, ihn mit einer gebieterischen Handbewegung zurück.

„Und willst du nicht mein Bruder sein..." tönte es trotzig aus der Menge. Kurz danach war der traurige Zug verschwunden.

Mit strenger Miene nahm Swigger nunmehr den Knappen in sein Visier. „Was hast du da nur angerichtet!" Er musterte sein Gegenüber missbilligend. Doch Friedbert zeigte keinerlei Anzeichen von Reue über seine Handlung.

„Verzeiht Herr! Aber...es war die einzige Möglichkeit, euer Leben zu retten!" So gespielt demütig auch sein Augenaufschlag wirken mochte, so eindeutig war aus dem Klang seiner Stimme zu entnehmen, dass sich der Mann nicht der geringsten Schuld bewusst war. Im Gegenteil: er sah sich vielmehr als Lebensretter seines Herrn. Anscheinend schien er weit eher Dankbarkeit und keinen Tadel von diesem zu erwarten. Diese Art von besserwisserischem Hochmut hatte Swigger gerade noch gefehlt!

„Es hätte auch ein Faustschlag getan. Oder meinetwegen ein gezielter Schwertstreich! Du musstest den Müller doch nicht gleich umbringen! Und dann auch noch drei Mal hintereinander zustechen! Das werden sie uns niemals vergessen!"

Trotzig erwiderte Friedbert nun den Blick des Ritters. „Der Kerl hatte sein Leben verwirkt! Er hat sich auf euch gestürzt! Das hätten wir nicht ungestraft lassen dürfen. Auf keinen Fall. Er wäre also gerichtet worden: so oder so! Und überdies: er war ein Unruhestifter. Von Anfang an. Erinnert Euch nur an unser erstes Zusammentreffen mit ihm!"

„Wir haben die Menschen endgültig gegen uns aufgebracht, vergiss das nicht! Und weshalb? Weil einer der ihren jetzt tot ist! Aus einem völlig nichtigen Anlass heraus," donnerte Swigger wutbebend zurück und riss dabei impulsiv seine Faust in die Höhe, was die bohrenden Kopfschmerzen in einem grellen Blitz explodieren ließ. Für einen Moment schloss er die Augen, bis der quälendste Schmerz vorüber war.

„Du wirst kein zweites Mal so vorgehen! Ich befehle es dir hiermit! Jedwede Auseinandersetzung, zu der es künftig zwischen unserer Seite und den Dorfbewohnern kommen mag, wird von mir entschieden. Von niemand anderem! Hast du mich verstanden?“ Auch wenn es ihn infolge seiner Schmerzen eine gewaltige Überwindung kostete, fixierte er den jähzornigen Reisigen mit einem finsteren herrischen Blick. Unwillig runzelte dieser die Stirn und schien gerade zu einer beleidigten Gegenrede ansetzen zu wollen, als ihm Swigger harsch in die Parade fuhr. „Ich dulde kein weiteres Widerwort! Meine Entscheidung ist gefallen. Und du hast sie vernommen! Es ist ein Befehl! Sollte mir zu Ohren kommen, dass du dagegen verstoßen hast, dann werde ich dich festnehmen und als Befehlsverweigerer bestrafen lassen. Und nun geh!“ Mit der weit ausgestreckten Rechten deutete er zum Gipfel des Berges hinauf, wo die gewaltigen Gerüste der Zimmerleute weit in den blauen Himmel ragten.

Mit aschfahler Miene nahm der Knappe die unmissverständliche Drohung entgegen, dann nickte er kurz und stampfte mit wütenden Schritten davon.

Er würde den Tadel nicht begreifen. Niemals. Genauso wenig wie die Anordnung, künftig allen Streit dem Herrn von Gundelfingen persönlich vorzutragen. Dem er in seiner selbstlosen Art und Weise doch manches einfach hatte abnehmen wollen. Und jetzt diese unfassbare Demütigung!

Nie würde ihm einleuchten, dass Swigger nichts anderes übrig geblieben war, als so zu handeln. Er hatte ein Zeichen setzen müssen. Ein Zeichen, dass auch ihm nicht verborgen geblieben war, wie unnachgiebig Friedbert sich im Umgang mit den einfachen Bauern zeigte. Und bei aller gebotenen Distanz zwischen einem Edelmann und dem gemeinen Bauernvolk: sie sollten wissen, dass ihrem Grundherrn durchaus an einer pfleglichen Behandlung seiner Untertanen zu tun war. Streit, Hass oder gar offenen Aufruhr konnte er in der momentanen Situation, in der er sich nun einmal befand, auf gar keinen Fall gebrauchen. Dennoch fürchtete Swigger, manch verstohlenen Blick der Bauern richtig gedeutet zu haben: manche von ihnen würde er niemals für sich gewinnen können. Sie würden für immer Feinde bleiben. Feinde bis auf den Tod!

Wieder verstärkten sich die Kopfschmerzen. So viel Leid. Würde es denn niemals enden?

Unaufhaltsam drängte sich nun ein Bild in sein Gedächtnis. Ein Bild, das aufgrund seiner Auseinandersetzung mit Friedbert zunächst in den Hintergrund getreten war. Ein Bild, das ihn gleichwohl von nun an quälend verfolgen würde.

Ganz kurz nach der Tat war es gewesen, als der nur mühsam wieder zu klaren Gedanken gelangende Swigger in der betroffen auf den toten Müller herunter starrenden Menge ein kleines blondes Mädchen entdeckt hatte: Bärbel! Die Tochter des erstochenen Müllers! Für einen Augenblick hatten sich ihre Blicke getroffen. Ihr Blick! Der Ausdruck in dem Gesicht des Kindes, das ihnen mit so viel Fröhlichkeit und Zutrauen begegnet war. Und jetzt hatten sie ihren Vater erstochen!

Es war dieser Blick der achtjährigen Bärbel, der Swigger von Gundelfingen ein weiteres Mal in seinem Leben innerlich beinahe zerbrechen ließ. Ein Blick, der auch noch viele Wochen später wie ein Menetekel über seinem Dasein schwebte. Ein Blick, den er niemals mehr vergessen würde.

Und wieder fragte sich der junge Ritter in diesem Moment voller Bitterkeit, ob es ihm wohl noch jemals in seinem Leben vergönnt sein würde, eines Tages Glück und Frieden zu finden. Trotz all der dunklen Wolken, die seit der unseligen Tat die Sonne verfinstert hatten. Würde die Last der Sünde jemals von ihm genommen? Oder war er auf immer und ewig zur Sühne verdammt?

6

Ende September 1075

Nachdenklich verfolgte Swigger von Gundelfingen den vornehm gewandeten Boten, der, von zwei stark bewaffneten Reisigen flankiert, gerade eben noch einmal grüßend die Hand zum Abschied erhoben hatte und sein Pferd jetzt in einen eiligen Trab setzte. Der kleine Trupp schlug den Weg lauteraufwärts ein, in Richtung Norden. Gut möglich also, dass der Bote mit einem Auftrag versehen war. Nämlich auch den Brüdern im nahen Hundersingen eine Nachricht zu überbringen. Oder den Rittern Eberhard und Theobald von Hundersingen womöglich auch nur über den Ausgang des kurzen Gesprächs mit Swigger Bericht erstattete. Den alteingesessenen Edelleuten, die ihrem neuen Nachbarn nach wie vor mit geradezu provozierender Nichtbeachtung gegenüberstanden. Denn immer noch war auf den schon viele Wochen zurückliegenden Besuch von Friedbert keine Einladung an Swigger zu einem Besuch in Hundersingen ergangen. So, wie dies eigentlich den Gepflogenheiten entsprochen hätte, von ritterlicher Höflichkeit ganz zu schweigen. Kurze Zeit später waren die drei Reiter aus dem Blickfeld des Gundelfingers verschwunden, der den überraschenden Besuch um die Mittagszeit in der Mühle an der Wittsteige empfangen hatte.

Bei dem eilig daher preschenden Boten handelte es sich um den Abgesandten eines in den letzten Jahren rasch emporstrebenden jungen Adligen, dessen steiler Aufstieg zu einem der engsten Berater des jungen Königs Heinrich zurzeit in aller Munde war. Zumal der Mann erst ein Lebensalter von 25 Jahren aufwies. Aber vielleicht lag genau in dieser Tatsache auch die Begründung. Denn er war damit im selben Jahr, also 1050, geboren worden, wie der König.

Natürlich war ihm auch Swigger schon mehrfach begegnet: in jenen ewig zurückliegend scheinenden Zeiten, in denen er selbst sich einige Male im Umfeld des Königs hatte aufhalten dürfen. Nur war Swiggers Schwertleite damals noch nicht erfolgt, denn schließlich war er drei Jahre später geboren und schon aus diesem Grund war die Distanz zwischen ihnen beiden immer gewahrt geblieben. Lange freilich hätte es nicht mehr gedauert... Zu spät! Ärgerlich wischte sich Swigger von Gundelfingen eine Haarsträhne aus der Stirn. Was sollte seine beständig in die Vergangenheit gewandte Betrachtungsweise denn bewirken? Der Lauf der Zeit war nicht mehr zurück zu drehen. Es war geschehen. Doch immerhin würde er nun die Gelegenheit erhalten, dem anderen in Kürze gegenüber zu treten. Dem Mann, auf den sie alle mit Spannung blickten.

Schon allein der Beiname des Ritters sorgte in diesen Monaten für reichlichen Gesprächsstoff. Denn Friedrich, so lautete sein Vorname, entstammte dem vornehmen Geschlecht der Riesgrafen, die freilich schon seit mehreren Jahrzehnten in der Landschaft zwischen Fils und Rems siedelten und sich seitdem nach ihrem Wohnsitz Beuren auch die Herren von Büren nannten. Ohne deshalb jedoch auf den Titel eines Riesgrafen zu verzichten. Weshalb auch?

Doch Friedrich, der gleichnamige Sohn des Friedrich von Büren, hatte in diesem Jahr mit der Billigung des Königs die Bezeichnung seines Herkommens neuerlich geändert. Seit wenigen Wochen benannte er sich schon nach einer neuen und wie man hörte gewaltigen Burg, die er seit eben diesem Jahr auf einem Berg in der Nähe seines bisherigen Wohnsitzes erbauen ließ. Ein Bauwerk, das offenbar gewaltige Summen verschlang. Doch allem Anschein verfügte Friedrich über die entsprechenden Mittel. Und überdies schien auch der König den Bau dieses Bollwerks nach Kräften zu unterstützen. Die Burg auf einem weit ins Land ragenden Berg, den man den Stauf nannte. Und nach dem Namen dieses Berges benannte sich also nun auch der bisherige Herr von Büren. Friedrich, Herr der Burg auf dem Berg Stauf. Friedrich von Staufen. Ein neuer Name unter den Edlen des Reiches. Ein Name, der mit Sicherheit auch in Zukunft noch oft erklingen würde, wenn es um die Geschicke des Landes ging.

Um Friedrich von Staufen also handelte es sich, der seinen Boten auf die Alb geschickt hatte, um den Ritter Swigger von Gundelfingen unverzüglich zu sich zu bitten.

Swigger hatte nur kurz gestutzt, als ihm die ungewöhnlich knapp formulierte Aufforderung überbracht worden war. Denn von einer Bitte im eigentlichen Wortsinn konnte wohl kaum die Rede sein. Zu eindeutig war die Botschaft formuliert gewesen. Eine Botschaft, aus der sich unschwer heraus lesen lies, dass Friedrich von Staufen im Gebiet des Herzogtums Schwaben nicht nur als Vertrauter des Königs agierte, sondern in der Tat viel mehr als eine Art Stellvertreter ihres obersten Lehensherrn zu betrachten war. Ein Affront gegenüber Rudolf von Rheinfelden, dem amtierenden Herzog von Schwaben, dem dieses Vorgehen natürlich auf Dauer nicht verborgen bleiben konnte und dem solches über kurz oder lang sauer aufstoßen würde. Rudolf von Rheinfelden, der Schwager des Königs – und dennoch schien er sein eigenes, ränkevolles Spiel zu betreiben. Es gab niemand im Umfeld des Königs, der dem Herzog wirklich traute.

Andererseits – auch das war längst ein offenes Geheimnis unter den Edlen des Reiches: König Heinrich misstraute dem Schwabenherzog schon seit Jahren. Kein Wunder, dass er deshalb ganz gezielt junge, nach Macht und Einfluss strebende Adelige aus Schwaben förderte, auf deren treue Gefolgschaft er sich bedenkenlos verlassen konnte.

Nun denn: Swigger würde also am frühen Morgen des übernächsten Tages zu einer Reise in das Tal der Fils aufbrechen. Es würde ihm gar nichts anderes übrig bleiben, als der Aufforderung des Herrn von Staufen möglichst rasch zu folgen. Nur allzu deutlich war sich Swigger von Gundelfingen der Tatsache bewusst, dass auch der junge Graf jeden seiner Schritte mit Argusaugen beobachtete und dass diesem Swiggers Belehnung mit der Herrschaft Gundelfingen ein arger Dorn im Auge gewesen war. Wie dies bei der Mehrzahl der schwäbischen Edelleute ebenfalls gesehen wurde. Darin mochte auch der Grund für die Vorladung liegen, der von dem Boten nur angedeutet worden war. Es sei geboten, sich über die Abgrenzung der gundelfingischen Herrschaft zu verständigen, hatte es geheißen. Was nichts anderes bedeutete, als dass die Nachbarn hinter seinem Rücken längst aktiv geworden waren und bei dem Staufer ihren Unwillen über Swiggers Ansiedlung bekundet hatten. Mit an Sicherheit grenzender Wahrscheinlichkeit war der Blankensteiner so und nicht anders vorgegangen – und vermutlich hatten die beiden Herren von Hundersingen in genau dasselbe Horn gestoßen. So reserviert die Brüder Eberhard und Theobald ansonsten auch dem streitlustigen Schweikhart von Blankenstein gegenüber standen.

Vielleicht konnte Swigger diese nicht unproblematische Situation am Ende jedoch sogar zu seinen Gunsten nutzen. Auf alle Fälle würde es ganz und gar nichts schaden, sich dem neuen starken Mann in Schwaben einmal persönlich präsentieren zu können. Wenn er dadurch also die Gelegenheit in die Hand bekam, den nur drei Jahre älteren Friedrich von Staufen von Angesicht zu Angesicht über seine friedlichen Absichten ins Bild zu setzen. Zumindest vom Lebensalter her betrachtet, mussten sie doch über eine gemeinsame Basis verfügen. Und überdies würde er auch die Gelegenheit gerne nutzen, den Burgenbau auf dem Staufen selbst in Augenschein nehmen zu können. Es musste sich um eine über die Maßen gewaltige Anlage handeln. Nach allem was ihm bislang darüber zugetragen worden war.

Nicht im Mindesten natürlich vergleichbar mit seinem eigenen Wohnsitz, der auf der Spitze des gundelfingischen Bergkegels langsam und stetig Gestalt annahm. Allein schon die Tatsache, dass der Herr von Staufen seine Burg komplett aus Stein errichten lassen würde, wie dies seit einiger Zeit von besonders einflussreichen und finanzstarken Grafen mittlerweile in Auftrag gegeben wurde.

Wie einfach und bescheiden mochte dem wortkargen Boten dagegen die hölzerne Befestigung erschienen sein, über deren Baufortschritt er sich vor seinem Weiterritt noch kurz hatte informieren lassen. Der Mann hatte nicht einmal andeutungsweise den Versuch von höflich geheuchelter Bewunderung über das Bauwerk verlauten lassen. Im Gegenteil. Auch hier hatte er sich weiterhin reserviert gezeigt und nur ab und an mit einem kurzen Kopfnicken angedeutet, dass er Swiggers Beschreibung überhaupt wahrgenommen hatte. Dementsprechend machte sich der Ritter von Gundelfinger auch keine Illusionen. Der Bote würde seinem Auftraggeber mit verächtlichen Formulierungen von den Unterschieden zwischen den zeitgleich entstehenden Burgen berichten. Falls der hochnäsige Geselle, der mit kaum verhohlener Arroganz mehr als einmal die Mundwinkel nach unten gezogen hatte, diese Bezeichnung im Fall der Burg im Lautertal überhaupt in den Mund nehmen würde.

Zumindest konnte man ihm aufgrund des Burgenbaus also weder Großmannssucht noch wie auch immer geartete Machtgelüste unterstellen! Weiß Gott nicht! Trotz seiner vornehmen Herkunft. Aber daran durfte er nicht mehr denken. Nie mehr denken.

Ein weiteres Mal atmete Swigger tief durch. Das Gespräch mit dem Herrn von Staufen. Hoffentlich würde es einigermaßen gut verlaufen. Denn nach Streit und Auseinandersetzung stand ihm weiß Gott nicht der Sinn. Dem anderen hoffentlich ebenso wenig. Übermorgen würde er es wissen.

7

Zwei Tage später

Die Miene des Edelmanns verhieß nichts Gutes. Mit kritisch gerunzelter Stirn fixierte der schmächtige junge Graf sein Gegenüber. Es verging geraume Zeit, bis er dem bewegungslos vor ihm verharrenden Swigger von Gundelfingen mit einer lässigen Bewegung seiner rechten Hand bedeutete, sich nun auf dem einfachen Stuhl Platz niederlassen zu dürfen, der für den Besucher herein getragen worden war. Das Misstrauen von Friedrich war beinahe mit Händen zu greifen.

Und der Staufer kam auch rasch zur Sache, nachdem er zuvor nur die allernotwendigsten Höflichkeitsfloskeln mit dem von ihm herbei zitierten Swigger ausgetauscht hatte. Schnell wurde diesem klar, dass die Tatsache seiner Verwandtschaft mit Erzbischof Anno von Köln in diesem Umfeld nicht unbedingt zu seinem Vorteil gereichte. Ganz im Gegenteil sogar. Mit knappen Worten setzte Friedrich von Staufen dem ahnungslosen Swigger auseinander, dass sein Onkel Anno vor wenigen Wochen schwer erkrankt sei. Und dessen Ärzte hegten allem Anschein nach nur noch wenig Hoffnung, das Leben des Erzbischofs erhalten zu können. Man müsse mit dem Schlimmsten rechnen.

Mit erstaunlicher Offenheit hatte der Graf seinem überraschten Gast gleich im Anschluss an den alles andere als herzlichen Empfang geschildert, wie sehr sich das Verhältnis zwischen König Heinrich IV. und Anno inzwischen abgekühlt hatte. Nicht nur, dass der König dem Erzbischof schon von jeher misstraute. Mittlerweile schien dieser auch im fein gewobenen Machtgefüge des Reiches so sehr umsponnen, dass er anderen den Vortritt bei den allerwichtigsten Entscheidungen einräumen musste und somit nun auch nicht mehr im Mittelpunkt der Aufmerksamkeit des Königs stand. Insofern könne Friedrich dem Herrn von Gundelfingen hiermit nur in aller Deutlichkeit davon abraten, sich aufgrund der Verwandtschaft mit dem todkranken Anno irgendwelche Vorteile zu erhoffen. Falls er jemals damit spekuliert habe, auf diese Karte setzen zu können, um sich an seinem neuen Wohnsitz auf der Alb zu halten, dann befinde er sich ganz sicher auf einem gefährlichen Irrweg. Es handelte sich um mehr als schonungslose Offenheit, die der junge Graf hier an den Tag legte. Die unverhohlene Drohung, die hinter seinen Worten steckte, war nicht zu überhören!

Nie war sich Swigger bislang der Tatsache bewusst gewesen, dass König Heinrich allen Grund dafür besaß, dem so übermächtig scheinenden Anno zu misstrauen und ihn bei der ersten sich bietenden Gelegenheit zu entmachten. Denn in der Tat hatte es sich um einen Staatsstreich gehandelt, als der Erzbischof von Köln im April des Jahres 1062 den damals erst zwölfjährigen Kaisersohn Heinrich in Kaiserswerth entführt und zur Geisel genommen hatte. Ein von langer Hand geplanter Umsturz, dessen Ursache in der unglücklichen Regentschaft der Kaiserin Agnes, Heinrichs Mutter, zu suchen war. Nahezu die gesamte Oberschicht des Reiches hatte sie gegen sich aufgebracht, als sie im Jahr zuvor ausgerechnet den Sachsen Graf Otto von Northeim als Herzog in Bayern eingesetzt hatte! Eine unglaubliche Demütigung – vor allem für den süddeutschen Adel!

Und so hatte sich Anno, der ehemalige Kaplan von Kaiser Heinrich III., der von diesem noch kurz vor dessen Tod im Jahr 1056 zum Erzbischof von Köln erhoben worden war, an die Spitze des Aufstands der Reichsfürsten gestellt. Bis sie Agnes von Poitou, der von ihnen allen verachteten Witwe des Kaisers, die Regierungsgewalt aus den Händen gerissen hatten. Auch um den Preis der Gefangennahme des noch minderjährigen Heinrich IV. Kaiserin Agnes hatte daraufhin den Schleier genommen und war nach Italien geflohen. Übrigens zu niemand anderem als dem einflussreichen Kirchenreformer Hildebrand, der fortan als ihr Beichtvater fungierte. Und ausgerechnet dieser Hildebrand hatte vor zwei Jahren nun als Papst Gregor VII. den Stuhl Petri bestiegen! Ein Mann, der schon vor seiner Wahl nicht müde geworden war, den Vorrang des Papstes vor allen weltlichen Herrschern wieder und wieder zu betonen!

Selbst als Heinrich IV. im Jahr 1065 den Königsthron bestiegen hatte, blieb Annos Macht dennoch ungebrochen. Keiner seiner zahlreichen Gegenspieler vermochte es, seine Stellung als Erzkanzler zu untergraben. Bischof Adalbert von Bremen nicht und schon gar nicht Rudolf von Rheinfelden, auf dessen Beistand Kaiserin Agnes so sehr gehofft hatte. Immerhin hatte sie diesen mit dem Herzogtum Schwaben belehnt, ihm die Herrschaft über das reiche Burgund überlassen und ihm zudem sogar noch ihre Tochter Mathilde zur Frau gegeben. Dennoch hatte Rudolf sie schnöde im Stich gelassen. Auch Rudolf war sich der

Gefahr wohl bewusst, was es bedeutete, gegen Anno von Steusslingen zu Felde zu ziehen. Genauso wie der zu Beginn seiner Amtszeit dem Einfluss des Erzbischofs gegenüber schier ohnmächtige Heinrich IV., der es sich in jenen Jahren sogar gefallen lassen musste, als König von Annos Gnaden bezeichnet zu werden!

Kein Wunder, dass Heinrich jede sich bietende Gelegenheit nutzte, den Einfluss Annos zu schmälern – in aller Heimlichkeit natürlich.

All diese Fakten hatte Swigger in dieser Deutlichkeit noch niemals vernommen. Ebenso wenig wie er bislang Kunde vom Aufstand der Kölner Bürger im Jahr 1074 gegen die Regentschaft des Erzbischofs erhalten hatte. Im selben Jahr, in dem sich Swigger zu seiner unbedachten Tat hatte hinreißen lassen. Dem Grund allen Übels! Kein Wunder war Anno dieses Geschehen zu jener Zeit alles andere als gelegen gekommen! Und doch hatte er auch diese Gefahren unbeschadet überstanden. Der Aufstand war von den Rittern des Erzbischofs mit schrecklicher Konsequenz niedergeschlagen worden und keiner traute sich fortan mehr, offen gegen Anno zu opponieren. Mit Anno war immer zu rechnen gewesen!

Erst jetzt schien es so, als sei der Stern des schwerkranken Mannes wirklich im Sinken begriffen.

Erstmals konnte es König Heinrich also gelingen, die Fäden der Regentschaft ganz in seine Hand zu bekommen. Zumal er in diesem Jahr 1075 auch den Sachsen eine vernichtende und endgültig scheinende Niederlage zugefügt hatte. Wobei man bei den schon so häufig besiegten Sachsen ja nie wissen konnte: zu oft schon hatten sich diese in der Vergangenheit dennoch wieder erhoben!

Der junge König und sein gleichaltriger Vertrauter Friedrich von Staufen: sie schienen auf das äußerste entschlossen, die Situation in ihrem Sinne zu nutzen und die Macht endgültig bei Heinrich IV. zu konzentrieren. Das war der unmissverständliche Kern der Botschaft, weswegen Swigger an den Fuß des Hohenstaufen zitiert worden war.

Er würde sich in seiner von Anno eingerichteten Herrschaft im Lautertal auf Dauer nur halten können, wenn er sich als unabdingbar königstreu erweisen würde. Ganz und gar eindeutig war es der Wille des Herrn von Staufen, jedweden Widerstand im Keim zu ersticken – zumindest in denjenigen Gebieten des Herzogtums Schwaben, die sich nicht im direkten Einflussbereich der Grafen von Achalm und der mit ihnen verwandten Herren von Urach oder den Zähringern befanden. Swigger von Gundelfingen war sich der Anforderung bewusst: er würde sich unmissverständlich erklären müssen. Und zwar gleich heute. An Ort und Stelle. Ob er damit bereits das Vertrauen des Staufers erwerben könnte, schien ihm angesichts dessen unverhohlen an den Tag gelegten Skepsis zwar fraglich, jedoch: ein Anfang musste gemacht werden. Am besten schon heute.

Die Ausgangslage erwies sich mit einem Mal als wesentlich komplizierter, als er dies zunächst vermutet hätte. Denn auch Annos Kalkül hatte ihn ganz bewusst auf die Schwäbische Alb ins Tal der Lauter geführt. Von wegen Einfühlsamkeit mit einem Mitglied der Familie! Wie hatte er nur so blauäugig sein können, dies zu glauben! Als wenn sich der alte Fuchs Anno schon jemals von Gefühlen hatte leiten lassen! Nein, es war ihm immer nur um nichts anderes, als die Sicherung der eigenen Macht gegangen, wenn er seinen ränkevollen Spielen im ganzen Reich nachgegangen war. Von wegen Familienerbe! Ein Stück Heimat, in die Swigger Dank des einfühlsamen Erzbischofs zurückgekehrt war! Niemals! Unwillig ballte der junge Ritter seine Faust.

Ein Spielball zwischen den Machtblöcken. Das war es, wozu er Anno hatte nützlich sein können. Erst Anno und nun dem König, beziehungsweise dessen engem Vertrautem Friedrich von Staufen.

Ja, als Keil zwischen Urachern und den Grafen von Achalm sollte er sich fortan bewähren. Und den Süden durfte man ebenfalls nicht vergessen! Ausgerechnet der Süden, in dem die Welfen ihren vom König misstrauisch beäugten Einfluss ebenfalls zu vergrößern begannen. Die Welfen! Die eigenen Verwandten also, denen ausgerechnet er, Swigger, entgegen zu treten hatte! Nun gut, sie hatten ihn seinerzeit allzu rasch verstoßen. Aber dennoch: es war und blieb ein merkwürdiges Gefühl, die eigenen Verwandten auf der Gegenseite zu wissen.

Zunächst aber galt es, vor allem die Aktionen der Grafen von Achalm im Auge zu behalten. Die voller Stolz bei jeder Gelegenheit darauf verwiesen, dass mit Papst Leo IX. in den Jahren zwischen 1049 und 1054 immerhin ein enger Verwandter von ihnen auf dem Stuhl Petri gesessen hatte. Ein Vetter der Gräfin Adelheid von Achalm, der von dieser nach seiner Wahl sogar ganz in der Nähe von Gundelfingen, im uralten Schloss von Zwiefalten bewirtet worden war. Ein Ort, den die Achalmer seitdem als geradezu heilige Stätte zu betrachten schienen.

Erstaunlicherweise verliefen die Fronten dennoch mitten durch diese Familie: während sich die beiden ältesten, nämlich der regierende Graf Liutold und sein Bruder Kuno kompromisslos auf der Seite des immer offener gegen den König opponierenden Papstes Gregor befanden, standen mit Bischof Werner von Straßburg und dem seine elsässischen Besitzungen verwaltenden Egino zwei weitere aus dem Geschlecht der Achalmer treu auf König Heinrichs Seite. Ein Spiegelbild der zerrissenen Situation, die das Reich in jenen Jahren beherrschte.

Wie auch immer: es blieb ihm kein Ausweg. Swigger von Gundelfingen würde sich auf mancherlei Auseinandersetzungen mit den mächtigen Grafen einrichten müssen. Aber es gab keine andere Wahl! Das Lehen war ihm weiß Gott nicht geschenkt worden. Der Preis, den er zu zahlen hatte, war weitaus höher, als er dies zunächst vermutet hatte. Und dennoch handelte es sich um seine einzige Chance. Sich klar und eindeutig zur Sache des Königs zu bekennen. Feierlich und mit fester Stimme erklärte er seine Treue.

Die Skepsis in den Augen des Staufers schien Swigger dennoch nicht völlig verschwunden, wenngleich ihn Friedrich nun mit wesentlich freundlicheren Worten zum Mahl einlud, als er sie zur Begrüßung gefunden hatte.

Sogar am nächsten Morgen, kurz bevor Swigger von Gundelfingen zur Rückreise aufgebrochen war, hatte ihn Friedrich noch einmal kurz empfangen und ihm seine besten Wünsche mit auf den Weg gegeben. Zwar hatte er auch jetzt noch kein einziges Wort darüber verloren, welcher der Nachbarn bei dem Staufer seinetwegen Beschwerden vorgebracht hatte – andererseits konnte sich Swigger dieses leicht denken. Der Blankensteiner auf alle Fälle – und auch bei den beiden Hundersingern würde er mit seinem Verdacht nicht weit daneben liegen.

Nur gut, dass er bei seinem Aufenthalt ein gutes Gespräch mit Werner von Grüningen hatte führen können, dem angesehenen Träger des Reichsbanners, der gar nicht allzu weit im Südwesten von Gundelfingen zuhause war. Der von Grüningen hatte ihm nämlich offenbart, dass Swiggers Herrschaftsübernahme im mittleren Lautertal durchaus nicht von allen mit Argwohn beobachtet worden war, sondern dass sich auch Fürsprecher gefunden hatten. Beispielsweise die ebenfalls mit ihm verwandten Herren von Justingen, die ihrerseits immer kritische Distanz zu Erzbischof Anno gehalten hatten. So gut dies einem solch einflussreichen Mann gegenüber eben möglich gewesen war.

Andererseits: auch Grüningen hatte ihm dringend ans Herz gelegt, ein waches Auge auf die Umtriebe des Schweikhart von Blankenstein zu heften. Denn diesem war keineswegs zu trauen. Man konnte nie wissen, auf wessen Seite der Blankensteiner wirklich stand: auf der des Königs oder jener der Grafen von Achalm. Und falls er auch nur den geringsten Vorteil für sich erblickte, konnte der hinterlistige Ritter – wie schon geschehen – in Windeseile die Seite wechseln. Höchste Vorsicht war also geboten!

Tief in ernste Gedanken versunken hatte Swigger den Wohnsitz des Riesgrafen wieder verlassen. Heimwärts. Der Alb entgegen. Vorbei an der riesigen Baustelle, auf der in diesen Monaten die gewaltigen Fundamente der steinernen Burg gelegt wurden. Ein Bollwerk, demgegenüber sich der neue Wohnsitz des Gundelfingers geradezu winzig und bescheiden ausnahm. Der Staufer, der sich ihm gegenüber trotz der förmlichen Verabschiedung nach wie vor eher reserviert gezeigt hatte, würde auf jeden Fall gut gerüstet in die Auseinandersetzungen der nächsten Jahre gehen. Die nächsten Jahre! Sie würden auch ihm, dem einfachen Herren von Gundelfingen auf der Schwäbischen Alb manch schwere Prüfung abverlangen. Es würde nicht einfach werden, sie alle siegreich zu bestehen. Sein vornehmes Herkommen würde ihm dabei nicht zum Vorteil gereichen. Viel eher das Gegenteil war der Fall!

8

Dezember 1075

„Er soll sich erst einmal am Küchenfeuer richtig aufwärmen, bevor er weiter zieht. Und gebt ihm eine große Schüssel mit heißer Brotsuppe. Er bekommt davon soviel, wie er nur essen kann." Swigger war das unwillige Zucken im Gesicht seines Kochs nicht entgangen, als er diese Anweisung erteilt hatte. Ausgerechnet mit der Suppe des Herrn von Gundelfingen sollte der Gast versorgt werden! Wenig genug würde dann für den Burgherrn selbst noch übrig bleiben! Denn nur in diesen Kessel hatte der Koch am Morgen einige Wildschweinknochen gegeben, um damit eine kräftigere und auch schmackhaftere Brühe zustande zu bringen, als sie den übrigen Burgbewohnern aufgetischt wurde. Beinahe wie einen kostbaren Schatz hütete Hans Koch diese Knochen, die von einem in der vorvergangenen Woche erlegten Wildschwein stammten. Dank der klirrenden Kälte, die seit Anfang des Monats im Land Einzug gehalten hatte, war es ein Leichtes für ihn, die Knochen frisch zu halten. Wesentlich schwieriger gestaltete sich da schon das Verstecken der begehrten Köstlichkeit: und zwar vor menschlichen und tierischen Räubern gleichermaßen. Immer wieder gelang es nämlich einem der Dorfbewohner, das Versteck zu entdecken und auszuräumen. Zum maßlosen Ärger des Kochs, der daraufhin mehr als einmal von seinem Herrn gefordert hatte, augenblicklich mit einem Trupp der Reisigen die Hütten von Gundelfingen zu durchsuchen und den Dieb zu ergreifen. Nicht nur zu ergreifen, sondern vielmehr seiner gerechten Strafe zuzuführen. Was der Burgherr freilich immer strikt abgelehnt hatte. Denn für den Dieb hätte dies das sichere Todesurteil bedeutet, wenn dieser sozusagen auf frischer Tat ertappt worden wäre. Swigger von Gundelfingen hätte in solch einem Fall gar nicht anders handeln können, als das Todesurteil auszusprechen. Und zu einer solch drastischen Maßnahme wollte er sich auf gar keinen Fall veranlasst sehen. Er konnte die Menschen sogar durchaus verstehen, die der Hunger zu dem Diebstahl getrieben hatte. Denn auch in diesem Winter würde es für die einfachen Bauern und Leibeigenen ums nackte Überleben gehen. Die Ernte war alles andere als üppig ausgefallen, eine gewaltige Mäuseplage drohte ferner, die wenigen Vorräte zusätzlich zu dezimieren. In der großen Scheune der Wittsteigenmühle hatte das Ungeziefer bereits furchtbar gewütet. Und der durch den feuchten Herbst bedingte Schimmel, der sich allmählich überall ausbreitete, tat ein Übriges! Zwar hatten die Leute im Herbst wenigstens Bucheckern und Eicheln sammeln können – im Gegensatz zum vergangenen Jahr – doch der schlechte Gesundheitszustand der ausgehungerten Menschen bereitete Swigger von Gundelfingen ernste Sorgen. Zumal er eine gewisse Mitschuld an diesem Umstand nicht gänzlich von der Hand weisen konnte. Denn durch die Fronarbeit am Bau seines Wohnsitzes war die Situation beileibe nicht besser geworden. Und ob ein aus Eichelmehl gebackenes Brot wirklich dazu geeignet war, die Bauern nicht nur zu sättigen sondern auch bei Kräften zu halten, das schien ihm mehr als fraglich. Genauso, wie man sich von Brennnesselsuppe nicht über Wochen hinweg ernähren konnte, ohne Schaden an der Gesundheit zu nehmen. Genau dies hatte er im vergangenen Sommer ebenfalls mit ansehen müssen. Wer konnte seinen Untertanen also verdenken, wenn sie in den vergangenen Wochen gelegentlich den Hasen und Wildschweinen bis in den herrschaftlichen Wald hinein nachgestellt hatten. Natürlich handelte es sich hierbei um Wilderei, wie Friedbert nicht müde wurde, dies voller Empörung lautstark anzuprangern. Doch mehr als einmal hatte Swigger die Klagen von Friedbert gar nicht erst zu Kenntnis genommen. Die Konsequenzen wären verheerend gewesen. Und neuerliche Unruhe unter der ihm nach wie vor ablehnend gegenüber stehenden Bevölkerung seines Dorfes konnte er im Augenblick beileibe nicht gebrauchen.

Selbst in dem so unnachgiebigen Friedbert war jedoch seit einigen Tagen eine erstaunliche Wandlung vorgegangen. Und dies aufgrund einer ganz und gar simplen Tatsache, wie Hans Koch seinem Herren am gestrigen Abend kichernd berichtet hatte. Friedbert hatte sich verliebt! Ausgerechnet Friedbert, der knorrige und zumeist finster dreinblickende Reisige! Es war kaum zu glauben! Und dennoch war es Tatsache. Bei der jungen Frau handelte es sich um Notburga, die älteste Tochter eines der Handwerker, die nach wie vor mit dem weiteren Ausbau der Burg auf der Bergkuppe beschäftigt waren. Zu Swiggers großer Erleichterung hatten sie das Wohngebäude tatsächlich schon mit Anbruch des Herbstes fertig stellen können und widmeten sich seitdem den Stallungen, Unterkünften der Bediensteten und dem großen Wall mit den Holzpalisaden, der sich künftig schützend rund um die Burg legen würde. Natürlich handelte es sich dabei lediglich um einen recht bescheidenen Schutz vor unliebsamen Überraschungen. Auf keinen Fall würde die Holzwand längeren Attacken von geübten Angreifern standhalten. Darüber war sich Swigger von Gundelfingen im Klaren. Doch ein Anfang war damit immerhin gemacht. Die erste Befestigung seines Herrensitzes. Alles Weitere würde man sehen.

Dem jungen Edelmann hatte es viel bedeutet, endlich die Mühle an der Wittsteige verlassen zu können. Den Lärm und die damit verbundene Unruhe, die der weitere Ausbau der Burg tagtäglich von Sonnenaufgang bis Sonnenuntergang mit sich brachte, hatte Swigger dafür gerne in Kauf genommen. Nur weg von der Mühle an der Lauter, deren ausquartierte Bewohner sie mit feindseligen Blicken musterten. Selbst die kleine Bärbel hatte sich von ihnen fern gehalten. Kein Wunder. Denn schließlich sahen sie in Swigger von Gundelfingen den wahren Schuldigen am Tod des Müllers. Ohne die Ankunft des neuen Herrn und die von diesem angeordnete Fronarbeit wäre der Vater mit Sicherheit noch am Leben. Nur, weil der Müller sich für die Not leidenden Dorfbewohner eingesetzt hatte, war er nun tot. Insbesondere auf dessen Sohn Johann würden sie ein wachsames Auge werfen müssen, hatte der misstrauische Friedbert kürzlich noch gemeint. Friedbert, der mit einemmal wie verwandelt schien. Es war kaum zu glauben.

„Ich soll ihm wirklich von eurer Suppe auftischen?“

Die Frage ließ Swigger aus seinen Gedanken aufschrecken. Überrascht wandte er sich um und blickte in die zweifelnde Miene von Hans, dem Koch.

Richtig: der Bote. Es handelte sich um einen weiteren Versuch des Kochs, die gute Suppe für seinen Herrn zu sichern und den Boten dagegen mit der wässrigen Brühe abzuspeisen. Unwirsch legte Swigger seine Stirn in Falten und musterte den Mann vorwurfsvoll. „Das habe ich dir doch gerade schon gesagt! Was also soll diese Frage bezwecken?“

„Es ist...es ist nur so...dass...“ Der arme Koch war unter dem strengen Blick des Burgherrn erschrocken zusammen gezuckt und suchte verzweifelt nach den richtigen Worten, die ihm aber einfach nicht in den Sinn kommen wollte. „Ich dachte nur...ich meinte...es wäre...“ stammelte er verlegen.

Es war direkt anrührend, mit anzuschauen, wie der Koch sich wand und sich dabei immer stärker im Geflecht seiner Rechtfertigung verstrickte. Und dabei meinte er es doch nur gut mit seinem Gebieter. Einer der wenigen hier, von denen er dies wirklich annehmen durfte. Dass sie bedingungslos auf seiner Seite standen, wie sich Swigger dieser Tatsache schmerzlich bewusst war. Nein, im Grunde genommen hatte der Mann keinen Tadel verdient – und durfte sich andererseits dennoch zu keinerlei Widerspruch gegen eine Anordnung des Burgherrn hinreißen lassen. Swigger beschloss, Hans Kochs Gegenrede einfach zu überhören. Es wäre besser, so zu tun, als habe er beim ersten Mal eben nicht laut genug gesprochen. „Gib ihm von meiner Suppe. Und zwar eine große Schüssel voll. Und wenn er will, dann kann er auch gerne noch einen Nachschlag erhalten. Er hat es sich wirklich verdient." Hans Koch schien verstanden zu haben. So sehr es ihm mit Sicherheit auch immer noch gegen den Strich ging. Er nickte kurz und eilte in die Küche, um den Boten, der sich in der Zwischenzeit längst in die Nähe des warmen Herdfeuers begeben hatte, mit der eigentlich für den Burgherren bestimmten Suppe zu verköstigen.

Kurz vor Mittag war der Bote auf Burg Gundelfingen erschienen. Halb erfroren, wie es den Anschein hatte. Kein Wunder in Anbetracht der klirrenden Kälte, die das Land seit Tagen in ihrem eisigen Griff beinahe erstarren ließ. Schlotternd und mit vom Frost tiefroten Wangen hatte sich der Mann dennoch unmittelbar nach seiner Ankunft zu Swigger von Gundelfingen führen lassen, um diesem seine Nachricht zu überbringen. Eine Nachricht, die er auf Geheiß des Grafen Friedrich von Staufen auszurichten hatte. Es musste sich wohl um eine ganz besonders wichtige Botschaft handeln, wenn der Graf seinen Boten trotz der widrigen Witterung auf die Alb befohlen hatte. Wieder spürte Swigger sein Herz vor Anspannung bis zum Hals pochen. Hoffentlich war nichts Schlimmes geschehen.

Der Bote, der die Nachricht mündlich zu überbringen hatte, war gleich zur Sache gekommen. In der Tat handelte es sich um beunruhigende Neuigkeiten. Auch wenn im Augenblick wohl niemand sagen konnte, welche Konsequenzen diese nach sich ziehen würden.

Anno war gestorben! Erzbischof Anno von Köln war tot! So erfreulich die Kunde vom Ableben dieses übermächtigen Mannes auch in den Ohren des Königs geklungen haben mochte: die Lage im Reich gestaltete sich durch Annos Tod umso prekärer. Ganz sicher dürften sowohl König Heinrich als auch Friedrich der Staufer zunächst erleichtert aufgeatmet haben, doch die Machtbalance war damit verschoben. Wohin auch immer verschoben. Und zwar sowohl im Großen wie auch im Kleinen. Mit Sicherheit würde es den einen oder anderen Versuch geben, sich zum Nachfolger des Erzbischofs zu erheben – und das keinesfalls nur in kirchenpolitischer Hinsicht. Neue Auseinandersetzungen würden die Folge sein. Sogar kriegerische Auseinandersetzungen, wie zu befürchten stand. Auch Swiggers unmittelbare Nachbarschaft galt es nun mit verstärkter Aufmerksamkeit zu beobachten. Denn wie würden sich die dem Gundelfinger nicht gerade wohlgesonnenen Hundersinger verhalten? Und erst recht der impulsive Blankensteiner? Jetzt, wo der mächtige Anno gestorben war, den zu stürzen selbst der König nicht gewagt hatte. Unter dessen ganz besonderem Schutz sich Swigger befunden hatte. Ausgerechnet jetzt, wo er sich nun ganz allmählich auf Gundelfingen eingerichtet hatte. Wo erste Zuversicht in ihm gekeimt war. Die Hoffnung, es schaffen zu können. Wie rasch konnte jetzt alles vorbei sein?!

Wieder war also auf eine gute Nachricht kurz darauf eine schlechte gefolgt. Erst in den letzten Oktobertagen noch war derselbe Bote mit guten Neuigkeiten erschienen. Mit der Kunde vom feierlichen Versprechen der sächsischen Fürsten, König Heinrichs einjähriges Söhnchen Konrad im Falle von Heinrichs Tod zum neuen König zu wählen. Natürlich war dieses Bekenntnis nicht gänzlich freiwillig erfolgt. Aber nach dem völligen Sieg des Königs Heinrich war den Sachsen nichts anderes übrig geblieben, als diesen Schwur zu leisten. Ein wichtiger Schritt im Hinblick auf die Festigung der Königsmacht.

So wenig es freilich angeraten war, den Sachsen restlos zu vertrauen. Man habe schließlich schon viel zu oft erleben müssen, wie rasch sich die Sachsen auf die Gegenseite geschlagen hätten, wenn es ihren eigenen Interessen besser diente. Allen Schwüren zum Trotz. Dennoch müsse man Vorsicht walten lassen, hatte Friedrich von Staufen seiner Botschaft noch warnend hinzugefügt.

Wie auch immer. Für Swigger von Gundelfingen war das Erscheinen des Boten gleich aus mehreren Gründen bedeutungsvoll. Nicht nur wegen der Unterwerfung der Sachsen. Nicht nur wegen der damit verbundenen Hoffnung auf Frieden, den sie im Reich schon lange herbeisehnten und der jetzt greifbar nahe schien. Wichtig in erster Linie war allein die Tatsache für sich genommen, dass man einen Boten zu ihm entsandt hatte. Dass man ihn im Umkreis des Staufers also für würdig erachtete, solche das Reich betreffende Nachrichten, zu erhalten! Ein erstes Zeichen beginnenden Vertrauens.

Und ausgerechnet jetzt geriet die zerbrechliche Machtbalance durch Annos Tod von neuem in eine gefährliche Schieflage!

Wieder waren die Zeiten unsicherer geworden! Von einem Tag auf den anderen! Umso wichtiger, dem nahezu gleichaltrigen Staufer so bald wie möglich zu verdeutlichen, dass er sich vorbehaltlos unter dessen Führung begeben hatte und eng an Friedrichs Seite stand. Nur mit der Hilfe des jungen Grafen würde er sich auf Gundelfingen behaupten können. Und wenn er es schaffte, den Hunger zu besiegen, der seine entkräfteten Untertanen in diesem Winter hinwegzuraffen drohte. Selbst wenn dies einen Großteil der spärlichen Summe aus dem eigenen Vermögen verschlang, die ihm nach den gewaltigen Kosten für den Burgenbau noch verblieben war. Ohne seine Leibeigenen und Bauern würde er sich auf gar keinen Fall auf Dauer hier oben halten können. Zum Glück ahnten die einfachen Leute nicht, wie sehr der Adel in Wahrheit auf sie angewiesen war.

9

März 1076

„Unglaubliches hat sich ereignet!" Wieder und wieder schüttelte der Graf voller Empörung seinen Kopf, während der heftig erregte untersetzte Mann mit zornigen Schritten den düsteren kalten Raum durchmaß, in dem Friedrich von Staufen am heutigen Nachmittag den Kreis seiner Gefolgsleute empfangen hatte, unter denen sich erstmals auch der Ritter Swigger von Gundelfingen befand. „Er hat unseren König mit dem Bann belegt! Er hat es tatsächlich gewagt, den König zu exkommunizieren!"

Voller Entsetzen schlugen die meisten der Anwesenden die Hände vor das Gesicht. Mit einer Mischung aus ungläubigem Staunen und aufkeimendem Zorn verharrten sie vor dem jungen Grafen, dem es ganz offensichtlich die allergrößte Mühe bereitete, seine Erregung so weit zu bändigen, dass es ihm gelang, den vor ihm versammelten schwäbischen Edelleuten die näheren Einzelheiten zu schildern, die zu dem unfassbaren Schritt des Papstes geführt hatten.

In der Tat war König Heinrich IV. im Februar dieses Jahres von Papst Gregor VII. gebannt worden. Ausgerechnet von jenem Mann für abgesetzt erklärt worden, der doch jahrelang als Beichtvater der Kaiserin Agnes fungiert hatte, der Mutter des nun mit dem Bannstrahl belegten Königs. Und der, wie man munkeln hörte, Agnes sogar noch als Papst die Beichte abnahm!

Mit zitternden Fingern deutete Friedrich von Staufen auf einen neben seinem Sessel stehenden blassen Mönch mit ängstlichem Gesichtausdruck, der ein Pergament in seinen Händen hielt. „Lies!" befahl er dem Mann in schroffem Tonfall. „Lies uns vor, zu welchen Ungeheuerlichkeiten sich der Papst verstiegen hat! Es ist der originale Wortlaut des Edikts, mit dem sich der ehemalige Mönch Hildebrand unserem König offen entgegenstellt! Lies endlich!", donnerte es von Neuem in Richtung des erschrocken zusammenzuckenden Mönchs.

Mit heiserer Fistelstimme begann dieser den aus dem Kirchenlatein ins Deutsche übertragenen Bannspruch zu verlesen, der zu allem Übel auch noch in Form eines Gebetes gekleidet war: „Heiliger Petrus, Erster unter den Aposteln, höre mich, deinen Knecht! Kraft deiner Vollmacht, zur Ehre und zum Schutze deiner Kirche, im Namen des allmächtigen Gottes untersage ich dem König Heinrich, der sich gegen deine Kirche in unerhörter Anmaßung erhoben hat, die Regierung des Deutschen Reiches und Italiens, entbinde alle Christen des Eides, den sie geleistet haben oder noch leisten werden und verbiete hierdurch, dass irgend jemand ihm als König diene!“

Eine unwirkliche Stille hatte sich des Raumes bemächtigt, als der Mönch das Pergament in seinen Händen langsam sinken ließ und regungslos auf der Stelle verharrte. So unfassbar waren die Worte, die sie da gerade hatten vernehmen müssen, dass viele der Edelleute mit aschfahler Miene zu Boden starrten. Der König gebannt! Die Untertanen von jeglichem Treueid ihrem obersten Lehensherrn gegenüber entbunden. Der König abgesetzt! Exkommuniziert! Niemals zuvor hatte man dergleichen gehört. Niemals hätte man auch nur im finstersten Traum an eine solche Eskalation zu denken gewagt! Einem Erdbeben gleich war die Verlesung des Bannstrahls über sie hereingebrochen.

Und dennoch schien es dem ebenfalls völlig konsternierten Swigger von Gundelfingen, als habe er in der Miene des einen oder anderen den Hauch eines schadenfrohen Grinsens wahrgenommen, als der Mönch die wahrhaft unfassbaren Formulierungen vorgelesen hatte. Oder sollte es sich dabei vielmehr nur um ein besonderes Anzeichen der Bestürzung gehandelt haben? Es wäre zu hoffen! Denn die nächsten Monate würden entscheidend werden. Ein neuer Machtkampf stand dem Reich bevor. Gewaltiger denn je! Der König und somit der gesamte weltliche Adel mit all seiner Macht gegen die immer forscher agierenden Kirchenfürsten, die diese von Gott gegebene Macht doch mehr und mehr in Frage stellten. Allen voran der Papst natürlich. Nein, in dieser Situation konnten sie keinen einzigen Abweichler gebrauchen. Weiß Gott nicht! Im wahrsten Sinn des Wortes! Trotz der beklemmenden Atmosphäre, die sich am Wohnsitz des Grafen von Staufen ausgebreitet hatte, musste Swigger eingedenk seines in diesem Zusammenhang so merkwürdig klingenden Fazits lächeln. Weiß Gott nicht! Treffender hätte er es andererseits gar nicht ausdrücken können!

Wie sollte es angesichts dieser völlig verfahrenen Situation nun aber weitergehen? Auch Friedrich von Staufen schien keine Antwort darauf zu wissen. Nur allzu deutlich stand ihm die Ratlosigkeit förmlich in das sonst so entschlossen wirkende Antlitz geschrieben. Und dabei musste man sich ehrlicherweise vor

Augen halten, dass diese dramatische Zuspitzung doch nicht einmal aus heiterem Himmel über sie gekommen war. Ganz und gar nicht.

Schon gleich nach dem Jahreswechsel hatte es mit der Anhäufung von schlechten Nachrichten begonnen. Eigentlich sogar schon viel früher.

Denn von Beginn seiner Herrschaft an, hatte Heinrich IV. immer wieder die starke Stellung des Bischofs von Rom, wie er den jeweiligen Papst mit ganz bewusst spöttischem Unterton meist bezeichnete, in Frage gestellt. Zunächst meist nur andeutungsweise, dann aber immer offener – zumal er sich in diesem Fall mit den meisten der deutschen Bischöfe in Übereinstimmung befand. Männern wie Erzbischof Anno, denen es in Wirklichkeit vor allem um weltliche Macht zu tun war.

Seit einigen Jahren hatte der Streit mit Rom an Heftigkeit zugenommen, bei dem es zunächst um das uralte Papstwahlrecht der fränkischen Könige gegangen war. Eine Frage, bei der es für den König nur eine Antwort geben konnte und die viele weitere Konflikte nach sich zog. Wem stand beispielsweise wirklich das Recht zu, Bischöfe zu ernennen? Und: war der formale Akt der Kaiserkrönung tatsächlich erst dann vollzogen, wenn sich der deutsche König nach Rom begab und vom Papst persönlich die Krone auf das Haupt gesetzt bekam? So, wie dies seit den Zeiten des großen Kaisers Karl der Fall war. Wobei sich Kaiser Karl die Krone eigenhändig aufgesetzt hatte – eine Tatsache, die von der Kurie nur allzu gerne übergangen wurde. Dennoch – die große, alles entscheidende Frage blieb bestehen: wer als der mächtigste Mensch im Erdenkreis angesehen werden durfte. Römischer Papst oder deutscher König?

Spätestens mit der Papstwahl von Gregor VII. waren die Dinge dann eskaliert, obwohl König Heinrich eine erstaunliche Ergebenheitsadresse an den Papst übermittelt hatte, von dem er doch wissen musste, wie eindeutig er den päpstlichen Führungsanspruch vertreten würde. Insofern war die unterwürfige Botschaft Heinrichs in Rom auf allergrößte Skepsis gestoßen. Sicherheitshalber hatte Papst Gregor in seinem Dankschreiben an den König ein weiteres Mal seine unumstößliche Grundeinstellung betont: „Gott gehorchen, das heißt der Kirche gehorchen. Der Kirche gehorchen, heißt wiederum dem Papst gehorchen!"

Der junge König war außer sich, als ihm diese Botschaft übermittelt wurde. Genau in diese Zeit fielen die bürgerkriegsähnlichen Unruhen in der dem König feindlich gesonnenen Stadt Mailand, auf deren Höhepunkt Heinrich ausgerechnet seinen Hofkaplan Tedald als Erzbischof einsetzte. Ebenso ließ er in zwei weiteren oberitalienischen Städten neue Bischöfe investieren, ohne sich zuvor um die Wünsche Roms in dieser Hinsicht auch nur gekümmert zu haben. Eine wohlkalkulierte Provokation also, die gleichzeitig aller Welt drastisch vor Augen führen sollte, in wessen Hände die Zügel der Macht wirklich zusammen gehalten wurden.

Während der Papst auf diese Ungeheuerlichkeit zunächst besonnen reagiert und die von ihm mit stetig steigendem Misstrauen betrachteten deutschen Bischöfe unverzüglich nach Rom bestellt hatte, begann die Auseinandersetzung nun einen deutlichen Graben durch das gesamte Reich zu ziehen. Offen stellten viele der Bischöfe ihren Ungehorsam zur Schau und weigerten sich, der Aufforderung Folge zu leisten.

Ermutigt von diesen Signalen schien dem König die Zeit gekommen, nun die Entscheidung zu erzwingen. Auf dem im Januar 1076 in Worms abgehaltenen Reichstag, an den sich wohl kalkuliert überdies noch gleichzeitig die Synode der deutschen Bischöfe anschloss, sollte es zu Beschlüssen kommen, deren Konsequenzen Europa anschließend in seinen Grundfesten erschütterten.

Obwohl ihm trotz der lautstarken Unterstützung seiner Anhänger nicht verborgen bleiben konnte, dass die Auseinandersetzung zwischen Papst und König den deutschen Adel tief gespalten hatte, ließ es Heinrich zum Äußersten kommen. Mit zornesroter Miene hatte der König zur Kenntnis genommen, dass von den zur Synode geladenen Bischöfen nur 24 erschienen waren. Was nichts anderes zu bedeuten hatte, als dass sich 13 Bischöfe, also immerhin ein Drittel des deutschen Episkopats, zur päpstlichen Seite bekannten.

In diese aufgeheizte Atmosphäre hinein geschah Unglaubliches: die gewaltigen Flügel des Kirchenportals schwangen mit einem Mal weit auf und im hellen Licht des Tages präsentierte sich Kardinal Hugo Candidus den maßlos überraschten Versammlungsteilnehmern. Wie ein vom Himmel gesandter Racheengel stand er in der Türöffnung. Der mächtige Kirchenfürst, der kürzlich von Papst Gregor nicht nur abgesetzt worden war, sondern über den er sogar den Kirchenbann verhängt hatte. Ausgerechnet der gebannte Kardinal besaß die Stirn, sich hier zu zeigen. Mehrere der damals anwesenden Zeugen dieser denkwürdigen Synode sprachen hinterher von einer wohl kalkulierten Inszenierung, die sie niemand anderem als Erzbischof Siegfried von Mainz zuschrieben, einem der schärfsten Kritiker des Papstes.

Mit stolz erhobenem Kopf war der Kardinal nach vorne an den Altar geschritten. Dort hatte er für einen kurzen feierlichen Moment verharrt und anschließend seine Arme weit empor gereckt. Dann hatte das unglaubliche Geschehen seinen Lauf genommen. Wie ein Unheil verkündendes Donnergrollen hallte die anklagende laute Stimme des abgesetzten Kardinals in den Ohren der atemlos lauschenden Menschen wider. Viele vermeinten zunächst, einer Sinnestäuschung erlegen zu sein. Zu unfassbar war das, was sie da aus dem Mund des Kardinals vernehmen mussten. Sittliche Verfehlungen sollte der Papst begangen haben. Hinter dem Rücken der Gläubigen führe er seit vielen Jahren eine Ehe! Ausgerechnet er, der sich wie kein zweiter in der Kirche für die Ehelosigkeit der Priester eingesetzt hatte! Wie oft schon hatte er sich gegen seine bedauernswerten Mitbrüder ereifert, die seit Jahren verheiratet waren. Die also Frau und Kinder hatten. Von denen er nun ultimativ verlangte, sich zu trennen! Gnadenlos war er bislang dabei vorgegangen. Ausgerechnet dieser Papst Gregor sollte selbst eine Ehe eingegangen sein? Eine Ehe, die noch immer bestand? Unmöglich! Es konnte nicht sein! Bei allem, was die in Worms versammelten deutschen Bischöfe dazu bewogen hatte, sich den Anordnungen des Papstes zu widersetzen: sie kannten ihn als absolut prinzipientreuen Stellvertreter Petri auf Erden. Sündiges Treiben zwischen Männern und Frauen vor seinen Augen sollte er, ohne dagegen einzuschreiten betrachtet haben? Sogar mit Wohlgefallen betrachtet haben! Es wurde ja immer schlimmer! Peitschenhieben gleich fuhren die Anschuldigungen des Kardinals auf die entgeisterten Männer nieder. Der Papst in Rom: ein heuchlerischer Sünder. Ein Unhold, der sich schlimmere Verfehlungen hatte zuschulden kommen lassen, als all diejenigen Menschen, denen er mit fanatischer Unbeugsamkeit seit langem nachstellte! Der Papst, der laut Hugo Candidus überdies nur mit Bestechung und mit der Bedrohung zahlreicher Amtsbrüder auf den Thron gelangt war. Und dieser Papst erdreistete sich also, den Stab ausgerechnet über sie, die deutschen Bischöfe brechen zu wollen? Wagte es, sich in offener Opposition gegen Heinrich IV., den deutschen König zu stellen?

Grabesstille hatte sich über den Dom gesenkt, als der Kardinal mit seiner flammenden Anklage zum Ende gekommen war. Wie gelähmt starrten die versammelten Kirchenfürsten in das Gesicht des Mannes, der ihnen die unglaublichen Verfehlungen des Papstes gerade mit drastischen Worten geschildert hatte.

Es war schließlich Erzbischof Siegfried von Mainz, dessen empörte Stimme die Stille unvermittelt zerriss. „Einem Menschen, der sich sein heiliges Amt mit Gewalt angeeignet hat, können wir nicht mehr folgen. Wer die Ordnung unserer Kirche durch sein eigenes sittenwidriges Tun und Treiben zerstört hat, darf keine Gefolgschaft von uns verlangen. Der Treueid, den wir in Unkenntnis dieser Verfehlungen abgegeben haben, hat sich als null und nichtig erwiesen!“ Mit diesen eindeutigen Feststellungen war der Gehorsam der deutschen Bischöfe Papst Gregor VII. gegenüber aufgekündigt. Ein einmaliger Vorgang, wie ihn die Kirche hierzulande noch nie erlebt hatte.

König Heinrich ergriff nun die Gunst der Stunde und ließ noch am selben Tag von seinem Schreiber unter Mithilfe des Kardinals und des Erzbischofs ein Absetzungsdekret verfassen, das an Deutlichkeit nicht zu überbieten war. Der Papst, den Heinrich in ganz bewusster Verletzungsabsicht darin nur mit dessen früherem Mönchsnamen Hildebrand bezeichnete, sollte durch dieses Schreiben, von dem zahlreiche Kopien angefertigt und in Windeseile verbreitet wurden, nicht die geringste Möglichkeit mehr in die Hand bekommen, sich auch nur einen Augenblick länger auf seinem Stuhl zu halten. Es handelte sich um die offene Auforderung des deutschen Königs an die Bürger von Rom, den Papst zu stürzen.

„An Hildebrand, nicht mehr Papst, sondern an den falschen Mönch!“, hieß es darin schon an Stelle der üblichen Begrüßungsformel. Und nach einer langen Auflistung all der Vorwürfe, die schon Kardinal Hugo Candidus in seiner Anklagerede verwendet hatte, fassten die letzten Zeilen des Schreibens die Forderung noch einmal drastisch zusammen: „Wir, Heinrich, König von Gottes Gnaden, mit allen unseren Bischöfen sagen dir: steige herab, steige herab!“

Es war also geschehen. Der deutsche König hatte den römischen Papst zum sofortigen Amtsverzicht aufgefordert. Und die Mehrheit der deutschen Bischöfe war dem König gefolgt. Ebenso, wie am Tag danach auch die deutsche Fürsten, die in selten erlebter Einigkeit den Papst für abgesetzt erklärten.

Und nun? Hatte sich der Papst von dieser Verfügung nicht etwa beeindrucken lassen. Ganz im Gegenteil! Papst Gregor hatte mit der Verhängung des

Kirchenbanns über König Heinrich zurück geschlagen. Hatte diesem sogar die Regierung von Deutschland und Italien untersagt. Und damit seinerseits den Treueid der Untertanen gegenüber ihrem Regenten gelöst. Erzbischof Siegfried von Mainz und Kardinal Hugo Candidus waren von ihm gleichzeitig exkommuniziert worden.

Hatten sie denn tatsächlich und allen Ernstes geglaubt, der machtbewusste Papst würde sich so ohne weiteres verdrängen lassen? Wegen eines einzigen königlichen Dekrets? Wo er sich doch schon immer als dem König übergeordnete Instanz gesehen hatte?! Ein lang andauernder Machtkampf würde die Folge sein. Ein gewaltiges Ringen zweier unnachgiebiger Männer. Ein Ringen, wie es die Welt noch niemals zuvor erlebt hätte. Ein Streit, der den Interessen des Reiches völlig zuwider lief. Ein brandgefährlicher Zweikampf, in den nun Tausende gegen ihren Willen hineingezogen werden würden und der auch Swigger von Gundelfingen alles andere als willkommen sein konnte.

Schon im Februar desselben Jahres, noch vor der Verhängung des Kirchenbannes über den König, hatte sich das Unheil abgezeichnet. Herzog Gottfried von Lothringen, ein treuer Gefolgsmann des Königs, war ermordet worden. Ausgerechnet Herzog Gottfried, den sie alle aufgrund eines körperlichen Gebrechens „den Buckligen“ nannten. Diese in jeglicher Hinsicht tragische Gestalt. Denn es handelte sich bei ihm um den getrennten Mann der Gräfin von Mathilde von Tuscien, der Herrin auf Burg Canossa. Und nicht etwa er hatte sich von seiner Gattin getrennt, nein, die hochnäsige Gräfin hatte den bedauernswerten Herzog einfach verlassen. Und ihm damit eine Demütigung verabreicht, wie sie zu jenen Zeiten noch niemals ein Mann von einer Frau hatte erfahren müssen. Mathilde von Tuscien, die im völligen Gegensatz zu ihrem Mann, immer schon treu und ergeben auf der Seite der Kirche und des jeweiligen Papstes gestanden hatte. So raffiniert die Hochzeit der beiden seinerzeit auch eingefädelt worden war, so schlau das Kalkül der königstreuen Partei gewesen sein mochte, die beiden scheinbar unversöhnlichen Machtblöcke durch die Heirat von Herzog Gottfried und Gräfin Mathilde zusammen zu bringen: der Versuch war kläglich gescheitert. Und es war das Werk dieses heimtückischen Weibes gewesen, darüber waren sich beide Seiten in seltener Übereinstimmung im Klaren. Mathilde von Tuscien! Gut möglich, dass auch der hinterhältige Mordauftrag von der Burgherrin auf Canossa ausgegangen war. Höchstwahrscheinlich sogar, auch wenn man dieser geradezu fanatischen Papstverehrerin nicht die geringste Verstrickung in dieses Komplott hatte nachweisen können. In Kreisen der deutschen Ritterschaft galt es dennoch als erwiesen.

„Aber das ist noch längst nicht alles", fuhr Friedrich von Staufen in seiner Rede nun fort, als sich das erste Entsetzen der Anwesenden gelegt hatte, nachdem er ihnen vom Bannstrahl des Papstes über den König berichtet hatte. „Schon erhalten wir Kenntnis über das Verhalten von feigen Verrätern, die sich im Schutze dieser Auseinandersetzung auf die Seite des abgesetzten Papstes geschlagen haben, weil sie sich eigene Vorteile davon erhoffen!"

Lautstarke Unmutsäußerungen waren die Reaktion auf diese Schilderung. Voller Empörung ballten die schwäbischen Edelleute ihre Fäuste, als sie von Friedrich erfahren mussten, wer sich an die Spitze der Gegenbewegung gestellt hatte. Im Grunde genommen handelte es sich wieder einmal um die üblichen Verdächtigen. Also um niemand anderen als um Herzog Rudolf von Schwaben, dem man am Hof des Königs doch schon lange mit Skepsis begegnete. Ferner fielen die Namen Berthold von Kärnten und natürlich der des Sachsen Otto von Northeim. Swigger von Gundelfingen verspürte einen schmerzhaften Stich in der Magengrube, als der Name des letzten Verräters preisgegeben wurde: es war Welf IV. von Bayern. Ausgerechnet der Bayernherzog, mit dem Swigger Recht enge verwandtschaftliche Beziehungen verbanden. Auch wenn dieser jegliche Verwandtschaft seit dem unseligen Geschehen damals brüsk von sich gewiesen hatte. Dennoch war und blieb es Fakt, dass es sich bei Welf IV. um niemand anderen, als um den Großonkel des jungen, nunmehr der schwäbischen Ritterschaft zugehörigen Adligen handelte.

Und wieder entgingen Swigger von Gundelfingen nicht die verstohlenen Blicke, die zwischen manch einem der Edelleute hin und her gingen. Die Opposition gegen den König wurde von gewaltigen Gegnern angeführt. Von Leuten, mit denen zu rechnen war. Und der Bannspruch des Papstes verschaffte ihnen den entsprechenden Rückenwind. Es würde nicht einfach werden für den König. In kürzester Zeit hatte sich das Blatt gewendet. Weitere Adlige würden sich den Aufrührern anschließen. In dieser Einschätzung war sich Swigger vollkommen sicher. Man brauchte ja nur diese Blicke zu verfolgen, die selbst am heutigen Tag in unmittelbarer Anwesenheit des königlichen Beauftragten Friedrich von Staufen gewechselt wurden.

Stand der Versuch einer eventuellen Absetzung des Königs durch die gegnerischen Fürsten womöglich gar schon unmittelbar bevor? Es war die einzige Frage, die an diesem Nachmittag sämtliche Gespräche beherrschte. In kleinen Gruppen standen die Edelleute beisammen und diskutierten voller Erregung diese noch vor Tagen kaum für möglich gehaltene Frage. Und so vehement sie dabei auch im Sinne des Königs argumentierten – der von den anderen meist wenig beachtete Swigger wurde das Gefühl nicht los, dass der König und dessen Vertrauter gut daran täten, sich nicht auf die Unterstützung des gesamten schwäbischen Adels zu verlassen. Zu nachdenklich schien ihm manche Miene. Gerade so, als wäge da einer bereits die Vor- und Nachteile ab, die ihm bei einer Parteinahme für die eine oder andere Seite erwüchsen. Allen Treueschwüren zum Trotz.

„Siehst du den Verrat in ihren Augen?" Der Ritter fuhr erschrocken zusammen, als die Stimme unvermittelt an sein Ohr drang und seine Gedankengänge unterbrach. Überrascht wandte er sich um und blickte in die verdrossene Miene des Ritters Werner von Grüningen.

„Schau doch nur, wie sie einerseits zwar Empörung heucheln, in Wirklichkeit aber bereits überlegen, wie sie sich ihren Seitenwechsel am besten bezahlen lassen können." Mit der Andeutung eines Kopfnickens deutete der Reichsbannerträger auf eine aus sechs Personen bestehende Gruppe, die bei ihrem Gespräch in ein geheimnisvolles Flüstern verfallen war. Auch Schweikhart von Blankenstein konnte er unter ihnen erkennen. „Also ich würde für keinen von denen die Hand ins Feuer legen, wenn es darauf ankommt. Für keinen einzigen!"

Mit Erstaunen registrierte Swigger, wie offen sich Grüningen ihm gegenüber ausdrückte. Der Mann, von dem jeder wusste, wie eng er an der Seite des Königs stand, schien tatsächlich Vertrauen zu ihm gefasst zu haben. Wie er dies auch schon bei ihrer ersten Begegnung vor einigen Monaten signalisiert hatte. Ganz im Gegensatz zu der überwiegenden Mehrzahl der schwäbischen Edelleute, die dem ihrer Meinung immer noch mit einem Makel belegten neuen Herrn von Gundelfingen mit offener Ablehnung begegnet waren. Falls sie ihn überhaupt eines Wortes gewürdigt hatten. Und natürlich war Swigger auch nicht entgangen, dass Grüningen von Anfang an und dies ganz bewusst die vertrauliche Anrede verwendet hatte. Wie dies bei langjährigen Bekannten oder zumindest standesgleichen Adligen gute Gepflogenheit war. Eine weitere großherzige Geste der Handreichung für den ansonsten geächteten Ritter.

„Die nächsten Monate werden nicht gefahrlos verlaufen. Nicht für den König – und auch nicht für uns. Egal auf welcher Seite wir uns befinden werden!" Der junge Ritter hielt dem prüfenden Blick des Reichsbannerträgers stand. Er konnte es fast schon körperlich spüren, wie ihn Werner von Grüningen ein weiteres Mal auf seine Bündnistreue zu bewerten schien. Nun gut, sollte ihn dieser ruhig taxieren. Er, Swigger von Gundelfingen, hatte keinen Anlass, sich darüber zu erregen. Es war ihm vollkommen klar, auf welche Seite er gehörte. Ohne jegliches wenn und aber!

Bei seiner kritischen Inaugenscheinnahme war Grüningen offensichtlich zu einem guten Ergebnis gelangt. Wie zur Bestätigung seines Fazits nickte er ernst, dann legte er seinem Gegenüber schwer die rechte Hand auf dessen Schulter. „Es wird also bald schon all unsere Entschlossenheit kosten, um die Gefahren abwenden zu können, die unweigerlich auf das Reich zukommen werden. Und der König wird sich über seine Lehensleute und deren Verhalten ganz genau berichten lassen. Beim leisesten Zweifel an der Bündnistreue wird er ohne Ansehen des Ranges und der Person unbarmherzig die notwendigen Konsequenzen ziehen. Das hat König Heinrich mir vor wenigen Tagen bei einem Zusammentreffen in Speyer persönlich mitgeteilt. Er ist so entschlossen wie nie zuvor in seiner Regentschaft, dieses Mal nicht nur dem Papst zu widerstehen, sondern alle Verräter an den Pranger zu stellen und ihrer gerechten Strafe zuzuführen. Denn diese dramatische Zuspitzung des Konflikts mit Rom betrachtet der König als einmalige Gelegenheit, endgültig die Spreu vom Weizen zu trennen und fürderhin zu wissen, auf wen er sich wirklich verlassen kann. Es ist zweifellos ein gefährliches Spiel, auf das er sich damit einlässt..."

Grüningen unterbrach sich kurz und musterte Swigger nachdenklich. Er schien mit sich offenbar im Widerstreit, ob er die folgende Bemerkung wirklich aussprechen sollte, oder nicht. Dann straffte er seinen Rücken und fuhr fort. „Ich möchte dir nicht verhehlen, dass König Heinrich sich lange sehr unentschlossen gezeigt hat, ob er dir mit der Wiederaufnahme in den Kreis der Ritterschaft wirklich wieder seine Gunst schenken soll. Nicht nur die unbedachte Bluttat, über die wir niemals mehr reden wollen, war es, was ihn hat zögern lassen. Sondern vor allen Dingen deine Verwandtschaft mit Erzbischof

Anno, dem er seine Gefangennahme niemals verziehen hat. Auch wenn Anno mit einigem Recht darauf verwiesen hat, in welcher Gefahr sich das Reich damals befunden hat. Wie wir wissen, hat diese angeblich so selbstlose Geste Anno immerhin über Jahre hinweg die alleinige Regentschaft über das Reich eingebracht – und bis zu seinem Ableben im vergangenen Winter hat es keiner seiner zahlreichen Gegner gewagt, sich offen gegen ihn zu stellen. Schon deshalb also war der König dir gegenüber lange misstrauisch. Selbst wenn er es zugelassen hat, dass du das Lehen auf Gundelfingen übernehmen konntest. Genau in dieser Tatsache liegt das nächste Problem. Ein Problem, das du dir leicht ausmalen kannst – und dies vermutlich auch längst getan hast. Die beiden Brüder von Hundersingen haben emsig gegen dich und deine Ansiedlung in ihrer Nachbarschaft opponiert. Und zwar nicht nur bei Graf Friedrich, sondern überdies ebenfalls bei König Heinrich persönlich. Machtvolle Unterstützung haben sie bei ihrem Protest übrigens durch die hinterlistigen Grafen von Achalm erhalten. Nur gut, dass ich mich in jener Zeit ebenfalls in der Nähe des Königs aufgehalten habe und ihm meine Einschätzung von den ränkevollen Spielen der Achalmer ausführlich habe darlegen können. Zumal ich durch meine Ehefrau besser über die Hintergedanken der Achalmer im Bilde bin, als irgendjemand sonst im Reich. Besser, als mir dies manchmal selbst lieb und teuer ist. Zumal es meine Ehefrau betrifft, die so sehr darunter leidet!“

Auch Swigger war bekannt, was sein Gesprächspartner damit andeutete. Dass es sich bei der Ehefrau des Werner von Grüningen um eine Schwester der Grafen von Achalm handelte. Von ihr kamen die Kenntnisse über die heimlichen Absichten der hochadeligen Brüder.

„Und der König ist Euch...dir...gefolgt bei dieser Einschätzung?“ Erstaunlich, was sich hinter seinem Rücken zugetragen hatte. Sein Onkel Anno hatte Recht behalten mit der Warnung, den Grafen von Achalm auf keinen Fall zu trauen. Zwar würden diese niemals offen gegen den König Stellung beziehen aber sie trieben auf alle Fälle das Spiel des Papstes. So hatte sich Anno über Liutold und Kuno von Achalm geäußert. Der Erzbischof konnte sich bei dieser Haltung auf einen gewichtigen Kronzeugen berufen: auf Bischof Werner von Straßburg, den Bruder der beiden, den man bedenkenlos zur anderen Seite, zur Königsseite, zählen durfte.

Schaudernd dachte Swigger an seine kurze Begegnung mit einem der seltsamen Grafen zurück. Vor einigen Monaten war er dem ganz in schwarz gekleideten Adligen zufällig begegnet. Auf den ersten Blick hatte er den hageren blassen Mann für einen Mönch vom Orden der Benediktiner gehalten. Es war der 1. Oktober des vergangenen Jahres gewesen, der Tag des heiligen Remigius. Schon früh an diesem feuchtkalten Herbstmorgen, beim ersten Grau des anbrechenden Tages, hatte sich Swigger auf seine Pilgerreise begeben, die ihn zum Gebet auf den Remigiusberg über Neckartal führen sollte. Ein Ort, der schon seinen Vorfahren als heilig gegolten hatte und an dem die Christen von jeher den heiligen Remigius verehrten, den Bischof von Reims, den Apostel der Gallier, der den Frankenkönig Chlodwig zum Christentum bekehrt und getauft hatte. Auf diesem heiligen Berg, von dem aus man eine atemberaubende Sicht über das Land am Neckar genoss, bis zum Schwarzwald auf der einen Seite und zur wie eine blaue Mauer aufragenden Alb auf der gegenüberliegenden Seite, hatte der hoch angesehene Graf Anselm von Calw eine neue Kapelle erbaut und sich in ihr vor einigen Jahren auch begraben lassen. Seitdem pilgerten die Menschen an diesem Tag in Scharen hierher, um den Beistand des Heiligen für einen guten Verlauf des Monats zu erflehen. Ein Bittgang, der Swigger niemals nötiger erschienen war als in diesem nassen Jahr, in dem weitere heftige Regenfälle die spärlichen Vorräte vollends vernichten würden, die doch durch die Mäuseplage und den wuchernden Schimmel in den nur unzureichend vor der Feuchtigkeit geschützten Scheunen von Gundelfingen schon jetzt schwer in Mitleidenschaft gezogen worden waren.

Nach seinem Gebet in der Remigiuskirche war Swigger beim Hinausgehen diesem bleichen schwarz gekleideten Mann begegnet, der ihn mit einem langen stechenden Blick ungeniert gemustert hatte. Ein merkwürdiger Geistlicher, hatte er noch gedacht und sich gleichzeitig alle Mühe gegeben, sich seine Verärgerung über das hochnäsige Verhalten nicht anmerken zu lassen, mit dem ihm der vermeintliche Benediktiner anschließend brüsk den Rücken zugekehrt hatte. Erst später war Swigger darüber aufgeklärt worden, dass er in Wirklichkeit dem Grafen Liutold von Achalm begegnet war. Einem üblen Frömmler, wie sich sein Gesprächspartner ausdrückte, vor dem man jedoch ständig auf der Hut sein sollte. Denn dem Achalmer war jede Maßnahme zuzutrauen, die geeignet war den Einfluss des Königs in Schwaben zu schmälern – und sei es auch nur durch einen heimtückischen Überfall eines Trupps seiner Berittenen. Solange all dies vorgeblich im Namen der heiligen Dreifaltigkeit geschehen konnte, war es dem Grafen von Achalm und dessen jüngerem Bruder Kuno immer recht. Egal, was auch immer sich ereignete. Nicht müde wurden die beiden im Übrigen, die Tatsache ihrer Verwandtschaft mit dem früheren Papst Leo wieder und wieder herauszustellen. Schon dies musste als deutlicher Hinweis dafür gewertet werden, dass die Anhänger des Königs auf der Hut zu sein hatten, wenn sie in den Machtbereich der Achalmgrafen gelangten. Und diese Herrschaft war immerhin als eine der größten in Schwaben anzusehen, nicht zu vergessen die engen verwandtschaftlichen Bindungen zu den nicht minder mächtigen Herren von Zähringen und den Grafen von Urach! Auch wenn die Grafen von Achalm natürlich niemals offen gegen den König zu Felde zogen – zumindest im Augenblick noch nicht – man tat gut daran, ihnen mit äußerster Vorsicht zu begegnen! Erst recht natürlich dann, wenn man, wie im Falle Swiggers von Gundelfingen, von den Grafen als unwillkommener neuer Nachbar betrachtet wurde, der sich in ihren Augen zudem noch auf der falschen Seite befand. Zumal der Ritter, ganz im Gegensatz zu den Grafen, über praktisch keinerlei Reiterei oder eine erwähnenswerte Anzahl waffenfähiger Lehensleute verfügte.

„Der König hat sich in der Tat von mir und meiner Einschätzung der Situation überzeugen lassen“, antwortete Werner von Grüningen in Swiggers nachdenkliche Überlegungen hinein. „Zwar ist seine Misstrauen dir gegenüber noch nicht völlig geschwunden – schon aufgrund deiner Verwandtschaft mit dem verstorbenen Erzbischof Anno nicht – aber andererseits ist auch König Heinrich zu der Auffassung gelangt, dass du eine neue Chance verdient hast, dich als Lehensmann zu bewähren, indem du deine unabdingbare Königstreue unter Beweis stellst. Zumal auch Friedrich von Staufen eindringlich darauf hingewiesen hat, wie wenig er geneigt ist, dem ränkeschmiedenden Herrn von Blankenstein Vertrauen zu schenken. Von den wankelmütigen Brüdern auf Hundersingen ganz zu schweigen.“

„Man munkelt, die Hundersinger trügen sich mit dem Gedanken, eine Burg auf dem Felsen oberhalb ihres Dorfes zu erbauen. Eine Anlage in derselben Art, wie sie Graf Friedrich auf dem Staufen gerade erbauen lässt. Das kann ihnen doch ohne die Erlaubnis und Unterstützung des Königs aber niemals gelingen“, gab Swigger zu bedenken. „Von dieser Seite her betrachtet, kann ich mir nicht vorstellen, dass sie nicht das Vertrauen des Königs besitzen."

Grüningen lachte trocken. „Eine neue Burg! Davon können sie noch lange träumen! So, wie die Dinge sich momentan darstellen, wird weder König Heinrich noch Graf Friedrich jemals seine Zustimmung dazu erteilen. Selbst wenn die Hundersinger vermutlich mit noch so großer finanzieller Unterstützung der Achalmer rechnen können: der König wird niemals zustimmen! Für solche Bauten müssten sie schon das vorbehaltlose Vertrauen von Graf Friedrich genießen. Und dieses Vertrauen ist alles andere als vorhanden. Eine solche Unterstützung könnte viel eher dem Herrn von Gundelfingen zuteil werden, falls dieser sich des Vertrauens als würdig erweist, das in ihn gesetzt wird..." Werner von Grüningen ließ das Ende seines Satzes bewusst offen stehen. Er hatte dennoch mitten ins Schwarze getroffen. Natürlich hatte Swigger von Gundelfinger in Gedanken bereits Vergleiche angestellt, als die Gerüchte über angebliche Bauabsichten der von Hundersingen zu ihm gedrungen waren. Und naheliegenderweise war ihm der schroffe Felsabsturz auf der östlichen Talseite schon mehrfach als geradezu idealer Ort erschienen, eine Steinburg im selben Baustil zu errichten, wie dies momentan Graf Friedrich auf dem Staufen bewerkstelligte. Wohl mehr als 100 Meter lagen zwischen dem Felsplateau und der Talsohle der Lauter. Vom Bergfried einer solchen Burg aus würde man das ganze Land ringsum überblicken können und befand sich überdies im Schutze einer schier unangreifbaren Anlage. Noch war es viel zu früh, sich ernsthaft mit einem solchen Gedanken auseinander zu setzen, noch ging es für Swigger um nichts anderes, als um die Behauptung seiner Existenz an der Lauter. Aber vielleicht, eines noch in weiter Ferne scheinenden Tages vielleicht, würde der Traum Wirklichkeit werden. Würde der edelfreie Swigger von Gundelfingen einen erfahrenen Burgenbaumeister zu sich bestellen und mit ihm den idealen Ort festlegen, an dem die stolze Festung seines Geschlechts in den Himmel wachsen würde. Zukunftsmusik, klar! Aber dennoch war es ein schöner Traum, den er in dieser Hinsicht so manches Mal heimlich träumte. Kein Wunder, dass die scheinbar gedankenlos dahingeworfene Formulierung des Herrn von Grüningen ihr Ziel gefunden hatte. Eine Tatsache, die auch Grüningen selbst nicht verborgen blieb und die er mit einem kaum wahrnehmbaren Lächeln zur Kenntnis nahm.

„Ihr...du bist also der Meinung, dass mich nicht nur Friedrich von Staufen, sondern auch der König zu seiner Seite zählt und nicht den Einflüsterungen meiner missgünstigen Nachbarn im Norden erliegen wird?“ lenkte Swigger das Gespräch wieder auf seinen Kern zurück.

„Dieser Meinung bin ich. In der Tat. Es bedarf in diesem Teil des Landes eines absolut vertrauenswürdigen Gefolgsmannes, der sich als harter und zuverlässiger Keil zwischen den Grafen von Achalm und dem von den Welfen immer stärker dominierten Süden bewährt. Erst Recht in dieser drängenden Lage, in der sich der König nach dem unverschämten Bannspruch des Papstes jetzt befindet!“

Als Keil zwischen zwei schier übermächtigen Machtblöcken. Swigger musste bei dieser Formulierung trocken schlucken. Es würde nicht einfach werden, diese Herausforderung zu bestehen. An seine verwandtschaftlichen Beziehungen zum Haus der Welfen durfte er dabei gar nicht denken. Selbst wenn diese sämtliche Bindungen mit dem verfemten Ritter längst schon in kühler Konsequenz aufgekündigt hatten, waren sie für ihn dennoch keine Fremden. Und würden dies auch nie werden. Es würde die Lage nicht einfacher machen!

Ein merkwürdiges Gefühl. Noch vor wenigen Tagen schien es seine Bestimmung, für alle Zeiten an den Rand der Welt gedrängt, ein unbedeutendes Dasein an einem gottverlassenen Flecken auf der Alb zu führen. Und heute sah sich Swigger von Gundelfingen plötzlich inmitten eines gigantischen Ringens, in dem man nur allzu leicht zermalmt werden konnte. Natürlich musste er sich darüber im Klaren sein, dass es auch Friedrich von Staufen in allererster Linie um die Wahrung seiner Macht zu tun war. Nur darum würde es gehen. Auf gar keinen Fall um die einzelne Person eines minder bedeutenden Lehensmannes – und dennoch musste jeder von ihnen seine Entscheidung nunmehr endgültig treffen. Denn wer sich weder zur einen, noch zur anderen Seite bekannte, der hatte von vornherein seine Zukunft schon verspielt.

„Ich fürchte...das heißt, ich bin mir jetzt schon sicher, dass jeder Getreue für unseren König bald unverzichtbar wichtig sein wird. Jeder!“ Werner von Grüningen reichte seinem Gegenüber die Hand zum Abschied und drückte sie mit fester Entschlossenheit. Gerade so, als wolle er das Fazit seiner Rede dadurch noch unterstreichen. „Ich sehe die Ratten in Gedanken schon aus ihren Löchern kriechen! Sie werden schneller die Seite wechseln, als es uns recht ist und der eine oder andere von uns dies wahrhaben will. Der Bannstrahl des Papstes wird unseren König härter treffen, als er dies vielleicht ahnt. Es ist damit ein ungeheures Ringen in Gang gesetzt worden, von dem auch ich nicht weiß, wer letztendlich als Sieger daraus hervorgehen wird. Bald schon wird sich die Lage gefährlich zuspitzen. Und auch wir in unseren Burgen im ganzen Land werden diese Herausforderungen nur dann bestehen können, wenn wir uns voll und ganz aufeinander verlassen können. Wir werden die Unterstützung bitter nötig haben. Der Herr auf Gundelfingen genauso wie der Träger des Reichsbanners, Werner von Grüningen. Es sind dieselben Gefahren, die uns drohen. Möge uns das Schicksal gnädig sein!"

Noch einmal drückte er Swiggers Hand innig. Dann wandte Werner von Grüningen sich um und stapfte mit entschlossenen Schritten zu den Stallungen hinüber, wo sein Knappe mit dem fertig gesattelten Pferd bereits auf den Edelmann wartete.

Voller Erstaunen dachte Swigger an die offenen Worte, die der in der Hierarchie des Reiches doch weit über ihm stehende Grüningen gewählt hatte. Dessen Zutrauen schien in der Tat groß zu sein.

Ein Vertrauen, das allmählich auch bei Friedrich von Staufen zu wachsen schien. Swigger von Gundelfingen würde sich dieses Vertrauens als würdig zeigen. Er würde es nicht enttäuschen!

Trotz aller damit verbundenen Gefahren: es handelte sich um die einmalige Gelegenheit, sich vor allen anderen zu beweisen. Eine Gelegenheit, die ihm ganz unvermutet zuteil geworden war. Viel früher, als er sich dies jemals hatte erhoffen dürfen. Und dieses Mal würde er seine Chance zu nutzen wissen!

10

Mai 1076

Der Mann hatte sich auf den schmutzigen Erdboden direkt vor die Füße des Edelmanns geworfen. Ohne sich darüber zu bekümmern, dass er mit seinen Knien mehrere Zentimeter tief in den Schlamm gesunken war. „Helft mir, Herr!" bettelte der schwarz gewandete mit erstickter Stimme. „Um der Barmherzigkeit willen, Herr. Bitte helft mir und verstoßt mich nicht!" Er reckte die Arme zum Himmel während Tränen der Verzweiflung über seine Wangen rannen.

Eine merkwürdige Szene, in deren Mittelpunkt er sich befand. Denn der verzweifelte Mann schien Swigger von Gundelfingen wie ein Priester gekleidet zu sein. Und dennoch bat ihn dieser Mann flehentlich um Hilfe. Um Beistand nicht nur für sich, sondern für seine gesamte Familie. Er ersuche den edlen Herrn in seiner Not um die Gewährung von Asyl auf Burg Gundelfingen, wohin er sich gerade eben im Schutz der Dunkelheit mit seiner Frau und ihren beiden keine drei Wochen alten Säuglingen geflüchtet hatte. Nach monatelanger Irrfahrt kreuz und quer durch die Lande. Immerwährend verfolgt von seinen Häschern, denen sie mehrere Male erst im letzten Moment hatten entwischen können. Unglaublich, was der Mann da erzählte. Dass es sich bei den Verfolgern um Berittene des Bischofs handelte. Welchen Verbrechens hatte er sich schuldig gemacht, dass man ihm dermaßen erbittert hinterher jagte? Ein Priester auf der Flucht vor seinem Bischof! Niemals zuvor hatte Swigger von einem ähnlichen Fall gehört.

Es dauerte geraume Zeit, bis sich der Mann wieder so weit gefasst hatte, dass er in der Lage war, dem Edelmann Auskunft über die Hintergründe des seltsamen Geschehens zu erteilen.

„Sie verfolgen mich, weil sie inzwischen auf Geheiß des Papstes die Ehelosigkeit von uns Priestern verlangen. Die hohen Herren sind es. Diejenigen, die auf Seiten des Heiligen Vaters stehen: Bischöfe und Kardinäle! Sie sagen, sie handelten im Auftrag des Papstes! Was aber soll ich tun? Ich, der ich seit mehr als einem Jahr verheiratet bin. Was soll ich meiner Frau sagen? Sie einfach davon jagen? Zusammen mit meinen neugeborenen Kindern? Diese Fragen habe ich ihnen gestellt! Und um Barmherzigkeit für meine Familie gebeten. Genauso wie viele meiner Amtsbrüder. Doch was haben sie uns angedroht, falls wir ihren Befehlen nicht nachkommen und unsere Familie nicht verlassen? In diesem Falle wollten sie mich und meinesgleichen in den Kerker werfen! Doch ich habe mich ihren Wünschen nicht gebeugt und ihnen nach dem Gottesdienst öffentlich widersprochen. Ich habe ihnen meinen Standpunkt dargelegt nämlich, dass das was gestern recht war, heute plötzlich nicht mehr recht sein darf!" Der Mann wischte sich mit der Hand müde über die tränennassen Augen, als wolle er damit die Erinnerungen an die Geschehnisse der letzten Wochen verscheuchen, die sich alptraumhaft über sein Gemüt gelegt hatten. Dann breitete er mit einer verzweifelten Geste die Arme weit aus. „Aber wie gnadenlos ist ihre Antwort ausgefallen! Die Reisigen sind ausgeschwärmt und haben mich und meine Mitbrüder einfach nieder geritten. Haben Peitschen geschwenkt und uns vor sich her getrieben, wie eine Herde ausgebrochener Schafe. Und dann...dann hat uns ihr Anführer befohlen, auf die Knie zu sinken und unsere Widerworte auf der Stelle zu verfluchen. Wer nicht dazu bereit sei, dem drohe der Kerker. Und sie haben ihre Ankündigung wahr gemacht. Kaum, dass der eine oder andere von uns gewagt hat, sich zu verweigern, sind die Reiter herangeprescht und haben sie ergriffen. Gefesselt und auf der Stelle davon geschleppt. Nicht ohne sie zuvor noch übel zu misshandeln. Kein Wunder, dass sich fast alle in ihr Schicksal ergeben haben. Gezwungenermaßen ergeben haben."

Der Mann senkte seinen Kopf und schwieg.

In der Tat war vor einiger Zeit auch schon nach Gundelfingen die Kunde von heftiger Unruhe unter der Priesterschaft gedrungen. Und was sich zunächst wie eine innerkirchliche Auseinandersetzung anhörte, musste in Wirklichkeit ebenfalls im Zusammenhang mit dem Machtkampf zwischen dem König und jenen Teilen der Geistlichkeit angesehen werden, die auf Seiten des Papstes stand. Was vor allem bei der höher gestellten Geistlichkeit der Fall war.

Demgegenüber galt die überwiegende Anzahl der einfachen Priester als Königstreu. Eine Tatsache, die naturgemäß auch dem seit erst zwei Jahren amtierenden Papst Gregor VII. nicht verborgen geblieben war. Mit aller Macht hatte er deshalb auf einer Synode schon kurz nach Antritt seines Pontifikats eine Verfügung durchgesetzt, die zwar im Jahr 1046 schon einmal formuliert worden war, nach der man sich innerhalb der Kirche aber in Wirklichkeit bislang niemals gerichtet hatte: das strikte Verbot der Priesterehe! Eine Maßnahme, die sich ganz eindeutig gegen die niederen Geistlichen richtet, von denen eine große Anzahl verheiratet war. Nur widerwillig war selbst der höhere Klerus zunächst dem Verdikt des neuen Papstes gefolgt. Erst mit Beginn der scharfen Auseinandersetzung zwischen König und Papst hatte sich eine Wandlung ergeben, vor allem, seitdem Papst Gregor die Laien aufgefordert hatte, Messen verheirateter Priester zu meiden. Solche Messen seien sinnlos, da sie nicht den Regeln der Kirche entsprächen. Keiner, der die Messe eines verheirateten Priesters besuche, könne sich seines Seelenheils sicher sein. Am besten, so war eine drastische Aufforderung an die verunsicherten Gläubigen ergangen, man verjage die sündigen Kebsweiber und mit ihnen ihre ganze Brut. Kein Wunder, dass die Dinge schließlich eskaliert waren und viele, in den Augen des Papstes uneinsichtige Priester vom aufgehetzten Mob als elende Sünder sogar erhängt worden waren.

Mehr als 1000 verheiratete Priester hatten sich daraufhin in Konstanz versammelt, um in dieser verzweifelten Lage gemeinsam darüber zu beratschlagen, wie man sich gegen diese Anordnung wohl zur Wehr setzen könne. Doch bevor sie mit ihren Beratungen hatten beginnen können, waren sie schon von stark bewaffneten Reitern angegriffen und auseinander getrieben worden.

„Wie räudige Hunde haben sie uns gejagt! Und nur mit knapper Not sind wir ihnen bis jetzt entkommen." Der Mann faltete seine Hände und sandte einen weiteren flehenden Blick hoch in das Gesicht des Edelmanns, vor dem er noch immer kniete. „Bitte Herr, habt Erbarmen mit mir und meiner Familie. Gewährt uns hier auf eurer Burg Asyl und Zuflucht. Wir werden es euch immer danken!"

Auch die Frau des Priesters sank nun vor dem peinlich berührten Ritter auf die Knie. Eine wahrhaft beklemmende Situation. Noch kein Jahr war vergangen, seitdem sich Swigger selbst in das ihm zugewiesene Asyl hatte aufmachen müssen. Und nun erflehten diese bemitleidenswerten Leute seinen Schutz! Wo er selbst sich doch als nach wie vor des Schutzes bedürftig betrachtete. Nun denn! Sie sollten seinen Beistand erhalten.

Nicht nur aus bloßer Barmherzigkeit heraus. Sondern auch, weil die Priesterfamilie ohne eigenes Zutun in diesen Machtkampf zweier gewaltiger Blöcke hinein geraten war. Weil sie sich damit auf derselben Seite befand, wie auch der Herr von Gundelfingen. Und ferner würde er sich über kurz oder lang ohnehin mit einem Burgkaplan versehen müssen. Da kam ihm der verfolgte Priester gerade recht. Zumal er sich auf dessen Treue mit Sicherheit würde verlassen können. Was man von manch anderem Geistlichen nicht unbedingt von vornherein erwarten konnte. Bruder Kilian, so nannte sich der Mann, würde keinesfalls in Versuchung kommen, die Interessen der päpstlichen Partei zu vertreten.

Voller Dankbarkeit küssten die beiden Verfolgten Swiggers Füße, als er ihnen seinen Entschluss bekannt gab. Dass Bruder Kilian als Kaplan auf Gundelfingen bleiben dürfe. Seiner Tätigkeit als Seelsorger für den Burgherrn und die Einwohner des kleinen Dorfes stehe nichts entgegen – auch nicht die Tatsache seiner Verheiratung. Maßgabe für das Verbleiben in Gundelfingen sei jedoch, dass sich Bruder Kilian sein Auskommen selbst erwirtschaftet und folglich also wie auch die Bauern und Leibeigenen bei der Bestellung der Felder mit anpacke. Auch für Ida, die Frau des Geistlichen, gab es Arbeit. Sie könne künftig als Köchin agieren und überdies einen Kräutergarten auf der Burg anlegen, schlug Swigger vor. Nur allzu gerne stimmten die über die Maßen erleichterten Eheleute diesem Vorschlag zu.

11

August 1076

Merkwürdig, wie sich in diesem Sommer nun alles ins Gegenteil verschoben hatte! War das Wetter in den vergangenen Jahren nicht nur viel zu kühl und vor allen Dingen auch viel zu nass gewesen, so hatte sich die Witterung mit einem Mal vollständig verändert. Schon gegen Ende des Frühjahrs hatte sich eine sengende Hitze über das Land gelegt. Noch nicht einmal die Alten konnten sich daran erinnern, jemals solches erlebt zu haben. Zumal sich zu der Hitze die Trockenheit gesellte: seit Wochen schon war kein einziger Tropfen Regen mehr vom Himmel gefallen. Zunächst war dies den Bauern nicht sonderlich tragisch vorgekommen, denn die Erde war durch die vorangegangenen feuchten Jahre immer noch mit Wasser voll gesogen wie ein Schwamm. Aus diesem Grund war auch die Saat so rasch aufgegangen, wie selten zuvor. Doch die Hitze hatte sich mehr und mehr gesteigert. Bald schon zeigten sich die ersten Risse im Ackerboden. Risse, die mittlerweile zu regelrechten Spalten geworden waren, in die man mühelos die Hand hineinstrecken konnte. Und so prächtig sich die Saat zunächst entwickelt hatte, so jammervoll präsentierte sich das Korn mittlerweile. Viel zu früh hatten sich die Halme gelb gefärbt. Die Bauern sprachen mit kummervollen Mienen von einer Notreife, durch die man allerhöchstens den fünften Teil eines normalen Ernteertrages erwarten durfte. Den fünften Teil! Eines normalen Ertrages! Wo sie doch eine zufrieden stellende Ernte schon seit mehreren Jahren nicht mehr hatten einbringen können!

Und jetzt auch noch das Wasser! Von den Weilern auf der Hochfläche der wasserarmen Alb häuften sich die besorgniserregenden Nachrichten. Immer mehr Hülen, also mit Lehm abgedichtete Wasserlöcher, waren ausgetrocknet. Oder es dümpelte lediglich noch eine ekelhafte stinkende Brühe darin, die selbst von den anspruchslosen Leibeigenen nicht mehr getrunken werden mochte. Hatte es dennoch einer über sich gebracht, so war er hinterher an einem üblen Durchfall erkrankt. Und konnte von Glück sagen, wenn er mit dem Leben davon kam.

Naturgemäß war den Bewohnern von Gundelfingen an der Lauter die Wasserknappheit lange Zeit weitaus weniger drängend erschienen. Das Flüsschen führte nach wie vor sein Wasser, wenngleich auch deutlich weniger, als noch vor einigen Wochen.

Und dies war auch der Grund für einen heftigen Streit gewesen, den Swigger am heutigen Vormittag hatte schlichten müssen. Beziehungsweise hatte beenden müssen. Denn das Beilegen des Streites war ihm nicht gelungen. Eine Tatsache, von der er befürchtete, dass sie eines Tages zu weiterem Ärger führen könnte. Ärger, auf den er beileibe gerne verzichten würde!

Das Wasser! In der Tat war der Wasserstand in der Lauter stark gesunken. Nachdenklich betrachtete der Ritter die unablässig herangurgelnden kleinen Wellen, die dem Flüsschen einen so friedlichen Anschein verliehen. Und dennoch war es bei der lautstarken Auseinandersetzung alles andere als friedlich um genau dieses Wasser gegangen.

Zwischen dem Müller von der Wittsteige und dem von der oberen Mühle. So heftig waren sie aneinander geraten, dass die Schimpfworte im ganzen Dorf zu hören gewesen waren. Missmutig hatte sich Swigger daraufhin auf sein Pferd geschwungen und war auf die beiden Streithähne an der oberen Mühle zugeritten, die sich mittlerweile bereits im Ringkampf auf dem Boden wälzten. Es hatte Swigger einige Mühe gekostet, den wutschnaubenden Müller Jos vom seinem körperlich weit unterlegenen Kontrahenten loszureißen. Bei diesem handelte es sich um niemand anderen, als um Johann, den mittlerweile 16-jährigen Sohn des im vergangenen Jahr so tragisch umgekommenen Wittsteigenmüllers. Johann war Swigger alt genug erschienen, um ihn in die Fußstapfen seines Vaters treten zu lassen. Auch wenn ihm der Junge und die übrigen Mitglieder der Müllersfamilie immer die Schuld am Tod des Vaters geben würden: es sollte dennoch ein Zeichen zur Versöhnung sein. Schon der kleinen Bärbel wegen, dem Mädchen, dessen entgeisterten Blick nach dem Tod des Vaters Swigger wohl nie mehr würde vergessen können. Johann also hatte sich mit dem Müller der oberen Mühle angelegt, obwohl er doch nicht den Hauch einer Chance besaß, den anderen zu bezwingen. Der Junge schien das aufbrausende Temperament seines Vaters geerbt zu haben, der ebenfalls mit offenen Augen in sein Unglück gestolpert war.

„Was ist denn nur in euch gefahren?!“ Vorwurfsvoll stemmte der Ritter seine Hände in die Hüften und musterte die Streithähne mit einem strengen Blick. „Was um alles in der Welt veranlasst euch zu solch einer Rauferei? Habt ihr denn sonst nichts zu arbeiten?!“

„Pah!“ Keuchend und mit schmerzverzerrter Miene hielt Jos Müller seine rechte Hand auf die Magengegend gepresst. Offenbar hatte er einen kräftigen Tritt abbekommen, der ihm noch eine ganze Weile zu schaffen machen würde.

In der Zwischenzeit war es auch Johann gelungen, sich vom Wiesenboden aufzustemmen. Der Junge sah wirklich übel zugerichtet aus! Sein Gesicht war bedeckt von grünblauen Beulen und Schürfwunden. Das linke Auge völlig zugeschwollen. Swigger war offenbar gerade noch rechtzeitig zur Stelle gewesen! Allem Anschein nach war Jos drauf an dran gewesen, den Gegner in seiner rasenden Wut im wahrsten Sinn des Wortes totzuschlagen!

Es war nicht zu fassen! Was glaubte dieser Mensch denn eigentlich, sich erlauben zu können? Als wenn sie nicht ohnedies schon über viel zu wenige kräftige Männer verfügten! „Ich erwarte eine Antwort! Auf der Stelle!“ donnerte Swigger von Gundelfingen in das trotzige Gesicht des oberen Müllers. „Nur damit wir uns richtig verstehen: wenn du ihn getötet hättest, dann wäre auch dein Leben verwirkt gewesen! Und nun sprich endlich! Oder soll ich dich erst noch in Ketten legen lassen?“

Die Drohung schien ihren Zweck erfüllt zu haben. Schlagartig veränderte sich der Gesichtsausdruck des Müllers. „Entschuldigt Herr“, begann er mit demütig gesenktem Kopf seine Erklärung. „Aber es ist mir gar nichts anderes übrig geblieben, als mich zur Wehr zu setzen. Denn plötzlich ist dieser Junge da vor mir aufgetaucht und hat mir üble Verwünschungen ins Gesicht geschrieen. Kurz danach hat er sich auf mich gestürzt, nachdem er mich mit einem Fußtritt in den Bauch zu Boden getreten hat. Da hätte ihr euch auch zur Wehr gesetzt, Herr!“

„Zur Wehr gesetzt natürlich“, dieses Zugeständnis musste man dem Müller durchaus machen. „Aber du hättest ihn in deiner Wut womöglich umgebracht! Und dich damit gleich mit ins Unglück gestürzt! Was ist denn nun der Grund für diesen üblen Streit?“

Jos Müller zuckte in schlecht gespielter Ratlosigkeit mit den Achseln. „Weiß nicht! Fragt doch den da, Herr!“ nickte er zu Johann hinüber, der sich nur mit Mühe auf den Beinen halten konnte.

Doch es war nicht die Zeit, sich um die Wunden des Jungen zu kümmern. Und schon gar nicht war dies Swiggers Aufgabe. Er wollte nun endlich Aufklärung darüber bekommen, weshalb die beiden dermaßen aneinander geraten waren. „Also! Rede!“ befahl er streng.

Langsam hob Johann den Kopf und richtete einen hasserfüllten Blick aus dem gesunden rechten Auge auf seinen Gegner. „Was los ist...“ begann er mit krächzender Stimme. Auch das Sprechen schien ihm Mühe zu bereiten.

„Rede!“

„Er hat versucht, mir das Wasser abzugraben!“

Der Ritter hatte nicht verstanden. Was war denn das für eine merkwürdige Erklärung? „Wie? Was soll das heißen?“

„Er hat mir das Wasser abgegraben“, wiederholte der Junge starrköpfig. „Er will, dass ich kein Wasser mehr zum mahlen habe. Denn er will mir die Mühle streitig machen! Seit Monaten schon ist er hinter der Mühle her!“

Daher wehte also der Wind! Jetzt endlich war sich Swigger von Gundelfingen darüber im Klaren, worum es bei dem Streit gegangen war. Der Wittsteigenmüller bezichtigte seinen Berufskollegen eines schweren Vergehens: dass dieser ihm das zum Aufrechterhalten des Mahlbetriebs notwendige Wasser abgegraben hätte. Immer wieder hörte man von diesen im wahrsten Sinn des Wortes sprichwörtlichen Auseinandersetzungen! Dass der eine Müller, der sich mit seiner Mühle oberhalb der anderen Mühle befand, das Wasser abgegraben oder abgeleitet habe.

Gerade jetzt, in diesem trockenen Sommer, wo auch die Lauter deutlich weniger Wasser führte, als in den Jahren zuvor, warf ein jeder Müller naturgemäß sein Hauptaugenmerk voller Sorge auf den Wasserstand. Und wenn sich dieser noch weiter als bereits geschehen absenkte, dann lief die Wittsteigenmühle in der Tat Gefahr, dass das große Wasserrad demnächst zum Stillstand käme. Da brauchte Jos Müller von der oberen Mühle nur etwas mehr Lauterwasser in seinen Mühlkanal ableiten und schon wäre es um die Mahlkraft der wesentlich größeren Wittsteigenmühle geschehen. Es konnte gar keine größere Sorge für einen Müller geben, als dass sich dieser Notstand tatsächlich einstellte!

Zu dieser Sorge gesellte sich im Fall der beiden gundelfingischen Mühlen noch die schon mehrmals geäußerte Begehrlichkeit des oberen Müllers, künftig sein Tagwerk in der viel größeren und von daher auch bedeutenderen Wittsteigenmühle verrichten zu dürfen. Denn der erst 16-jährige Johann sei wohl kaum in der Lage, den Betrieb der Mühle so zu organisieren, wie dies ihm, dem erfahrenen Jos Müller möglich sei. Zwar hatte Swigger als Lehensherr den Wunsch des oberen Müllers strikt zurück gewiesen und ihn erst vor wenigen Wochen auch in aller Strenge ermahnt, nicht ständig von neuem damit vorstellig zu werden. Doch austreiben hatte er Jos Müller dessen Wunsch damit natürlich nicht, das stand felsenfest. Klar, dass deshalb auch der junge Johann auf der Hut war und sich vom oberen Müller bedroht fühlen musste. Wenn nun auch noch der Wasserstand weiter sank, dann würde er den Mahlbetrieb demnächst wirklich einstellen müssen. Erst Recht, wenn der andere ein bisschen nachgeholfen und das Wasser umgeleitet hatte.

„Haben dich die Hundersinger vor ihren Karren gespannt, um bei uns für Unruhe zu sorgen?" platzte da ein neuer Vorwurf aus Johanns Mund unvermittelt in Swiggers Gedankengänge hinein.

Die Provokation hatte ihr Ziel in Windeseile erreicht! „Was sagst du da, du elender Wurm?" Hätte der Ritter sich nicht geistesgegenwärtig vor Johann gestellt und dem Angreifer warnend seine Arme entgegen gestreckt, wer weiß, welche Auswirkungen die Faustschläge gezeitigt hätten, mit denen Jos Müller die ungeheuerlichen Vorwürfe beantwortet hätte. Es handelte sich in der Tat um eine infame Unterstellung, die Brüder von Hundersingen mit ins Spiel zu bringen. Jeder Bewohner von Gundelfingen war sich längst darüber im Klaren, dass zwischen ihrem Herrn und den beiden Rittern von Hundersingen alles andere als eitel Sonnenschein an der Tagesordnung war. Ja, dass Eberhard und Theobald es sogar ganz gerne sähen, wenn der Nachbar mit mancherlei Problemen zu kämpfen hätte. Aber deshalb einen der gundelfingischen Untertanen der heimlichen Verschwörung mit den Hundersingern zu bezichtigen, das war in der Tat ein starkes Stück.

„Es ist genug jetzt! Ein für alle Mal genug!" Wütend stampfte Swigger von Gundelfingen mit seinem Fuß auf dem Boden auf und gab Jos Müller einen ärgerlichen Schubs, der den Mann nach hinten taumeln ließ. „Ich sage es euch allen beiden! Und ich sage es nur ein einziges Mal: ich will solch einen sinnlosen Streit nicht mehr erleben! Ein für alle Mal! Wir haben auch ohnedies Arbeit und Sorgen mehr als genug. Da muss ich nicht noch zusätzlich für Streit und Hader sorgen. Wer von euren beiden Seiten also meint, den Kampf weiter führen zu müssen, der soll sich über eines unmissverständlich im Klaren sein: wenn mir auch nur das Geringste darüber zu Ohren kommt, dann werde ich handeln! Und zwar ohne weiteres anhören handeln. Was klipp und klar bedeutet, dass ich beide des Landes verweisen werde. Egal, wer mit dem Streit begonnen hat…"

„Aber…Herr…das könnt ihr doch nicht tun. Wenn es der andere war, der damit begonnen hat!" wurde Swigger von dem entgeisterten Müller der oberen Mühle unterbrochen. „Was kann ich denn in diesem Fall dafür…"

„Ruhe!" schmetterte der Ritter seinem Untertanen entgegen. „Es ist das letzte Mal, dass ich Widerworte von dir höre! Hast du das denn immer noch nicht verstanden? Und genauso wenig du?" wirbelte er zu Johann herum, der mit weit herunter geklappter Kinnlade die Drohung vernahm. „Ob ihr mich verstanden habt, will ich wissen?" ließ Swigger jedoch keinerlei Raum für weitere Gegenreden.

Die beiden hatten verstanden – zumindest für den Augenblick verstanden. Sowohl Jos als auch sein Kontrahent Johann nickten betreten mit den Köpfen.

„Dann merkt es euch gut – und glaubt nicht, dass ich mit mir in dieser Hinsicht spaßen lasse! Ihr könnt nun gehen!" hatte Swigger die Auseinandersetzung daraufhin für endgültig beendet erklärt.

Nachdenklich verfolgte der Gundelfinger das friedliche Spiel der Wellen in dem kleinen Fluss. Noch einmal fragte er sich, ob er sich wohl zu streng verhalten hatte mit seiner Drohung. Andererseits gab es ja wirklich Probleme mehr als genug: hier vor Ort genauso wie in den Dörfern auf der Hochfläche. Hunger, Krankheiten und jetzt auch noch die Wassernot. Bald schon würden sie sowieso nichts mehr zu mahlen haben: Wasserstand in der Lauter hin oder her. Dazu gesellte sich die politische Lage im Reich, die nach wie vor nichts Gutes verhieß. Eher im Gegenteil sogar. Nein, weitere Konflikte konnte er angesichts dieser Entwicklungen keinesfalls gebrauchen. Er war gezwungen Entschlossenheit zu zeigen. Notfalls auch die einen oder andere ungerechte Entscheidung treffen. Und dann unumstößlich darauf beharren. Sie mussten sie spüren, diese Entschlossenheit. Und sie fürchten. Nur so würden die Dorfbewohner dauerhaft seine Herrschaft anerkennen. Durch Härte und Strenge. So sehr ihm dies im Grunde seines Herzens auch zuwider war. Doch nur so würde er sich behaupten können. Wieder und wieder war ihm dieser Unterschied zwischen seinem edlen Herkommen und dem gemeinen Volk verdeutlicht worden. Man musste es mit Argusaugen beobachten, das gemeine Volk und sich mit aller Entschlossenheit gegen die Bauern und Leibeigenen durchsetzen. Denn schon beim kleinsten Anzeichen von Schwäche würden sie sonst die Gelegenheit beim Schopf ergreifen und sich gegen die von Gott gegebenen Herrschaft auflehnen. So hatten es dem jungen Adligen seine ritterlichen Lehrmeister mit auf den Weg gegeben und daran würde auch er sich orientieren müssen.

Wenngleich sich Swigger damit von den übrigen Bewohnern seiner Herrschaft natürlich deutlich distanzierte. So unangefochten seine Stellung auch sein mochte, so einsam war es andererseits um ihn herum. Umso mehr genoss er die raren Gelegenheiten, die sich ihm boten, um mit anderen Edelleuten zusammen zu treffen. Selbst dann, wenn er sich nach wie vor vom einen oder anderen misstrauischen Blick begleitet fühlte. Immerhin befand er sich dann wenigstens unter Seinesgleichen.

Desto einsamer fühlte sich der Herr auf Gundelfingen anschließend bei seiner Rückkehr auf die abgelegene Burg.

12

16. Oktober 1076

Es würde sich um das alles entscheidende Zusammentreffen handeln. Heute musste sich die Zukunft des Reiches weisen. Schlimm genug, dass es überhaupt so weit hatte kommen können. Dass selbst der König voller Anspannung und Nervosität den Verlauf dieses Tages zu verfolgen hatte, mit dem auch sein weiteres Schicksal auf das engste verknüpft schien. Die Zusammenkunft der bedeutendsten Fürsten des Reiches in dem Ort Tribur, ungefähr auf halbem Weg zwischen Mainz und Worms gelegen.

Die Zusammenkunft der bedeutendsten Fürsten des Reiches! Swigger von Gundelfingen lachte verächtlich in sich hinein. Auf Einladung Werner von Grüningens, dem Träger des Reichsbanners, war er mit diesem hinauf an den Rhein gezogen. Und hatte auch wie dieser treue Gefolgsmann des Königs sein Lager auf dem gegenüberliegenden Rheinufer, also in Oppenheim genommen. Dort, wo sich auch König Heinrich IV. aufhielt, der hier voller Bangen und zugleich voller Ingrimm die Entscheidung der Fürsten abzuwarten hatte, die diese voller Scheinheiligkeit im Hinblick auf ihr weiteres Verhalten gegenüber einem von Papst gebannten König treffen wollten. In Anwesenheit einer hochrangigen päpstlichen Delegation! Unglaublich, wenn man sich vor Augen hielt, wie dieselben Menschen noch vor wenigen Monaten Empörung über den Bannspruch des Papstes geheuchelt hatten! Jetzt freilich kochte jeder von ihnen sein eigenes Süppchen.

Bei einem erst vor wenigen Wochen in Ulm erfolgten vorangegangen Fürstentag war die Wahl auf den heutigen Versammlungsort Tribur gefallen. Ein Vorschlag, der vom Herzog Rudolf von Rheinfelden in die Debatte geworfen worden war. Und kaum hatte dessen Schreiber den Anwesenden die Begründung für den Vorschlag unterbreitet, war geradezu enthusiastischer Jubel unter ihnen ausgebrochen. Einstimmig hatten sie ihre Zustimmung erteilt. Voller Heimtücke und unverhohlener Schadenfreude. Denn immerhin handelte es sich bei der Königspfalz von Tribur um einen geschichtsträchtigen Ort. Im Jahr 1053 war der dreijährige Heinrich IV. auf Betreiben seines Vaters von den deutschen Fürsten hier in Tribur zum Deutschen König gewählt worden und hier hatte

Heinrich im Jahr 1066 auch seine Ehe mit Bertha von Turin geschlossen. Ein für Heinrichs Leben also wahrhaft bedeutender Ort, an dem sie nun über den König zu entscheiden gedachten. Allein diese Formulierung! Swigger von Gundelfingen spürte, wie ihm eine Gänsehaut über den Rücken kroch. Wie konnte es überhaupt irgendeiner wagen, sich als Richter über das weitere Schicksal eines Königs aufzuschwingen? Ihres Königs! Doch die hinterlistigen Fürsten waren sich ihrer Sache offenbar sicher. Dermaßen sicher, dass sie nicht zuletzt auch deshalb Tribur zu ihrem Versammlungsort bestimmt hatten. Denn vor nahezu zwei Jahrhunderten, so berichteten es die Annalen des Reiches, war von der Königspfalz in Tribur schon einmal ein ungeheures Beben ausgegangen, das gewaltige Auswirkungen auf das gesamte Reich gezeitigt hatte. Bei ihrer damaligen Zusammenkunft, im Jahr 887 nach des Erlösers Geburt, hatten sich die Fürsten von Kaiser Karl III. losgesagt und den Kaiser, dem der wenig schmeichelhafte Beinamen „der Dicke“ anhaftete, damit sogar zur Abdankung gezwungen! Unfassbar!

Perfider hätte die Wahl des heutigen Versammlungsortes folglich gar nicht ausfallen können! Kein Wunder, dass der vor Zorn bebende junge König geschworen hatte, nie wieder seinen Fuß auf den Boden jener Königspfalz zu setzen, nachdem er von dieser Tatsache erfahren hatte. Kein einziger aus der Burgbesatzung von Tribur war offenbar gewillt gewesen, sich dem ungeheuerlichen Ansinnen der Fürsten zu widersetzen und die Erlaubnis zu dieser symbolhaften Zusammenkunft zu verweigern – was ganz und gar im Sinne des Königs gewesen wäre. Es wären fürwahr andere Orte in Frage gekommen! Es hätte nie und nimmer Tribur sein müssen! Zu spät!

Voller Mitgefühl musterte Swigger von Gundelfingen aus der Ferne den knabenhaft wirkenden König Heinrich IV., dessen schlanke zierliche Gestalt und der aus blonden Locken gebildete Haarschopf ihn eher an einen der fahrenden Sänger denken ließ, die sich seit einiger Zeit vermehrt auf den Herrensitzen des Reiches zeigten und mit ihren Lauten zarte poetische Lieder zum besten gaben, die meist aus ihrer eigenen Feder stammten. Kaum zu glauben, dass sich dieser Jüngling nun schon seit zehn Jahren in den ränkevollen Schachzügen der Reichspolitik bewegte, samt den zahlreichen Fallstricken, die ihm von wankelmütigen Fürsten wieder und wieder gelegt wurden. Doch trotz allem hatte sich der Mann, der gerade einmal drei Lebensjahre mehr zählte, als Swigger, erstaunlich behauptet. Bis auf den heutigen Tag, der wohl sein weiteres Schicksal in alles entscheidendem Maße bestimmen würde. Und es sah alles andere als günstig für den König aus. Die Situation war durchaus vergleichbar mit jener, als die Fürsten seinerzeit den unglücklichen Kaiser Karl III. für abgesetzt erklärt hatten.

Den ganzen Tag über hatten die Abgesandten der beiden Parteien zäh verhandelt und ihre Boten mit immer neuen Vorschlägen ausgesandt, um eine Verständigung zu erreichen. Besonders die päpstlichen Gesandten, also Sigehard von Aquileja und Bischof Altmann von Passau erwiesen sich als wenig kompromissbereit. Erst am späten Nachmittag schien die Gefahr einer Absetzung des Königs abgewendet, so dass Heinrich IV. beschloss, nun selbst die Initiative zu ergreifen. Er erklärte seinen verblüfften Gefolgsleuten, noch an diesem Abend den Versammlungsort seiner Fürsten persönlich aufsuchen zu wollen – und zwar so rasch wie möglich. Man dürfe das Heft des Handelns nun nicht mehr aus der Hand geben und deshalb sei es das Beste, sich den darauf in keiner Weise vorbereiteten Gegenspielern von Angesicht zu Angesicht zu präsentieren. Auch wenn es – hier wiederholte König Heinrich seinen grimmigen Schwur – damit das letzte Mal sei, dass er seinen Fuß in die Königspfalz von Tribur setze.

Mit überraschend deutlichen Worten versuchten viele der Edelleute, ihren König noch einmal von diesem Entschluss abzubringen. Erst als Friedrich von Staufen mit vor Zorn und Empörung hochroter Miene plötzlich in die Debatte eingriff und sie im Namen des Königs für endgültig beendet erklärte, verstummten die Diskussionen. Kurze Zeit später, beim Aufbruch Heinrichs, zeigte sich dann auch schon der Grund der heftigen Widerreden. Die überwiegende Anzahl der Ritter und Grafen war in ihren Zelten verschwunden und machte keinerlei Anstalten, ihren König zu begleiten. Schlimmer noch: den einen oder anderen sah man sogar auf seinem Pferd davon jagen.

„Elende Feiglinge!“ kommentierte Werner von Grüningen, der an die Seite des erstaunten Swigger getreten war, diese Vorgänge. „Sie fürchten, die Sache des Königs sei verloren und deshalb wollen sie sich auf keinen Fall mehr mit ihm präsentieren! Nun denn, dann wollen wir unserem Herrn eben umso treuer die Gefolgschaft leisten! Lieber einige wenige sichere Parteigänger, als ein Haufen hasenfüßiger Zauderer! Komm mit, es ist so weit!“ winkte er den anderen hinter sich her, indem er mit eiligen Schritten zu den Zelten hinüber stapfte, in denen die Pferde untergestellt worden waren.

Und so geschah es, dass sich unter den wenigen Gefolgsleuten Heinrichs IV. unversehens also auch Swigger von Gundelfingen befand, als der König seinen Einzug in der Versammlungshalle von Tribur hielt. Nach einem erstaunten Blick auf Werner von Grüningen hatte der König mit einem leichten Kopfnicken sein Einverständnis signalisiert und Swigger nach seiner Verbannung somit wieder des Aufenthaltes am Hofe für würdig befunden. Auch wenn sich der Gundelfinger weiß Gott glücklichere Umstände dafür gewünscht hätte: es war dennoch ein erhebender Moment, sich wieder im Kreis der Edlen aufgenommen fühlen zu dürfen.

Doch für weitere Gedanken war jetzt keine Zeit. Swigger von Gundelfingen, der sich ganz am Ende der vielleicht noch vier Dutzend Ritter zählenden Gefolgschaft hielt, schien es, als müsse sich im nächsten Augenblick die Luft in der Versammlungshalle entzünden, so erfüllt von knisternder Anspannung war die Atmosphäre unter den in der Tat maßlos überraschten Fürsten. Nie und nimmer hätten sie es für möglich gehalten, dass der König dieses Wagnis einging, sich vor ihren Augen zu präsentieren. Der König? Ihr König!

Und Heinrich gelang es, das Überraschungsmoment zu seinen Gunsten zu nutzen. Selbst seine treuesten Berater schienen wie vom Donner gerührt, als der König der Versammlung mit fester Stimme seine künftigen Schritte darlegte. Nicht einmal mit Friedrich von Staufen, der ihm doch ansonsten nie von der Seite wich, schien er sich darüber auseinander gesetzt zu haben. Auch dies war durchaus wohl kalkuliert so geschehen. Denn mit absoluter Sicherheit hätte ihm dieser davon abgeraten, dem Papst gegenüber Gehorsam und Genugtuung zu leisten. Und Buße zu tun!

Nicht das geringste Geräusch war in der Halle nach diesen Worten mehr zu hören. Mit weit aufgerissenen Augen und herunter geklappten Kinnladen verharrten die Anwesenden in der Halle, als wären sie zu Salzsäulen erstarrt. Zu unglaublich schienen die Sätze, die da gerade eben an ihre Ohren gedrungen waren! Falls sie überhaupt richtig gehört hatten!

Hatte König Heinrich tatsächlich gerade feierlich gelobt, Buße tun zu wollen und dem Papst Gregor, seinem bislang so sehr verachteten Feind, Genugtuung zu leisten? Buße und Genugtuung!

Es war so!

Langsam ließ Swigger seinen Blick über die versammelten Fürsten wandern. Den jungen König Heinrich, der mit hoch erhobenem Haupt vor ihnen stand und um dessen Lippen die Andeutung eines zarten Lächelns spielte. Friedrich von Staufen, dessen aschfahle Miene von der Tatsache kündete, dass der ahnungslose Ratgeber von den schlimmsten Vorahnungen gepeinigt wurde, was dieser Schritt seines Monarchen an neuer Unruhe auslösen würde. Werner von Grüningen, bis ins Mark hinein erschrocken und in einer krampfhaften Pose erstarrt. Erzbischof Siegfried von Mainz, der Getreuste aller Kirchfürsten, vom Papst selbst mit dem Bann belegt: kummervoll bedeckte er mit der Rechten seine Augen.

Dann die Gegenseite: Sigehard von Aquileja, der Gesandte des Papstes. Samt seinem verräterischen Begleiter, dem Bischof von Passau. Allmählich begann der Triumph in ihren Augen zu leuchten, so sehr sie sich auch Mühe gaben, eine möglichst gelassene Haltung vorzuspiegeln. Gerade so, als bedeute es eine schiere Selbstverständlichkeit für die Papstpartei, dass sich der deutsche König als Büßer zu erkennen gab. Dass sich der Gesalbte des Herrn voller Demut der Herrschaft des Papstes unterordnete. Als wenn sich solches jemals zuvor im Reich ereignet hätte!

Und hier... Swigger erstarrte, als er neben Rudolf von Rheinfelden und Berthold von Kärnten nun auch Herzog Welf von Bayern erblickte. Der zusammen mit den beiden anderen die Spitze der Erhebung gegen den König bildete. Ausgerechnet der Welfe, der doch niemand anderem als Heinrich IV. die Erhebung in den Stand eines Herzogs von Bayern zu verdanken hatte! Welf, der Großonkel des jungen Swigger! Wenngleich diese Verwandtschaft auch längst von diesem aufgekündigt worden war, wenngleich es Swigger auch schien, als stamme sie aus einem anderen Leben, versetzte es ihm dennoch einen schmerzhaften Stich mitten in das Herz. Ausgerechnet Welf!

Gemessenen Schrittes trat der Patriarch von Aquileja nun an die Seite des Königs und musterte diesen mit einem langen Blick. Ein Blick, der alles in sich vereinte, was dazu angetan war, die königliche Seite vor Scham im Innersten erzittern zu lassen: Hochmut, Vergebung, Arroganz und Überlegenheit! Gleichwohl, das musste man dem Kirchenfürsten durchaus zubilligen – gelang es diesem, seinen Triumph so dosiert zu vermitteln, dass er sich keinesfalls der Sünde der Überheblichkeit schuldig machte. Es war ein perfektes Schauspiel, das er mit dieser sparsamen Geste an den Tag legte. Die dennoch alles beinhaltete!

„Wir haben deine Entschuldigung vernommen und werden deine Bitte um Buße und Verzeihung unverzüglich an den Heiligen Vater weiter leiten. Dessen Entscheidung es dann überlassen bleibt, dein Bußgesuch anzunehmen... oder aber es zu verwerfen!“

Unwillkürlich zuckte Swiggers Rechte bei diesem scheinbar leichthin geworfenen Zusatz an den Gürtel. Dort, wo sonst sein Schwert in der Scheide steckte. Das er freilich wie all die anderen auch vor dem Versammlungsort abgelegt hatte – so wie es in Gegenwart des Königs der Brauch war.

Es handelte sich um eine weitere, ganz bewusst gesetzte und ungeheuerliche Provokation, die der Patriarch da verbreitet hatte. Und dennoch hatte er in Wirklichkeit nur die beiden Möglichkeiten aufgeführt, die dem Papst durch das Bußangebot des Königs in die Hand gespielt worden waren. Der Mann war wirklich mit allen Wassern gewaschen!

Doch wieder blieb Swigger von Gundelfingen und der kleinen Gruppe der königlichen Gefolgsleute nicht die Zeit, länger ihren düsteren Gedanken nachzuhängen. Zu sehr beanspruchten die folgenden, mit teilweise messerscharfen Formulierungen geführten, Verhandlungen ihre Aufmerksamkeit.

Auf der einen Seite war es der König selbst, flankiert von Friedrich von Staufen. Dieser war rasch in die Bresche gesprungen, nachdem sich der Patriarch von Aquileja geweigert hatte, den gebannten Erzbischof Siegfried von Mainz als Unterhändler zu akzeptieren. Auf der anderen Seite war es der Patriarch persönlich, der zunächst das Wort führte, danach Rudolf von Rheinfelden, der Schwager von König Heinrich. Ausgerechnet! Verräter!

Schnell wurde deutlich, dass dem König mit seinem überraschenden Bußversprechen ein gewaltiger Coup gelungen war, dem die Fürsten nichts mehr entgegen zu setzen hatten. Denn sie waren tatsächlich willens gewesen, dem König noch an diesem Abend das Vertrauen zu entziehen und ihn für abgesetzt zu erklären. Diese Absicht ließ sich auch für den in diplomatischen Dingen bislang völlig unerfahrenen Swigger eindeutig erkennen. Doch eine Absetzung des Königs war nun nicht mehr möglich. Zunächst wenigstens nicht.

Nach zähen Verhandlungen, die sich bis in die späten Nachtstunden hineinzogen, einigte man sich auf einen Vergleich. Ein Abkommen, das gleichwohl offenbarte, wie stark die deutschen Fürsten sich inzwischen gegen den König gerüstet fühlten. Zudem waren sich alle bewusst, dass es sich dabei lediglich um einen Zeitgewinn handelte, um ein vorläufiges Ergebnis, das den Parteigängern des Königs überdeutlich vor Augen führte, wie wenig dessen Gegenspieler an die Umsetzung der Vereinbarung glaubten. Viel zu viele Unwägbarkeiten waren damit verbunden. Nein, es schien nur noch einen Gedanken zu geben, dem diese machtgierigen Verräter nachhingen: den König zu stürzen – und zwar so schnell es nur ging!

Sie seien bereit, die Gegebenheiten zu akzeptieren – und wenn es Heinrich tatsächlich gelänge, sich vom Bannstrahl des Papstes zu lösen, um anschließend mit Demut und Barmherzigkeit von Gregor VII. in dessen Arme geschlossen zu werden, dann hätten sich die Dinge zu ihrer besten Zufriedenheit gefügt, heuchelten die heimtückischen Edelleute. Denn damit sei es ihnen weiterhin möglich, ihrem König zu dienen. Was dem deutschen Adel durch den Bannspruch des Heiligen Vaters momentan bekanntlich verwehrt sei.

Erzbischof Udo von Trier werde nunmehr beauftragt, dem Papst unverzüglich die Kunde von dieser Einigung zu überbringen. Alles Weitere würde sich dann hoffentlich fügen.

Damit waren die beiden Lager auseinander gegangen.

Schon der nächste Tag brachte jedoch neue Überraschungen und eine damit verbundene Enttäuschung. Denn die in Tribur versammelten Fürsten hatten sich kurz nachdem König Heinrich gegangen war, auf eine weitere Hürde festgelegt. Eine Bedingung für ihre Bündnistreue, die absolut unerfüllbar schien. Und die gleichermaßen einen unerhörten Vertragsbruch bedeutete. Denn niemals hätten die Fürsten ihre mit dem König geschlossene Übereinkunft einseitig verschärfen dürfen. Es handelte sich dabei um den Zusatz, dass man vom König erwarte, innerhalb eines Jahres seit der Verhängung des Bannes vom Bannspruch gelöst zu werden. Andernfalls sähen sie sich gezwungen, die getroffene Vereinbarung nicht länger einzuhalten.

Innerhalb eines Jahres! Das sorgte für neuerliche Empörung im Königslager. Wie sollte dies gelingen? Die Exkommunikation war im Februar erfolgt. Und jetzt war es Mitte Oktober. In den Alpen war längst der Winter eingekehrt. Vor dem Frühjahr würde der Papst niemals über die Alpen ziehen, genauso wenig, wie dies von König Heinrich in umgekehrter Richtung erwartet werden konnte!

Mit argloser Miene hatte ausgerechnet Herzog Welf von Bayern diese Nachricht überbracht. Von einer notwendigen Präzisierung ihrer Übereinkunft hatte er dabei schwadroniert. Von ihrem festen Willen, sich daran orientieren zu wollen. Kurz darauf war der Bayernherzog samt seinen Begleitern wieder davon geritten, einem Trupp, der aus gut und gerne 50 Waffenträgern bestand, der erst unmittelbar vor dem Bannkreis des Königslagers seine Pferde gezügelt hatte!

Wieder war es Swigger von Gundelfingen wie ein Stich mitten ins Herz erschienen, als der wutschnaubende Grüningen ihm schilderte, weshalb es in der Umgebung des Königs zu lautstarker Empörung gekommen war, kaum dass der Herzog sich verabschiedet hatte.

„Das sieht dem Welfen ähnlich!" knurrte Swigger mit bitterem Kopfschütteln. „Immer einen Schritt voraus – und womöglich die Daumenschrauben weiter anziehen. Nein, dieser Mensch ist nur mit äußerster Vorsicht zu genießen!"

„Der Welf?! Du kennst ihn näher?" staunte der Träger des Reichsbanners, dem die näheren Einzelheiten von Swiggers Abstammung nicht bekannt waren. Erstaunlicherweise hatte auch Friedrich von Staufen darauf verzichtet, seinen Gefolgsmann über Swiggers Herkommen in genauere Kenntnis zu setzen. Eine Tatsache, die der neue Herr von Gundelfingen mit Dankbarkeit registrierte. Dem Staufer schien also wirklich viel daran gelegen, Swigger einen neuen, möglichst unbelasteten, Anfang zu ermöglichen.

Doch in einer Zeit, in der sich bei Freund und Feind gerade unübersehbar die Spreu vom Weizen trennte, war es angeraten, den wenigen Gefährten, auf die man sich wirklich verlassen konnte, reinen Wein einzuschenken.

Swigger von Gundelfingen atmete einmal tief durch. Dann nahm er den anderen ernst in sein Visier. Langsam und mit zunächst stockender leiser Stimme begann er mit seiner Geschichte. Erst Stunden später, als längst der Abend dunkelte, gingen sie auseinander. Es war der Beginn einer lebenslangen Freundschaft, die an diesem ereignisreichen Tag besiegelt wurde.

13

Weihnachten 1076/77

Niemals zuvor hatte er einem ähnlich bedrückenden Gottesdienst beigewohnt, wie an diesem letzten Tag des Jahres 1076, dem Weihnachtstag im Dom von Speyer. Und dies in Anwesenheit des Königs. Es dürfte sich um allerhöchstens eine halbe Hundertschaft von Edelleuten gehandelt haben, die sich aufgemacht hatten, um der feierlichen Weihnachtsmesse beizuwohnen. Selbst unter diesen Wenigen vermutete er noch manch wankelmütigen Zeitgenossen, der dem König zwar seine Anwesenheit zur Schau stellte, im Fall des Falles jedoch rasch die Seiten gewechselt hätte. Eben die Sorte von Leuten, die ihm schon immer zuwider gewesen waren. Jene, die solange wie möglich zwei Eisen im Feuer hielten, um dann die allerletzte Möglichkeit des Frontenwechsels zu ergreifen, je nachdem, wohin sich die Waagschale geneigt hatte. Nein, so gesehen war ihm ein ehrlicher Gegner weitaus willkommener, als ein halbherziger Freund. Wenn der andere wenigstens mit offenem Visier seinen Standpunkt vertrat. Ob gut oder schlecht: man konnte den Gegenspieler zumindest respektieren. Nicht aber diese von Falschheit durchdrungenen Heuchler!

Wo waren eigentlich all jene geblieben, die noch vor Jahresfrist zur Weihnachtsmesse geströmt waren, um sich möglichst nahe beim König zu präsentieren? Die Heerschar der Hofschranzen und Speichellecker, die zu keinem Zeitpunkt müde geworden war, bei jedweder Gelegenheit, – ob passend oder nicht – ihre unabdingbare Königstreue zu postulieren. Und sich dessen noch nicht einmal schämte!

Wo waren sie alle am heutigen Tag? Zwar standen die Menschen auch dieses Mal dicht an dicht gedrängt in der kalten Kirchenhalle, um dem feierlichen Gottesdienst beizuwohnen. Doch es bedurfte keiner Übung, um zu erkennen, dass sich die weitaus überwiegende Anzahl von Besuchern aus Bürgern von Speyer zusammensetzte. Bürger, für die in den Jahren zuvor höchstens noch der Platz vor dem weit geöffneten Kirchenportal zur Verfügung gestanden hätte. Weil sie erst weit hinter den Lehensträgern des Königs rangierten und infolgedessen diesen hochgestellten Edelleuten auch den Vortritt zu lassen hatten. Was an diesem Tag ein leichtes Spiel bedeutete. Wo waren diese Gefolgsleute am heutigen Tag?

Es war ein bitterer Beigeschmack, den Swigger von Gundelfingen trotz der feierlichen Messe nicht verdrängen konnte.

Unter schwierigen Umständen war es ihm gelungen, von seinem Wohnsitz auf der tief verschneiten Schwäbischen Alb gerade noch rechtzeitig in die Rheinebene nach Speyer zu gelangen. Viele wichtige Angelegenheiten hatte er zuvor noch regeln müssen, denn erstmals seit seiner Übernahme der Herrschaft Gundelfingen würde er Wochen wenn nicht gar monatelang abwesend sein. Und so hatte er sich schließlich dazu entschieden, den Reisigen Friedbert als Vogt auf Burg Gundelfingen einzusetzen. Allen vorsichtig geäußerten Einwendungen der Dorfbewohner zum Trotz. Friedbert schien ihm der ideale Mann für diese verantwortungsvolle Tätigkeit. Nicht nur, dass er sich auf dessen unabdingbare Loyalität jederzeit würde verlassen können, auch von seiner Wesensart erwies sich Friedbert seiner Ansicht nach als mittlerweile durchaus geeignet. Denn in dem überstrengen und jähzornigen Mann, der Swigger vor Wochen schon seine Bereitschaft bekundet hatte, hier in Gundelfingen siedeln und folglich weiterhin in Swiggers Diensten bleiben zu wollen, war in der letzten Zeit eine unglaubliche Wandlung vorgegangen. Ausgelöst durch die Bekanntschaft mit der jungen Zimmermannstochter Notburga, in die sich Friedbert allem Anschein nach bis über beide Ohren verliebt hatte. Ja, es war dadurch ein anderer Mensch aus ihm geworden! Erst recht, seitdem er seinem Herrn kürzlich voller Glückseligkeit von der bevorstehenden Heirat berichtet hatte. Eine Trauung, die Bruder Kilian in der kleinen Burgkapelle zelebrieren würde, die dieser eigenhändig mit aufgebaut hatte, seit ihm Swigger von Gundelfingen hier im Lautertal Schutz gewährt worden war.

Mit vor Glückseligkeit verklärter Miene war Friedbert dann noch auf die Schwangerschaft zu sprechen gekommen, über die ihm seine Verlobte kürzlich berichtet hatte. Dass Notburga also ihm, dem alten unsteten Kämpfer, noch einen Sohn gebären werde. Nie und nimmer hätte er dies für möglich gehalten! Ein Sohn! Ein Nachkomme! Ein Kind, das sie in Anlehnung an den Namen seines Vaters vorgeschlagen hatte, Frieder zu nennen! Friedbert hatte gestrahlt vor Glück, als er seinem Herrn diese Kunde überbrachte. Selbst Swiggers amüsierte Frage, ob dieser Vorname auch im Falle der Geburt einer Tochter gelte, war von Friedbert mit einer wegwerfenden Geste beiseite geschoben worden. Nun gut: Swigger gönnte dem Mann dieses Glück von Herzen. Und immerhin wusste er seinen Wohnsitz Gundelfingen damit in einigermaßen sicheren Händen – soweit man in dieser zerrissenen Zeit überhaupt von Sicherheit reden konnte. Einer Zeit, in der es unter der Oberfläche spürbar brodelte.

Schon Anfang Dezember war ein Bote nach Gundelfingen gekommen. Ein Bote des Grafen Friedrich von Staufen. Und er hatte eine zunächst unglaublich scheinende Nachricht. Und es war eine noch erstaunlichere Frage damit verbunden. Die Frage, ob er, Swigger von Gundelfingen, gewillt und in der Lage sei, den König auf seinem Zug über die Alpen zu begleiten. Eine Reise, zu der dieser demnächst schon aufbrechen würde.

Im Winter?

Ja, noch in diesem Monat sogar!

Swigger hatte es zunächst die Sprache verschlagen. Ausgerechnet in diesem Winter, der schlimmer über das Land herein gebrochen war, als jemals zuvor. Noch nie, so berichteten dies die Alten mit fröstelndem Schaudern, war der Winter früher gekommen. Noch niemals seit Menschengedenken, war das Land schon Ende Oktober erstarrt in eisigem Frost. Selbst aus Italien hatte sie die erste Kunde von Menschen erreicht, die der unbarmherzigen Kälte selbst in dem sonnenverwöhnten Landstrich jenseits der Alpen, zum Opfer gefallen waren. Unter diesen Bedingungen wollte König Heinrich IV. aufbrechen und über die Alpen nach Italien gelangen. Um dort – rechtzeitig vor Ablauf des Jahresultimatums – von Papst Gregor die Loslösung vom Bann zu erreichen? Unglaublich! Undurchführbar!

Eigentlich undurchführbar... Je länger Swigger darüber sinnierte, desto tollkühner erschien ihm das Vorhaben des Königs. Doch andererseits: wenn es Heinrich wirklich gelänge, sich in diesem Winter über die Alpen zu kämpfen und die versprochene Absolution erteilt zu bekommen, dann war er es, der auf einen Streich wieder alle Vorteile in seinen Händen hielt. Das Heft des Handelns hatte König Heinrich somit an sich gerissen. Zur Verblüffung von Freund und Feind gleichermaßen.

Ein genialer Schachzug – sofern er gelingen würde! Genauso genial, wie auch riskant. Denn der übliche Weg, den sie gemeinhin wählten, wenn sie nach Italien aufbrachen, der Pass über den Brenner, war dem König versperrt. Hier würden die Reisigen des Welfenherzogs lauern, unterstützt von Waffenträgern des Berthold von Kärnten. Ein Durchkommen am Brenner war also undenkbar. Es hätte den sicheren Untergang bedeutet.

Auf welchem Weg aber dann nach Italien gelangen? Selbst die Brennerroute erwies sich im Winter oft genug wochenlang als unpassierbar – und erst recht die anderen Pässe.

Der König würde also ganz anders vorgehen müssen. Und er hatte sich schon einen ganz konkreten Plan zurecht gelegt, wie der Bote des Staufers dem Herrn auf Gundelfingen auseinander setzte. Einen riskanten Plan, der alles aufs Spiel setzte. Selbst die königliche Familie! Denn sowohl die Königin als auch die beiden kleinen Kinder des Königspaares würden Heinrich IV. auf seinem Zug begleiten. Schon deshalb, wie der Graf Friedrich anmerkte, weil ihm die Gefahr einer Geiselnahme in deutschen Landen zu groß erschien, wenn er sich außer Landes befand. Und der König wusste bekanntlich, wovon er sprach. Der Hinweis auf Anno von Steusslingen brauchte diesbezüglich gar nicht mehr zu fallen. Heinrich IV. setzte also alles auf eine Karte: Triumph oder Untergang. Totaler Untergang. Es wäre das Ende einer Dynastie, falls das Vorhaben misslänge. Das Ende des Geschlechts der Salier. Ein Ende in Eis und Schnee!

Mit anderen Worten, so hatte der Bote geendet, könne es der Graf von Staufen niemandem verdenken, wenn auch er nun zögere, den König nach Italien zu geleiten. Doch die Pflicht als Lehensträger des Königs gebiete es, dem Ruf zu folgen. Nur allzu genau war sich Swigger von Gundelfingen der Tatsache bewusst, wie wenige sich zu diesem Geleitdienst bereit finden würden. Wie zahlreich die Ausreden, wie brüsk manche Ablehnung ausfallen würde. Zu groß schienen die Gefahren auch für Leib und Leben der Begleiter, die sich vor ihnen auftürmten. Zu gering war die Aussicht des Königs, sein Ziel tatsächlich zu erreichen. So genial sein überraschender Plan auch sein mochte.

Dennoch hatte Swigger keinen Augenblick gezögert und den Boten am folgenden Tag mit seiner ausdrücklichen Zusage wieder hinunter ins Tal der Fils geschickt. Er hatte schließlich allen Grund, sich trotz dieser drängenden Lage als treuer Lehensmann zu beweisen. Denn ohne das Einverständnis des Staufers wäre es ihm niemals möglich gewesen, in Gundelfingen auf Dauer zu siedeln. Und nun war die Gelegenheit gekommen, sich dieses Vertrauens als würdig zu erweisen.

Unmittelbar nach Ende der Weihnachtsmesse sollte das bescheidene Häuflein der Getreuen also von Speyer aus aufbrechen, um den König auf seinem riskanten Zug nach Italien zu geleiten. Heinrichs Plan sah vor, sich von Westen her Italien zu nähern. Vom befreundeten Burgund aus würde er weiterziehen über den Genfer See zum Pass am Mont Cenis. Als in der Runde der Begleiter am vorgestrigen Tag durch Friedrich von Staufen den Namen dieses Berges genannt worden war, hatte dies zu einem spontanen Ausruf des ungläubigen Entsetzens geführt. Wild gestikulierend war einer der niederrheinischen Adligen, Gottschalk von Aachen, aufgesprungen und hatte den anderen mit lauter Stimme auseinandergesetzt, wie tollkühn die Route sich in seinen Augen darstellte. Er kannte den Pass! Schon im Sommer war es mühevoll genug, den mit Steinen übersäten steilen Anstieg auf die nahezu 2000 m hoch gelegene Passhöhe zu bewältigen! Im Sommer wohlgemerkt! Und der Sommer war am Mont Cenis kurz genug! Schon im Oktober galt der Pass aufgrund des früh einsetzenden Schneefalls als unpassierbar. Bis weit in den Mai hinein war diese Verbindung nach Italien unterbrochen. Jahr für Jahr. Und ausgerechnet in diesem Winter, der früher als jemals zuvor über sie hereingebrochen war, in dem Berge von tiefgefrorenem Schnee das Reisen selbst im Flachland zur mühsamen Beschwernis geraten ließ, ausgerechnet jetzt hatte der König beschlossen, den Weg nach Rom über den gefürchteten Mont Cenis zu nehmen. Man hatte die Gänsehaut förmlich spüren können, die den Aachener bei der bloßen Erinnerung an den Pass gepackt hatte. Auch Swigger rieb sich fröstelnd die Wangen.

Einen einzigen Vorteil hatte der Plan aber dennoch – und genau dieses Argument wurde nun auch von Friedrich von Staufen in die Waagschale geworfen. Die Tatsache nämlich, dass niemand jemals ein derart tollkühnes Vorgehen in sein Kalkül ziehen würde. Mit anderen Worten: man hatte in diesem Fall zumindest keinen Hinterhalt zu befürchten. Keiner der Gegner des Königs konnte davon ausgehen, dass dieser die Route über den Mont Cenis einschlagen und dann westlich von Turin seinen weiteren Weg an Genua vorbei die Küste herunter bis nach Rom nehmen würde. Und falls ihm das schier unmögliche gelänge, hätte er auf alle Fälle einen entscheidenden Vorteil errungen. Denn bis sich die Nachricht von seinem Vorrücken auf Rom bei den Gegnern verbreitet hätte, wäre er längst vor den Toren des Petersdoms gestanden. Insofern schien der Plan zweifellos tollkühn – aber im Fall seines Gelingens auch geradezu genial. Und überdies: welche Wahl blieb dem König? Denn falls es ihm nicht gelang, innerhalb der Frist, in der das Ultimatum der deutschen Fürsten ablief – was spätestens Ende Februar der Fall war – wäre seine Niederlage von vornherein besiegelt. Ein Überzeugung, die im Reich zunehmend um sich griff. Zumal der Papst auf Betreiben der Fürsten auf keinen Fall den zunächst geäußerten Willen zeigte, noch im Verlauf des Winters nach Augsburg zu reisen. Mit dem Hinweis auf die ungewöhnlich strenge Kälte dieses Jahres war es Gregor VII. ein leichtes gewesen, sein Versprechen zu widerrufen. Beziehungsweise die Reise für einen späteren Zeitpunkt in Aussicht zu stellen.

Langsam ließ Swigger von Gundelfingen seinen prüfenden Blick über das spärliche Häuflein der im Speyerer Dom anwesenden Edelleute wandern. Für manchen von ihnen würde es zweifellos die letzte Weihnachtsmesse gewesen sein. Niemals würde es allen vergönnt sein, diesen geradezu wahnwitzigen Zug über die tief verschneiten Alpen lebend zu überstehen.

Doch es gab keine Alternative. Und sie alle wussten es. Waren sich der Dramatik des Augenblicks durchaus bewusst. Die letzten Getreuen ihres Königs. Der sich in diesem Moment nach vorne zum Altar begab. Direkt an die Seite seines treuen Gefährten Erzbischof Siegfried von Mainz, der doch ebenfalls die schlimmste Strafe erfahren hatte, die einem Mann der Kirche zuteil werden konnte: die Exkommunizierung. Und dennoch wich dieser wahrhaft große Mann keinen Deut von seinen Überzeugungen ab – ebenso wenig wie er in Treue weiterhin fest zum König stand. Feierlich erhob der König nun seine rechte Hand zum Schwur: „Hiermit gelobe ich vor Gott und den Menschen, an diesem heiligen Tag der Wiederkehr unseres Herrn Jesu Christi Geburt, dass ich diese Kirche neu erbauen lassen werde. Sobald ich mein Ziel erreicht habe und glücklich und mit Gottes Hilfe wieder an diese Stelle zurückgekehrt bin."

Einige Zeit später, beim Mittagsmahl im Kreis seiner wenigen Getreuen, hatte der König dieses Gelübde wiederholt – um anschließend mit vor Wut funkelnden Augen noch hinzu zufügen, dass er dabei nicht im Traum daran dachte, die sich in den letzten Jahren mehr und mehr durchsetzende Bauweise anzuwenden, die der so genannten Hirsauer Schule entstammte. Nein, ganz und gar nicht! Denn hatte sich nicht auch gerade jenes reformerische Kloster Hirsau mit einemmal auf die Seite der Königsgegner gestellt? „Es wird eine gänzlich neue Konstruktion entstehen, die sich von allem bisherigen unterscheidet. Der

Dom von Speyer wird meine Handschrift tragen. Meinen Willen, getragen von des Baumeisters Geschick, den einzig und alleine ich mit den Planungen schon beauftragt habe. Die Macht des Königs wird sie symbolisieren. Den Sieg des nur von Gott gesalbten über den verräterischen Usurpator, der den Stuhl Petri besetzt!“

In diesem Moment war er trotz aller Depression in seinem Umfeld ganz plötzlich wieder aufgeblitzt, der eiserne Siegeswillen mit dem der junge König bislang alle Gefahren bewältigt hatte, die seiner Krone genauso drohten, wie seinem eigenen Leib und Leben. Die beeindruckende Demonstration eines trotz seiner Jugend als unbezwingbar geltenden Mannes, dessen unverhohlen zur Schau gestellte Aggression in der Vergangenheit freilich schon für manche negative Entwicklung gesorgt hatte, aus der ihm eine lebenslange Feindschaft entstanden war.

14

Anfang Januar 1077 Dreikönigstag

„Mutter! Mir ist kalt! So furchtbar kalt!“ Es brach Swigger von Gundelfingen beinahe das Herz, als die jammervolle Stimme des kleinen Mädchens an seine Ohren drang. Mit sorgenvoller Miene betrachtete er, wie sich die Mutter über ihre fünfjährige Tochter Agnes beugte und verzweifelt versuchte, mit ihrem Atem die Hände der Kleinen zu wärmen. Das Kind, das in Swiggers Gedächtnis schmerzhaft ein Bild auftauchen ließ. Ein Bild aus wer weiß wie lange zurückliegenden Tagen. Das Gesicht der kleinen Bärbel, der Tochter des Wittsteigenmüllers im Lautertal. Deren Augen ebenfalls in einem hellen Blau erstrahlt waren und deren Haare im selben Blond zu leuchten schienen, wenn das Licht der Sonne auf sie fiel. Das Sonnenlicht! Wärme! Wie sehr sehnte er sich seit Tagen schon nach Wärme und Geborgenheit!

Doch das Gegenteil war der Fall: die klirrende Kälte, die schon lange vor ihrem Aufbruch die Seen und mittlerweile selbst die Flüsse hatte zufrieren lassen, war noch schlimmer geworden. Kaum vorstellbar, aber dennoch Tatsache. Noch schlimmer geworden!

Der seit gestern tobende Schneesturm tat ein Übriges, um auch den letzten Rest an Zuversicht aus ihren Gedanken zu fegen. Der Zuversicht, es doch noch schaffen zu können. Die Passhöhe zu überwinden. Die italienische Poebene zu erreichen. Wie nur? Wie?!

Ein stummer Schrei bohrte sich durch das Hirn des Ritters, als er das kleine Mädchen sorgenvoll in Augenschein nahm. Wie im hohen Fieber glühten ihre Wangen. Ein unnatürliches dunkles Rot, hervorgerufen durch die winzigen Schneekristalle, die der unaufhörlich pfeifende Wind erbarmungslos in ihre Gesichter peitschte. Wie tausende von Nadelstichen bohrten sich die Eispartikel schmerzhaft in die Haut. Unter der von einer hart gefrorenen Schneekruste bedeckten Mütze lugten die Haare der kleinen Agnes hervor. Die blonden Haare! Auch sie waren längst mit Eis und Schnee überzogen. Wahrhaft ein Bild des Jammers, das er hilflos zu betrachten gezwungen war. Agnes, die Königstochter! Unglaublich! Niemals zuvor hätte er eine solche Szene für möglich gehalten.

Sie waren am Ende! Realistisch betrachtet waren sie am Ende! Wie sollten sie weiterkommen? Der unaufhörlich wehende Wind, der den Weg unter meterhohen Schneeverwehungen begrub. Die eisige Kälte. Die auf den Tod erschöpften Gefährten. Und dann auch noch das kleine Kind des Königspaares. Nein, nicht Agnes, deren Leben in ernster Gefahr war. Schlimmer noch: König Heinrich hatte seine Frau geheißen, auch Konrad, ihren zweijährigen Sohn, mit auf diese Reise zu nehmen. Es mussten Stunden vergangen sein, seitdem Swigger zum letzten Mal das klägliche Wimmern des Kleinkindes vernommen hatte. War es der Kälte gar schon zum Opfer gefallen?

Der Ritter schnaubte ärgerlich. Sinnlos, sich jetzt darüber den Kopf zu zerbrechen! Die Dinge hatten längst ihren eigenen Lauf genommen. Längst ging es für sie alle nur um das bloße Überleben. Um das ihnen immer unwahrscheinlich dünkende Entrinnen aus der eisigen Todesfalle am Mont Cenis.

Weiter! Nur nicht stehen bleiben! Auch wenn man bei jedem Schritt tief in den Schnee sank. Vorwärts. So mühevoll es auch sein mochte. Solange sie dagegen ankämpften, waren sie noch nicht am Ende. Solange ihm die Anstrengung den Schweiß aus den Poren trieb, trotz dieser Kälte – ein merkwürdiges Gefühl, entsetzlich zu frieren und gleichzeitig dennoch zu schwitzen – solange konnte er nicht erfrieren.

Vorsichtig versuchte Swigger, seine Zehen zu bewegen. Die Zehen, die ihm am Tag zuvor solch höllische Schmerzen bereitet hatten, als würden sie von einem tonnenschweren Felsbrocken zerquetscht. Die in den feuchten, längst zu Eisklumpen gefrorenen Fußlappen in den schweren Lederstiefeln erstarrt waren. Seine Zehen, die er seit dem heutigen Morgen nicht mehr spüren konnte. Nicht mehr fühlte. Ein Schauder lief bei diesem Gedanken über seinen Rücken: die Zehen waren erfroren! Was sonst? Erfroren! Hilflos zuckte er die Achseln. Wenn es so war, dann war es nicht zu ändern. Kein Ausweg! Kein Rückweg! Nur vorwärts! Nun denn: wenigstens brauchte er die Schmerzen nun nicht mehr zu ertragen, die ihn noch gestern schier zum Wahnsinn getrieben hatten.

„Wir werden es schaffen!“ ertönte hinter ihm plötzlich eine trotzige, beinahe hysterisch klingende Stimme. Er brauchte sich gar nicht umzudrehen. Jedem von ihnen war die Stimme bekannt. Auch wenn sie längst eine andere, höhere Tonlage angenommen hatte. Die Stimme des Königs. „Und ich schwöre allen, dass ich diesen heutigen Tag niemals vergessen werde!

Eine heftige Hustenattacke ließ den Körper des jungen Königs erbeben. Unterbrochen von ersticktem Keuchen fuhr Heinrich dennoch fort in seiner bitteren Anklage: „Ja, er soll seinen Willen haben! Ich werde vor dem Papst als Büßer erscheinen. Aber gnade dir Gott, dessen Namen du beständig im Munde führst, Hildebrand! Fürchte den Zeitpunkt, an dem die Herrschaft über das Reich wieder in meinen Händen vereinigt sein wird! Dann werde ich über dich kommen und in den Staub der Erde zwingen! Dich und alle deine verräterischen Kumpane! Niemals mehr wird ein römischer Papst es wagen, sich über einen deutschen König zu erheben! Niemals!"

Keiner der Begleiter sagte auch nur ein Wort. Mit starr geradeaus gerichteten Augen stapften sie weiter. In quälender Langsamkeit. Falls sie sich überhaupt noch auf dem richtigen Weg befanden. Denn die starken Verwehungen hatten jegliche Wegmarkierungen längst unter einer dicken Schneedecke begraben. Sie wurden fürwahr von anderen Sorgen getrieben. Jetzt ging es nur noch um das Überleben! Um nichts anderes mehr, als um das Überleben! Wen interessierten da die Rachepläne ihres Königs? Wen die kommenden Jahre? Die sie doch gar nicht mehr erleben würden! Das Ende war nahe. Ihre Mission war gescheitert. Swigger spürte, wie auch die letzte Kraftreserve aus seinem Körper wich. Bärbel!

„Das Kreuz!"

Noch Jahre später stand ihm jede Einzelheit dieser Szene deutlich vor Augen. Die laute, sich schier überschlagende Stimme, der zitternd ausgestreckte Arm, mit dem einer der ihren durch den Schneesturm nach vorne wies. Genau im selben Moment, als Swigger beschlossen hatte, sich einfach in den Schnee zu legen. In den Schnee zu legen und keinen Schritt mehr zu gehen. Einfach nur daliegen. Einschlafen. Langsam hinwegdämmern. In das Ende hineindämmern. Das Ende seines Lebens. Schon hatte er innegehalten. Den Kopf gesenkt. Die Muskeln zu einer letzten Bewegung gespannt. Da ertönte die laute Stimme. Angestrengt spähten sie in die Richtung, in die der Arm des Mannes deutete. Tatsächlich: jetzt sahen sie es alle. Das Kreuz! Durch die weißgraue Wand aus Schnee, Nebel und Eis schimmerte ein großes dunkles Kreuz. Die Passhöhe war erreicht! Sie hatten die Passhöhe erklommen. Tatsächlich! Nicht zu fassen! Ein Wunder! Neue Hoffnung! Schlagartig schien es ihnen allen, als strömte mit der Hoffnung auch neue Kraft in ihre Körper zurück. Niemals zuvor hatte Swigger ähnliches erlebt: dicke Tränen rannen über die Wangen der sonst so harten Männer. Selbst der König ließ seinen Tränen freien Lauf. Aus welchem Grund auch sollte er sie zurück halten? Sie hatten das unmögliche geschafft. Hatten die Passhöhe erreicht. Und schienen damit gerettet. So beschwerlich der Abstieg auch verlaufen mochte: von nun an ging es bergab. Bald schon würde der Schneesturm nachlassen. Bald schon waren sie durch die hoch aufragende Mauer der Berggipfel um den Mont Cenis vor den eiskalten Nordostwinden geschützt. Sie würden es schaffen! Der König würde sein Ziel erreichen! Unglaublich!

Ein Wunder!

15

Mitte Januar 1077

Nach wie vor schien der Schneefall kein Ende nehmen zu wollen. Unerbittlich fielen die Flocken aus dem von grauen Wolken bedeckten Himmel und bedeckten das Land mit einer meterhohen weißen Schicht. Oberitalien!

Selbst die erstaunlich gastfreundlichen Herren auf den lombardischen Burgen, in denen der Zug des Königs mehrere male sein Quartier genommen hatte, beteuerten, solches noch nie zuvor erlebt zu haben. Fürwahr ein schwacher Trost. Zumal sich der Gesundheitszustand der beiden Kinder alles andere als zu bessern schien. Eher im Gegenteil! Genauso wie auch all die anderen Teilnehmer der fürchterlichen Alpenüberquerung hatten sie sich eine üble Erkältung zugezogen. Der kleine Konrad und vor allem die fünfjährige Agnes, hätten dringend der Ruhe und der fürsorglichen Pflege an einem geschützten Ort bedurft. Doch König Heinrich hatte seiner Delegation nur einen einzigen Tag zugebilligt, an dem sie sich von den vorangegangenen Strapazen erholen konnten. Von erholen konnte an einem einzigen Tag keine Rede sein! Allein, wenn Swigger von Gundelfingen daran zurück dachte, welch üblen Anblick seine Zehen boten, als er sie eines Abends in ihrem ersten Burgquartier aus den eiskalten nassen Fußlappen gewickelt hatte! Es würde Wochen dauern, bis seine Füße wieder geheilt wären. Wenn überhaupt...

Aber was war das alles im Vergleich zum Zustand von Agnes, deren schmächtiger Körper in kurzen Abständen von regelrechten Hustenkrämpfen geschüttelt wurde! Agnes, die Tochter des Königs! Ihr Vater hatte keinerlei Einsehen gezeigt. Hatte sich nicht dazu bewegen lassen, die Königin mit den beiden Kindern in der Obhut eines ihm treu ergebenen lombardischen Adligen zurück zu lassen! „Treu ergeben!“ hatte er bei diesem Vorschlag nur verächtlich geschnaubt. „Wer hat sich nicht schon alles als treuer Mann des Königs bezeichnet? Und ist dann ohne mit der Wimper zu zucken nur Tage später ins gegnerische Lager übergewechselt? Treu ergeben! Dass ich nicht lache! Ausgerechnet die Edelleute in Oberitalien! Wie oft haben diese denn schon die Seiten getauscht? Wer kann es noch zählen?“ hatte er auf die jahrhundertealten Rivalitäten angespielt, die zwischen den deutschen Königen und den italienischen

Adligen an der Tagesordnung waren. Selbst der Hinweis, dass die Lombarden in heftige Auseinadersetzungen mit Papst Gregor verstrickt waren und sie nur auf ein Zeichen Heinrichs warteten, zusammen mit diesem gegen den Papst zu Felde zu ziehen, hatte den König nicht umgestimmt. Zu wankelmütig sei deren ganzes Tun und Denken. Auf keinen Fall komme es für ihn in Frage, solchen Leuten seine gesamte Familie anzuvertrauen. Nicht einmal der Hinweis auf den schlechten Gesundheitszustand seiner Tochter Agnes hatte ihn zum Einlenken bewegt. Gerade Agnes, die Tochter, die er auf den Vornamen seiner Mutter, der Kaiserin Agnes von Poitou hatte taufen lassen. Auf den Namen der Mutter, die sich in der Not einfach von ihm abgewandt habe, wie Heinrich voller Bitterkeit konstatierte. Die sich endgültig auf die Seite des Papstes geschlagen hatte. Auf die Seite ihres früheren Beichtvaters Hildebrand! Ausgerechnet auf dessen Seite!

Und so war die kleine elende Gruppe weitergezogen. Zuerst in Richtung Süden, auf die Küste des Mittelmeeres zu. Wo sie sich endlich einen Witterungsumschwung erhofften. Zumindest keinen Schnee mehr. Auch wenn das Reisen über morastige schlammige Straßen mitten im kalten Winterregen alles andere als angenehm und der Gesundheit zuträglich sein würde. Nur keinen Schnee mehr.

Doch wieder war alles anders gekommen als erwartet. Nicht nur, dass selbst die Landschaft an der Küste unter der eisigen Umklammerung dieses Winters erstarrt war und die tief gefrorenen, mit Löchern übersäten Wege sich als nahezu unpassierbar erwiesen hatten. Schon nach kurzer Zeit, auf Höhe des Hafens La Spezia, hatte sie die Kunde erreicht, dass Papst Gregor aus Rom abgereist war. Offenbar aus Furcht vor einem Überfall des deutschen Königs, von dem er nach dessen überraschenden Alpenüberquerung nichts Gutes erwartete. Tatsächlich hielt man es im Vatikan für höchstwahrscheinlich, dass sich König Heinrich mit den lombardischen Fürsten verbündete und in kriegerischer Absicht auf Rom vorrückte. Da sich auch die Bürger von Rom schon mehrfach gegen Papst Gregor erhoben hatten, fürchtete dieser einen neuen Aufstand, wenn die Römer die herannahenden Truppen des Königs bemerkten.

Deshalb war der Papst aus Rom geflohen!

Verwundert rieben sie sich die Augen, auch um die Mundwinkel des verbitterten Königs zuckte ein erstauntes Lächeln. Der Papst war aus Rom geflohen! Aus Angst vor einem Überfall! Den dieser armselige Haufen hätte bewerkstelligen sollen! Unfassbar!

Und so hatten sie nun eine südöstliche Richtung eingeschlagen. Ihren Weg in Richtung der Stadt Bologna genommen. In die Nähe dieser Stadt habe sich Papst Gregor zurückgezogen, hieß es. Zu der Markgräfin Mathilde von Tuscien. Auf deren starker Burg Canossa fühlte sich der Papst vor einem Überfall sicher geschützt. So sicher wie nirgendwo sonst. Denn niemand stand fester an der Seite des Papstes, als Mathilde von Tuscien. „Dieses Weib ist brandgefährlich!" hatte Friedrich von Staufen wütend gezischt, als er von diesem Vorgang erfahren hatte. „Wenn ich nur daran denke, wie sie ihren armen Mann, Gottfried den Buckligen den Herzog von Lothringen gedemütigt hat! Wie sie ihn schon kurz nach der Heirat wieder verlassen hat, aus Rache, weil der Herzog treu an König Heinrichs Seite stand. Und in meinen Augen war auch sie es, die ihren Mann im letzten Jahr von einer gedungenen Mörderbande feige hat erstechen lassen!"

So lächerlich ihnen auch die Panik erschien, mit der Papst Gregor vor ihrer harmlosen Truppe aus Rom geflohen war, als so schlau erwies sich der Schachzug, der den Papst auf Burg Canossa geführt hatte. Dies mussten sie ihrem Gegenspieler zähneknirschend zubilligen! Selbst wenn der eine oder andere vielleicht auf eine spontane Volkserhebung gegen den Papst gehofft haben mochte: auf Burg Canossa würde es niemals dazu kommen. Nicht an der Seite von Mathilde von Tuscien, der treuesten Parteigängerin, über die Gregor VII. verfügte. Der treuesten – vielleicht mit Ausnahme von Kaiserin Agnes, die beinahe noch enger an den Füßen des Papstes haftete, wie König Heinrich voller Bitterkeit über die Parteinahme seiner Mutter abschließend bemerkte, bevor er sich mit grimmiger Entschlossenheit an die Spitze des Zuges setzte, der nun also eine neue Richtung nehmen würde. Hinauf über die steil in die Höhe wachsenden Berge des Apennin. Zurück in Schneefall und dichten Nebel. Schritt um Schritt weiter nach Canossa. Zur Lösung vom Kirchenbann. Zum alles entscheidenden Befreiungsschlag!

Canossa! Wie ein mächtiger Hammerschlag dröhnte der Name der Burg beständig in ihren Ohren. Hoffentlich behielt der König mit seiner Einschätzung Recht! Hier würde sich Heinrichs Schicksal entscheiden.

16

28. Januar 1077

„Da! Schaut nur!"

Aufgeregt deutete Werner von Grüningen hinüber zu den gewaltigen grauen Mauern von Burg Canossa, auf deren Zinnen eine menschliche Gestalt zu erkennen war.

Der Papst!

Ein Anblick, den sie nicht mehr für möglich gehalten hatten. Nachdem der König schon seit dem 25. Januar, dem von ihm mit Bedacht gewählten Tag der Bekehrung des Apostels Paulus, barfuß im Schnee vor dem verschlossenen Burgtor verharrt war. Insgesamt drei Tage lang. Ohne dass sich auch nur die mindeste Geste einer Handreichung angedeutet hatte. Allen Verhandlungen zum Trotz, die Abgesandte beider Seiten inzwischen ohne Unterlass führten, um doch noch zu einem Ergebnis zu kommen. Doch vom Papst selbst war kein einziges Wort zu hören gewesen. Der Heilige Vater schien nicht das geringste Interesse daran zu hegen, zu einem für beide Kontrahenten zufrieden stellenden Ergebnis zu gelangen. Nichts! Tagelang nichts! Der König vor dem verschlossenen Hauptportal der Burg. Angetan mit einem härenen Büßergewand. Barfuß im Schnee! Scheinbar völlig unbeachtet. Wie ein daher gelaufener Bettler. Oder ein abgerissener Schafhirte. Welche Schmach! Welche Schande!

Mit Einbruch der Dämmerung am gestrigen Spätnachmittag hatten sich die Mitglieder der königlichen Delegation ein Herz gefasst und waren vor ihrem am ganzen Leibe vor Kälte und Enttäuschung zitternden König erschienen, um ihn mit eindringlichen Worten zur Aufgabe zu bewegen. Auf gar keinen Fall durfte sich Heinrich eine solche Demütigung länger gefallen lassen. Der König nicht und auch nicht die ihn begleitenden deutschen Edelleute, die das unnachgiebige Verhalten des Papstes auch als unverschämten Affront gegen den gesamten deutschen Adel empfinden mussten. Doch König Heinrich hatte sie mit harschen Worten in ihre Schranken verwiesen. Erst am heutigen Morgen, nach einer unruhig verbrachten Nacht, in der heftige Hustenattacken den Körper des Bußgängers heimgesucht hatten, war er endlich bereit gewesen, in ihren Vorschlag einzuwilligen. Mit dem Schlag der Mittagsglocke würde er seinen

Bußgang abbrechen, falls sich der Papst bis zu jenem Zeitpunkt noch immer nicht bereit gefunden hätte, ihn zu empfangen. Und nun mit einem Mal diese Entwicklung. Als hätte es der Papst geahnt. Keine zwei Stunden vor Ablauf der Frist, von der ihm doch gar nichts bekannt sein konnte!

Insofern war es zunächst nur allzu verständlich, dass Swigger von Gundelfingen genauso wie all die anderen vermeinten, ihren Augen nicht mehr trauen zu können! Der Papst! Mit majestätischer Eleganz zeigte er sich hoch über ihnen auf den Zinnen der mächtigen Burg Canossa. Eine geradezu symbolhafte Geste! Und jetzt, jetzt winkte er mit einer huldvollen Geste herunter. Was dem tief unter ihm im Schnee verharrenden armseligen Büßer ein Zeichen sein sollte, sich nun in den Burghof zu begeben. Ein Zeichen, auf das hin die Tore des Portals zurückschwangen und die Sicht frei gaben auf den schneebedeckten Innenhof der Burg Canossa, wo sich an die drei Dutzend vornehm gekleidete Menschen schon in einem Halbkreis aufgestellt hatten, um unmittelbare Zeugen der folgenden Geschehnisse werden zu können.

Erst Wochen später sickerten die Informationen durch, wie es im allerletzten Moment doch noch zu dieser wundersamen Entwicklung hatte kommen können. Bereits am Abend zuvor hatte der Papst die vom König eigenhändig unterzeichnete Erklärung erhalten, die Gregor bei einer eventuellen Reise nach Deutschland das freie Geleit zusicherte. Doch auch dies hatte ihn noch nicht handeln lassen. Von zwei Seiten war der Papst daraufhin heftig bedrängt worden, sich nun endlich als gütiger Vater zu erweisen und dem König die Absolution zu erteilen. Da war zum einen die Markgräfin selbst zu nennen, Mathilde von Tuscien also, deren Argumente von der Sorge bestimmt waren, eine weitere Demütigung des Königs könne einen Aufstand zur Folge haben. Zumal auch Papst Gregor sich nicht allzu großer Beliebtheit erfreute. Schon gar nicht in der benachbarten Lombardei. Als zweiter wichtiger Berater, dem der ewig misstrauische Papst noch sein Gehör schenkte, spielte Heinrichs Taufpate, der Prior Hugo von Cluny eine entscheidende Rolle in diesem Ringen. Im Übrigen handelte es sich bei ihm um eben jenen Mann, der Jahre später selbst als Papst Urban II. den Stuhl Petri besteigen sollte. Ein Mann mit Macht und Einfluss in der Kurie. Möglich, dass auch die Bitten der Gräfin Adelheid von Turin ihre Wirkung auf Dauer nicht verfehlten. Denn Adelheid, die Schwiegermutter des gebannten Königs, hatte mit überdeutlichen Worten darauf hingewiesen, in welcher schlimmen Lage sich durch Gregors erbarmungsloses Verhalten ihre Tochter Bertha befand – samt der beiden kleinen Kinder, Adelheids Enkeln. Zu diesen immer nachdrücklicher formulierten Stellungnahmen gesellte sich am Morgen des 28. Januar plötzlich die Nachricht, der König würde seinen Bußgang am Mittag abbrechen, falls er bis zu diesem Zeitpunkt in Canossa keine Aufnahme gefunden hätte. Noch einmal hatte Markgräfin Mathilde den Papst daraufhin in deutlichen Worten auf die Gefahr einer Volkserhebung hingewiesen. Es sei besser, sich als gütiger Vater zu erweisen und damit nach wie vor das Heft des Handelns in der Hand zu halten. Wer auch immer auf Seiten der Berater des Königs diese warnende Nachricht in heimlicher Mission hatte übermitteln lassen. Ein Rätsel, das niemals geklärt werden konnte.

Nie würde Swigger vergessen, wie der König Heinrich da im Burghof von Canossa mit weit ausgestreckten Armen auf dem schneebedeckten Boden gelegen war. Wie sich der hochmütige Papst Gregor schließlich niederbeugte, um dem reuigen Sünder aufzuhelfen. Um dem immer noch mit nackten Füßen im Büßergewand verharrenden König die Rekommunikation zu erteilen. Und wie er Heinrich anschließend das Abendmahl gereicht hatte. Heinrich samt den ihn begleitenden Adeligen, die der hinterlistige Papst damit auf dieselbe Stufe stellte. Er hatte ihnen vergeben! Sünden vergeben, deren sie sich nie und nimmer bewusst gewesen waren!

Voller Ingrimm mussten die deutschen Edlen überdies zur Kenntnis nehmen, wie die Burgbewohner, die das gesamte Procedere mit einem überlegenen leisen Lächeln verfolgt hatten, beim Abendmahl mehrere Schritte zurück gewichen waren. Um nicht zusammen mit den von ihnen so sehr verachteten Deutschen das Abendmahl einnehmen zu müssen! Mit einer leichten Bewegung seines Kopfes deutete der ebenfalls vor Wut bebende Friedrich von Staufen zu einer hochgewachsenen stolzen Dame hinüber, die das Geschehen mit allen Anzeichen ganz besonderen Vergnügens verfolgte. „Seht sie euch an, die edle Frau! Die Quelle allen Übels!“ zischte der Staufer scharf. In der Tat handelte es sich um die Herrin von Burg Canossa, um die 31 Jahre alte Gräfin Mathilde von Tuscien, die sich ihren Gegnern mit triumphierendem Lächeln präsentierte. „Eine Frau, die alle deutschen Ritter hasst. Erst Recht all die, die in Treue zu ihrem König stehen! Die hochnäsige Mathilde!“ Friedrich musterte die Markgräfin mit einem verächtlichen Blick. „Wenn dieses unwürdige Schauspiel der arme Herzog Gottfried von Lothringen noch miterleben müsste. Gott sei seiner armen Seele gnädig! Es würde ihn ein zweites Mal ins Grab bringen!"

Das also war sie: Mathilde von Tuscien. Die Frau, bei deren Erwähnung selbst altgediente Recken schmerzlich zusammen zuckten. Eine fürwahr gefährliche Person, deren Anblick sich in diesem demütigenden Augenblick unauslöschlich in Swiggers Gedächtnis gebrannt hatte!

Genauso, wie das Bild einer zweiten Person, die er am heutigen Tag zum ersten und einzigen Mal in seinem Leben zu Gesicht bekam. Und wieder handelte es sich dabei um eine Frau. Eine alte, fast völlig verschleierte Frau in tiefschwarzer, ganz und gar merkwürdiger Gewandung. Bei der es sich um keine andere handelte, als um die Kaiserin Agnes, wie ihm Werner von Grüningen auseinander setzte, der Swiggers Blick gefolgt war.

Agnes von Poitou! Die Mutter des Königs! Die Mutter des Büßers. Die vor vielen Jahren aufgrund des durch Anno von Steusslingen begangenen Staatsstreiches den Schleier genommen hatte und sich nach Oberitalien geflüchtet hatte, wo sie sich seit dem Jahr ihrer Vertreibung, seit 1062 aufhielt. Lange Jahre zunächst im engsten Kreis um Hildebrand, dem von ihr hochverehrten Mönch und einflussreichen Ränkeschmied. Jenem Hildebrand, der es – auch Dank der tatkräftigen finanziellen Unterstützung der Kaiserwitwe – im Jahr 1073 geschafft hatte, als Papst Gregor VII. den Stuhl Petri zu besteigen. Niemals hatte es Agnes ihrem Sohn verziehen, dass dieser in offene Opposition gegen den Papst gegangen war. Umso eindeutiger präsentierte sich Agnes von Poitou nun an der Seite des Papstes. Mit geradezu fanatischer Besessenheit. Denn nicht zuletzt erfuhr sie durch Gregors Triumph eine späte Genugtuung den deutschen Fürsten gegenüber, die sie seinerzeit vom Thron vertrieben hatten. Selbst, wenn sie sich dadurch gegen den eigenen Sohn stellte. Was den Fanatismus umso deutlicher offenbarte, mit dem sie zu einem willfährigen Instrument der Papstpartei geworden war.

War es denn die Möglichkeit? Narrte ihn ein übler Spuk oder hatte Swigger von Gundelfingen gerade eben tatsächlich mit ansehen müssen, wie die Frau angewidert ihr Haupt geschüttelt hatte, nachdem sich ihr Blick voller Verachtung mit dem ihres Sohnes gekreuzt hatte?! Swigger spürte, wie die Anspannung seine Muskeln versteifte. Aus den Augenwinkeln bemühte er sich, die Reaktion des Königs zu erkennen. Ohne sich dabei freilich anmerken zu lassen, dass er zum Zeugen dieses unfassbaren Aktes geworden war. Wie manch anderer von ihnen genauso, wie ihm das Mienenspiel seiner tief betroffenen Gefährten bewies. Aber hatte König Heinrich seine Mutter überhaupt wahrgenommen? Natürlich! Es konnte gar nicht anders sein. Doch ob dem König die bedrückende Symbolik überhaupt bewusst geworden war, nachdem er sich doch noch an diesem Morgen in der kritischsten Phase seines gesamten Lebens befunden hatte, die er mit äußerster Selbstbeherrschung und Willenskraft gemeistert hatte?

Der Ausdruck im Antlitz des Königs sprach Bände! Aschfahl und mit zu einer bleichen starren Maske gefrorenen Miene verharrte er regungslos auf der Stelle, während er den Fortgang der Zeremonie über sich ergehen ließ.

Jetzt sprach der Papst mit weit emporgereckten Händen den abschließenden Segen über die Teilnehmer am Abendmahl. Gleich würde es vorbei sein. Gleich hätten sie es überstanden. Endlich!

Welch ein Hochmut, jeder Handlung des Papstes anhaftete! Was für ein Mensch! Ein Gegner, den man nie und nimmer unterschätzen durfte. Auch in Zukunft nicht. Ein Mann, der gerade erst ein Lebensalter von 54 Jahren erreicht hatte, was zusätzlich zu allem anderen ein weiteres Problem darstellte. Denn es waren nicht wenige unter den Kirchenfürsten, denen ein hohes Alter von 60 oder sogar noch mehr Lebensjahren beschieden war. Ganz im Gegensatz zur überwiegenden Mehrheit nicht nur des Volkes, sondern auch der adeligen Führungsschicht, bei der ein Lebensalter von 50 Jahren beinahe schon die Ausnahme darstellte. Dieses Alter des Papstes war es, das dem jungen König wie eine weitere niemals enden wollende Bedrohung erscheinen musste. Der Papst, der ihn womöglich Zeit seines Lebens verfolgen würde.

Mit einer huldvollen Handbewegung, deren darin enthaltener Stolz und Hochmut manche der deutschen Ritter wiederum unwillkürlich mit ihrer Rechten an den Gürtel zucken ließ, gab Gregor dem Büßer nun das Zeichen für die Verabschiedung. Er präsentierte dem König die Hand mit dem großen goldenen Ring des Papstes, den Heinrich demütig küsste. Im selben Moment schwangen die Tore der Burg wieder auf: sie konnten gehen!

Triumphaler hätte der Triumph der päpstlichen Partei über die königliche Gesandtschaft gar nicht ausfallen können. Wie ein Häuflein geprügelter Hirtenhunde, so erschien es Swigger, zogen sie langsam und mit gesenkten Köpfen wieder von dannen. Nicht ohne noch einen letzten verstohlenen Blick aus den Augenwinkeln nach oben zu richten. Hoch zu der verdorbenen Frauensperson, die sich inzwischen in den ersten Stock des Herrenhauses begeben hatte, um den schmachvollen Abschied der deutschen Ritter besser verfolgen zu können. Mit stolz empor gerecktem Haupt thronte sie da in der Fensternische und betrachtete voller Wohlgefallen das Geschehen zu ihren Füßen. Handelte es sich um Swiggers Einbildung oder zeigte sich gerade jetzt ein diabolisches Lächeln, das um ihre Lippen zuckte? Gerade in jenem Augenblick, in dem der König das Tor ihrer Burg wieder passierte. Noch immer barfuß.

Canossa, die Burg, deren Name sich schon traumatisch in das Gedächtnis der königlichen Gefolgschaft gebrannt hatte.

Canossa, der Besitz der Mathilde von Tuscien.

Canossa, der Ort einer ungeheuerlichen Demütigung.

Und so sehr König Heinrich und mit ihm all seine Getreuen auch die Hoffnung hegen mochten, dass der König mit dieser niemals für möglich gehaltenen Demutsgeste das heft des Handelns wieder in seine Hände zurück bekommen hatte, wollten die leisen Zweifel nicht verstummen, die sich in Swigger schon jetzt, bei ihrem Abzug aus Burg Canossa regten: es würde kein gutes Ende nehmen! Der Preis war zu hoch gewesen!

17

Sommer 1077

Es war ein seltenes Erlebnis. Ein wunderbarer Anblick, der ihm da zuteil wurde. Tief ergriffen von der Magie dieses Augenblicks verharrte der Ritter von Gundelfingen regungslos auf der Stelle und genoss das zauberhafte Bild, das sich seinen Augen präsentierte. An späten Nachmittag hatte er mit seinem Pferd langsam den schmalen Saumpfad erklommen, der sich durch den Buchenwald steil in östlicher Richtung nach oben zog. Mehrmals hatte Swigger dabei sogar absteigen müssen, so unwegsam präsentierte sich der teilweise von dornigem Gestrüpp überwucherte Weg, auf dem zahlreiches Faustgroßes Geröll das Reiten zusätzlich noch erschwerte. Doch schließlich hatte er es geschafft, die Hochfläche über dem Tal zu erreichen. Vorsichtig hatte er sich den schroff abfallenden steilen Felsen genähert, von denen aus man nicht nur ganz Gundelfingen mitsamt der Burg auf dem Umlaufberg der Lauter vor sich liegen sah, sondern auch das gesamte Land ringsum. Vor allem weit hinein in den Süden, weit jenseits der Donau reichte der Blick. Dort hinten, ungefähr in dieser Richtung musste sich die Burg auf dem Bussen, dem heiligen Berg der Alemannen befinden. Wenngleich sie sich auch hinter einem Höhenzug versteckte: dort, fast genau im Süden seines Standortes, ragten ihre uralten Mauern in den Himmel.

Und jetzt, von einem Augenblick auf den anderen, war es ihm erschienen, als habe sich der Himmel geöffnet! Ganz hinten, am Horizont, tauchten plötzlich die schneebedeckten Gipfel der Alpen aus dem Dunst dieses Sommertages. Einem Wunder gleich markierten die Berge nun das Ende seines Blickfeldes. Gerade so, als seien sie aus dem nichts entstanden. Die hohen Gipfel, die doch sonst immer hinter einem unsichtbaren Schleier verborgen schienen. Die unbezwingbar hohen Berge mit dem zu ewigem Eis erstarrten Schnee.

Ein märchenhaftes Naturschauspiel bot sich ihm dar. Man konnte sich gar nicht daran satt sehen! Und so verging geraume Zeit, während der Swigger nichts anderes tat, als den bezaubernden Anblick in sich hinein zu saugen. Seit immerhin gut und gerne zwei Jahren siedelte er nun schon hier im Tal der Lauter. Unterbrochen zwar von teilweise wochenlanger Abwesenheit, aber dennoch war es ihm spätestens bei seiner letzten Rückkehr so erschienen, als käme er zurück nach Hause. Endlich nach Hause. Tatsächlich war ihm das Tal zur Heimat geworden. Erstaunliches hatte sich also im Lauf der Zeit vollzogen. Nie hätte er dies für möglich gehalten und dennoch war es nun genauso eingetreten. Er war nach Hause gekommen. Nach Gundelfingen. Seine Heimat Gundelfingen.

Voll in sich ruhender Zufriedenheit ließ der Ritter die nach Wiese und dem ersten kühlen Abendhauch duftende Albluft in seine Lungen strömen. Wann hatte er sich das letzte Mal in seinem Leben so glücklich und zufrieden gefühlt? Zumindest jetzt, in diesem kostbaren Moment war es ihm vergönnt. Egal, was war. Gleichgültig was die nächsten Tage bringen würden. Ein Hauch von Glück und Frieden hatte ihn gestreift. Und würde ihm nun neue Kraft und Zuversicht verleihen.

Gerade so, als habe sich ein gewaltiges Feuer in ihrem Inneren entzündet, erstrahlten die Alpengipfel nun in feurigem Rot. Das erste Rot der Abendsonne. Vermutlich hätte er dieses wundersame Phänomen noch lange genossen. Bis zum Hereinbrechen der Dämmerung. Wenn da nicht sein Pferd ungeduldig durch die Nüstern geschnaubt und mit den Hufen gescharrt hätte. Gerade so, als wolle es ihn damit daran erinnern, welchem Grund der Ritt auf die östliche Hochfläche über dem Tal in Wirklichkeit gedient hatte.

Ganz und gar nicht, um sich den schönen Sonnenuntergang zu Gemüte zu führen. Sondern vielmehr, um die Höhlen am schroffen Fels über der Wittsteige einer genauen Inspektion zu unterziehen. Einer eingehenderen Untersuchung als bei seinem ersten Besuch. Denn diesen beiden Höhlen galt schon seit geraumer Zeit sein ganzes Interesse. Sofern er während der tagtäglichen Anforderungen des Alltags überhaupt die Muse fand, sich damit zu beschäftigen. Mit jenen geheimnisvollen Höhlen, von denen die Einheimischen voll angsterfülltem Schaudern leise raunten, böse Geister seien darin gefangen. Auf immer und ewig tief unten im Schlund der dunklen feuchten Felsenlöcher gebannt. Bei diesen Gespenstern handele es sich um die Seelen verfluchter Menschen, die ein gottloses und unchristliches Leben geführt hätten und die ihrer schlimmen Taten wegen nun für alle Zeiten in dem finsteren Schlund der Höhlen würden zubringen müssen. Bis zum jüngsten Tag. Dem Tag des alles entscheidenden Gerichts!

Womöglich handele es sich bei den armen Seelen, deren heulende Klagelaute sich in unruhigen Nächten deutlich vernehmbar an den steilen Felsen brachen, sogar um Heiden, die sich niemals zum wahren Glauben hätten bekehren lassen wollen. Mit einer unwirschen Handbewegung hatte Swigger solch abergläubische Mutmaßungen immer rasch beiseite gewischt. Und auch der sonst so stille und in sich gekehrte Bruder Kilian war regelmäßig in Rage geraten, wenn ihm einer der Gundelfinger mit geheimnisvoller Flüsterstimme wieder einmal von den armen Seelen berichtete, die als unentrinnbar Gefangene in den Felsenlöchern über der Lauter schmachteten. Mit harschen Worten hatte Kilian die Leute angehalten, ihr unseliges Geschwätz unverzüglich zu beenden und anstelle dessen lieber einzukehren im stillen Gebet zu Ehren der heiligen Jungfrau Maria.

Vorsichtig näherte sich der Ritter der Abbruchkante, um eine Möglichkeit zu erkunden, wie er sich den schroffen Felsnadeln am besten würde nähern können, von denen aus er dann zum Eingang der oberen Höhle gelangen konnte. Der Anflug eines leichten Schwindelgefühls erfasste Swigger, als er jetzt unmittelbar über dem gähnenden Abgrund stand. Tief unter ihm gurgelte die Lauter um die Mühle an der Wittsteige. Winzig klein schienen ihm die Gebäude zu seinen Füssen. Vielleicht wäre es doch besser gewesen, auf Friedberts Angebot einzugehen. Eindringlich hatte ihn der Burgvogt darum gebeten, ihn bei der Erkundungstour zu den geheimnisvollen Höhlen begleiten zu dürfen. Es sei viel zu gefährlich, sich dort oben, am Rande der brüchigen Kalkfelsen, alleine aufzuhalten. Auf gar keinen Fall dürfe er das Wagnis eingehen, die Felsspalten ohne einen Helfer zu erkunden, der ihn mit einem um den Leib gebundenen Strick vor einem Absturz bewahren konnte. Lachend hatte Swigger dieses Angebot verworfen und mit dem Hinweis abgetan, er wolle sich seinen Untertanen schließlich nicht als am Strick gefesselter Ochse präsentieren. Und überdies solle sich Friedbert besser um das Wohlergehen seiner jungen Frau und ihres erst vor wenigen Wochen geborenen Sohnes Frieder kümmern. Des Sohns, der dem seither vor Glückseligkeit erstrahlenden, ehemals so grimmigen Reisigen Friedbert tatsächlich noch geboren worden war.

Doch trotz der Gefahr, deren er sich in diesem Augenblick genauso bewusst war, wie des sträflichen Leichtsinns, der ihn mit geradezu magischer Anziehungskraft ganz ohne Helfer hierher gezogen hatte, die Neugier behielt in Swigger dennoch die Oberhand. Auf halblinker Seite unter seinen Füssen erstreckte sich nun das riesige Geröllfeld, das die Dorfbewohner als das so genannte warme Feld bezeichneten. Aus dem einleuchtenden Grund heraus, weil die Steine hier niemals mit Schnee bedeckt waren. Selbst im kältesten Winter nicht! Was den dunklen Gerüchten in Gundelfingen über den Eingang zum Vorhof der Hölle zusätzliche Nahrung verlieh. Es handle sich um die heißen Schwaden aus dem Mund des Teufels, die hier zum Vorschein kämen und den Schnee schmelzen ließen, noch bevor er die Steine bedeckte. So wisperten die Leute hinter vorgehaltener Hand.

Für den weitaus nüchterner denkenden Ritter handelte es sich bei diesem in der Tat erstaunlichen Phänomen jedoch eher um eine Bestätigung seiner Vermutung, in der Felswand auf ein verborgenes Höhlensystem zu treffen. Irgendwo zwischen den zahlreichen Spalten und Klüften musste es einen Eingang geben. Den Zutritt in eine jener Höhlen, wie es sie auf der Schwäbischen Alb zu Hunderten gab. Mit Sicherheit auch in dieser Felswand. Weshalb sonst schmolz der Schnee auf dem „warmen Feld“? Nie und nimmer wegen dem Atem des Teufels, sondern aufgrund von Spalten und Rissen, durch die wärmere Luft aus den Höhlen nach draußen drang.

Schritt für Schritt tastete sich Swigger voran. Doch jeder dieser Schritte brachte ihn nur zögernd weiter. Nirgendwo auf dem Geröll gab es einen sicheren Standort. Mehrfach drohte er auf den rutschenden Kalksteinen das Gleichgewicht zu verlieren. Erst nachdem er auf die Knie gesunken war, um sich auf allen vieren nun kriechend weiter zu bewegen, ging es besser voran. Zwar äußerst langsam, aber zumindest einigermaßen sicher. Nur gut, dass ihn keiner der Dorfbewohner in dieser Haltung erblicken konnte. Elle um Elle arbeitete er sich vorwärts. Zu der Stelle, an der er die obere der beiden Höhlen vermutete. Doch wo befand sich diese Stelle. Es war ein Leichtes gewesen, sie in der vegetationslosen Zeit auszumachen. Doch jetzt im Sommer, wo alle Bäume und Sträucher dicht belaubt waren, wo überall dichtes Gestrüpp den Boden bedeckte und sich mit seinen Dornen durch die Kleidung bohrte, jetzt war weit und breit keine Höhle zu entdecken. Nirgendwo. Und wieder kam ihm der alte Spruch seines ritterlichen Lehrmeisters in den Sinn. Ein Spruch, dessen Bedeutung sich ihm seinerzeit als junger Mensch noch nicht erschlossen hatte. „Manchmal muss man erst weiter weggehen, um etwas näher erkennen zu können." Eine rätselhafte Bemerkung, die ihm damals genauso widersprüchlich wie sinnlos erschienen war. Doch jetzt, viele Jahre später, musste er dem rätselhaften Satz seines Lehrers beipflichten. Die Höhle schien wie vom Erdboden verschluckt. Im wahrsten Sinn des Wortes.

Und demnächst würde die Dämmerung einsetzen. Es war also an der Zeit, umzukehren. Ein andermal eben. Doch gerade, als Swigger beschlossen hatte, sein Vorhaben für heute abzubrechen, war er plötzlich doch noch an seinem Ziel angelangt. Mehr aus Frustration heraus, als getrieben von der Hoffnung, den Höhleneingang zu finden, hatte er den Zweig eines Holunderbusches zur Seite gebogen. Um unvermutet auf ein dunkles Loch in der grauen Felswand zu starren. Das war sie! Die Höhle!

Fast mannshoch der Eingang! Ein Schwall kühler feuchter Luft schlug ihm entgegen, als er den schwarzen Schlund mit klopfendem Herzen betrat. Wie ein wildgewordener Bienenschwarm summten die Gerüchte der Dorfbewohner nun durch seinen Kopf: Vorhölle, Teufelsküche, verlorene Seelen, auf ewig Verdammte! Blödsinn! Mit einem ärgerlichen Schnauben wischte er die abergläubischen Behauptungen von sich. Erst allmählich gewöhnten sich seine Augen an die Dunkelheit. Da! Am Höhleneingang waren Spuren zu erkennen. Eindeutig: Spuren menschlicher Bearbeitung, die von einer dunklen Patina überzogen aber dennoch zu erkennen waren. Schon lange vor seiner Zeit hatten sich hier Menschen am Eingang der Höhle zu schaffen gemacht. Hatten ihn vergrößert. Hatten womöglich den langen Stollen weiter in den Fels getrieben. Der Gang, der in der Dunkelheit endete. Zu dumm nur, dass er bei seinem Aufbruch nicht daran gedacht hatte, eine Fackel mit sich zu führen. Denn nach schätzungsweise rund dreißig Fuß* machte der Gang eine Biegung. Und war schon vor dieser Biegung nahezu nichts mehr zu erkennen gewesen, herrschte dahinter endgültig tiefe Dunkelheit. Undurchdringliche Dunkelheit. Natürlich könnte er sich an der Wand des Stollens weiter vorwärts tasten. Aber: wie weit? Und: wohin führte der Gang? Was, wenn er plötzlich in einer weiteren Felsspalte endete? Niemals würde ein Mensch ihn finden. Dann wäre er tatsächlich gefangen. Für immer gefangen im angeblichen Schlund der Hölle. Nein. Für heute musste er es endgültig genug sein lassen. Ein andermal. Eines nicht

* 1 Fuß = 32,4 Zentimeter

allzu fernen Tages würde er wieder kommen. Mit Friedbert an seiner Seite. Mit Fackeln. Und Schaufeln. Für alle Fälle.

Längst war die Sonne hinter dem Horizont verschwunden und der Abend bedeckte das Land mit seinem grauen Schleier, als Swigger von Gundelfingen die Zügel seines Pferdes losnestelte, die am Stamm einer dicken Buche befestigt hatte. Mit einem erleichterten Wiehern, wie ihm schien, hatte ihn das Tier begrüßt. Tief in Gedanken versunken nahm Swigger den Weg zurück ins Tal. Es handelte sich um einen wirklich idealen Ort, um weiter seinen Traum zu träumen. Den Traum, dem er schon seit einigen Wochen nachhing. Den Traum, hier, an dieser Stelle dereinst eine Burg in derselben Bauweise zu errichten, wie es Friedrich der Staufer im Filstal gerade im Begriff war, zu tun. Der während ihres bitteren Zuges über die Alpen auch einmal eine solche versteckte Andeutung hatte fallen lassen, man müsse das Reich des Königs mit solchen wehrhaften Anlagen überziehen. Um dann mit Hilfe dieser starken Stützpunkte die Gegner Heinrichs IV. ein für allemal in ihre Schranken zu verweisen. Aber noch war es nicht mehr als ein Traum.

Allein die Vorstellung, einen jener genialen Burgenbauer nach Gundelfingen kommen zu lassen und ihn zu befragen, wie er den Standort auf der steil abfallenden Felswand einschätzte, schien Swigger noch Jahre entfernt. Samt der Antwort auf die Frage, ob die Höhlen, in deren eine er nun also seinen Fuß gesetzt hatte, wohl als Fluchtgang tauglich sein konnten? Ob es gelänge, den Stollen weiter nach unten zu treiben, um im Fall einer feindlichen Eroberung heimlich aus der Burg entwischen zu können? Zukunftsmusik! An den Bau einer solch wehrhaften Burg war auf Jahre hinaus nicht zu denken.

Die Probleme der Gegenwart würden ihn und all die anderen Königstreuen in der nächsten Zeit genügend in Beschlag nehmen. Mehr, als dies ihnen allen lieb war!

So still und friedlich lag der Bergkegel von Gundelfingen nun vor ihm. Der erste zartgelbe Schein des Vollmonds tauchte die bescheidene kleine Holzburg auf der Spitze des Berges in ein geradezu magisches Licht. Seine Burg. Gundelfingen. Ein wunderschöner Anblick. So klein und unbedeutend sich diese Befestigung im Machtspiel der Großen auch darstellen mochte: es war sein Herrensitz. Seine Heimat, zu der er erstaunlicherweise eine innige Beziehung entwickelt hatte. Ein wahrhaft zauberhaftes Bild. Voller Frieden und Harmonie.

Ein Bild, an dem er sich nicht satt sehen konnte. Das er nun förmlich in sich aufsaugte. Das er einfach nur genießen wollte. In der Magie des Augenblicks.

Kein Wunder: nach all dem, was die letzten Wochen und Monate an Aufregung und Unfrieden mit sich gebracht hatten. Angesichts der neuen Gefahren, die sich vor dem König und seinen Getreuen wie eine schwarze Wand unheildrohend auftürmten.

Nach wie vor konnte er die Gänsehaut spüren, die schon beim Stichwort Canossa über seinen Rücken kroch. Allein die Rückreise von der düsteren Burg durch Oberitalien und dann wiederum über die elenden Alpen. Wenngleich sie sich bis kurz Ostern Zeit gelassen hatten und nun auch nicht mehr den Mont Cenis hatten überwinden müssen, da der König ja vom Bann gelöst war. Dennoch war es ihnen bei der Alpenüberquerung viel schlimmer ergangen, als sie dies zuvor für möglich gehalten hatten. Durch die völlig überraschende Rückkehr des Winters war zunächst Schneematsch, dann dichter Nebel und schließlich alles durchdringende Kälte über sie gekommen. Ein Witterungsumschwung, der dem ohnehin schon elenden Gesundheitszustand der Königsfamilie natürlich alles andere als förderlich gewesen war.

Es war mehr als nur ein unangenehmer Schauder, der Swigger von Gundelfingen beim bloßen Gedanken daran befiel. Der Ritter schüttelte sich angewidert, als er an die mühevolle Heimkehr zurück dachte, die sich über Wochen hingezogen hatte. Die Aufenthalte des königlichen Gefolges in den stinkenden Städten. Wo der Schultheiß samt seinen Ratsherren ihnen jedes Mal mit übertriebener Unterwürfigkeit begegnet waren. Und wo man gleichwohl beinahe mit Händen greifbar spüren konnte, wie wenig ihnen am Wohlergehen ihres obersten Lehensherren und dessen Reichsbeamten gelegen war. Sie spielten ihr eigenes Spiel, die hochnäsigen Herrschaften hinter ihren bedrohlich wachsenden Steinmauern. Allein die Erinnerung daran verursachte ein schales Gefühl in seinem Magen. Begierig sog Swigger die würzige Albluft in seine Lungen. Den Geruch von Weite und Freiheit. Wie völlig anders gestaltete sich das Leben doch hier oben an der Lauter – fernab von den finsteren Städten, in denen es tatsächlich geschehen konnte, dass einem Edelmann wie er es war, noch nicht einmal respektvoll der Gruß entboten wurde. Wo man sich, wie auch Swiggers Gefährten argwöhnten, vielmehr beständig den Kopf darüber zerbrach, wie man die Vorherrschaft der Ritter, Freiherren und Grafen wohl am besten unterlaufen könnte. Man durfte sich nichts vormachen: es waren ihrer viele. Und die Städte waren durch die Mauern gut gesichert. Standen in ihrer Mehrzahl überdies unter dem direkten Schutz des Königs. Dem aber anzuraten war, sich im Zweifelsfall aber besser nicht auf diese unsicheren Parteigänger verlassen zu wollen. Allein die in der letzten Zeit stark unter das Volk gestreute Parole „Stadtluft macht frei!" sagte in Wirklichkeit alles über die wahren Beweggründe der Stadtleute aus. Als nichts anderes, als eine klare Kampfansage an den seit unvordenklichen Zeiten regierenden Adel musste dies gewertet werden! Ohne dass die feigen Städter es freilich wagten, den Edelleuten offen und ehrlich den Fehdehandschuh vor die Füße zu werfen. Nein, in diesen Städten herrschten vielmehr Heimtücke und Verschlagenheit. Kein Wunder! Wer konnte angesichts des hier herrschenden Gestankes noch einen klaren Gedanken fassen. Gassen, durch die grunzende fette Schweine pflügten und in den oft über einen Fuß hohen Abfällen nach Nahrung suchten. Grässlich! Erst recht nach einem Regenguss! Dann verwandelten sich die Gassen in wahre Schlammwüsten, wo man oft genug bis zum Knie im übel riechenden Dreck versank. Exkremente, Abfälle und Kadaver zwischen denen sich die Ratten austobten! Was für ein Leben! Nein, auf solche Leute konnte kein Verlass sein. Niemals!

Und tatsächlich war mittlerweile die Kunde zu ihnen gedrungen, dass sich die ersten dieser Städte, vor allem die nördlich des Mains gelegenen, offen von König Heinrich losgesagt hatten! Doch damit nicht genug! Ungeheuerliches war geschehen! Denn auch die deutschen Fürsten hatten ihr Wort gebrochen! Unfassbar, was sich auf reichspolitischer Ebene an Meineid und verräterischen Umtrieben in den vergangenen Wochen zugetragen hatte!

Seit dem zeitigen Frühjahr, seit der Rückkehr des Königs aus Canossa, war das Land nicht mehr zur Ruhe gekommen. Trotz der Lossprechung Heinrichs vom Bann! Trotz des von Papst Gregor erteilten Abendmahls, das doch die endgültige Wiederaufnahme des reuigen Sünders in die Gemeinschaft der Christen bedeutet hatte! Doch das Gegenteil davon, was sich der König erhofft hatte, war eingetreten. Der Widerstand hatte sich überraschend frühzeitig formiert. Schon in den ersten Märztagen dieses Jahres 1077 war nicht etwa die Kunde von der befreienden Lossprechung des Königs vom Kirchenbann verbreitet worden, sondern nur die unglaubliche Erniedrigung des Königs vor dem Papst hatte sich einem Lauffeuer gleich rasend schnell herumgesprochen. Die mit übertriebenen Einzelheiten gespickten Schilderungen hatten das Reich in einen Schockzustand versetzt. Die Nachricht vom erbärmlich frierenden König Heinrich IV., der drei Tage lang mit nackten Füssen im Schnee vor der Burg Canossa stand. Der dann auch noch vor seinem ärgsten Widersacher, vor Papst Gregor VII. auf den hartgefrorenen Boden gesunken war und um Vergebung gebeten hatte! Dies alles vor den Augen der hinterlistigsten Frau ihrer Zeit, der Markgräfin Mathilde von Tuscien, die keine Gelegenheit ungenutzt ließ, den deutschen Adel zu demütigen und den Edlen des Reiches ihre trotzige Verachtung zu beweisen!

So sorgfältig der Bußgang also einerseits auch eingefädelt worden sein mochte – wieder und wieder machte jetzt eine einzige empörte Frage die Runde. Die Frage, ob ein Mann, der sich dermaßen hatte demütigen lassen, überhaupt noch würdig war, sein heiliges Amt als König der Deutschen auszuüben. Eine scheinheilige Empörung, wie sich bald herausstellen sollte. Denn längst war von der fürstlichen Opposition der Sturz des Königs Heinrich beschlossen gewesen. Allen heiligen Eiden zum Trotz.

Spätestens am 15. März dieses Jahres ließ es sich nicht mehr leugnen. Am Tag der großen Fürstenversammlung, die in der Pfalz von Forchheim abgehalten wurde. Noch vor der Rückkehr des ahnungslosen Königs aus Italien. Ein Umsturz!

Ausgerechnet von Herzog Welf IV. war die Initiative ausgegangen. Die entscheidende Unterstützung fand er durch den mächtigen Berthold von Zähringen, einem engen Verwandten den Grafen von Achalm. Allen Beteuerungen zum Trotz, sich bedingungslos unter die Regentschaft Heinrichs IV. zu stellen, falls es diesem in der von ihnen gesetzten Frist gelänge, die Lossprechung vom Kirchenbann zu erreichen, hoben die Verräter Herzog Rudolf von Rheinfelden als Gegenkönig auf den Schild. Ausgerechnet Rudolf, den Schwager des Königs, den Mann von König Heinrichs Schwester Mathilde. Der dieser Familie doch so viel zu verdanken hatte. Nicht zuletzt seine im Jahr 1057 erfolgte Erhebung zum Herzog von Schwaben. Die damals Heinrichs Mutter, also Kaiserin Agnes, ausgesprochen hatte.

Unglaublich! Niemals zuvor in der Geschichte des Reiches hatte sich ähnliches ereignet! Ein Gegenkönig! Und die in Forchheim anwesenden persönlichen Gesandten des Papstes hatten zu allem Überfluss auch noch ihr Einverständnis zu dieser Wahl gegeben. Womit der skandalöse Vorgang erst hatte seinen Lauf nehmen können! Ein König, der sein Amt der Gnade von Pfaffen zu verdanken hatte! Ein Pfaffenkönig! Das Reich war in seinen Grundfesten erschüttert!

Voller Bitterkeit und Sorge musste Swigger von Gundelfingen später vernehmen, wie die Dinge ihren Lauf genommen hatten. Wieder – wie schon vor dem Ultimatum von Tribur – war der engste Zirkel der Verräter in der Stadt Ulm zusammen gekommen und hatte hier das weitere Vorgehen festgelegt. Mit tatkräftiger Unterstützung des Rates der Stadt Ulm. Ausgerechnet Ulm! Mehr und mehr erwies sich diese rasch empor strebende Stadt als gefährlichster Hort des Widerstands gegen den rechtmäßigen König. Die Stadt, die nicht mehr als vielleicht 10 Meilen* von Gundelfingen entfernt sein mochte. Einen schnellen Tagesritt. Nicht mehr! So nahe war die Gefahr an den königstreuen Ritter im Lautertal und erst recht an die Verwandten im Schmiechtal also schon herangerückt!

Und natürlich war es wieder einmal niemand anders als der ehemalige Sachsenherzog Otto von Northeim, der sich als eifrigster Gefolgsmann des Gegenkönigs darzustellen versuchte. Ausgerechnet der Sachsenherzog, der doch bislang als erbittertster Gegner der Welfen gegolten hatte! Schon aus dem einleuchtenden Grund heraus, weil Otto von Northeim schließlich im Jahr 1070 zugunsten des Welf IV. von König Heinrich als Herzog von Bayern abgesetzt worden war.

Ein widerlicher Vorgang, denn immerhin war der Northeimer von König Heinrich im Sachsenkrieg des Jahres 1071 besiegt worden. Und dennoch hatte der König die Gefangenschaft Ottos mit einer großartigen Versöhnungsgeste schon nach einem Jahr beendet. Gegen den entschiedenen Rat seiner Getreuen. Lediglich gegen das feierliche Versprechen des Sachsen, künftig in Treue fest an der Seite des Königs zu stehen. Wenige Monate später war das Wort bereits gebrochen.

Er unterlag dem König im Kampf. Und wieder hatte König Heinrich – an Weihnachten 1075 – edelmütig noch einmal die Augen vor dem durchtriebe-

* 1 Meile = 4 Kilometer

nen Ränkespiel des Otto von Northeim verschlossen und diesem sogar die Verwaltung von Sachsen übertragen!

Jetzt also regierten zwei konkurrierende Könige das Reich! Was für eine zerrissene Zeit! Und vom Papst im fernen Rom kein Wort! Keine Botschaft, keine Entscheidung! Ausgerechnet jetzt schwieg Gregor VII., der doch bislang gemeint hatte, sich in alle Angelegenheiten des Reiches einmischen zu müssen. Und der letztendlich mit seinem Bannspruch den Auslöser für all die Unruhe darstellte, in dem das Reich zu versinken drohte! Zwar war der Gegenkönig Rudolf mit der ausdrücklichen Billigung der päpstlichen Gesandten auf den Schild gehoben worden, doch vom Papst selbst gab es keinerlei offizielle Parteinahme. Weder für den einen, noch für den anderen der beiden Gegenspieler. Geradezu genüsslich schien der Mann in Rom zu verfolgen, wie die beiden Machtblöcke aufeinander prallten und dadurch Stück für Stück an Durchsetzungskraft der Kurie gegenüber einbüßten.

Zu allem Überfluss war in diesem Sommer auch noch die Kunde aus Italien eingetroffen, dass Agnes von Poitou, die ehemalige Kaiserin und Mutter des Königs, verstorben war. Samt der von Seiten der Gegenpartei verbreiteten Gerüchte, dass es der Kaiserin das Herz gebrochen habe, als sich ihr Sohn gegen Papst Gregor gestellt hatte. Ausgerechnet gegen den ehemaligen Beichtvater seiner Mutter!

In den folgenden Monaten überstürzten sich die Ereignisse. Selbst König Heinrich war nun klar geworden, dass die Krone und die Zurückgewinnung der alleinigen Herrschaft jetzt nur noch durch entschiedenes Handeln zu erreichen war. Mit einem entschiedenen Befreiungsschlag – dies zumindest erhofften sich seine Parteigänger von diesem Schritt – enthob der König die drei abtrünnigen Herzöge von Schwaben, Bayern und Kärnten ihrer Ämter. Während er die Herzogtümer Schwaben und Bayern als wichtigste Teile des Reiches unter direkter Verwaltung der Krone behielt, belehnte er den zuverlässigen Markgrafen Liutold von Eppenstein mit dem Herzogtum Kärnten.

Was aber war mit Friedrich dem Staufer? Weshalb hatte König Heinrich nicht ihm, dem treuesten der Treuen, nicht das Herzogtum Schwaben zum Lehen gegeben? Wo Friedrich doch vielen schon längst als der eigentliche Vertreter des Königs in Schwaben gegolten hatte? Swigger von Gundelfingen zeigte sich von dieser unerwarteten Entscheidung ebenso irritiert, wie all die anderen, mit denen er sich darüber auseinandersetzte. Gab es einen Grund für König Heinrich, so zu handeln? Wo er dem Staufer doch noch auf dem Zug nach Canossa mehrfach feierlich versichert hatte, wie hoch er dessen Treue schätzte!

Was also war geschehen?

Erst im Herbst des Jahres war es Werner von Grüningen gelungen, die Beweggründe des Königs zu erfahren und sie nun auch an Swigger weiter zu geben. Beweggründe, die bei aller besorgniserregenden Sprunghaftigkeit, die ihr König manchmal an den Tag legte, von durchaus bestaunenswerter Weitsicht zeugten. Seine Entscheidung sei zwar schon längst gefallen, aber dennoch schiene es ihm angeraten, noch einige Monate zuzuwarten, bis er es wagen könne, den Staufer mit dem Amt des Herzogs von Schwaben zu betrauen. Erst müssten sich die Gefolgsleute des Königs in Schwaben sammeln, ihre Kräfte bündeln und die Zahl ihrer Reisigen vorsichtig erhöhen, bevor er gewillt sei, Friedrich auch in aller Öffentlichkeit als Stellvertreter des Königs in Schwaben zu präsentieren. Als welcher dieser jedoch gleichwohl anzusehen sei. Auch daran ließ der König keinen Zweifel. Nur wolle er Friedrich von Staufen so lange wie irgend möglich noch den offenen Konflikt ersparen. Denn sobald dieser auch offiziell als Herzog fungiere, würde sich der Zorn der Gegenpartei über dem noch nicht zum siegreichen Kampf bereiten Friedrich entladen. Und auch das weitere Verhalten des Papstes bliebe abzuwarten. Denn je länger der Gegenkönig vergeblich der Anerkennung des Papstes harre, desto stärker entwickle sich die Position des rechtmäßigen Regenten.

Eine hochbrisante Situation! Der geringste Anlass konnte zur Katastrophe führen!

Als befände er sich zwischen zwei mächtigen Mühlsteinen, die sich ihm langsam näherten. Und ihn zu zerquetschen drohten! So schien es Swigger von Gundelfingen. Wer konnte überhaupt noch sicher sein, das Jahr zu überstehen? Erst recht auf einer kleinen Burg im Tal der Lauter. Unmittelbar an der Grenze zweier Herrschaftsbereiche. Wo aus dem Süden drohend die Partei des Welfen heraufdrängte – und wo im Norden die Grafen von Achalm residierten. Liutold und Kuno von Achalm, deren Reisige sich in den letzten Wochen immer öfter auch im Lautertal gezeigt hatten. Zu Besuch in Hundersingen. Auf Kontrollritt über der Hochfläche. Eine unverhohlene Drohgebärde der beiden Brüder. Die Achalmgrafen – einer Spinne gleich, die ihr Netz beständig weiter knüpft. Bis sich auch der letzte Königstreue hoffnungslos darin verheddert hätte.

Entschlossen ballte Swigger seine Faust und reckte sie in den mondhellen Nachthimmel: „Es soll ihnen nicht gelingen! Bei der Seele des großen Anno: nein! Lieber werde ich untergehen, als jenes Vertrauen zu enttäuschen, das er einst in mich gesetzt hat!“

18

Ostern 1079 in Regensburg

König Heinrichs Mienenspiel sprach Bände. Niemals zuvor, so berichteten es selbst seine engsten Ratgeber, hätten sie den Monarchen dermaßen entschlossen erlebt. Noch nicht einmal vor anderthalb Jahren, als er mit seiner Entscheidung alle überrascht hatte, im tiefen Winter über die Alpen zu ziehen, um sich vom Bann zu lösen.

Spätestens seit den Ereignissen vom Januar 1079 bebte der König vor Wut und rasendem Zorn. Seit er auf einer Versammlung seiner Getreuen in der Pfalz von Fritzlar unvermittelt überfallen worden war. Von niemand anderem, als ausgerechnet von dem meineidigen Sachsen Otto von Northeim! Mit knapper Not war es dem König und seinem Gefolge gelungen zu fliehen. Die Pfalz Fritzlar samt der sich daran anschließenden Siedlung aber war in Flammen aufgegangen. Welch übles Fanal! Wieder würde sich die Kunde von der überstürzten Flucht des Königs wie ein Lauffeuer im Reich verbreiten – und damit die wankelmütigen Kandidaten unter den Fürsten auf die Gegenseite ziehen.

Zwar hatte sich der Papst immer noch nicht dazu durchringen können, dem Gegenkönig Rudolf von Rheinfelden seine offizielle Anerkennung zuteil werden zu lassen. Was viele unter König Heinrichs Anhänger als nach wie vor gutes Zeichen deuteten. Doch andererseits war vom Papst auch kein einziges negatives Wort über Rudolf verbreitet worden. Wie es doch eigentlich dessen Pflicht gewesen wäre. Denn es konnte nur einen legitimen König geben: Heinrich IV. Niemand sonst!

Der König hatte sich deshalb entschlossen, nun eigenhändig neue Zeichen zu setzen und nicht mehr länger auf eine päpstliche Stellungnahme zu seinen Gunsten zu hoffen. Und so waren die Edlen des Reiches von ihm an diesem Osterfest zum Reichstag nach Regensburg geladen worden, der ganz im Zeichen von Heinrichs neuer Handlungskraft erstrahlte. In den Mittelpunkt dieses glanzvollen Ereignisses rückte dabei kein Geringerer als Graf Friedrich, der Staufer. Endlich war dieser nun am Ziel seiner Wünsche angelangt. Im Rahmen einer prunkvollen Zeremonie wurde Friedrich von Staufen in den Stand des Herzogs von Schwaben erhoben. Aber damit nicht genug: aus Dankbarkeit für seine über die Jahre hinweg treue Gefolgschaft, samt der Begleitung auf den peinvollen Gang nach Canossa, kündigte der König an, dem neuen Herzog seine siebenjährige Tochter Agnes zur Frau zu geben. Und schon für den Abend desselben Tages wurde die offizielle Verlobungsfeier angekündigt. In der Tat. Der König zeigte neue Entschlossenheit. Friedrich von Staufen, dessen Gesicht vor Stolz und Glückseligkeit regelrecht zu glühen schien, verknüpften nun auch verwandtschaftliche Bande mit dem Königshaus. Er war der Schwiegersohn des Königs! Und nun auch endlich Herzog von Schwaben. Nicht zu vergessen die stattliche Mitgift, die Agnes in die Ehe mitbrachte: die gesamte Herrschaft Waiblingen. Königsgut seit Menschengedenken!

Wie hatte der König seinen Schwiegersohn vor allen Anwesenden gepriesen? „Tüchtigster aller Männer", hatte er ihn genannt. „Im Frieden der Treueste und im Krieg der Tapferste!"

Deutlicher konnte die bevorzugte Stellung, die Friedrich von Staufen am Königshof künftig einnehmen würde, gar nicht mehr herausgehoben werden!

Doch trotz all dieser bemerkenswerten Vorgänge war Swigger von Gundelfingen mit seinen Gedanken weit abgeschweift. Wieder und wieder drängte sich das Bild einer Verwandten vor seine Augen. Die anmutige junge Kunigunde. Die Tochter seines Vetters mütterlicherseits, Georg von Justingen, dem er in den vergangenen Wochen zweimal einen Besuch abgestattet hatte, um mit diesem die Möglichkeiten zu erörtern, sich bei einem eventuellen feindlichen Überfall rasch gegenseitig alarmieren und zu Hilfe eilen zu können. Dabei war er auch der bildhübschen Kunigunde begegnet, die ihm ein warmes Lächeln geschenkt hatte. Ein Lächeln, das ihm seitdem nicht mehr aus dem Sinn gehen wollte. Weil es mitten in sein Herz getroffen hatte. Zum ersten Mal seit seiner Verbannung, zum allerersten Mal seit dem Frühling des Jahres 1075 dachte er an eine Heirat. An die Gründung einer eigenen Familie. Falls der Vetter sich einem solchen Ansinnen nicht widersetzen würde. Der Verheiratung seiner Tochter mit einem aus der ursprünglichen Heimat verbannten Mann. Dem überdies so mancher schwäbische Adlige nach wie vor mit kaum verhohlenem Misstrauen und überdeutlich an den Tag gelegter Distanz begegnete. Selbst jetzt noch, nach nahezu fünf Jahren. Nach zahlreichen Lehensdiensten im Gefolge des Königs, der ihm doch damit für alle sichtbar wieder voll königlicher Gnade Aufnahme im Kreis der Ritterschaft gewährt hatte.

Aber eine Heirat? Mit einer edlen Jungfrau aus ebenfalls freiherrlichem Geschlecht? Kunigunde von Justingen würde sich kaum gegen eine solche Verbindung stellen. Dessen war sich Swigger sicher. Doch was würde ihr Vater dazu sagen. Dessen Meinung in diesem Fall einzig und allein die ausschlaggebende war. Kam eine solche Heirat auch für den Edelfreien von Justingen in Betracht? Was wog schwerer? Die Furcht, den Stand seiner Familie dadurch zu schmälern. Oder das damit vollzogene enge Zusammenrücken der beiden benachbarten Geschlechter?

Wie auch immer: es würde noch viel Wasser sowohl die Schmiech als auch die Lauter herunter fließen, bis es zu einer solchen Heirat würde kommen können. Denn zunächst galt es, die Aufmerksamkeit auf drängendere Probleme zu lenken. Auf neue Gefahren, die sich mit der Erhebung des Staufers in das Amt eines Herzogs von Schwaben auf sie zu bewegen würden.

Denn nicht wenige, selbst unter den bislang königstreuen schwäbischen Adligen, hatten sich im Vorfeld der Regensburger Zusammenkunft strikt gegen die Herzogserhebung Friedrichs ausgesprochen. Zu steil schien ihnen der Aufstieg, den dieser innerhalb weniger Jahre bewältigt hatte. Eine weitere Vergrößerung der Machtbasis des Staufers, der aus ähnlichen Verhältnissen wie sie selbst entstammte, schien ihnen schon im Hinblick auf die eigene Position alles andere als wünschenswert. Zu dieser nicht zu unterschätzenden Gegenbewegung gesellten sich auch die mächtigen Grafen von Achalm, samt ihrer nicht minder einflussreichen Verwandten, der Grafen von Urach. Auch wenn sie offiziell noch immer nicht offen Partei für den Gegenkönig ergriffen hatten war klar, auf welcher Seite diese beiden Familien standen. Schon allein im Interesse ihrer weiteren engen Verwandten, der hochedlen Herren von Zähringen, mit denen sie intensiven Austausch pflegten. Voller Empörung hatten diese den zunächst nur vertraulich geäußerten Vorschlag des Königs verworfen, sich künftig mit der Herrschaft über das Gebiet der wichtigen Reichsvogtei Zürich belehnen zu lassen. Im Gegenzug für den immerwährenden Verzicht auf Schwaben. Ein im Vorfeld von Friedrichs Herzogserhebung durchaus fintenreicher Vorschlag des Königs, der um die Begehrlichkeiten der Zähringer im Hinblick auf die Reichsvogtei Zürich genau im Bilde war.

Nachdem die Zähringer dieses Angebot brüsk zurück gewiesen hatten, war vom König kein weiteres Entgegenkommen mehr erfolgt. Praktisch im

Alleingang hatte er die Dinge dann geregelt und Friedrich den Staufer einfach als Herzog von Schwaben proklamiert. Ausgerechnet jenen Sohn des alten Riesgrafen, der mit starker Unterstützung des Königs die gewaltige Burg auf dem Stauf errichten ließ! Eine Anlage, wie sie in dieser Mächtigkeit niemals zuvor in Schwaben erbaut worden war. Und der zu allem Überfluss im selben Atemzug nun auch noch ankündigte, die Residenz im nahen Waiblingen zu vergrößern, dem Lieblingsaufenthalt seiner jungen Verlobten Agnes, der Königstochter.

Der verdrießliche Blick des welfischen Unterhändlers war Swigger von Gundelfingen nicht entgangen, als jener von all diesen Absichten vernahm. Der Beauftragte des vom König für abgesetzt erklärten Herzog Welf von Bayern. Der gleichwohl mit der Maßgabe nach Regensburg gesandt worden war, dem König unmissverständlich klar zu machen, was die Umsetzung solcher Pläne zu bedeuten hatte: nichts anderes, als einen erbitterten Krieg zwischen den beiden verfeindeten Parteien! Niemals würden sie die Herzogserhebung des Staufers akzeptieren. Falls der König seinen künftigen Schwiegersohn dennoch zum Herzog proklamierte, dann stünden die Zeichen auf Sturm. Ein für allemal. Selbst im bislang so ruhigen Schwaben! Doch der König hatte sich nicht im Mindesten von diesen unverhohlenen Drohungen beeindrucken lassen, sondern war dem welfischen Gesandten mitten in dessen Rede sogar brüsk ins Wort gefallen. Eine gezielte Provokation, die deutlich machen sollte, wie gering er die Aufrührer schätzte, die sich ihm zu widersetzen wagten. Augenblicklich habe der Unterhändler den Ort der Reichsversammlung zu verlassen!

Voller Sorge registrierte Swigger, um wen es sich bei dem mit Schimpf und Schande davon gejagten welfischen Boten gehandelt hatte. Um niemand anderen, als um den Grafen Rapoto von Wartstein. Ausgerechnet dieser Mann aus hochadeligem schwäbischem Geblüt! Und dazu noch unmittelbarer Nachbar von Burg Gundelfingen! Keine drei Meilen von Gundelfingen entfernt, im Süden des Lautertals, saß der Wartsteiner auf seiner Burg. Als eindeutiger Parteigänger der Welfenseite. Das verächtliche Naserümpfen, mit dem der Wartsteiner reagierte, als er Swigger an der Seite der Staufers bemerkt hatte, tat ein übriges, um den Gundelfinger zur Vorsicht zu mahnen. Deutlicher hätte der andere seine Missbilligung gar nicht ausdrücken können, die Swiggers Anblick in ihm hervorgerufen hatte: denn immerhin handelte es sich bei Swigger doch um ein ehemaliges Mitglied der weit verzweigten Welfenfamilie! Das nun also ganz offensichtlich zu den erbitterten Gegnern der eigenen Familie übergeschwenkt war! Selbst wenn man ihn aus dem Familienverband verstoßen hatte: niemals hätte er Partei für den König und den Herzog von dessen Gnaden ergreifen dürfen. Ein Verräter! Pfui Teufel!

Dass Graf Rapoto von Wartstein aus diesem Grund bei Verlassen des Versammlungsortes zu allem Überfluss dann auch noch direkt vor Swiggers Füßen ausgespuckt hatte, wischte seine allerletzte Hoffnung auf eine vertrauensvolle Nachbarschaft endgültig beiseite. Es galt, auf der Hut zu bleiben! Noch war kein Frieden in Sicht! Ganz im Gegenteil sogar.

19

Mitte August 1080

Es war der schönste Tag in Swiggers Leben. Niemals zuvor hatte er sich ähnlich glücklich und zufrieden gefühlt. Endlich, noch im Alter von bereits 27 Jahren war es ihm zu guter Letzt doch noch vergönnt, eine Familie zu gründen. Und somit das Geschlecht der Edelfreien von Gundelfingen zu erhalten. Der Himmel hatte ihm vergeben! Die Heirat mit Kunigunde von Justingen. Der Tochter seines Vetters Georg von Justingen. Kein Augenblick des Zögerns, als Swigger um Kunigundes Hand angehalten hatte! Ganz im Gegenteil: Georg von Justingen zeigte sich über die Maßen erfreut von Swiggers Werben. Über die neuen Bande, die zwischen den beiden unterschiedlichen Familienstämmen damit geknüpft werden konnte. Über die gute Allianz, die sie in diesen gefahrvollen Zeiten miteinander eingegangen waren. Und für den Herren von Gundelfingen bedeutete es die endgültige Aufnahme in den Kreis der schwäbischen Ritterschaft. Zumindest in den königstreuen Teil der Ritterschaft. Die im Übrigen in großer Zahl zur Hochzeitsfeier auf Burg Justingen erschienen war. Zur feierlichen Trauung in der Kapelle der Burg, die von Bruder Kilian vollzogen wurde, dem treuen Pfaffen von Gundelfingen, dem Swigger seinerzeit Schutz vor den Verfolgern gewährt hatte. Durch diese legal geschlossene Ehe würde es ihm also vergönnt sein, doch noch einen Sohn geboren zu bekommen. Seinen Nachfolger auf Burg Gundelfingen. Den Sohn, den er dann ebenfalls auf den Namen Swigger taufen lassen würde: als ersten Nachfahren des Stammvaters eines neuen Geschlechts, als der er sich dann ansehen durfte: der Edelfreien von Gundelfingen.

Merkwürdig! Was für ein absonderlicher Gedanke, der sich beim feierlichen Einzug des Hochzeitspaares über die Schwelle der Burgkapelle in Swiggers Bewusstsein drängte! Weshalb ausgerechnet jetzt? Weshalb musste er jetzt an den vorgestrigen Tag zurückdenken. An die lautstarke Auseinandersetzung der beiden Bauern an der Wittsteigenmühle, deren Zeuge er zufällig geworden war.

Er konnte Bärbel nicht aus seinen Gedanken verbannen. Swigger, der sich wieder einmal in der Nähe des merkwürdigen Geröllfeldes aufgehalten hatte, um zu untersuchen, weshalb wohl aus dessen verborgenen Tiefen im Winter die warme Luft nach oben strömte, hatte anfangs nur bruchstückhafte Wortfetzen dieser Meinungsverschiedenheit mitbekommen. Doch schnell wurde ihm klar, worin die Ursache des Streites lag. Das Geschrei der Beiden war ja laut genug. Die zwei Streithähne waren aneinander geraten, weil keiner gewillt war, dem anderen den Vortritt in die Mühle zu lassen.

Und während der eine nicht müde wurde, darauf zu verweisen, dass er mit seinem Fuhrwerk als erster an der Mühle eingetroffen war: „Wer zuerst kommt, der mahlt auch zuerst!", ließ sich der andere von diesem Argument überhaupt nicht beeindrucken. Hartnäckig konterte mit dem Hinweis darauf, dass er schließlich die größere Fuhre in die Mühle liefere und von daher für sich das Recht ableite, auch als erster an die Reihe zu kommen. Ganz abgesehen vom weiten und beschwerlichen Rückweg, den er noch bis zu seinem auf der Hochfläche über der östlichen Lauterseite gelegenen Hof zurück zu legen habe.

„Egal! Wenn du es eilig hast, dann geh halt zur oberen Mühle! An der Wittsteige jedenfalls werde ich zuerst an die Reihe kommen. Da kannst du reden, bist du schwarz wirst! Aber vielleicht hat der obere Müller ja ein Einsehen mit dir!"

„Du weißt ganz genau, dass ich dort nicht mahlen lassen kann!" Der Bauer stemmte seine Arme in die Hüften und musterte den Kontrahenten mit einem missbilligenden Blick. „Die Herrschaft hat nun einmal bestimmt, dass ich mein Korn in der Wittsteige zu mahlen habe. Der Herr von Gundelfingen will es so! Seitdem mein Hof zu seinem Grund gehört, bin ich angewiesen, das Korn in der Wittsteige mahlen zu lassen. Was kann ich dafür? Ich würde weiß Gott lieber in die obere Schmiechtalmühle gehen, wie ich das zuvor immer getan habe! Aber ich darf es nicht!"

„Die Herrschaft!" Verächtlich spuckte der rotgesichtige kleine Mann auf den Boden. „Wie es den hohen Herrschaften gerade in den Sinn kommt! Nur, um neben dem Zehnten auch noch das Mahlgeld zu kassieren! Pfui Teufel!"

„Was ist denn das für ein Geschrei hier?" Verdrießlich lugte in diesem Augenblick Johann, der junge Wittsteigenmüller, um die Ecke. Auch er hatte einen Teil des scharfen Wortwechsels mitbekommen und musterte die beiden Streithähne nun kopfschüttelnd. „Ihr wisst doch genau, dass ihr nicht das Geringste gegen die Anweisung des Ritters ausrichten könnt. Was also soll das ganze Geschrei. Der Edelmann hat es so angeordnet, und wir...wir haben zu gehorchen! Ob uns das passt, oder nicht! Ihr könnt euch den Streit also weiß Gott sparen!"

„Von dir haben wir aber auch schon einmal keckere Rede gehört!" gab der kleinere der beiden Männer vorwurfsvoll zurück.

„Alles zu seiner Zeit!" ließ sich Johann Müller jedoch nicht aus der Ruhe bringen. „Das wäre ein gefundenes Fressen für unseren Vogt, wenn du dich offen gegen eine Anordnung des Herrn von Gundelfingen stellen würdest! Du könntest gar nicht so schnell blinzeln, wie dir der Kopf vom Rumpf getrennt würde, falls solche aufrührerischen Reden an seine Ohren kämen!"

„Aufrührerische Reden! Als wenn nicht jedermann allmählich begreifen müsste, dass deine Mühle nie und nimmer ausreicht, um in der Erntezeit all das Getreide zu verarbeiten, das wir anliefern. Selbst wenn ihr Tag und Nacht mahlen würdet!"

„Tag und Nacht! Das würde unserem hohen Herrn wohl passen, dass wir dann auch noch in der Nacht mit Fackeln arbeiten. Als wenn es nicht auch so schon mehr als genug ist, von Sonnenaufgang bis Sonnenuntergang am Mahlwerk stehen zu müssen!"

„Das kommt davon, weil er auch Leute wie mich gezwungen hat, bei dir mahlen zu lassen, seitdem er mit dem Grund und Boden belehnt worden ist, auf dem ich meine Felder bebaue. Seit dieser Zeit verliere ich gut und gerne vier Tage, bis ich mit meinem Fuhrwerk jedes Mal bei dir angekommen bin und mir dann auch noch ewig die Füße in den Bauch gestanden habe, bis ich endlich an die Reihe komme!"

„Dann muss er eben eine weitere Mühle bauen!", warf der zweite Bauer in die Debatte.

„Der denkt doch gar nicht daran! Das würde ihn ja wieder ein hübsches Sümmchen kosten. „Nein", Johann schüttelte heftig den Kopf. „Daran denken diese Herrschaften nicht einmal im Traum. Wir können uns ruhig zu Tode arbeiten oder vor Hunger zugrunde gehen. Es ist ihnen egal. Einfach nur egal! Hauptsache, wir haben zu unseren Lebzeiten immer brav den Zehnten bezahlt!"

„... und das Mahlgeld!"

„Und das Mahlgeld!" pflichtete ihm der Müller bei. „Wie es ihnen gerade so in den Sinn kommt! Besonders in kriegerischen Zeiten. Dann meinen sie, zusätzliche Abgaben erheben zu können und behaupten dann auch noch, es diene unserem Schutz und unserer Sicherheit! Als wenn es unsere Fehden wären, die von den hohen Herrschaften ausgefochten werden!"

„Von wegen: unsere Fehden! Den Kopf dürfen wir hinhalten für sie, damit dann von ihren Gegnern unsere Hütten in Brand gesteckt und unsere Felder verwüstet werden..."

Johann legte die Stirn in düstere Falten und musterte die beiden Bauern mit einem langen, forschenden Blick. Dann begann er mit leiser Flüsterstimme zu reden. „Es wird die Zeit kommen, in der wir den Herren sagen, was zu geschehen hat. Wenn wir uns nur alle einig sind in unserem Begehren. Wenn wir es schaffen, uns zusammenzuschließen. Und wenn wir all unsere Schritte sorgfältig planen. In aller Verschwiegenheit. Wir sind die Mehrheit. Sie werden uns nicht besiegen können, wenn wir ihnen gegenüber als Einheit auftreten. Gnade ihnen Gott, wenn wir uns erheben..."

„Aber mit ihren Reitern und mit ihren Waffen sind sie uns doch weit überlegen!"

„Nicht, wenn wir klug und umsichtig vorgehen. Wenn wir nicht im ersten Zorn losschlagen, so wie es mein armer Vater getan hat – was er mit seinem Leben bezahlen musste..."

„Der Herr sei seiner armen Seele gnädig", murmelten die beiden Bauern mit gesenkten Köpfen.

„Mein ist die Rache, spricht der Herr!" zischte Johann Müller. „Und es kann uns gelingen. Eines Tages werden wir uns erheben und unser Schicksal in die eigenen Hände nehmen. Wenn wir es auch weiterhin schaffen, dass nichts von unseren Plänen an ihre Ohren dringt..."

Die Bauern musterten den jungen Müller staunend. „Heißt das etwa, ihr seid schon dabei, euch miteinander zu verbünden? Ihr...ihr plant tatsächlich einen Zusammensch..."

„Ruhig!" unterbrach Johann die beiden scharf. „Da ist jemand! Ich habe ein Geräusch gehört!"

Im selben Augenblick tauchte hinter dem Müller ein anmutiges blondes Mädchen auf. „Johann! Da bist du also! Da kann ich in der Mühle ja lange nach dir suchen! Komm mit. Der Mahlknecht sagt, es gibt Probleme mit dem Mahlwerk. Er braucht deine Hilfe."

„Bärbel!“ Erleichtert atmete Johann auf. „Hast du mir einen Schrecken versetzt! Ich dachte schon, da spioniert jemand hinter mir her.“

„Ach was“, lachte das Mädchen unbefangen. „Wer sollte denn schon hinter dir herspionieren wollen? Und wozu denn erschrecken? Wir haben doch alle ein reines Gewissen und nichts Böses getan. Weshalb also sollten wir dann erschrecken?“

Die arglose und unbekümmerte Feststellung der Müllerstochter löste die Anspannung der drei Männer endgültig. Rasch eilten sie in das Innere der Mühle, um dem Mahlknecht bei der Behebung des Problems behilflich zu sein.

Nur Bärbel war nicht mit ihnen gegangen. Mit einem zufriedenen Lächeln auf den Lippen ließ sie die warme Brise des Sommerwinds durch ihre blonden Haare wehen. Dann schien sie plötzlich einen Entschluss gefasst zu haben. Mit raschen Schritten eilte sie in Richtung auf den Mühlkanal. Doch kaum war Bärbel um die Ecke der Mühlenscheuer gebogen, prallte sie beinahe mit Swigger von Gundelfingen zusammen, der dort in sorgenvolle Gedanken versunken in die Ferne starrte. Es waren nur undeutliche Wortfetzen gewesen, die er beim Näher kommen vernommen hatte. Erst Recht, als der junge Müller in einen verschwörerischen Flüsterton übergegangen war. Doch, weshalb hatte dieser seine Stimme gesenkt. Und: konnte es sich bei den wenigen Worten wirklich um Drohungen gehandelt haben, die da von den Dreien gegen die Herrschaft ausgestoßen worden waren? Gegen die Gottgegebene Ordnung. Gegen seine, Swiggers, Herrschaft! Nein, es konnte nicht sein! Er musste sich getäuscht haben! Und wenn doch? Ungünstiger könnte der Zeitpunkt gar nicht liegen. Unruhe bei den eigenen Untertanen war das letzte, was die schwäbischen Edelleute in dieser Zeit gebrauchen konnten! Er würde seinen Bauern und Leibeigenen einen Feiertag gönnen. Einen Festtag aus doppeltem Anlass: der Hochzeit ihres Herrn und der glücklich eingebrachten Ernte. Die nach langer Zeit endlich einmal wieder einen zufrieden stellenden Ertrag ergeben hatte. Er würde sogar ein Fass mit Wein befüllen lassen. Ein Fass, das sie bis zur Neige würden austrinken dürfen. Höchste Zeit, die Menschen nach all den harten Frondiensten, denen er ihnen seit seinem Eintreffen im Tal der Lauter abverlangt hatte, enger an sich zu binden. Sich als großzügiger, milder Herr zu zeigen.

Nachdenklich massierte sich der Edelmann die Stirn, als urplötzlich die Müllerstochter um die Ecke eilte und beinahe mit Swigger zusammen geprallt wäre.

Das Mädchen ließ einen überraschten Ausruf ertönen, dann erkannte sie den Ritter. „Entschuldigung! Ich wollte euch nicht über den Haufen rennen, Herr“, setzte sie noch hinzu und schenkte dem ebenso verblüfften Swigger ein strahlendes Lächeln.

Es mochte mehr als ein Jahr vergangen sein, seitdem er Bärbel zum letzten Mal begegnet war. Und seitdem war das Mädchen, das mittlerweile wohl zwölf Jahre zählte, zu einer richtigen Schönheit erblüht. Der kindliche Liebreiz, den Swigger bei der blonden Müllerstochter schon von jeher bewundert hatte, hatte sich in eine jugendliche Anmut verwandelt, die der staunende Ritter nicht genug bewundern konnte. Die tiefblauen fröhlichen Augen, der dunkle Teint ihrer Haut, die jetzt schon stattliche Größe des Mädchens, ihre eleganten, grazilen Bewegungen, ihr fast schon schwebender Gang. Dazu die unkomplizierte Natur, zu dem sich ihr glockenhelles Lachen gesellte. Ein Bild, wie er es nicht schöner würde träumen können. Ein Bild, das seitdem klar und leuchtend vor seinen Augen stand.

Mit einer ärgerlichen Handbewegung wischte Swigger die Erinnerung beiseite. Es war nun wirklich nicht der richtige Zeitpunkt für solch törichte Gedanken. Er sollte sich an diesem Festtag besser auf Kunigunde konzentrieren. Auf die Frau, die in wenigen Augenblick die Ehe mit ihm eingehen würde. Auf Kunigunde, die Tochter des Vetters Georg von Justingen. Dank deren Einwilligung in diese Heirat er das Geschlecht der Herren von Gundelfingen für alle Zeiten nun im Tal der Lauter würde etablieren können. Dank des Sohnes, dem sie ihm gebären würde.

Trotz aller schwierigen Vorzeichen, die auch dieses Jahr 1080 mit sich gebracht hatte: am heutigen Tag war sich Swigger endgültig sicher, dass es zu schaffen war. Sowohl im Reich, als auch in der eigenen Herrschaft auf der Alb.

Trotz des neuen Bannspruchs, den der Papst im Frühjahr über König Heinrich verhängt hatte. Der an Ostern Rudolf von Rheinfelden, den illegalen Gegenkönig, überdies nun doch zum rechtmäßigen König erklärt hatte. Der Papst, der sich in seinem überbrodelnden Eifer sogar dazu verstiegen hatte, das unmittelbar bevorstehende Ableben des Königs Heinrich zu prophezeien. Doch seit diesen düsteren Ankündigungen waren mehrere Monate ins Land gezogen. Und der rechtmäßige König war noch immer am Leben. Mehr noch: zahlreiche deutsche Bischöfe hatten sich voller Empörung über den Willkürakt des Papstes auf

Heinrichs Seite geschlagen. Und auch das Heer, das der Königs allmählich um sich scharrte, um bald schon zum entscheidenden Schlag gegen seine Widersacher auszuholen, wuchs Tag für Tag. Der Bannspruch hatte nichts bewirkt! Höchstens das Gegenteil!

In der Tat war nämlich noch im Verlauf des Monats Juni unter dem Vorsitz des von Papst Gregor gebannten Königs Heinrich in der Stadt Brixen eine Synode der deutschen und der italienischen Bischöfe zusammengekommen, und diese Synode hatte tatsächlich gewagt, Papst Gregor VII. für abgesetzt zu erklären und an dessen Stelle Erzbischof Wibert von Ravenna als neuen Papst zu inthronisieren! Ein unglaublicher Vorgang, der gleichwohl auch dem letzten Zweifler deutlich vor Augen führte, wie entscheidend sich das Blatt gewendet hatte. Mit welch entrüsteter Empörung die Bischöfe auf den neuerlichen Bannspruch Gregors samt den damit verbundenen zusätzlichen Entscheidungen reagiert hatten.

Der Papst abgesetzt, der König gestärkt. Den Parteigängern von König Heinrich war es also gelungen, das Heft des Handelns zurück zu gewinnen. Bald schon würde es zur alles entscheidenden Auseinandersetzung kommen. Die Zeichen standen günstig für den König. Eine neue Zeit dämmerte am Horizont herauf.

Das Licht der Sonne schien Swigger mit einem Mal wieder heller zu erstrahlen. Im Reich genauso wie auf Gundelfingen.

Vielleicht würde sich also doch noch alles zum Guten fügen. Alles!

20

Herbst 1080

Tatsächlich: das Blatt hatte sich gewendet!

König Heinrich und seinen treuen Anhängern war der entscheidende Schlag gelungen. Wenngleich der Sieg auf Messers Schneide gestanden hatte. Zumal sogar erst noch eine militärische Niederlage vorausgegangen war. Und damit längst alles verloren schien.

Es war der Tag des 15. Oktober im Jahr 1080 nach des Erlösers Geburt gewesen. Der Wendepunkt des Schicksals, der als Schlacht von Hohenmölsen an der Elster Eingang in die Chronik des Reiches halten würde. Der Tag, an dem sich Otto von Northeim und der Gegenkönig Rudolf von Rheinfelden mit vereinten Kräften in offener Feldschlacht gegen das Heer König Heinrichs gestellt hatten. Die Übermacht der Gegner war erdrückend. Kein Wunder also, dass sich die Niederlage des Königs bald schon abzeichnete und bereits hunderte von tapferen Männern ihr Leben verloren hatten. Wieder und wieder bedrängten die engsten Ratgeber Heinrichs ihren verbissen kämpfenden Regenten daraufhin, die Schlacht verloren zu geben. Zu fliehen, solange es ihnen noch möglich war. Doch der König war hart geblieben. Lieber wolle er sterben, als den Verrätern zu unterliegen, hatte er gerufen und sich danach mit lautem Wutgeheul wieder mitten in das dichteste Getümmel geworfen. Eben dorthin, wo der Kampf am schlimmsten wogte.

Ein fürchterliches Ringen! Ein Kampf, der trotz aller Beherztheit gleichwohl nicht zu gewinnen war. Als viel zu stattlich erwies sich die Übermacht der Gegner. Dennoch mussten noch viele seiner Getreuen sterben, bis sich König Heinrich endlich dazu durchgerungen hatte, das Signal zur Umkehr ertönen zu lassen. Zur Flucht!

Es war nur noch ein kleiner elender Haufen aus abgerissenen Kämpfern, denen es gelungen war, sich schützend um ihren aus mehreren kleinen Wunden blutenden König zu gruppieren und sich in wildem Galopp in Sicherheit zu bringen. Erstaunlicherweise waren sie den Verfolgern bald schon entkommen. Viel schneller, als sie dies für möglich gehalten hatten. Mehr noch: eigentlich war es nur eine Frage der Zeit gewesen, bis sie von den ausgeruhten Reitern auf ihren frischen Pferden eingeholt und umzingelt worden wären. Bis der König in Gefangenschaft geraten wäre. Die er sich freilich mit einem Dolchstich mitten ins Herz zu ersparen gedachte. „Lieber tot, als in Gefangenschaft!“, hatte er seinen entsetzten Kampfgefährten mit äußerster Entschlossenheit entgegen geschleudert.

Doch weshalb waren die Verfolger urplötzlich zurück geblieben. Weshalb hatten sie ihre Pferde gezügelt? Weshalb trabten die schwer bewaffneten Männer nun sogar langsam zurück? Mit eingerollten Fahnen und gesenkten Köpfen? Lange hatten sich die vernichtend geschlagenen königlichen Reiter keinen Reim auf das merkwürdige Verhalten ihrer Gegner machen können. Und auch den Kundschaftern, die sich dem Lager des Gegenkönigs vorsichtig näherten, blieb lange verborgen, was die Ursache für die unvermutete Wendung sein mochte. Weshalb die Ritter des Otto von Northeim mit aschfahlen Mienen und einem Ausdruck stummen Entsetzens in den Augen kopfschüttelnd auf dem Boden kauerten. Weshalb die Männer im Lager des Gegenkönigs wie gelähmt schienen. Erst ganz allmählich sickerte die Erkenntnis durch. Es war der Anblick des aufrührerischen Sachsenherzogs, wie er in diesem Moment aus dem mit dem Wimpel des Gegenkönigs gekrönten Hauptzelt trat, das den Spähern offenbarte, was geschehen war. Sichtlich um einen letzten Rest an Fassung ringend faltete der sonst so harte Sachse voller Verzweiflung die Hände, während er mit rauer Stimme zu sprechen begann: „Er ist tot! Der König ist tot! König Rudolf ist seinen schweren Verletzungen erlegen!“

Eine Zeit lang herrschte Grabesstille nach diesen Worten. Gerade so, als habe die Welt für die Dauer eines Herzschlags den Atem angehalten. Als ob die Worte gar nicht bis in ihr Bewusstsein gedrungen wären, so standen die Ritter regungslos vor dem Sachsen, über dessen Wangen nun die ersten Tränen rannen. Der König tot! Der Mann, für den sie noch vor wenigen Stunden in die Schlacht gezogen waren. Siegreich den Kampf bestanden hatten.

„Ein Gottesurteil!“

Aus wessen Mund die Feststellung stammte, die ihnen das Blut in den Adern zu Eis gefrieren ließ, war später nicht mehr auszumachen. Es spielte auch keine Rolle mehr. Denn in der Tat musste es sich um Gottes unerforschlichen Ratschluss handeln, der ihrem König, Rudolf von Rheinfelden, den Tod beschert hatte.

Im Laufe des nächsten Tages setzte sich diese Sichtweise endgültig durch. Nachdem die Umstände von Rudolfs Tod schließlich durchgesickert waren. Umstände, die der Sachsenherzog vergeblich versucht hatte, zu verschleiern. Dass dem Gegenkönig nämlich kurz vor Ende der Schlacht die rechte Hand, die Schwur- und Schwerthand, abgeschlagen worden war. Eine Verletzung, der er wenig später erlegen war – aller Bemühungen seiner Ärzte zum Trotz. Ausgerechnet die rechte Hand! Die Hand, mit der er einstmals seine Treue zu König Heinrich geschworen hatte – von dem er dann abgefallen war und sich zum Gegenkönig hatte erheben lassen. Im direkten Aufeinandertreffen der beiden Könige also war dem Usurpator die Schwurhand abgeschlagen worden: ein Gottesurteil! Wie eine Sturmböe verbreitete sich diese Nachricht im ganzen Reich. Der Gegenkönig war tot! Der Herrgott hatte über ihn gerichtet! Innerhalb weniger Wochen war die einst so mächtige Opposition nun völlig in sich zusammen gebrochen. König Heinrich hatte den Sieg davongetragen.

Alle Zeichen standen also gut. Endlich gut!

Umso merkwürdiger schien Swigger von Gundelfingen die Skepsis seines Burgkaplans. Weshalb stellte Bruder Kilian denn eine dermaßen skeptische Miene zur Schau, als Swigger ihm die Nachricht vom endgültigen Triumph des rechtmäßigen Königs mitteilte? Zu dessen Ehren er Kilian beauftragte, eine feierliche Messe zu lesen. Zu Ehren des Königs und dem Herrgott zum Dank!

„Sie werden nicht klein beigeben. Niemals!" hatte Bruder Kilian abwehrend seinen Kopf geschüttelt, als ihm Swigger das Ende aller Kämpfe verkündet hatte. Die vernichtende Niederlage der Aufrührer. Das mit dem Gottesurteil verbundene Fanal, das sie ein für alle Mal zum Schweigen bringen würde. „Ich kenne sie. Glaubt mir, Herr. Sie werden niemals ruhen. Solange König Heinrich regiert werden sie ihn bekämpfen. Der Papst, ob abgesetzt oder nicht, hat mächtige Helfer und ein weit verzweigtes Netzwerk aufgebaut. Der Kampf wird weitergehen. Glaubt es mir!"

Nie zuvor hatte der Pfaffe es bis zu diesem Zeitpunkt gewagt, seinem Herrn offen zu widersprechen. Umso erstaunlicher schien es Swigger in diesem Fall. Zwar hatte er Bruder Kilian mit harschen Worten in dessen Schranken verwiesen und gleich im Anschluss auch die feierliche Siegesmesse stattfinden lassen, zu der auf seine Anordnung hin die gesamte Einwohnerschaft von Gundelfingen erschienen war, aber gleichwohl gingen dem Ritter während des gesamten

Gottesdienstes die sorgenvollen Worte des Pfaffen nicht mehr aus dem Kopf: „Sie werden niemals Ruhe geben!" Überdies: was meinte Kilian wohl mit seinem düsteren Hinweis auf das dicht geknüpfte Netzwerk, das nach Ansicht des gundelfingischen Geistlichen von der Papstseite längst über das ganze Reich gebreitet worden war? Unwirsch blies der Ritter Luft durch die Nase. Alles Unfug! Verfolgungswahn eines daher gelaufenen Pfaffen! Im Ernst: was konnte ein unbedeutender Mensch wie Kilian denn schon über hoch komplizierte Reichsangelegenheiten wissen?

Und dennoch... Trotz aller Triumphgefühle, die nach dem schmachvollen Ende des Gegenkönigs auf Seiten der königlichen Partei naturgemäß vorherrschten, musste sich auch Swigger eingestehen, dass ein völliges Ende des so lange und erbittert geführten Konflikts kaum vorstellbar schien. Allen nüchternen Fakten zum Trotz.

Dazu gesellten sich überdies jene merkwürdigen, kaum zu erklärenden Reaktionen, die ihm nach dem Tod des Gegenkönigs berichtet worden waren. Reaktionen, wie die der Agnes von Waiblingen. Der jungen Frau des Herzog Friedrich von Staufen. Der Tochter des siegreichen Königs. Von der es hieß, sie sei bei der Nachricht vom Tod des Rudolf von Rheinfelden in tiefe Trauer gesunken! Ausgerechnet! Wo es doch schließlich für ihren leiblichen Vater auf Leben und Tod gegangen war!

Weshalb also diese Trauer? Konnte dies tatsächlich nur aus dem am Waiblinger Hof verbreiteten Grund heraus geschehen sein, dass es sich bei Rudolf von Rheinfelden um den Onkel von Agnes gehandelt hatte? Um den Gemahl ihrer Tante Mathilde also, die durch dessen Tod jetzt zur Witwe geworden war? Oder hatte sich das Netz der Verräter etwa auch schon um die Königstochter gezogen? Um die Herzogin von Schwaben? Die Frau des Herzogs Friedrich von Staufen. Des treuesten aller Getreuen. Der auch, wie Swigger ebenfalls mitgeteilt worden war, mit maßlosem Zorn auf die Trauer seiner Gemahlin reagiert hatte. Man könne es mit dem Mitleid auch übertreiben, habe er wutbebend geäußert und der Stadt Waiblingen samt der Herzogin danach wochenlang trotzig den Rücken gekehrt. Vorgeblich, um den Fortschritt der Bauarbeiten auf dem nahen Staufen persönlich zu überwachen...

Unter der auf den ersten Blick so merkwürdig ruhigen Oberfläche brodelte es vernehmlich – nach wie vor.

Nachdenklich kauerte Swigger von Gundelfinger an seinem Lieblingsplatz auf dem Felsen hoch über der rechten Lauterseite, den er am Nachmittag erklommen hatte und ließ den Blick langsam über die stille Landschaft wandern, die so friedlich unter seinen Füßen lag. Wie es ihm in den letzten Jahren allmählich zur guten Gewohnheit geworden war. Immer dann war er hierher gekommen, wenn ernste Gedanken ihn beschäftigten. An keinem anderen Ort konnte er besser sinnieren als hier. An dieser an geradezu magisch faszinierenden Stelle, an der es ihm dereinst vielleicht sogar noch vergönnt war, einen steinernen Wohnsitz zu errichten. Nach dem Vorbild der stolzen Burg auf dem Staufen. Später einmal. Viel später. Wenn die Dinge endgültig wieder ins Lot gekommen waren. Hoffentlich endgültig. Denn als tückisch und wechselvoll erwies sich die Gunst des Schicksals. Nirgendwo war dies besser zu erkennen, als am wahrhaft tragischen Los des Gegenkönigs Rudolf von Rheinfelden. Der am Tag seines Sieges über König Heinrich durch einen Schwertstreich ums Leben gekommen war. Dessen Sieg sich am selben Tag urplötzlich in eine Niederlage verwandelt hatte. Das Gottesurteil! Die mahnenden Worte aus der Heiligen Schrift, die Bruder Kilian nicht müde wurde zu verbreiten, kamen dem Ritter plötzlich wieder in den Sinn: „Die ersten werden die letzten sein!" Wie wahr!

Welchen Verlauf das Schicksal wohl auf Gundelfingen nehmen würde? Kein Zweifel: die Zeichen standen günstig. Der erfolgreich abgeschlossene Bau seiner Burg. Die beinahe schon freundschaftliche Beziehung, die er mit Herzog Friedrich pflegte. Seine feierliche Rückkehr in den Kreis der deutschen Ritterschaft. Die gutnachbarlichen Beziehungen mit Werner von Grüningen. Und – nicht zuletzt – seine vor wenigen Wochen geschlossene Ehe mit Kunigunde von Justingen. Die Gemahlin, die ihm den lange ersehnten Sohn gebären würde. Den Nachkommen, den Stammhalter, den sie dann ebenfalls auf den Namen Swigger taufen lassen würden. Swigger der Zweite, die strahlende Zukunft des Geschlechts der Herren von Gundelfingen.

Eine glückliche und friedvolle Zukunft. In diesem Augenblick schien sie ihm zum Greifen nah.

21

1081 September

Was für ein schlimmes Jahr! Erst die nahezu vernichtende Niederlage, die Herzog Friedrich von Staufen im Frühjahr als Stellvertreter des mit seinem Heer in Italien kämpfenden Königs Heinrich in der Schlacht bei Höchstädt durch Welf IV., den abgesetzten Bayernherzog, bezogen hatte. Wodurch die Machtbalance in Deutschland wieder in eine bedrohliche Schieflage zu geraten drohte, so erfolgreich König Heinrich wie man hörte mit seiner Streitmacht auch nach Süden vorstieß und Sieg um Sieg auf seine Fahnen schrieb! Dem es jetzt darum zu tun war, möglichst rasch die Stadt Rom unter seine Kontrolle zu bringen und sich dann an diesem heiligen Ort die Krone des römischen Kaisers auf das Haupt zu setzen. Was freilich nützte dies der Königspartei im Gebiet nördlich der Alpen? Vielmehr hatte Heinrich durch seinen Italienzug die Stellung im eigenen Land in geradezu sträflicher Art und Weise geschwächt. Hatte Friedrich von Staufen als seinem Statthalter eine überschwere Last auf dessen Schultern geladen. Der listige Welfe, der sich nach wie vor als den wahren Herzog betiteln ließ, er hatte diese sich bietende Gelegenheit sofort beim Schopf gepackt. Und mit der Niederlage des Staufers waren sie urplötzlich wieder auferstanden: die längst besiegt geglaubten Gegner des Königs. Die nach dem schmachvollen Ende des Gegenkönigs doch reumütig den Treueid auf König Heinrich geleistet hatten. Mit einem Mal verspürten sie neue Stärke. Witterten eine neue Gelegenheit zum Umsturz. Und schon hatten sie auf Vorschlag des ewigen Unruhestifters Otto von Northeim im August einen neuen Fürsten zum Gegenkönig erhoben: den Grafen Hermann von Salm. Einen schwachen, unbedeutenden Adligen, von dem doch jeder wusste, dass es sich bei diesem lediglich um einen Strohmann des Otto von Northeim handelte. Dementsprechend gedämpft war die Begeisterung selbst unter den schwäbischen Königsfeinden ausgefallen. Aber nichtsdestoweniger sprachen die Fakten eine klare Sprache: neue Kämpfe standen bevor. Während also Heinrich IV. in Italien weilte, um endlich die Kaiserwürde zu erlangen, stand in Deutschland seine Königsmacht auf der Kippe! Eine fürwahr bizarre Ausgangslage!

Offenbar würden die Kämpfe niemals enden! Wie ein vielköpfiger Drache, so präsentierte sich die Gegenseite: kaum war es gelungen, eines der Drachhäupter abzuschlagen, da wuchsen an dessen Stelle gleich zwei neue nach. Niemand anders, als der tief gedemütigte Friedrich von Staufen war es, aus dessen Mund diese bittere Erkenntnis stammte.

Die Feindschaft der beiden sich in Wahrheit unversöhnlich gegenüberstehenden Lager: sie würde ewig bestehen bleiben!

Gleichwohl entsprach es ganz und gar nicht der Wesensart des Staufers, sich geschlagen zu geben. In Windeseile war der Hilferuf des Schwabenherzogs in alle Teile des Reiches gedrungen. Zusammen mit der dringenden Aufforderung, sich für die bald bevorstehende und wohl entscheidende Schlacht zu wappnen. Der dramatische Appell hatte seinen Zweck nicht verfehlt: man schien den Ruck förmlich zu spüren, der nun durch das Land ging. Eine beeindruckende Zahl an Adligen war es, die dem Staufer ihre Bereitschaft zur Heerfolge übermitteln ließ, samt einer nie vermuteten Anzahl von Reisigen. Eine Tatsache, die auch der gegnerischen Seite nicht verborgen blieb.

Kein Wunder, dass sich der Welf, der sich schon zum vernichtenden Schlag gerüstet hatte, eines besseren besann und eine weitere Auseinandersetzung in offener Feldschlacht vorerst tunlichst vermied. Wie lange die Ruhe auch immer dauern mochte. Kein Tag verging, an dem man nicht auf der Hut sein durfte!

Doch was bedeutete für Swigger in diesen schweren Tagen die kriegerische Bedrohung gegen die Katastrophe, die vor wenigen Tagen Burg Gundelfingen heimgesucht hatte. Die schlagartig einen finsteren Schatten über die Seele des Ritters geworfen hatte.

Kunigunde war tot!

Seine Gemahlin war gestorben! Bei der Geburt ihres Kindes. Qualvolle Tage hatte die Gebärende durchleiden müssen und niemand war imstande gewesen, das Leid der von unsagbaren Schmerzen gepeinigten Frau zu lindern. Selbst die eilig herbeigerufenen Heilkundigen nicht! Niemand! Es war ein erbärmliches Ende gewesen, das Swigger von Gundelfingen an der Seite seiner Ehefrau hatte mit ansehen müssen. Zur Tatenlosigkeit verdammt! Bis zum Schluss hatte er sich dem Begehren von Bruder Kilian mit heftigen Worten widersetzt, der Sterbenden doch endlich die letzte Ölung erteilen zu dürfen.

Und dann hatte es der Pfaffe zu allem Überfluss auch noch gewagt, von einem Wunder zu fabulieren! Von der wundersamen Gnade des Herrgotts, die ihm durch die Geburt seines Kindes doch noch zuteil worden wäre! Denn, dass das Kind die tagelange Qual lebend überstanden habe, müsse man als Wunder betrachten. Nicht anders! Ein Wunder! Ein Geschenk Gottes! Auch die Heilkundigen hatten bei Kilians Worten ernst genickt. Es sei in der Tat als Wunder anzusehen, dass seine kleine Tochter zwar schwach, aber dennoch lebend zur Welt gekommen sei. Im selben Moment, als in ihrer Mutter der letzte Lebensfunke erlosch.

Das Mädchen, das sie auf den Namen Hildegard tauften. Die Frage nach dem Namen seiner Tochter: es waren die letzten Silben, die sie in den nächsten Tagen aus dem Mund des Ritters vernehmen konnten. Über Swigger von Gundelfingen war eine Woge aus Verzweiflung und Hoffnungslosigkeit zusammengeschlagen. Die Zukunft? Seine Zukunft? Und die des stolzen Geschlechts, das er doch hatte hier begründen wollen? Schien plötzlich nichts anderes als nur noch bittere Vergangenheit!

Der Fluch der ruchlosen Tat! Noch immer war er also nicht von ihm gewichen. All seinen Hoffnungen zum Trotz. Noch war die Schuld nicht gesühnt...

Ein Abend im Sommer des Jahres 1085

Es mussten, wenn er es recht bedachte, nahezu vier Jahre vergangen sein, dass es ihm vergönnt war, dieses Gefühl zu verspüren. Erstmals schien Swigger nach so langer Zeit wieder mit sich und den Zeitläuften im reinen. Seit dem tragischen Ende seiner unglücklichen Ehefrau Kunigunde. Eine Mischung aus Zuversicht und neuem Mut, die sich in seinem Innersten zu entwickeln schienen. Endlich.

Nicht einmal die Tatsache seiner neuerlichen Vermählung mit einer edlen Jungfrau aus angesehenem schwäbischem Geblüt hatte es damals vermocht, den Lebensmut in ihm zu wecken. Im Frühling des Jahres 1083 war diese zweite Heirat erfolgt. Nur wenige Monate nach Ablauf der Trauerzeit. Nicht aus Swiggers eigenem Antrieb heraus, sondern auf energisches Betreiben des Werner von Grüningen, seines inzwischen jahrelangen engen Weggefährten. Von diesem nämlich war eines Tages ganz unvermutet der Vorschlag einer Neuverheiratung gekommen. Seine eigene jüngere Schwester, Magdalena von Grüningen, erachte er als die ideale Frau an Swiggers Seite. Ein wahrhaft edelmütiges Angebot. Denn immerhin durfte sich Werner von Grüningen als Träger des Reichsbanners bekanntlich zu den hochrangigsten Gefolgsleuten des Königs zählen.

Wer dagegen war schon Swigger von Gundelfingen? Ein aus seiner ursprünglichen Heimat vertriebener Adliger, der seitdem auf einem bescheidenen, immerzu von feindlichen Überfällen bedrohten, abgelegenen Außenposten sein Dasein als einfacher Grundherr und Lehensmann fristete. Wenngleich von vornehmer Herkunft und mit einst glänzenden verwandtschaftlichen Beziehungen zu höchsten Ämtern des Reiches. Genau in dieser Formulierung lag der entscheidende Unterschied zwischen Werner von Grüningen und dem Gundelfinger: einst!

Dennoch hatte sich Werner durch keinen Einwand von seinem Vorhaben abbringen lassen. Nicht von Swigger, nicht von Ratgebern seiner Familie und erst Recht nicht von der geradezu lethargischen Depression, in der sein Freund seit dem Tod der Gemahlin für alle Zeiten versunken schien.

Lange hatte sich Swigger gegen diese neue eheliche Verbindung gesträubt. Erst nach mehreren Treffen auf Burg Grüningen, bei der er Werners Schwester Magdalena begegnet war, hatte er schließlich eingewilligt. Die liebreizende, zierliche Magdalena, die ihm bei jedem seiner Besuche alles andere als verschlossen oder gar abweisend entgegentrat. Und ihn sogar mit einem warmen Blinzeln aus ihren dunklen, tiefbraunen Augen bedachte. Die also ganz und gar nicht den Eindruck machte, von ihrem Bruder gegen ihren erklärten eigenen Willen zu dieser Ehe gedrängt zu werden.

So war also Swiggers Widerstand in sich zusammen gefallen und im Frühjahr 1083 die Hochzeit gefeiert worden. Doch der von Werner dadurch erhoffte Stimmungsumschwung seines Gefährten war ausgeblieben. Nicht etwa, dass der Ritter sich schroff oder abweisend seiner jungen Frau gegenüber gezeigt hätte. Durchaus nicht. Doch nach wie vor erschien der Gundelfinger allen, die ihn kannten, immer noch gezeichnet von unendlicher Traurigkeit, die sich lähmend über sein ganzes Tun und Denken breitete.

Auch eine Schwangerschaft seiner Gemahlin wollte sich nicht einstellen. Der erhoffte Sohn, dessen Geburt dem Ritter zu neuem Lebensmut verhelfen würde. Monat um Monat ging so ins Land. Bis Magdalena ihm kurz nach dem Beginn des neuen Jahres 1085 die kaum noch für möglich gehaltene Mitteilung machte. Ja, Magdalena befand sich in anderen Umständen. Im Sommer würde sie niederkommen. Und endlich den lange ersehnten Sohn gebären. Trotz dieser erfreulichen Nachricht verharrte Swigger dennoch nach wie vor in skeptischer Distanz. Denn viel zu viel konnte noch geschehen bis zu diesem Sommer. Bis zur Geburt. Keine hoffnungsvollen Gefühle entwickeln. Sich nicht mehr von dem Strudel aus Erwartung und Sehnsucht mitreißen lassen – um darin womöglich unterzugehen. Niemals mehr!

Doch nun schien alles seinen guten Gang zu gehen. Das nicht mehr für möglich gehaltene schien einzutreten. Endlich! Die Schwangerschaft war gut verlaufen. Selbst die heilkundige Alte, die sie sicherheitshalber vor kurzem noch zu Rate gezogene hatten, war der Ansicht gewesen, dass keine Gefahr mehr drohe. Nicht für die Mutter und nicht für das Kind. In drei bis vier Wochen würde die Niederkunft seiner Gemahlin erfolgen. Und allem Anschein nach – so zumindest deuteten die älteren, erfahrenen Frauen des Burggesindes die verschiedenen Zeichen, die sich während der Schwangerschaft bemerkbar gemacht hatten – handelte es sich um einen Sohn, den Magdalena von Gundelfingen unter ihrem Herzen trug. Swigger, den Zweiten. Den Garanten für die Zukunft des gundelfingischen Geschlechtes.

Es durfte Swigger also durchaus gerechtfertigt dünken, optimistisch in die Zukunft zu blicken. Diese so lange unterdrückten Gefühle endlich wieder verspüren zu dürfen – nicht nur wegen der Aussicht auf die Geburt seines Sohnes. Zu all der Hoffnung gesellten sich die guten Nachrichten, die seit Monaten auf der Burg eintrafen. Mehr als nur eine gute Botschaft. Gleich mehrere hintereinander. Begonnen hatte es mit Ostern 1084. Dem Zeitpunkt, als es König Heinrich nach langen Kämpfen gelungen war, nach Rom vorzustoßen. Seinem einstmals übermächtigen Widersacher, Papst Gregor VII. war nur noch die überstürzte Flucht geblieben. Samt den normannischen Truppen, die vergeblich versucht hatten, Rom im Auftrag des Papstes zu schützen, war ihm nur der Gang ins Exil nach Salerno geblieben!

Somit also war der Weg frei für den von Heinrich auserkorenen Bischof Wibert von Ravenna, der nun als Clemens III. den Stuhl Petri bestieg und in einer seiner ersten Amtshandlungen den deutschen König zum Kaiser des Heiligen Römischen Reiches krönte. Heinrich war am Ziel seiner Wünsche angelangt! Eine erste Ahnung von Frieden lag nun in der Luft. Ein zarter Hauch zunächst nur, der sich freilich rasch zu einer beständigen Brise steigerte.

Der Friede, nach den weiteren Ereignissen des Jahres 1085 schien er nun zum Greifen nahe. Denn wie ein Lauffeuer verbreitete sich im Reich die Kunde, dass gegen Ende des Monats Mai der 62 jährige vertriebene Papst Gregor in seinem Exil gestorben war. An Depression und Enttäuschung gestorben war. Der hochmütige, einstige Triumphator von Burg Canossa war tot! In rascher Folge trafen weitere Botschaften ein, die der Zuversicht, einen dauerhaften Frieden genießen zu können, weitere Nahrung gaben. Denn auch Hermann von Salm, der schwache Gegenkönig, war endgültig in die Flucht geschlagen worden.

Dazuhin hatte Otto von Northeim das Zeitliche gesegnet. Der beständige Unruheherd im Reich. Der mit seinen Sachsen jahrzehntelang gegen die Stellung des Königs angerannt war. Der eigentliche Kopf der Gegenpartei. Ein Aufatmen ging durch die Reihen der Königstreuen, als sie die Nachricht vom Tod des ehemaligen Sachsenherzogs erreichte.

Auch die weiteren Handlungen von Kaiser Heinrich verdeutlichten die Entschlossenheit, mit der ihr Monarch nun vorging, um all die unsicheren Kantonisten, die heimlichen Verräter und zweifelhaften Bundesgenossen aus den entscheidenden Ämtern des Reiches zu vertreiben.

Noch vor wenigen Jahren wäre es undenkbar gewesen, dass der Kaiser einen solch einflussreichen Würdenträger wie den Bischof von Würzburg vom legendenumwobenen Marienberg verjagt hätte, dem höchsten Heiligtum der Franken nördlich der Alpen. Doch nun war es tatsächlich geschehen: Bischof Adalbert hatte Hals über Kopf die Flucht angetreten und galt wochenlang als verschollen. Bis ganz allmählich erste Gerüchte die Runde machten. Gerüchte, wonach ihm die Grafen von Achalm Asyl auf ihrer Burg gegeben hätten. Ausgerechnet die frömmlerischen Brüder in Swiggers Umgebung. Die zudem über ausgedehnte Besitzungen in seiner unmittelbaren Nachbarschaft auf der Alb verfügten. Aber sei es, wie es wolle: auch diesen würde man demnächst in aller Deutlichkeit vor Augen führen, dass sich weitere Opposition gegen den Kaiser nicht auszahlte. Herzog Friedrich von Staufen war der rechte Mann dafür, auch dem Treiben der Achalmgrafen ein Ende zu bereiten! Und er, Swigger von Gundelfingen, würde nicht zögern, an der Seite des Herzogs zu erscheinen, wenn er seinen Ruf erschallen ließ.

Urplötzlich – so schien es Swigger – hatte sich alles zum Besten gewendet. Mit einem Mal konnte man sie wieder genießen: die warmen Strahlen der Sonne, die das Land mit ihrem Leuchten beschenkte.

Und demnächst würde die Gemahlin ihm den so sehr herbei gesehnten Sohn gebären: Swigger den Zweiten. Den Beginn einer neuen Zeit.

23

Zwei Wochen später

Die Sonne stand bereits tief am Horizont. Gerade noch rechtzeitig vor Eintritt der Dämmerung würde es Swigger von Gundelfingen also schaffen, auf seine Burg zurückzukehren. Wenig rücksichtsvoll hatte er sein Pferd am heutigen Tag angetrieben, um nicht noch eine weitere Nacht verstreichen lassen zu müssen, bis er endlich wieder zu Hause war. Nach einer mehrtägigen Abwesenheit, die ihn auf Geheiß des Stauferherzogs wieder einmal in den Landstrich zwischen Rems und Fils geführt hatte. Zu einer Versammlung der engeren Vertrauten des Herzogs von Schwaben.

Nur ungern war er dessen Bitte nachgekommen, mehrere Tage am Fuß des Staufen zu verweilen. Gleichwohl durfte er es sich nicht erlauben, diese Aufforderung zu ignorieren, bei der es sich in Wirklichkeit natürlich um eine Anordnung handelte. Dennoch: es war ihm alles andere als gelegen gekommen, so kurz vor der Niederkunft seiner Gemahlin. Vor der Geburt seines Sohnes.

Endlich nun bog er mit dem Pferd um die letzte Biegung, die ihm noch den Blick auf das vertraute Bild verwehrt hatte. Den Anblick der bescheidenen, mit einer hölzernen Palisade umgebenen Burg auf dem kahlen Umlaufberg über der Lauter. Die winzigen, an den Berghang geschmiegten Hütten der Leibeigenen und der Bauern. Die obere Mühle. Und die größere Mühle weiter unten. Die Wittsteigenmühle. Mit der so viele Erinnerungen verbunden waren. Guter und schlechter Art. Doch all das war, dem Herrgott sei Dank, längst Vergangenheit. Im Strom der unendlichen Zeit bewältigte Geschichte. Nur die Zukunft zählte. Eine friedvolle, glückliche Zukunft. Wer sollte sie jetzt noch gefährden. Jetzt, wo selbst der ewig misstrauische Herzog Friedrich erstmals von der begründeten Aussicht auf einen dauerhaften Frieden gesprochen hatte.

Aber was war das für eine merkwürdige Unruhe, die allem Anschein nach die zahlreichen, an der Wittsteigenmühle versammelten Menschen erfasst hatte? Die wie ein Schwarm aufgescheuchter Wespen durcheinander zu laufen schienen.

Mit einem energischen Schenkeldruck trieb der Ritter sein Pferd zu einer schnelleren Gangart. Etwas musste geschehen sein. Ganz eindeutig. Aber was mochte es sein? Voller Spannung kam Swigger der Versammlung rasch näher.

Und jetzt in diesem Augenblick hatte ihn einer aus der Menge entdeckt und deutete mit ausgestrecktem Arm zu dem Reiter hinüber.

Eigenartig! Welch merkwürdige Mienen stellten die Leute denn da zur Schau? Was um alles in der Welt war nur geschehen?

Ein seltsames Gefühl der Unruhe beschlich den Ritter, der die Versammlung wenig später erreicht hatte. Ein Gefühl, das sich noch steigerte, als er in die Augen der Menschen blickte. In denen er Mitleid genauso zu entdecken glaubte, wie Fassungslosigkeit, Spott und Häme. Je nachdem, wie der betreffende zu seinem Grundherren stand.

Aber weshalb?

Rasch drängte Swigger sein Pferd durch die zurückweichende Menschenmenge. Dann hatte er Johann Müller erreicht.

„Was ist geschehen?" herrschte er den jungen Müller grußlos an. Seine Hände zitterten, während er auf die Antwort wartete. Eine Antwort, die nichts Gutes verheißen konnte. Das ließ sich aus den Gesichtern der Umstehenden ablesen.

Der Müller zuckte bedauernd mit den Schultern, bevor er dann mit einer unsicheren Bewegung hinter sich zu der steil aufragenden Felswand deutete. Auf eine unbestimmte Stelle, irgendwo in dem grauen, gut und gerne 300 Fuß hohen Abgrund.

„Es...es war mir so, als hätte ich vorher einen Schrei aus der Wand gehört, Herr...", begann er zögernd. „Doch etwas Genaues kann noch niemand sagen..."

Was hatte dieses merkwürdige Suchen nach den richtigen Worten zu bedeuten? Wo der kecke Müller, der ihm seit dem tragischen Tod seines Vaters immer mit offen zur Schau getragener Distanz gegenübergetreten war, doch ansonsten um kein Wort verlegen war.

„Oh weh, oh weh!" Der lang gezogene Klagelaut kam aus dem Mund von Mathilde, der Amme seiner kleinen Tochter Hildegard. Der Frau, die nach dem Tod der Mutter die Aufgabe übernommen hatte, sich um Pflege und Erziehung der nun mittlerweile bald vier Jahre alten Hildegard zu kümmern. Seiner Tochter, die er in den Jahren tiefer Niedergeschlagenheit so sträflich vernachlässigt hatte. Das kleine Mädchen, zu dem er erst in den letzten Monaten eine jetzt umso innigere Beziehung entwickelt hatte. Der Sonne seiner alten Tage, als die er Hildegard scherzhaft bezeichnete.

Was aber war mit Mathilde, die leichenblass und tränenüberströmt zu der Felswand hinüber starrte.

Mit einer raschen Bewegung schwang sich der Ritter von seinem Pferd und eilte auf die Amme zu, um sie voller Sorge an der Schulter zu packen. „Mathilde! Was ist passiert? Sprich jetzt! Auf der Stelle!“ Er rüttelte die Frau grob. „Was hast du denn nur? Sag schon! Ich befehle es!“

Mit vor Anspannung zitternden Lippen versuchte Mathilde zu sprechen. „Herr...“, stammelte sie undeutlich. „Ich...ich habe sie doch noch zur Mittagszeit gesehen! Und auch später am Nachmittag ein weiteres Mal...“ Schluchzend schlug die Amme ihre Hände vor das Gesicht. Sie taumelte unsicher und schien einer Ohnmacht nahe.

Doch Swigger, dessen Herz sich vor plötzlicher Sorge schmerzhaft zusammen krampfte, packte die Hände der Hand Frau und riss sie mit heftigem Griff herunter.

„Du sollst sprechen, habe ich dir befohlen!“ schrie er, nun selbst mehr und mehr von Panik erfasst, in das völlig verstörte Antlitz der Amme. „Auf der Stelle!“

„Herr...“ drängte sich jetzt Johann Müller dazwischen. „Verzeiht mir. Aber ihr seht doch: sie...sie kann nicht mehr. Sie ist völlig verzweifelt... Denn sie gibt sich die Schuld an allem...“ Der Müller stockte und zuckte erschrocken zusammen, als er sich über den Inhalt seiner eigenen Worte bewusst wurde.

Swigger war es, als setze urplötzlich der Schlag seines Herzens aus. Es musste etwas Furchtbares geschehen sein. Etwas, das ihn unmittelbar betreffen würde! Etwas... Herr im Himmel! Bitte nicht! Nicht schon wieder! Immer drängender wuchs in ihm die Sorge, immer näher schob sich das Unheil!

„Woran gibt sie sich die Schuld! Sag jetzt! Sofort! Was ist geschehen!“

Trotz dieser harschen Aufforderung schien eine Ewigkeit zu verstreichen, ehe die Antwort erfolgte. Der junge Müller atmete tief durch. Er hob langsam den Kopf und fixierte Swigger aus ernsten Augen. „Es ist so, dass sie eure Tochter Hildegard vermisst. Seit dem Nachmittag hat sie das Fräulein nicht mehr gesehen. Und nun, also nachdem vorher doch der Schrei aus der Felswand gedrungen ist, befürchten wir...“

Die letzten Worte erreichten Swigger durch eine Wand aus dichtem grauem Nebel. Wie ein gewaltiger Donnerschlag prallte die unabänderliche Erkenntnis auf das Bewusstsein des Ritters. Dann überstürzten sich die Ereignisse. „Aus dem Weg!“ schrie er und bahnte sich eine Gasse durch die erschrocken zurückweichenden Leute. „Holt Fackeln. Sofort! Wir müssen sie finden!“ Mit verzweifelter Hast eilte der Vater auf das Geröllfeld unterhalb der hohen Felsen zu, über das sich nun bereits grau, unerbittlich und unaufhaltsam die Dämmerung senkte.

Jeder Schritt in diesem Meer von Steinen war mühsam und gefährlich. Erst Recht im Zwielicht des rasch zu Ende gehenden Tages. Denn nirgendwo fanden die Füße sicheren Halt.

Schon unter normalen Umständen lief jeder, der sich in das Geröllfeld wagte, ernste Gefahr, das Gleichgewicht zu verlieren und kopfüber den Hang hinunter zu stürzen. Doch der von quälender Panik getriebene Swigger achtete nicht auf die Gefahr, in die er sich damit selbst begab. Hildegard! Wie Hammerschläge dröhnte es in seinem Kopf. Hildegard. Der Name seiner über alles geliebten Tochter. Der Name des Kindes, das ihm viel näher stand, als er sich dessen in der Vergangenheit bewusst gewesen war. Auf gar keinen Fall konnte er es geschehen lassen. Niemals durfte Hildegard von ihm genommen werden. Hildegard. Sein kleines Mädchen!

Aber so verzweifelt sie auch suchten – eine Ewigkeit schien ihm in der Zwischenzeit vergangen – niemand hatte bislang etwas entdecken können. Und auch das Licht der im stärker aufkommenden Wind unsicher flackernden, zudem stark rußenden Fackeln erleuchtete den mittlerweile völlig im Dunkeln liegenden steilen Hang nur noch punktuell und zudem völlig unzureichend.

„Näher zusammen! Ihr müsst dichter aneinander stehen!“

Aber selbst jetzt, nachdem sie seiner Aufforderung nachgekommen waren, gelang es nicht, mehr als fünf Fuß weit nach vorne zu schauen. Schier undurchdringlich war die Dunkelheit. Immer steiler ging es nach oben. Bald schon würden sie die Suche abbrechen müssen. Sie... Die anderen. Aber niemals er selbst. Nicht Swigger! Er würde weiter suchen. Solange suchen, bis...

Plötzlich ertönte ein lauter Ruf. „Hier Herr!“ Nur wenige Fuß von ihm entfernt. Von einer Stelle weiter rechts. Rechts unten. Mit pochendem Herzen eilte Swigger zu einem auf dem Geröllfeld kauernden Bauern zu, der seine erlöschende Fackel rasch beiseite geworfen hatte und sich nun vorsichtig über einen kleinen Körper beugte, der regungslos vor ihm auf den Steinen lag. Der gespenstische Schein von Swiggers Fackel erhellte die Szenerie nur schemenhaft.

„Aus dem Weg!“ drückte Swigger den Bauern grob von dem leblosen Körper. Noch im selben Augenblick setzte sein Herzschlag aus, als ihn unbarmherzig die Erkenntnis traf. Bei dem wächsernen Antlitz des kleinen Mädchens, von dessen linker Schläfe sich eine klaffende, mit dunklem Blut überkrustete Wunde bis zur Wange zog, handelte es sich um seine Tochter. Um Hildegard! Eindeutig! Kein Atemzug drang mehr aus ihrem Mund. Kein Herzschlag war mehr zu spüren. Wie in einen erschöpften tiefen Schlaf versunken, lag das Kind vor ihm auf den Steinen. Gab nicht die geringste Regung von sich! So heftig er sie auch an den Schultern rüttelte. So verzweifelt er auch die Stirn des Kindes massierte. „Hildegard! Meine kleine Hildegard! Wach endlich auf, Kind. Dein Vater ist gekommen. Alles wird gut! Hildegard! Meine liebe Tochter... Mein...“ Dicke Tränen der Verzweiflung rannen über Swiggers Wangen und tropften auf das leichenblasse Gesicht seines Kindes. Tot!

Hildegard, sein Mädchen war tot!

Mit betroffenen Mienen verharrten die Bauern regungslos in einem Halbkreis um den Ritter und sein totes Kind. Kein Wort kam über ihre Lippen. Zu anrührend war selbst für die vom Leben so oft gezeichneten Menschen das Bild zu ihren Füßen. Auch wenn die meisten von ihnen ansonsten nicht die mindeste Zuneigung zu ihrem Lehensherrn empfanden, dessen Befehle sie widerspruchslos zu erfüllen hatten: in diesem so sehr zu Herzen gehenden Moment empfanden sie mit ihm. Teilten das Leid des hemmungslos schluchzenden Vaters angesichts des toten Kindes, das ihnen allen immer so frei und unbekümmert begegnet war. Hildegard. Niemals wieder würde ihr fröhliches Lachen erklingen.

Zwei Tage hatte Swigger verstreichen lassen, ehe er Bruder Kilian die Erlaubnis zum Begräbnis seiner Tochter erteilte. Zwei lange Tage hatte er Hildegard in der Burgkapelle aufbahren lassen. Tage und Nächte, die er in stummer Regungslosigkeit neben seinem toten Kind verbrachte. Kein Wort kam in dieser Zeit von seinen Lippen. Als sei die Welt rings um ihn herum versunken.

Nur zögernd wich die Erstarrung. Mit steinerner Miene hatte er die nächste Hiobsbotschaft, die ihm der alte Vogt Friedbert in der Burgkapelle so schonend beibrachte, aufgenommen. Die Nachricht vom rapide verschlechterten Gesundheitszustand seiner Gemahlin Magdalena. Die ihre kleine Stieftochter doch ebenfalls so sehr in ihr Herz geschlossen hatte. Es war ein schwerer Schock für Magdalena gewesen, als sie das tote Kind auf seiner Bahre erblickt hatte. Ein Schock, der bei der hoch Schwangeren urplötzliche heftige Wehen auslöste. Von Krämpfen geschüttelt lag Magdalena danieder. Keiner der heilkundigen Frauen, nach denen auf Geheiß des Burgvogts sofort geschickt worden war, gelang es, mit allerlei Tinkturen und Kräuterbrühen, die Krämpfe zu lösen. Kopfschüttelnd rangen sie die Hände. Der Schock war zu stark gewesen, als dass sie dem Kind noch hätten halten können. Es war nur noch eine Frage der Zeit, bis die Fehlgeburt einsetzte. Das Kind war nicht mehr zu retten. Jetzt ging es vielmehr darum, das Leben der Schwangeren zu erhalten. Die sich nun selbst in höchster Lebensgefahr befand.

All diese schrecklichen Botschaften erreichten Swigger wie in Trance. Erst der Tod seiner kleinen Tochter. Dann die Fehlgeburt. Das tot geborene Kind, von dem sie ihm mitteilten, es wäre ein Sohn geworden! Sein lange ersehnter Sohn. Schon tot, bevor es ihm vergönnt gewesen war, das Licht der Welt zu erblicken. Dazuhin Magdalena, seine Gemahlin, um deren Leben man sich sorgen musste. Die nach dem Trauma dieser Fehlgeburt vielleicht nie wieder ein Kind würde gebären können, wie die Frauen düster murmelten. Falls sie sich überhaupt jemals wieder von den Qualen erholen würde.

Zusammen mit dem winzigen Leichnam ihres Bruders wurde der Körper der kleinen Hildegard in das Grab neben der Burgkapelle gesenkt. Mit einer einzigen entschiedenen Handbewegung hatte Swigger den zaghaften Einwand verstummen lassen, den Bruder Kilian nach der Anordnung des gemeinsamen Begräbnisses gewagt hatte, vorzubringen. Dass es sich bei dem namenlosen Säugling doch um ein ungetauftes Kind handle, das man eigentlich nicht Seite an Seite mit einem getauften Christenmenschen begraben könne... Angesichts des Mienenspiels seines Herrn hatte es keiner weiteren Worte bedurft, um den Protest von Bruder Kilian im Keim zu ersticken.

Nur zögernd löste sich der Druck, der nach diesen Ereignissen schwer auf Swiggers Gemüt lastete. Tag um Tag war verstrichen, ohne dass die Bauern von Gundelfingen den Ritter zu Gesicht bekamen. Mit ausdrucksloser Miene, so hieß es im Dorf, verbringe ihr Lehensherr die gesamte Zeit am Krankenlager seiner Gemahlin. Keine Entscheidung, und sei sie auch noch so drängend, wäre von ihm gefällt worden. Nicht einmal Antwort erhielt der Burgvogt auf seine Fragen. Im Zustand der lähmenden Tatenlosigkeit habe sich der Gundelfinger verfangen. Und so ehrlich auch die Trauer gewesen sein mochte, die sie beim tragischen Unfall der kleinen Hildegard empfunden haben mochten, so groß die Bestürzung bei der Nachricht von der Totgeburt der edlen Burgfrau, so grimmig ballten die ersten unter den Leibeigenen bereits wieder ihre Fäuste. Die hohen Herrschaften! Natürlich war das Schicksal schwer über sie herein gebrochen. Doch: wie häufig erging es den einfachen Bauern ebenso? Und: wie viel Trauerzeit wurde ihnen denn in solch einem Fall von den Lehensherren zugebilligt? Ein Tag – mehr nicht! Dann hieß, weiter seine Arbeit zu verrichten. Gerade so, als sei nie etwas geschehen! Auf Mitgefühl von oben, von der Burg auf dem Hügel, brauchte keiner von ihnen zu setzen. Sollte also jetzt aber auch keiner von denen auf ihre Teilnahme zählen!

Dennoch ging noch geraume Zeit ins Land, bis sie den um Jahre gealterten Swigger von Gundelfingen erstmals wieder zu Gesicht bekamen. Erst, nachdem es dessen Gemahlin Magdalena zum Erstaunen der Heilkundigen vergönnt gewesen war, sich endlich wieder von ihrem Krankenlager zu erheben.

Mit nichts anderem hatte sich Swigger in den vergangenen Tagen beschäftigt, als mit der Frage, wie das Unheil über sie gekommen war. Wieder und wieder hatte er sich dieselbe Frage gestellt: weshalb nur war Hildegard heimlich aus der Obhut ihrer Amme entwischt? Was hatte sie bewogen, nicht bei der Wittsteigenmühle zu verharren? Oder gar zur Burg zurück zu kehren? Weshalb war sie den beschwerlichen Weg hoch zum Felsen gegangen? Von dem aus sie dann am späten Nachmittag gestürzt war. Ausgerechnet jenem Felsen, zu dem sie ihren Vater in den vergangenen Wochen einige Male hatte begleiten dürfen. Swiggers liebsten Aufenthaltsort. An dem er einst die große stolze Burg errichten würde. Die mächtige Burg eines vornehmen Geschlechts: die Burg der Edelfreien von Gundelfingen. Sein Traum, von dem er der kleinen Hildegard kürzlich erst berichtet hatte. Die ihn daraufhin mit vor Begeisterung leuchtenden Augen umarmt hatte. Eine neue Burg! An solch einem wundersam schönen Ort. Ganz hoch über dem engen Tal der Lauter. Wie im Nest eines Adlers würden sie über den Hütten drunten thronen! Und welch ein Ausblick – weit hinein ins ganze Land!

So viel Begeisterung! So viel Hoffnung! Gefühl und Zuversicht: Nur wenige Tage zuvor.

Und nun war alles zerstört! Von einem Tag auf den anderen. Unwiederbringlich zerstört.

Warum nur? Warum?

War Hildegard etwa auf den Felsen geklettert, um als erste die für diesen Tag erwartete Ankunft des Vaters vermelden zu können? Was ihr von diesem Standpunkt aus noch vor der Wache auf dem Burgturm möglich gewesen wäre.

Die von ihr so sehnsuchtsvoll erwartete Rückkehr des Vaters. Möglich, dass sie die Reiter tatsächlich gerade erspäht hatte. Ein unvorsichtiger Schritt nach vorne. Ein Steinbrocken, der sich plötzlich unter ihrem Fuß löste. Wodurch sie ins Straucheln geriet. Den Halt verlor und in die gähnende Tiefe stürzte. Ein erstickter Schrei, dann der Aufprall.

Ein Unfall.

Und wenn nicht?

Was dann?!

Bei der Androhung der Todesstrafe hatte Swigger das üble Geschwätz verbieten lassen, das nunmehr im Dorf dunkel seine Runde machte. Dass die Macht der Finsternis das arme Mädchen ergriffen habe. Der Leibhaftige persönlich, wie die Leute schaudernd raunten. Dort, wo unter dem warmen Feld die heißen Schwaden der Hölle aus der Tiefe drängten. Was jedermann daran ersehen könne, dass schließlich selbst im tiefsten Winter kein Schnee das Geröll bedecke. Böse Geister also hätten die Tochter des Ritters erst vom Fels gestürzt und ihre Seele dann mit sich in die ewige Verdammnis gerissen. Es sei ein geheimnisvoller Fluch, der über dem Geschlecht der Gundelfinger laste. Bis ans Ende aller Tage. Die Strafe für die schändliche Tat, die der Ritter vor vielen Jahren begangen habe. Die vollständig zu sühnen ihm niemals gelingen würde.

Für jeden sichtbar war das Leben wieder in Swigger von Gundelfingen zurück geströmt, als dieses Gerücht zu ihm gedrungen war. Mit vor Wut und Empörung dunkelroter Miene hatte er seinem Burgvogt lautstark den Befehl entgegen geschleudert, jedermann ohne Ansehen der Person sofort in Gewahrsam zu nehmen, der es wage, diese Worte auch künftig auf den Lippen zu führen. Nichts anderes als die Todesstrafe sei solchen Lästermäulern gewiss!

Und dennoch: viele Wochen gingen ins Land, bis das Gerücht allmählich verstummte. Die düstere Mutmaßung, die freilich bei jedem Unglück, das den Umkreis der Burg Gundelfingen betraf, urplötzlich wieder ans Licht des Tages drängte. Die allem Anschein nach niemals mehr völlig auszulöschen war.

Und war es nicht auch Swigger selbst, in dessen gemartertem Gehirn sich weit über jene ersten Wochen nach den tragischen Ereignissen des Sommers im Jahr 1085 hinaus wieder und wieder dieselbe Frage zu Wort meldete? Die Frage, die fortan sein ganzes weiteres Dasein bestimmen würde. Ob der Fluch, der auf seinem Leben lastete, wohl jemals zu tilgen war. Und vor allem: wie konnte dies gelingen?

Ende November 1086

Es war ihm kaum möglich gewesen, den Worten seines Vogtes Friedbert zu folgen. Weder war es ihm möglich, noch schien ihm der Vorschlag auch irgendwie von größerem Belang, den der Burgvogt nicht müde wurde, zu unterbreiten. Als ob Swiggers Aufmerksamkeit im Moment nicht von weitaus wichtigeren Gedanken in Beschlag genommen wäre! Doch Friedbert schien in seiner überbordenden Begeisterung nicht gewillt, mit seinem Vorschlag klein beizugeben und ihn bei einer anderen Gelegenheit von neuem vorzubringen. Zu einem geeigneten Zeitpunkt eben. Nein. Dermaßen tatkräftig war er, der gelernte Kriegsmann, selten ans Werk gegangen, wenn es sich um Belange des Ackerbaus handelte, für die er als Verwalter der gundelfingischen Ländereien naturgemäß ebenfalls Verantwortung trug. Doch der Vorschlag, wollte man ihn für das nächste Jahr in die Tat umsetzen, duldete keinen Aufschub. Ganz im Gegenteil, denn das Jahr war schon beinahe zu weit fortgeschritten, um Friedberts Vorhaben noch praktisch umsetzen zu können. Es ging dem Mann in seinem Eifer dabei um eine völlig neuartige Weise zur Bewirtschaftung der Wiesen und Felder.

Eine Bearbeitungsmethode, von der ihm kürzlich im Hinblick auf eine geradezu unglaubliche Steigerung des Ertrags nicht nur Wunderdinge berichtet worden waren, sondern die er in der Landschaft am Fuß des Staufen mit eigenen Augen hatte bestaunen können.

Mit stolzgeschwellter Brust war ihm vom Verwalter des dortigen Meierhofs ein wesentlich größerer Pflug präsentiert worden, als man ihn üblicherweise einsetzte. Ein Pflug, den sie seit drei Sommern zur Bearbeitung ihrer Flächen benutzten. Zwar bedurfte es dementsprechend auch einer größeren Zahl von Pflugochsen, doch dabei handele sich um eine gute und damit sinnvolle Investition, schließlich sei es damit möglich, den Boden viel tiefer zu bearbeiten und so eine wesentlich lockerere Krume zu bekommen. Was wiederum besseres Korn zur Folge habe. Eine ordentliche Ertragssteigerung also, die Dank dieser neuen Wirtschaftsform auch im rauen Klima der Schwäbischen Alb möglich sei. Man müsse die Bauern nur möglichst rasch auf diese Form der Bodenbearbeitung verpflichten, die vom staufischen Meier mit der durchaus zutreffenden Bezeichnung Dreifelderwirtschaft beschrieben worden war.

Zudem gelinge es dadurch, die Arbeit über das Jahr hinweg besser zu verteilen. Angefangen beim Bereiten eines Sommerfeldes im Frühjahr, während die brachliegende Fläche erst im Juli gepflügt werden müsse. Rechtzeitig zur im August einsetzenden Ernte wäre diese Arbeit abgeschlossen. Zeit genug verbliebe dann im Herbst, um dann das Winterfeld zu bestellen. Diese damit einher gehende Verteilung über das ganze Jahr hinweg habe so nicht nur zu höheren Erträgen geführt, auch die Sicherheit, überhaupt eine Ernte einfahren zu können, sei enorm gestiegen. Durch das System einer Sommer- und einer Winterfrucht halbiere sich das Risiko einer Missernte ganz gewaltig. Er habe es mit eigenen Augen sehen können und sei dabei aus dem Staunen kaum mehr herausgekommen, welch unglaubliche Mengen an Hafer der Acker abgeworfen habe, die der Meier nun in seiner Scheune einlagere. Und der willkommene Effekt dabei: durch die somit vorhandene Menge an Futter war es dem Mann nun möglich, mehr Pferde zu halten. Pferde, die er zu einem gewissen Teil künftig auch bei der Bestellung seiner Äcker einsetzen würde. Die bekanntlich zum Pflügen viel besser geeignet waren, als Ochsen. Mit denen man also eine noch größere Fläche in Bewirtschaftung halten konnte. Was wiederum die Anschaffung von weiteren Pferden ermöglichte. Dringend benötigte Reittiere, von denen man nie genug besitzen konnte. Angesichts der fortwährend bestehenden Möglichkeit, dass der König seine Gefolgsleute wieder einmal zum Lehensdienst aufrufen würde. Wie oft schon hatte man sich nur um den Preis eines teuren Tauschhandels rasch mit den dazu notwendigen Pferden ausstatten können! „Das alles wäre künftig kein Problem mehr für uns, Herr“, beteuerte Friedbert gerade mit vor Begeisterung glänzenden Augen. „Jetzt wäre es nur an Euch, den Bauern eine dementsprechende Anordnung zu erteilen. Denn wen sie es nicht von euch persönlich hören, werden sie sich mit ihren dickköpfigen Bauernschädeln von mir allein niemals dazu bewegen lassen.“

„Meinen Segen hast du“, nickte Swigger dem Vogt achselzuckend hinüber. „Tue es einfach. Setze es durch. In meinem Namen, wenn es sein muss!“

Friedbert maß seinen Herren mit einem verwunderten Blick. Er schien nicht begreifen zu können, weshalb seine Begeisterung beim Herren von Gundelfingen auf keinerlei fruchtbaren Boden fiel. Weshalb dieser ihm die ganze Zeit über nur halbherzig zuhörte und mit seinen Gedanken auch nicht bei der Sache war. Wo es dabei um eine enorme Steigerung der Einnahmen ging. Was dem Gundelfinger doch keinesfalls einerlei sein konnte.

„Wie es euer Wunsch ist, Herr", warf sich Friedbert schließlich in die Brust und verabschiedete sich rasch.

Natürlich war auch Swigger die Verwunderung seines Vogtes nicht entgangen. Andererseits jedoch bewegten ihn weiß Gott wichtigere Gedanken. Zumal Friedbert durchaus der rechte Mann dafür war, um die Dinge so zu handhaben, wie ihm das richtig dünkte. Hauptsache, er handelte mit dem Segen seines Herrn. Und den hatte er ihm ja gerade eben erteilt.

Nein, es waren Sorgen ganz anderer Art, die Swigger von Gundelfingen in diesen Tagen umtrieben.

Trotz aller gegenteiligen Befürchtungen der heilkundigen Frauen befand sich seine Gemahlin Magdalena wieder im Zustand guter Hoffnung. Doch kaum hatte ihn die vor Glück und Freude strahlende Magdalena darüber in Kenntnis gesetzt, war sie, von heftigsten Unterleibsschmerzen gepeinigt, auch schon auf das Krankenlager geworfen worden. Seit Wochen schon stöhnte die arme Frau unter diesen höllischen Qualen. Es war ein alles andere als zuversichtlich stimmender Verlauf der Schwangerschaft. Ein furchtbares Gefühl, zur Untätigkeit verbannt am Lager stehen zu müssen und der gequälten Frau nicht beistehen zu können. Ja, es traf zu, dass die erfahrenen Geburtshelferinnen Magdalena vor einer neuerlichen Schwangerschaft – so sie denn überhaupt zustande kommen würde – dringend abgeraten hatten. Doch allen Warnungen zum Trotz war Swiggers Gemahlin fest entschlossen geblieben, ihrem Mann den so sehnsüchtig erwartetet Sohn zu gebären. Auch sie hatte es so gewollt. Denn es handle sich schließlich um nichts weniger als um ihre Bestimmung, die sie auch unter dem Einsatz eines persönlichen Opfers darzubringen habe. Im Interesse der hochedlen Familie der Herren von Gundelfingen. Der Preis war zu hoch gewesen – der Verlauf der letzten Wochen sprach in all seiner dramatischen Zuspitzung eine unmissverständliche Sprache!

Zumal Magdalena schon im Frühsommer dieses Jahres eine zweite Fehlgeburt erlitten hatte! Zu Beginn des vierten Monats der Schwangerschaft bereits, die sie selbst erst bemerkt hatte, als sie auch damals von mörderische Krämpfen geschüttelt auf das Lager geworfen worden war. Als es zu spät gewesen war.

Als sie zum zweiten Mal das Kind verloren hatte, noch bevor es überhaupt zum Leben erwacht war.

Es stand also schlecht um Magdalena – und das Kind. Und so zerstob mit den sich ins unerträgliche steigernden Schmerzen allmählich auch die Hoffnung auf die Geburt eines gesunden Kindes! Es wäre seiner Gemahlin nicht vergönnt, ihm den lange ersehnten Sohn zu schenken. Niemals!

Der auf dem Geschlecht der Herren von Gundelfingen lastende Fluch. Er schien Swigger mit Händen greifbar. Doch was phantasierte er denn da von einer Familie? Vom Geschlecht der Edelfreien von Gundelfingen? Es würde keine Fortsetzung geben. Keinen Stammvater mit Namen Swigger von Gundelfingen. Ganz im Gegenteil. Es würde eine Episode bleiben. Noch nicht einmal ein Wimpernschlag im ewigen Verlauf der Geschichte.

Zu der Depression, die sich angesichts der wahrhaft niederschmetternden Ereignisse so lähmend auf das Gemüt des Ritters gelegt hatte, gesellten sich noch bittere Vorwürfe. Wie hatte es nur so weit kommen können? War er von Schmerz und Enttäuschung dermaßen verwirrt gewesen, dass ihm vor wenigen Tagen die Kontrolle über seine Handlungen sogar einmal gänzlich entglitten war? Oder wie anders war die Tatsache zu erklären, dass er sich auf eine Liaison mit der hübschen Müllerstochter von der Wittsteige eingelassen hatte? Mit der mittlerweile 19 Jahre alten Bärbel. Dem Kind, das in der Zwischenzeit zur Frau gereift war. Ausgerechnet Bärbel! Er musste verrückt sein!

Zu einem Zeitpunkt, an dem die eigene Gemahlin auf Leben und Tod daniederlag, hatte der Herr auf Gundelfingen nichts anderes im Sinn, als ein Techtelmechtel mit der jungen Bärbel zu beginnen. Mit der Jungfrau, deren Bild ihn seit Monaten schon durch seine Träume begleitete. Nach deren Umarmung er wie ein Ertrinkender gelechzt hatte, deren Küsse er auf seinen brennenden Lippen schon zu spüren vermeinte. Eine Wahnvorstellung, die sein Denken mehr und mehr in Beschlag genommen hatte. Die Flucht aus dem Elend des Alltags. Je dramatischer sich der Gesundheitszustand seiner Gemahlin entwickelte, desto mehr war er in Gedanken geflohen. Nicht nur in Gedanken! Weiß Gott nicht!

Kein Wunder, dass er sich deshalb nun wie ein Verräter fühlte. Der seine Frau in der Stunden höchster Qual hintergangen hatte.

Und dennoch, allen Vorhaltungen zum Trotz, mit er sich unaufhörlich konfrontierte, gelang es Swigger nicht, das Bild der blonden Müllerstochter aus seinem Gedächtnis zu verbannen. Ganz im Gegenteil. Strahlend wie ein sonnendurchfluteter Frühlingsmorgen stand das Mädchen vor seinen Augen, während in den Ohren des Ritters ihr helles fröhliches Lachen zu erklingen schien. Ein Bild der unbeschwerten Leichtigkeit. Der unbekümmerten und lebensfrohen Sorglosigkeit, wie sie nur der Jugend zuteil sein konnte. Und deren Verlust man erst dann bemerkte, wenn sie unwiederbringlich verloren war. Wie Swigger voller Bitterkeit hatte wahrhaben müssen.

Dennoch: es musste ein Ende haben. Nicht länger durfte er sich zu derart unziemlichen Handlungen hinreißen lassen. Es entsprach weder den Maßstäben, mit denen er andere zu beurteilen pflegte und schon gar nicht der Würde seiner vornehmen Geburt. Wie hatte er sich nur jemals dazu hinreißen lassen können?! Ein Edelfreier Herr und eine gewöhnliche Müllerstochter! Unvorstellbar!

Es würde ein Ende haben. Haben müssen.

Der Schrei der von bohrenden Schmerzen gepeinigten Frau durchschnitt die auf der Burg lastende Stille. Wie ein scharfer Peitschenknall prallte der Schmerzenslaut von den Wänden, warf sein Echo durch den Raum und schien sich in Swiggers Hirn zu bohren. Erschaudernd zuckte der Ritter zusammen. Ein weiterer Schrei. Und keinerlei Möglichkeit, der Gemahlin zu helfen. Es war entsetzlich. Nicht auszuhalten. Zuviel für das gepeinigte Gemüt. Für seine überstrapazierte Seele. Nur weg von diesem Ort. Fort. Schnell fort.

Weder bemerkte er die erstaunten Blicke, noch vernahm er die erstaunten Ausrufe der Burgbewohner, die voll staunender Verwunderung betrachteten, wie sich ihr Herr Swigger von Gundelfingen da in wilder Hast aus seinen Wohngemächern stürmte, sich auf sein ungesatteltes Reittier schwang und dem erschrocken aufwiehernden Pferd grob die Fersen in die Flanken hieb, um dann in gestrecktem Galopp aus der Burg zu preschen.

Nur fort von hier. Von den Schreien. Vom Leid. Vom Elend. Von der auf diesem Berg erloschenen Hoffnung auf eine glückliche Zukunft.

25

Juli 1087

„Sie hat einem gesunden Jungen das Leben geschenkt. Ein unehelicher Bastard zwar, dessen Vater sie nicht preisgeben will, aber wenigstens handelt es sich um ein gesundes Menschenkind!“ Freudestrahlend war Bruder Kilian von der Wittsteigmühle hoch zur Burg geeilt, wo er nun, keuchend vor Anstrengung, seine Nachricht überbrachte. Merkwürdig nur, welch sonderbare Reaktion diese Kunde bei dem edlen Herrn hervorrief. Anstatt eine Mitteilung solcher Art mit einem zustimmendem Lächeln zu quittieren, wie es bei dem Herrn von Gundelfingen ansonsten üblich an der Tagesordnung, schien dieser bei Kilians Worten ganz offensichtlich schmerzhaft zusammen gezuckt zu sein. Mit urplötzlich aschfahler Miene starrte er an dem Pfaffen vorbei ins Leere.

Seltsam! Bruder Kilian konnte sich die Reaktion des Gundelfingers nicht erklären. Welchen Grund mochte es haben, dass sich der edle Herr dermaßen betroffen zeigte? Immerhin handelte es sich doch um ein freudiges Ereignis, das er vermeldet hatte. Die Geburt eines gesunden Kindes durch Bärbel, die hübsche Müllerstochter. Eines weiteren Untertanen. Wie gesagt, ein Bastard zwar, aber das war andererseits auch keine Seltenheit. Hauptsache gesund – und kräftig! Kein Grund also, um traurig in die Welt zu blicken.

Nun denn, es musste die Sorge sein. Die Sorge, die den Ritter angesichts der demnächst bevorstehenden Niederkunft seiner Gemahlin, umtrieb. Doch, nichts anderes war der Grund für diese plötzliche Betroffenheit. Bruder Kilian konnte nicht umhin, sich vorwurfsvoll vor Augen zu führen, wie wenig rücksichtslos er in den Raum gestürmt war, um Swigger von Gundelfingen die vermeintlich freudige Botschaft zu überbringen. Angesichts vor dem Hintergrund der beiden Fehlgeburten, die Swiggers arme Gemahlin Magdalena schon hatte erleiden müssen, musste ihm sein plumpes Hereinplatzen jetzt geradezu unverzeihlich vorkommen. Auch wenn er doch weiß Gott nichts Böses im Schild geführt hatte. Die Sorgen, die seit Monaten schon schwer auf dem Gemüt des edlen Herren lasteten, sie waren dadurch schlagartig wieder in dessen Bewusstsein gedrungen. Die Qual der ersten Schwangerschaftswochen. Die drängenden Warnungen der heilkundigen Frauen, keine weitere Fehlgeburt mehr zu riskieren. Die Sorge um das Leben der edlen Frau – vom ungeborenen Kind in ihrem Leib ganz zu schweigen! Es waren düstere Tage gewesen, in denen sich das Leben auf der Burg verfangen hatte. Tage wie Blei, in denen kein fröhliches Lachen im Burghof erklungen war. Tage, in denen selbst das sonst so unbefangene Gesinde seine Gespräche nur noch im Flüsterton zu führen wagte. Zu allgegenwärtig war allen die Gefahr für Leib und Leben ihrer Herrin vor Augen gestanden. Mehr aber noch waren ihm die Schmerzensschreie der Gepeinigten durch Mark und Bein gefahren!

Wenngleich sich die Dinge dann doch noch auf wundersame Art und Weise zum Besseren gewendet hatten! Schon kurz nach der Abreise des Burgherren, die ihn als frommen Pilger weit fort, zum Marienberg nach Würzburg führte. An den seit unvordenklichen Zeiten schon heiligen Ort, an dem er tagelang zur Jungfrau Maria gebetet und die Muttergottes um ihren Beistand angefleht hatte.

Das Wunder war tatsächlich geschehen! Urplötzlich waren die krampfartigen Schmerzen fast völlig von der Schwangeren gewichen. Zwar befand sie sich nach wie vor im Zustand der Bettlägerigkeit, aber dennoch dürfe man mit einem Mal berechtigten Grund zur Hoffnung hegen, dass Schwangerschaft eventuell doch noch ein gutes Ende nehmen würde! Die heilkundigen Frauen wurden nicht müde, ihre Verwunderung über diese staunenswerte Wendung des Schicksals kundzutun. Ja, es handelte sich um ein Wunder! Wie anders sollte man es nennen?! Denn nicht die Kunst der Heilkundigen hatte dieses Wunder bewirkt, sondern Maria selbst. Die heilige Jungfrau hatte geholfen. Swiggers Gebete waren erhört worden!

Noch viele Wochen später erinnerte sich Bruder Kilian voller Schaudern an die Ereignisse, die sich kurz nach der von ihm überbrachten Mitteilung oben auf Burg Gundelfingen zu überstürzen schienen.

Es mochte kein halber Tag vergangen sein, als ein lang gezogener Schrei die Luft zerriss. Der Schrei einer Frau in höchster Qual. Kein Zweifel: der Schmerzenslaut war aus Magdalenas Gemächern hinaus in den Burghof gedrungen und war den Burgbewohnern durch Mark und Bein gedrungen. Die sich daran anschließende Hast, mit der die leichenblasse Zofe der Burgherrin aus der Kammer gestürzt war, die Eile, mit der die von der Zofe alarmierten heilkundigen Frauen wenig später an ihnen vorbei zu der Schwangeren gestürmt waren, die besorgten Mienen, die diese dabei zur Schau stellten, hatte es allen überdeutlich gemacht: die Geburt des Kindes stand unmittelbar bevor. Mehrere Wochen zu früh – falls sich die Heilkundigen nicht doch verrechnet hatten.

Was die Besorgnis des Gesindes aber noch zusätzlich beförderte, das war die Tatsache, dass kein weiterer Schmerzenslaut mehr aus der Kammer drang. Dass vielmehr sogar nichts mehr von dort zu hören war. Eigenartig! Es sei denn... Es sei denn, flüsterten die Mägde, zu Tode erschrocken über ihre eigene Schlussfolgerung, es habe sich um den letzten Schrei ihrer Herrin gehandelt! Um den Todesschrei! So schrecklich, wie dieser Schrei geklungen habe...

In der Tat hatten sich die schlimmen Vermutungen wenig später schon als zutreffend erwiesen. Magdalena von Gundelfingen war an den Folgen der Sturzgeburt, die wie aus heiterem Himmel über sie gekommen war, gestorben. Zwei Kinder hatte sie zur Welt gebracht, einen Jungen und ein Mädchen. Beide schwach bis auf den Tod, wie man sich denken konnte! Und noch ehe es gelungen war, Bruder Kilian herbei zurufen, um den Zwillingen wenigstens eine Nottaufe zuteil werden zu lassen, war das Leben auch schon aus dem winzigen kleinen Mädchen gewichen. Zu spät! Man würde das arme Kind ungetauft begraben müssen.

Die Gemahlin tot, eines der beiden Kinder gestorben, das zweite in einem hoffnungslosen Zustand! Wer konnte es dem Herren von Gundelfingen da verdenken, dass ihn seine seit Monaten überstrapazierte Nerven angesichts dieser tragischen Ereignisse in einer Zustand blinder Raserei versetzt hatten? All seinem ersten und naturgemäß verständnislosen Erschrecken zum Trotz musste sich Bruder Kilian beim Blick zurück später eingestehen, dass die Reaktion des Burgherrn durchaus erklärbar war. Und auch wohl entschuldbar. So heftig sich Bruder Kilian auch gegen das Verbot gestemmt hatte, zumindest den noch am Leben befindlichen Knaben rasch zu taufen und ihm die letzte Ölung zu spenden. Doch Swigger von Gundelfingen hatte seinen Pfaffen einfach grob an dessen Hemdkragen gepackt und ihm mit hysterischer, sich überschlagender Stimme bei Androhung der Todesstrafe verboten, seinen Fuß auch nur einen Schritt weiter in das Frauengemach zu setzen. Dann hatte er Kilian auf den schmutzigen Boden des Burghofs geschleudert und die schwere Eichentür der Kemenate hinter sich verriegelt. Nur die alte erfahrene Hebamme war von Swigger neben sich geduldet worden. Der sich doch selbst ganz und gar unziemlich verhielt, denn was hatte ein Mann im Frauengemach überhaupt zu suchen? Erst recht bei einer Geburt! Was doch einzig und allein Sache der Frauen war! Doch auch all die anderen heilkundigen Frauen hatte der Edelmann mit lauten, scharfen Worten aus dem Gebäude gewiesen. Ein Zustand der fast blinden Raserei, wie sie den Gundelfinger niemals zuvor erlebt hatten! Gleichwohl: man musste es ihm nachsehen. Es war einfach zu viel gewesen, was da auf den Mann herein gebrochen war. Zunächst der Tod der ersten Frau, dann das tragische Unglück der kleinen Hildegard. Anschließend die beiden Fehlgeburten von Magdalena. Die Sorgen angesichts der neuerlichen Schwangerschaft. Danach die neu erwachte Hoffnung angesichts der erfolgreich absolvierten Pilgerfahrt – und nun das tragische Ende, das wie aus heiterem Himmel über Gundelfingen herein gebrochen war.

Einem Wunder gleich musste es Bruder Kilian dünken, dass es der erfahrenen Hebamme gelungen war, das Kind am Leben zu halten. Das nach übereinstimmender Ansicht all der anderen Heilkundigen mit unabänderlicher Gewissheit dem Tod geweihte Kind. Den kleinen Sohn des Burgherrn. Von dessen wundersam stabilisiertem Zustand sie sich am folgenden Mittag, kurz vor dem Begräbnis der edlen Frau, mit Billigung des Herrn von Gundelfingen mit eigenen Augen überzeugen durften.

„Die heilige Jungfrau hat ein Einsehen gehabt und meinem Sohn das Leben erhalten!"

Man konnte der Erkenntnis des Gundelfingers nur voller Staunen beipflichten! Nichts anderes als ein himmlisches Wunder hatte sich ereignet. Bei aller Erfahrung und aller Bemühung: niemals konnte es die Kunst der Hebamme gewesen sein, die das Leben des Kindes gerettet hatte.

Den Sohn. Der ihnen mit einem Mal auch wesentlich größer und kräftiger dünkte, als noch einen Tag zuvor. Merkwürdig. Dass einen die Erinnerung dermaßen täuschen konnte... Überdies sie alle zusammen!

Umso mehr sprachen die Anzeichen für ein himmlisches Wunder. Für den Beistand der Heiligen Jungfrau, der man trotz aller Tragik, trotz des Todes der armen Burgfrau und des einen Säuglings, also nicht genug danken konnte, wie Bruder Kilian dies in seiner anschließenden Begräbnisrede betonte. Eine Feststellung, die ganz offensichtlich auch der vom Schicksal so schwer geprüfte Burgherr teilte. Denn Swigger von Gundelfingen nickte bei diesen Worten ernst und nachdrücklich. „Ein Wunder!“ bestätigte er dann mit fester Stimme. „Die Heilige Jungfrau hat geholfen! Maria sei Dank!“

Gleich im Anschluss an das Begräbnis fand dann die Taufe des kleinen Sohnes statt, bei der Werner von Grüningen, der Bruder der verstorbenen Magdalena auf Swiggers ausdrücklichen Wunsch als Pate fungierte. Niemals in seinem Leben würde Bruder Kilian den Blick in den Augen des Gundelfingers vergessen, als dieser ihm den Sohn präsentierte, den er in seine kräftigen Arme genommen hatte und mit vor Rührung und Anspannung vibrierender Stimme den Namen verkündete, auf den das Kind nun getauft werden sollte. „Wir werden ihn Swigger heißen. Swigger, den zweiten. Den Erben der Herrschaft Gundelfingen. Den Garanten für eine glückliche und stolze Zukunft des Geschlechts der Herren von Gundelfingen!“ Es glitzerte feucht in den Augen des Ritters, als er den Namen wie zur endgültigen Bekräftigung seiner Anordnung ein weiteres Mal deklamierte. „Swigger. Swigger von Gundelfingen. Wie auch er dereinst seinen erstgeborenen Sohn auf diesen Namen taufen lassen soll. Bis in alle Ewigkeit.“ Dann übergab er den Täufling an Werner von Grüningen. Und wie es seit jeher der gute Brauch war, sollte das Kind als zweiten Namen den Vornamen seines Taufpaten erhalten.

So taufte Bruder Kilian den Sohn des Edelfreien Herrn von Gundelfingen mit vor Aufregung pochendem Herzen an diesem Julinachmittag des Jahres 1087 also auf den Namen Swigger Werner von Gundelfingen, genannt Swigger. Den zweiten Ritter dieses Namens nach dem Begründer seines Geschlechts. Den zweiten in einer langen, vielleicht niemals endenden Reihe...

Rasch war Swigger von Gundelfingen mit seinem Schwager und engen Weggefährten dahin gehend übereingekommen, dass man die festliche Tafelei, die sich unmittelbar an die Taufe anschloss, nur im engsten Kreis und ohne das begleitende Spiel von Musikanten begehen würde. Das tragische Ende seiner Gemahlin Magdalena stünde einer ausschweifenden Feierlichkeit entgegen. So sehr ihn auch die Freude über die Geburt seines Sohnes mit Glückseligkeit erfülle, so unziemlich dünke ihm nach diesen Ereignisses ein tagelanges Gelage, argumentierte Swigger, dem Werner von Grüningen rasch beipflichtete. Schließlich handelte es sich bei der Toten ja um seine jüngere Schwester, die er trotz des Altersunterschieds von nahezu fünfzehn Jahren schon immer in sein Herz geschlossen hatte. Und so waren zu der für den Abend angesetzten Feierlichkeit neben den beiden Rittern nur noch Burgvogt Friedbert und Bruder Kilian geladen worden, die am Nebentisch Platz genommen hatten, denen trotz der eigentümlich gedrückten Stimmung in dem düsteren leeren Raum schon voller Vorfreude das Wasser im Mund zusammenlief, wenn sie an das köstliche Wildbret dachten, das der Koch und seine Gehilfen demnächst auftischen würde.

Umso ungehaltener fiel kurz danach die Reaktion des Pfaffen aus, als eine der Burgwachen den Raum betrat und ihm mitteilte, dass er dringend im Dorf benötigt werde. Johann, er Wittsteigenmüller, lasse nach ihm schicken und erbitte sein baldiges Erscheinen in der Mühle unten.

Was auch immer es sei, es müsse warten, hatte Bruder Kilian dem Mann unwirsch als Antwort entgegen geknurrt.

Erstaunlicherweise war es der Burgherr gewesen, dessen Stirn sich nach dieser harschen Reaktion des Pfaffen in ärgerliche Falten legte. „Wenn er aber doch so dringend nach dir schickt, dann frage wenigstens nach, worum es sich eigentlich handelt! Vielleicht braucht er ja wirklich deine Hilfe!" Ausgerechnet der junge Wittsteigenmüller, dem Swigger von Gundelfingen da mitleidsvoll zur Seite sprang! Dabei hatte dieser seit dem tragischen Tod des Vaters doch noch nie ein gutes Wort über seinen Lehensherren verlauten lassen. Eine Tatsache, die auch dem Ritter nicht entgangen war. Der aber dennoch schon mehr als einmal stillschweigend über diese Aufsässigkeiten hinweg gegangen war. Sei es, dass er sich eine Mitschuld am Tod des alten Wittsteigenmüllers gab, sei es aus Rücksichtnahme Bärbel gegenüber, mit der zusammen man den Ritter schon mehrmals in unziemlicher Zweisamkeit an verschwiegenen Orten gesehen habe, wie im Dorf hinter vorgehaltener Hand immer wieder gemunkelt wurde. Ausgerechnet dem rebellischen Müllerjohann musste der Ritter seine Unterstützung zuteil werden lassen.

„Also! Sprich!" forderte Swigger seinen Wachmann auf.

„Das Kind der Bärbel ist ganz plötzlich gestorben. Und nun bitten sie den Kilian zu kommen. Um ihr Trost zu spenden und um das Kind zu begraben."

Der Geistliche vermeinte, nicht richtig gehört zu haben. „Gestorben? Das Kind, das sie gestern erst zur Welt gebracht hat? Dieses gesunde Kind, das ich am gestrigen Nachmittag erst auf den Namen Werner getauft habe? Unmöglich! Das Kind war vollkommen gesund!"

„Es ist so, wie ich sage“, beharrte der Mann auf seiner Feststellung. „Das Kind ist tot und du sollst es begraben!“

„Es wird dadurch auch nicht mehr lebendig“, gab Kilian, ganz im Gegensatz zu seiner ansonsten so bescheidenen und demütigen Lebensart zurück. Ausgerechnet jetzt, wo diese ganzen Leckerbissen auf ihn warteten. Die zu verspeisen ihm das letzte Mal bei der Hochzeitfeier des Burgherrn vergönnt gewesen war. Ungelegener hätte ihn die Bitte des Müllers gar nicht erreichen können! „Ich komme später dann. Sag ihm das!“

Ein heftiger Faustschlag auf die schwere eichene Tischplatte ließ den Pfaffen erschrocken zusammen zucken. „Augenblicklich wirst du dich erheben und deinen Pflichten gerecht werden. Auf der Stelle!“ Mit zornesroter Miene war Swigger von Gundelfingen aufgefahren und wies dem anderen mit weit ausgestrecktem Arm den Weg zur Tür. „Hinaus! Auf der Stelle!“ wiederholte er seine harsche Anweisung mit drohender Stimme.

Mit schlotternden Knien beeilte sich der von dem plötzlichen Ausbruch völlig überraschte Bruder Kilian, dem Befehl nachzukommen. Wenig später eilte er bereits, verfolgt von den erstaunten Blicken der Bauern, vom Burghang hinunter der Wittsteigenmühle zu, in der das Kind der Müllerstochter so überraschend verstorben war.

Welch wahrhaft merkwürdige Wendung des Schicksals! Welch sonderbare Fügung, welch unerforschlicher Ratschluss des Herrn, der das todgeweihte Kind des Gundelfingers im Leben belassen hatte, im Gegensatz zu Werner, dem kleinen Sohn von Bärbel, der einen solch gesunden Eindruck gemacht hatte! Dessen Antlitz er nicht mehr zu Gesicht bekommen hatte! Das Kind war bereits fest in zerschlissenes Leinen gewickelt gewesen, als er die Grabespredigt gehalten hatte.

Kein Wunder, dass im Verlauf der nächsten Tage und Wochen allerlei sonderbare Gerüchte im Dorf die Runde machten. Gerüchte, die sie nur leise flüsternd wagten, weiter zu verbreiten. Geschwätz eben. Von der übelsten Sorte. Doch wie es bei solcherlei Rede leider immer schon gegangen war: sie ließ sich durch nichts und niemanden mehr aus der Welt schaffen. Aber wehe, dem Burgherrn käme diese Rede irgendwann einmal zu Ohren! Er würde kurzen Prozess mit dem Lästermaul machen, in dieser Einschätzung war sich Bruder Kilian völlig sicher. Obwohl es ansonsten ganz und gar nicht der Art des Gundelfingers entsprach, sich zu Willkürakten hinreißen zu lassen, wie man dies von so vielen anderen Edelleuten immer wieder vernehmen musste. Aber dieses üble Gerücht würde auch den Herrn von Gundelfingen voll Ingrimm erbeben lassen. Ein Gerücht, das auch noch nach Monaten nicht verstummen wollte. Das besagte, bei Swigger, dem kleinen Sohn des Ritters, handele es sich in Wirklichkeit um den von Bärbel geborenen Bastard, den Bruder Kilian bereits auf den Namen Werner getauft hatte. Nicht Swigger von Gundelfingen, sondern der vaterlose Werner von der Wittsteigenmühle liege in der Wiege auf Burg Gundelfingen. Denn auch der zweite Zwilling sei kurz nach seiner Geburt verstorben. So wie es die in Heilkunde erfahrenen Frauen des Dorfes prophezeit hatten. Nein, es sei gar kein Wunder geschehen. Und Bärbels gesunder Sohn Werner habe somit folgerichtig auch gar nicht plötzlich den Tod gefunden. Die beiden Kinder seien bei Nacht und Nebel lediglich vertauscht worden. Die alte Hebamme, die einzige, die Swigger von Gundelfinger in der Kammer zur Seite gestanden habe, sie sei es, die auf Anordnung des Ritters und mit der Einwilligung von Bärbel den Tausch vorgenommen habe!

Mit anderen Worten: Der unehelich geborene Sohn einer Müllerstochter würde dereinst das Erbe der Gundelfinger antreten! Ein vaterloser Bastard! Nicht zu glauben! Dennoch: manch einer im Dorf wiegte nachdenklich seinen Kopf. Dieser atemberaubende Verdacht ließ sich nicht völlig von der Hand weisen. Zu erstaunlich waren all die Zufälle über Gundelfingen gekommen. Viel zu erstaunlich sogar. Und überdies: war nicht Bärbel selbst als Amme für das angeblich Mutterlose Kind des Ritters eingesprungen und säugte dessen Sohn nun an ihrer Brust? Eine insofern geradezu ideale Konstellation, falls es sich eben doch um ihr eigenes Kind handelte, das sie somit Tag und Nacht umsorgte.

Die einzige, die ihnen mit Sicherheit die Wahrheit würde sagen könnte, war Lise, die alte Hebamme. Doch aus deren Mund drang kein einziges Wort. Und wer von den Dorfbewohnern würde schon den Mut aufbringen, sie danach zu fragen? Nur drei Personen also kannten die Wahrheit: Swigger von Gundelfingen, Bärbel und eben Lise. Lise, die stumm blieb wie ein Grab!

Im Gegensatz zu den Spekulationen, die einfach kein Ende finden wollten, sondern im Verborgenen erst Recht uferlos zu wuchern begannen. Mutmaßungen, wer denn wohl der Vater des kleinen Werner gewesen sein konnte, der jetzt in der gundelfingischen Wiege lag. Dessen Namen niemals über Bärbels

Lippen gedrungen war. Womöglich also Swigger selbst? Der Herr auf Gundelfingen? Den man bekanntlich doch das eine oder andere Mal in heimlicher Zwiesprache mit Bärbel gesehen hatte. Als wenn es für den hochedlen Herrn irgendetwas mit einer einfachen jungen Müllerstochter zu besprechen gäbe! So hübsch das Mädchen freilich auch sein mochte...

Gerüchte, die noch Jahre später im Dorf ihre heimliche Runde machten. Und deren Wahrscheinlichkeit sich im Lauf der Zeit sogar vergrößerte. Auch wenn es nach wie vor niemand wagte, die Mutmaßung laut und offen auszusprechen. Das Kind der Müllerstochter: der künftige Herr von Gundelfingen!

26

Trotz aller Heimlichkeit – auch Swigger waren diese Gerüchte nicht völlig verborgen geblieben, die sich um die Herkunft seines Sohnes rankten.

Und bei allem Zorn, der immer dann wild in dem Gundelfinger aufloderte, wenn ihm Lise voll vorsichtiger Besorgtheit wieder einmal schonend versuchte, den Dorftratsch zu vermitteln, der an ihre Ohren gedrungen war, wer wollte es den Leuten denn andererseits verdenken, solcherlei Vermutungen zu äußern. Selbst Swigger musste sich in einer nachdenklichen Stunde eingestehen, dass zu viele Zufälle mit im Spiel gewesen waren, als dass es zu keinerlei Spekulationen hätte kommen können. Es lag einfach in der Natur der Sache. Aber über kurz oder lang würden die Gerüchte von alleine verstummen, würden es die Gundelfinger müde sei, die ewig gleichen Schlussfolgerungen zum Besten zu geben. Alles nur eine Frage der Zeit. Man musste sich eben in Geduld üben – so sehr Swigger dies im Grunde genommen auch verdross.

Voller Neugier beobachteten die Dorfbewohner in den letzten Tagen vor allem Johann Müller, Bärbels Bruder. Denn der trug seit den sich überstürzenden Ereignissen eine solch finstere Miene zur Schau, dass es einem Angst und Bange werden konnte. Eine schwere Last schien auf seine Seele zu drücken. Doch kein Wort drang über seine Lippen, wenn es einer der Bauern wagte, ihn nach dem Grund für seinen Kummer zu befragen. Grimmig und in sich gekehrt ging Johann weiterhin seinem Müllerhandwerk nach. Gerade so schien es ihnen, als ob der Wittsteigenmüller die Wahrheit zu ahnen schien. Oder womöglich sogar ganz genau im Bild darüber war. Eine Erkenntnis, die ihn innerlich beinahe zu zerreißen schien.

Dass die ärgerlichen Gerüchte dadurch zusätzliche Nahrung bekommen hatten, weil Bärbel als Amme des kleinen Swigger fungierte, lag auf der Hand. Doch es war ihm gar nichts anderes übrig geblieben, als so zu handeln. Zumal sich der Ritter immer noch heftige Vorhaltungen machte, dass er sich überhaupt zu dieser Liaison hatte hinreißen lassen. Andererseits war ihm so durch Bärbel doch noch der lange ersehnte Sohn geboren worden – während die legitimen Kinder und die beiden Ehefrauen längst begraben waren.

Nein! Swigger von Gundelfinger straffte seinen Rücken und hieb wie zur Bestätigung seines festen Willens kräftig mit der Faust auf den Tisch. Im Grunde genommen war ihm nichts anderes übrig geblieben, als so und nicht anders zu handeln. Und so wenig er ansonsten dem zynischen Spruch auch abgewinnen konnte, dass der Zweck die Mittel heilige, in diesem Fall war es genau so.

Voller Unbehagen erinnerte er sich an die harte Auseinandersetzung, die sich zwischen ihm und Bärbel am Tag vor deren Niederkunft ereignet hatte. Die einzige Meinungsverschiedenheit, zu der es jemals zwischen ihnen gekommen war. Sie hatten sich in der lauterabwärts am linken Flussufer gelegenen Höhle getroffen, wie sie dies seit einigen Wochen schon in regelmäßigen Abständen zu tun pflegten, nachdem es Bärbel durch die Schwangerschaft nur noch mit größter Mühe möglich gewesen war, an ihren Lieblingsaufenthalt hoch über dem Tal zu gelangen, an dem sie geschützt vor den neugierigen Blicken der Dorfbewohner ihre heimlichen Begegnungen abgehalten hatten.

„Es wird ein Sohn sein, den ich dir morgen gebären werden", hatte ihm Bärbel an diesem Tag zum wiederholten Mal versichert. „Die alte Lise ist sich da ganz sicher. Alle Anzeichen meiner Schwangerschaft sprechen dafür. Und morgen wird der Tag der Niederkunft sein, auch daran ist nicht zu zweifeln." Die schmerzverzerrte Geste, mit der sich Bärbel bei diesen Worten an den Unterleib gegriffen hatte, unterstrich die Aussage. „Seit gestern abends schon zieht es immer stärker in meinem Bauch. Es ist nun also so weit: morgen wirst du einen Sohn in deinen Armen wiegen!"

War es Swiggers hilfloses Schulterzucken, oder seine nüchtern hervor gestoßene Frage, die Bärbel daraufhin in solche Rage versetzte? „Wie soll ich das denn bewerkstelligen? Soll ich deiner Meinung nach also einfach in die Mühle kommen und in deine Kammer stürmen, um das Kind an mich zu drücken? Wie glaubst du, soll das denn gehen?"

Mit tränenfunkelnden Augen hatte Bärbel heftig ihren Kopf geschüttelt. „Das weiß ich nicht. Wie soll ich auch? Ich weiß nur, dass es mir nicht mehr möglich ist, auf Dauer so zu leben. Und was willst du dem Kind denn sagen? Dass es keinen Vater hat? Und niemals erfahren darf, wer sein Vater ist? Der Herr, der hoch über ihm sein vornehmes Dasein in der Burg verbringt, während der vaterlose Bastard sein Leben als Müllersknecht in der Mühle beschließen wird?

Nein, ich kann diese Heimlichkeiten bald nicht mehr ertragen!“ Mit einem lang gezogenen gequälten Schmerzenslaut lehnte sie sich an die feuchte Höhlenwand und ließ den Tränen ihrer Verzweiflung nunmehr freien Lauf. „So kann es auf immer und ewig nicht weiter gehen. Nein, auf gar keinen Fall!“

Wieder zuckte Swigger ratlos mit den Schultern. „Aber wie denn? Soll ich also einfach kommen und sagen, dieses Kind da ist mein Sohn? Soll ich jetzt – ausgerechnet jetzt – wo meine Gemahlin demnächst niederkommen wird, ihr einen solchen Schock versetzen? Jetzt, zu einem Zeitpunkt, wie er ungünstiger gar nicht sein kann?“

„Er wird niemals günstig sein“, antwortete Bärbel mit tonloser Stimme. „Jetzt nicht, morgen nicht. Niemals! All die Heimlichkeiten, das ganze Versteckspiel. Die misstrauische Ablehnung, mit der mir Johann, mein Bruder, seit einigen Wochen schon begegnet. Der immer währende Vorwurf seinen Augen, weil ich nicht einmal ihm gegenüber bekannt habe, wer der Vater dieses Kindes ist. Wenngleich er es auch zu ahnen scheint. Dann das beständige Getuschel der Knechte und Mägde in der Mühle: glaubst du etwa, dass ich es ewig werde ertragen können? Was also soll ich dem Kind sagen, wenn es mich eines Tages nach seinem Vater fragen wird?“

„Der richtige Zeitpunkt wird kommen, du wirst schon sehen...“ Swigger machte einen zaghaften Schritt nach vorne in dem er versuchte, Bärbel zärtlich zu umarmen. Doch die Schwangere entwand sich seinem Griff und wich vor ihm zurück.

„Wenn das alles ist, was du dazu zu sagen hast, dann ist es wahrhaft wenig!“ Die grenzenlose Enttäuschung, die sich in ihrer Miene spiegelte, brach dem Ritter fast das Herz. Aber dennoch: was sollte er tun? Sah sie denn nicht die Zwickmühle, in der auch er sich gefangen sah. Unentrinnbar gefangen.

„Ich werde ihn auf den Namen Schweikhardt taufen lassen! Damit er zumindest denselben Namensstamm wie sein Vater besitzen wird – wenn er sich schon nicht auf seine Abstammung berufen darf! Schweikhardt von der Mühle eben!“

Erschrocken war Swigger bei Bärbels Ankündigung, die sie ihm mit fester Stimme direkt in das Gesicht geschleudert hatte, zurückgeprallt. „Das...das wirst du nicht tun! Du wirst ihn nicht Schweikhardt nennen! Ich verbiete es dir.“

„Er verbietet es mir!“ echote Bärbel bitter. „Wer soll mich daran hindern? Schweikhardt. Ein schöner Name, werden sie alle sagen, wenn sie sich von der ersten Überraschung erholt haben.“

„Du weißt ganz genau, was das bedeutet! Dann kannst du dich gleich vor das Burgtor stellen und allen lauthals verkünden, um wessen Sohn es sich bei deinem Kind handelt! Schweikhardt! Damit wäre ihnen alles klar, all diesen Lästermäulern...“

„Die dann nur die Wahrheit auf den Lippen führen würden! Denn schließlich ist es doch dein Sohn, den ich zur Welt bringen werde!“

„Ich verbiete es dir! Ein für allemal verbiete ich es! Du wirst ihn nicht Schweikhardt nennen!“

„Und wenn doch?“ fragte Bärbel, während sie den Gundelfinger mit einem eiskalten Blick aus ihren rot geweinten Augen lauernd musterte.

„Dann... dann werde ich ihn niemals anerkennen! Dann wird er für immer ein Bastard bleiben!“ verstieg sich Swigger zu dieser Bemerkung, die er im selben Augenblick schon bitter bereute. Erschrocken hielt er inne. Wie fernes Donnergrollen schien der demütigende Begriff von den Wänden der Höhle zu hallen und in seinen Ohren zu dröhnen.

Lange Zeit fiel kein Wort zwischen den beiden. Schließlich war es Swigger, der sich verlegen räusperte. „Verzeih mir! Ich bin zu weit gegangen,“ rang er verzweifelt um die richtigen Worte. „Aber ihn Schweikhardt zu nennen, das ist nicht möglich. Ich hoffe, du verstehst mich, “ drang es rau aus seiner vor Anspannung trockenen Kehle.

Bärbel schien die Worte kaum zu wahrzunehmen. Wieder verging eine Swigger endlos scheinende Zeit, bis sie ihm endlich eine Antwort gab. „Dann werde ich ihn Werner nennen...“, flüsterte sie tonlos.

Werner! Swigger war sich auch über jene Anspielung, die sich hinter diesem Namen versteckte, natürlich sofort im Klaren gewesen. Der damit eindeutig verbundene Hinweis auf Werner von Grüningen, seinen engsten Freund und Weggefährten, bei dem es sich ja zudem um niemand anderen als um den Bruder der Burgherrin handelte. Der Name eines vornehmen Herren, der schon aus diesem Grund für das Kind einer einfachen Müllerstochter als absolut ungewöhnlich – wenn nicht gar unziemlich – angesehen werden musste und der darum ebenfalls zu mancherlei verwunderter Mutmaßung Anlass geben würde.

Aber sei es drum: er mochte die Auseinandersetzung nicht noch weiter auf die Spitze treiben. Werner! Auf alle Fälle klang dies doch wesentlich unverfänglicher, als wenn Bärbel weiterhin auf dem Vornamen Schweikhardt bestanden hätte.

Aufatmend erklärte sich Swigger von Gundelfingen also mit der Namenswahl einverstanden.

Doch dann war alles anders gekommen. Ganz anders! Am Tag danach, als sich die Ereignisse plötzlich regelrecht überschlagen hatten! Geschehnisse, die sie zu einem gänzlich anderen Handeln gezwungen hatten.

Die Totgeburt der beiden eigenen Kinder. Der heimliche Austausch seines toten Sohnes mit dem gesunden Sohn der Müllerstochter. Das Kind, das die treue Hebamme Lise in der Nacht heimlich am Mühlkanal in Empfang genommen und auf die Burg gebracht hatte. Nachdem die umsichtige Frau Bärbels in einen rohen zerschlissenen Stoff gehüllten Sohn gerade noch rechtzeitig in das feine weiße Leinen des verstorbenen Kindes gewickelt hatte. Nicht auszudenken, wenn einem der Bauern beim Begräbnis womöglich der edle Stoff ins Auge gesprungen wäre, mit dem ein einfaches Müllerskind doch nie und nimmer angetan sein konnte! Trotz aller Anspannung war der Hebamme dieser wichtige Umstand zum Glück nicht entgangen. Damit war der feierlichen Taufe seines Sohnes endgültig kein Hindernis mehr im Wege gestanden.

So sehr Swigger von Gundelfingen der Tod seiner armen Gemahlin mit ehrlicher Trauer und Schmerz erfüllte, so glücklich durfte sich der Ritter dennoch wähnen, dass Bärbel seinem Kind das Leben geschenkt hatte. Dem Sohn, der er nun auch als legitimen Nachkommen präsentieren konnte. Und Bärbel, die er als vorgebliche Amme des Kleinen auf die Burg hatte verpflichten können, sie durfte sich aus eben diesem Grund nun auch beständig in seiner Nähe aufhalten! Ohne, dass dies mit einem unziemlichen Beigeschmack versehen wäre. Natürlich würden sie ihre Beziehung auf gar keinen Fall in aller Öffentlichkeit zur Schau stellen – aber gleichwohl befand sich Bärbel damit direkt an Swiggers Seite. Zusammen mit ihrem gemeinsamen Sohn. Mit Swigger, dem Zweiten. Für alle Zeiten! Denn auch über das Ende der Stillzeit hinaus würde er Bärbel bei sich behalten. Erst als Amme und anschließend als treu sorgende Erzieherin für den mutterlosen Knaben. Sollte Bärbels Bruder Johann deswegen auch noch so finster dreinblicken. Johann, der die Wahrheit zu ahnen schien. Bärbel war ihm mit ungewohnt scharfen Worten dazwischen gefahren, als er sie vorwurfsvoll zur Rede hatte stellen wollen. Es sei besser für ihn, zu schweigen. Für ihn und auch für alle anderen.

Bärbel und das Kind in seiner Nähe. Das Herz wollte Swigger von Gundelfingen vor Freude beinahe zerspringen, beim bloßen Gedanken an die unvermutete Wendung des wechselvollen Schicksals. Nichts anderes als seine Gebete zur Heiligen Jungfrau hatten dieses Wunder bewirkt. Die Muttergottes hatte ihn erhört! Nicht länger lastete die Schmach der unseligen Tat auf seinen Schultern. Die Zukunft schimmerte golden am Horizont!

27

8. September 1089

Neue Ereignisse beanspruchten in den vergangenen Monaten die Aufmerksamkeit des Ritters von Gundelfingen weit mehr, als ihm dies recht war. Viel zu oft befand er sich auf Reisen im Auftrag des Herzogs Friedrich von Schwaben, die eine tage- wenn nicht gar wochenlange Abwesenheit zur Folge hatten. Viel lieber hätte er sich die Zeit im Spiel mit seinem mittlerweile zweijährigen Sohn Swigger vertrieben, dessen Geburt seinem Leben einen völlig neuen Sinn gegeben hatte. Er konnte sich gar nicht satt sehen an dem aufgeweckten fröhlichen Kind mit dem hellblonden Haar, den blauen Augen und der beinahe dunkelbraunen Haut, die dem Knaben ein solch gesundes und blühendes Aussehen verlieh. In der Tat handelte es sich um einen deutlichen Kontrast, den der Kleine so im Vergleich mit seinem eher hellhäutigen Vater bildete – kein Wunder, dass die Burgbewohner hinter vorgehaltener Hand leise tuschelten. Vor allem dann, wenn sich die Amme das eine oder andere Mal noch zu den beiden gesellte: die anmutige Bärbel, deren dunkle Hautfarbe einen so reizvollen Kontrast mit ihren hellen Haaren bildete. Ja, man hätte sogar beinahe meinen können, bei der Amme handle es sich in Wirklichkeit um die Mutter des kleinen Swigger, so verblüffend erschien manchem die Ähnlichkeit zwischen den beiden. Und wäre sie nicht in ein schlichtes, einfaches Gewand gekleidet, dann könnte so mancher überdies gar vermuten, die Ehefrau des Gundelfingers vor sich zu erblicken. Kein Wunder also, dass die Gerüchte im Dorf nach wie vor nicht verstummen wollten – auch wenn naturgemäß keiner es wagte, seinen Gedanken in aller Öffentlichkeit freien Lauf zu lassen.

Doch so ungern Swigger von Gundelfingen sich auch immer wieder dazu gezwungen sah, seinen Wohnsitz zu verlassen, handelte es sich gleichwohl um wichtige Ereignisse von außergewöhnlicher Tragweite, die sich vor kurzem im fernen Italien zugetragen hatten und deren Auswirkungen bald auch jenseits der Alpen zu spüren sein würden.

So war es im Jahr 1088 dem Kardinalbischof Otto von Ostia, dem früheren Prior des Klosters Cluny, gelungen, als Papst Urban II. den Stuhl Petri zu besetzen. Ein Mann des Ausgleiches, so hieß es allenthalben – wenngleich der misstrauische Herzog Friedrich versuchte, die hoffnungsvolle Euphorie zu dämpfen, die sich bei dieser Kunde unter den Edlen des Reiches schon ausgebreitet hatte. Und er sollte Recht behalten. Denn dem neuen Papst war es vor wenigen Wochen gelungen, eine unglaubliche Verbindung zu knüpfen: die Ehe zwischen Mathilde von Tuscien und Welf V.! Ein Zusammenschluss zwischen den entschiedensten Gegnern des Kaisers. Und nur darum schien es bei diesem Zweckbündnis zu gehen: um die gemeinsame Bündelung der Kräfte im Kampf gegen Kaiser Heinrich IV.! Man brauchte sich doch nur einmal die Tatsachen vor Augen zu halten: die schon über 43 Jahre alte Mathilde von Tuscien heiratete einen erst 17-jährigen Jüngling. Wer wollte da allen Ernstes von einer Liebesheirat sprechen, die Welf V., der Sohn des abgesetzten Bayernherzogs, mit dieser Ehe eingegangen war. Mathilde von Tuscien! Allein bei der bloßen Erwähnung ihres Namens ballten sich nach wie vor die Fäuste der deutschen Ritter.

Die Schmach von Canossa, die untrennbar mit ihrem Namen verbunden war. Ausgerechnet diese listige Schlange verbündete sich mit einem deutschen Edelmann. Und verfolgte damit nur einen einzigen Zweck: den Kaiser zu besiegen. Selbst um den Preis einer solchen Eheschließung! Vor der andererseits aber auch die Welfen nicht zurückgeschreckt waren! Um damit aller Welt abermals zu zeigen, dass mit ihnen wieder zu rechnen war. Unruhige Zeiten standen bevor! Im Reich und auch in der unmittelbaren Umgebung von Gundelfingen.

Denn mit dem Anbruch des heutigen Tages würde zur unübersehbaren Tatsache werden, was seit Monaten schon als ernst zu nehmendes Gerücht die Runde machte: in einer nur gut vier Meilen von Gundelfingen entfernten, bislang Recht unbedeutenden Siedlung, die sich im Besitz der Grafen von Achalm befand, würde der Grundstein für ein Kloster nach den Regeln des Heiligen Benedikt gelegt werden. Am Südabfall der Alb, direkt an der Aach, am Zusammenfluss zweier Bäche, sollte dieses Kloster Zwiefalten entstehen. Und niemand hatte es in den vergangenen Wochen vermocht, die beiden Grafen von ihrem Vorhaben abzubringen. Die Klostergründung, die ganz eindeutig auf das Betreiben des vor Jahren vom Kaiser vertriebenen reformerischen Bischofs Adalbert von Würzburg zurückzuführen war. Der während seines Asyls auf der Achalm also ganze Arbeit geleistet hatte.

Das kleine, noch ganz aus Holz gebaute, uralte alemannische Jagdschlösschen an der Aach, in dem auf Einladung seiner Schwester Adelheid, der Gräfin von Achalm, vor wenigen Jahrzehnten sogar einmal Papst Leo übernachtet hatte, dürfe mit Fug und Recht als heilige Stelle angesehen werden. Ein geradezu idealer Ort für die Errichtung eines Klosters der Reformpartei!

Bischof Adalbert war es, nachdem er die beiden Grafen von der Notwendigkeit dieser Klostergründung überzeugt hatte, natürlich ein leichtes gewesen, für das weitere Vorgehen die Unterstützung von Wilhelm, dem Abt des über die Maßen bedeutenden Klosters Hirsau, zu erhalten, das sich ebenfalls streng an den benediktinischen Ordensregeln orientierte. Keinerlei Problem Dank des feierlichen Versprechens der über ein riesiges Vermögen verfügenden Grafen Liutold und Kuno von Achalm, dieses neue Kloster durch großzügige Schenkungen üppig mit Ländereien und Untertanen auszustatten. Und natürlich war dabei auch Hirsau selbst ganz gut bedacht worden, zumal die Klostergründung Zwiefalten in den nächsten Jahren noch durch ein direktes Band mit seinem Mutterkloster verbunden bleiben würde. Hirsau, die Achalm, und nun auch noch Zwiefalten: die Anzahl der päpstlichen Stützpunkte im Reich hatte sich damit vergrößert. Der so genannten Reformpartei, die doch in Wirklichkeit viel mehr eine konsequent rückwärts gerichtete und lediglich auf die Interessen der Kurie ausgerichtete Politik betrieb, war dadurch wieder einen bedrohlichen Schritt näher an sie heran gerückt.

Das schlimmste an dieser Angelegenheit schien Swigger, dass nicht einmal der Kaiser es für angeraten gehalten hatte, die Klostergründung zu untersagen. Womit er sich in offenen Gegensatz zum Papst begeben hätte. War es ihm den neuerlichen Konflikt mit der Kurie nicht wert gewesen? Benötigte er seine Kräfte für die Bewältigung anderer Aufgaben? Oder vertraute er voller Zuversicht einfach der Überzeugung, dass sein Schwiegersohn, Herzog Friedrich von Schwaben, die Fäden in der Hand behalten würde? Dank des sorgsam geknüpften Netzes von ihm treu ergebenen Lehensleuten, die das nötige Gegengewicht zu dem bedrohlich wachsenden Kloster würden bilden müssen. Jetzt war es nicht mehr nur die Welfenpartei, die es im Süden der Herrschaft Gundelfingen genau zu beobachten galt: mit Zwiefalten hatte sich ein weiterer Unsicherheitsfaktor dazu gesellt! Eine unabwendbare Entwicklung, die nicht nach dem Geschmack des Edelfreien von Gundelfingen war.

Mit zorniger Empörung musste sich Swigger überdies von der Rücksichtslosigkeit in Kenntnis setzen lassen, mit der die neuen Herren von Zwiefalten ganz offenkundig an ihr Werk gegangen waren. Selbst die altehrwürdige Burg, die noch aus den ruhmreichen Zeiten der unumschränkten alemannischen Herrschaft stammte und nach wie vor mit einer starken hölzernen Palisade geschützt wurde, war von den Bauleuten einfach abgerissen worden. Mit der ausdrücklichen Billigung der beiden frömmlerischen Brüder, die damit den Stammsitz ihrer Ahnen einfach auf dem Altar der päpstlichen Machtinteressen preisgegeben hatten. Und wie sie die Bauern, Leibeigene und Lehensleute einfach davon gejagt hatten, Menschen, die hier am Zusammenfluss der beiden kleinen Bäche doch schon seit Menschengedenken ansässig waren! Voller Verzweiflung hatten sich einige der vertriebenen Bauern in ihrer Not an den edelfreien Herrn auf Gundelfingen gewandt und ihn um Beistand in ihrem Kampf gegen den Willkürakt der neuen Besitzer gebeten. Doch auch Swigger hatte ihnen keine Hilfe zuteil werden lassen. Ihm waren die Hände gebunden. Denn das Land um den Ort Zwiefalten befand sich eindeutig im Besitz der Grafen von Achalm – und wenn diese es im Rahmen einer Schenkung dem Orden der Benediktiner übereigneten, samt allem Grund und Boden und samt allen Leibeigenen, dann war dagegen nichts zu machen. Und wenn er den reformerischen Umtrieben auch noch so gerne ein Ende bereitet hätte: es war ihm weder möglich noch angeraten. Die Herren von Achalm, die Grafen von Urach, der Wartsteiner, um nur an die bedeutendsten unter seinen unmittelbaren Nachbarn zu denken, sie zu reizen oder sich ihnen womöglich im offenen Konflikt entgegen zu stellen, würde unweigerlich einen Kampf entfachen, auf dessen siegreichen Ausgang man sich besser nicht verlassen sollte. Zumal es weiß Gott nicht angeraten war, sich nun in neuen Konflikten zu verstricken, wo es doch im Herzogtum Schwaben unter der so friedlich anmutenden Decke durchaus besorgniserregend brodelte. Nach wie vor hing der Frieden nur an einem seidenen Fädchen – und er, Swigger von Gundelfinger, mochte nicht als derjenige gelten, durch dessen Verschulden der Faden gerissen war. Und ob ihm Herzog Friedrich mit seinen Getreuen in diesem Fall hilfreich zur Seite stehen würde oder ob er den Herrn im fernen Gundelfingen nicht aus übergeordneten Reichsinteressen dessen Gegnern preisgeben würde, auch diesen Gedanken wollte er nicht weiter verfolgen.

Und so hatte er den Bauern durch Friedbert, den Burgvogt, lediglich in harschen Worten mitteilen lassen, dass er ganz und gar nicht daran dächte, sich in die Angelegenheiten eines anderen Edelherrn zu mischen. Eher im Gegenteil: sie sollten froh sein, wenn er sie nicht als Aufrührer dingfest machte und sie in eiserne Ketten geschmiedet an ihren Grundherrn auslieferte. Denn um nichts anderes als um offenen Aufruhr gegen die rechtmäßige Herrschaft handele es sich bei ihrem ungeheuerlichen Ansinnen. Mit Tritten und Schlägen waren die Leute von Friedberts Reisigen danach aus der Burg getrieben worden.

Natürlich war Swigger nicht Bärbels bekümmerte Sorge entgangen, mit der sie das Geschehen, versteckt hinter einem hölzernen Fensterladen, von Beginn an beobachtet hatte. Ein einziger Vorwurf stand ihr in die Augen geschrieben, als sie sich nun umwandte und sich ihr Blick mit Swigger traf. Doch so sehr ihn das Schicksal der Bauern auch dauerte, so wichtig war es in diesem Augenblick, Entschlossenheit und Willensstärke an den Tag zu legen. Jetzt bloß keinen Zweifel an dieser Entscheidung zeigen und erst recht keinerlei Gefühlsregung. Man musste auf der Hut sein und einen kühlen Kopf bewahren – nicht nur in Angelegenheiten des Reiches. Denn – auch dies war für den Herrn von Gundelfingen zu bedenken – wenn er dem Bauernvolk kraft seiner Unterstützung Vorschub dafür leistete, sich gegen die rechtmäßige Ordnung zu erheben, dann konnte daraus rasch ein Flächenbrand entstehen, dessen Flammen auch ihn eines Tages verzehren würden. Nein, so schwer es in diesem Fall auch sein mochte: niemals durfte ein Edelmann sich auf gemeinsame Sache mit dem Bauernvolk einlassen. Niemals!

Voller Ingrimm nahm Swigger von Gundelfingen in den darauf folgenden Tagen gleichwohl die Nachrichten zur Kenntnis, die ihm seine Kundschafter aus Zwiefalten übermittelten. Mit dem Mut der Verzweiflung hatten sich die Bauern gegen ihre Vertreibung zur Wehr gesetzt. Wenngleich auch vergeblich. Denn sowohl die Reiterei der Grafen von Achalm, als auch gut mit Waffen versehene Reisige, die im Auftrag des Klosters Hirsau nach Zwiefalten geschickt worden waren, hatten der Empörung ein rasches Ende bereitet. Sie hatten die Strohdächer der armseligen Hütten einfach in Brand gesetzt und die Leute mit schrecklicher Gewalt am Löschen gehindert. Das kleine Häuflein, das sich ihnen mit dem Mut der Verzweiflung dennoch in den Weg gestellt hatte, war von den rohen Gesellen einfach niedergeritten worden. Und als ob das noch nicht genug der Brutalität gewesen wäre, hatten sie mit gezielten Schwerthieben furchtbar unter den Bauern gehaust.

„Und alles im Namen unseres Erlösers! Der Herrgott sei ihren armen Seelen gnädig!“ Mit aschfahler Miene hatte auch Bruder Kilian die Meldungen vom rücksichtslosen Vorgehen der Klostergründer vernommen. „Sie rücken näher an uns heran. Stück für Stück. Die Papstpartei und ihre Gefolgsleute! Sie werden erst dann ruhen, wenn sie den Sieg davon getragen haben. Und dazu ist ihnen jedes Mittel recht. Am eigenen Leib habe ich es ja erfahren müssen. Sie hätten mich erschlagen, wie einen räudigen Hund, wenn sie meiner habhaft geworden wären und ihr mir nicht euren Schutz gewährt hättet, Herr.“ Auch der Blick des Burgpfaffen drückte jedoch deutlich aus, was ihn tief in seinem Innersten bewegte. Denn auch ihm machte die vom Gundelfinger verweigerte Hilfe für die Bauern von Zwiefalten schwer zu schaffen. Eine Tatsache, die er sich freilich nicht getraute, Swigger in direkter Rede vorzuhalten. „Die armen Menschen. Wie ein Stück Vieh haben sie die Überlebenden dann einfach vor sich her getrieben. Bis ganz hinunter, an die Donau. Dort sollten sie sich nun neue Hütten bauen und neue Felder bestellen, hat man sie schließlich geheißen. Jetzt! So kurz vor Winterbeginn! Wo viele von ihnen verwundet oder tot sind. Wo alle Last nun auf den Schultern der Alten, der Frauen und der Kinder liegt! Und selbst wenn es ihnen gelingt, die Hütten noch einigermaßen rechtzeitig zu errichten: wovon sollen sie sich ernähren? Wo doch ein Großteil ihrer Vorräte mit ihren Hütten verbrannt ist? Nur von Wurzeln, Beeren und Nüssen? Der Tod wird in diesem Winter grausige Ernte halten! Und alles im Namen unseres Herrn, der diese Erde doch für alle Menschenkinder geschaffen hat!“

Unter dem Siegel strengster Verschwiegenheit hatte Swigger von Gundelfingen dem Pfaffen daraufhin die Erlaubnis erteilt, eine Fuhre mit Getreide in die armselige Ansiedlung an der Donau bringen zu lassen, in das neue Dorf Zwiefalten, oder wie immer man die wenigen Hütten künftig nennen mochte. Auf keinen Fall dürfe freilich bekannt gegeben werden, aus wessen Speicher diese Spende erfolge. Aus diesem Grund war der Fuhrmann zunächst viele Meilen nach Osten geschickt worden, um seine Ladung anschließend auf ein anderes Gefährt zu laden, das dann von einem zweiten Knecht zu seinem ursprünglichen Ziel verbracht worden war.

Voller Freude war Bruder Kilian rasch daran gegangen, die großzügige Schenkung seines Herrn in die Wege zu leiten. In der Tat durfte man diese Maßnahme als ein erstaunliches Zeichen der warmherzigen Güte des Herrn auf Gundelfingen betrachten, denn auch in diesem Sommer des Jahres 1089 war die Ernte völlig unzureichend ausgefallen. Ein weiteres Mal drohte in weiten Teilen des Landes eine ernste Hungersnot. Und trotz Friedberts unbestreitbarer erster Erfolge bei der so genannten Dreifelderwirtschaft, dieser neuartigen Bewirtschaftungsweise der Felder, würden sie in Gundelfingen die Gürtel in diesem Winter ebenfalls enger schnallen müssen. Trotz der durchaus einleuchtenden Vorteile, die ein über die Jahreszeiten verteilter Anbau mit sich brachte. Die geradezu katastrophalen Schwankungen des Klimas in diesem Jahr hatten auch Friedbert einen bitteren Strich durch alle Rechnungen gemacht! Viele Menschen würden an Hunger und Entkräftung sterben.

Kein Wunder, dass schon seit dem Frühjahr zuhauf schwarz gewandete Prediger durch die Lande zogen und hauptsächlich in den Städten die bereits tief verängstigte Bevölkerung mit ihren düsteren Prophezeiungen in einen geradezu panikartigen Zustand versetzten. Schon war vom Rhein herauf die Kunde von Plünderungen zu ihnen gedrungen, von einem rasenden Mob, der in den von Juden bewohnten Stadtteilen von Köln und Worms schrecklich gewütet hatte. Denn wieder einmal hatte man in den wehrlosen Juden einen willkommenen Sündenbock für alle Missstände im Reich gesucht und leider auch gefunden. Und niemand hatte es vermocht, dem blutigen Treiben rechtzeitig Einhalt zu gebieten! Selbst der besonnenere Teil der Geistlichkeit hatte es vorgezogen, zurück zu weichen, um nicht Gefahr zu laufen, selbst von der außer Rand und Band geratenen Menge womöglich niedergewalzt zu werden.

Niemand, selbst die Alten nicht, konnte sich daran erinnern, jemals ein ähnlich nasses Frühjahr erlebt zu haben, dem dann zu allem Überfluss ein kühler, regnerischer Sommer folgte. Die Saat verkümmerte auf den Feldern und selbst auf den wasserdurchlässigen Böden der Schwäbischen Alb bildeten sich nach wochenlangen Niederschlägen kleine Seen.

Kein Wunder, dass sich im vergangenen August auch Bruder Kilian in seiner Predigt mit ernsten Worten auf diese bedrohliche Zuspitzung bezogen hatte. Und selbst der ansonsten so besonnene Pfaffe hatte sich nun dazu verstiegen, die unablässigen Regenfälle als Zeichen der Strafe Gottes für den unchristlichen

Lebenswandel der Menschen zu bezeichnen. Als neue Sintflut. Als Vorbote des ganz sicherlich in Kürze bevorstehenden Weltuntergangs.

Mit heftigen Worten war ihm Swigger von Gundelfingen noch während dieser Predigt ins Wort gefallen und hatte Bruder Kilian ermahnt, nie wieder solche Worte zu gebrauchen und damit zusätzliche Panik bei den Menschen zu schüren, die doch des Trostes und eines hoffnungsvoll in die Gegenwart gerichteten Blickes viel notwendiger bedurften, als üble Prophezeiungen vom nahenden Ende der Welt!

Mit einer müden Handbewegung fuhr sich der Ritter über die schmerzende Stirn. Es war ihm zwar ein Leichtes gewesen, den Pfaffen rasch zum Schweigen zu bringen und ihm überdies das feierliche Versprechen abzunehmen, sich niemals wieder eine solche Angst einjagen zu lassen, aber dennoch konnte er nicht umhin, seinen Blick voller Sorge in die Zukunft zu richten.

Das düstere Grau des Himmels, das bleischwer auch auf Swiggers Gemüt drückte. Die unaufhörlichen Regengüsse. Die drohende Hungersnot. Und zu allem Überfluss auch noch die heute erfolgte Klostergründung in seiner unmittelbaren Nachbarschaft. Erfolgt durch mächtige und einflussreiche Adlige, hinter denen sich die vor stolzem Selbstbewusstsein geradezu strotzenden Parteigänger der Kurie versammelt hatten. Allesamt Leute, die mit der Einrichtung dieses Klosters wieder einmal deutlich machten, dass sie niemals klein bei geben würden! Sie würden keine Ruhe geben! Im Süden der gundelfingischen Ländereien war urplötzlich ein neues Machtzentrum entstanden. Ein gefährlicher Konkurrent, den es genau im Auge zu behalten galt.

Die Gefahr war näher an Gundelfingen herangerückt. Schien beinahe schon mit den Händen greifbar! Wahrhaftig keine guten Aussichten!

28

Sommer 1090

„Du liebe Güte! Er will wirklich und wahrhaftig aller Welt zeigen, wer der wahre Herr in Schwaben ist. Dafür scheint ihm nichts zu kostspielig!“ Selbst ein so weit gereister Edelmann wie Werner von Grüningen, der am Nachmittag des heutigen Tages in Begleitung seines Gefährten Swigger von Gundelfingen im Filstal eingetroffen war, kam aus dem Staunen gar nicht mehr heraus.

Und wie ihm erging es auch den weit über hundert Köpfe zählenden anderen Vornehmen des Reiches, die aus allen Himmelsrichtungen angereist waren, um auf Einladung des Herzogs Friedrich von Staufen die feierliche Einweihung von dessen imposanter Burg auf dem Berg Stauf zu begehen. Dem Berg, nach dem sich der vormalige Herr von Büren seit geraumer Zeit schon benannte.

Es handelte sich um ein geradezu atemberaubendes Spektakel, das der Herzog seinen Gästen präsentierte. Eine Veranstaltung, die sich über mehrere Tage hinweg erstrecken würde und von der die Menschen noch in Jahrzehnten voller Begeisterung erzählen würden. Ein Ereignis, im selben Maße ausufernd und riesig, wie die Burg, die alle anderen im Land an Größe und Wehrhaftigkeit bei weitem überragte. Sogar noch die erst vor kurzem fertig gestellte Burg des Konrad von Württemberg, der heute ebenfalls erschienen war und der eine merkwürdig mürrische Miene zur Schau stellte, die ganz und gar nicht zu der ausgelassen feierlichen Stimmung passen wollte, von der sich die übrigen Gäste gerne hatten anstecken lassen.

„Da, schau ihn nur an, den Württemberger“, deutete von Grüningen mit einem verschmitzten Lächeln zu Konrad hinüber. „Kaum hat er mit dem Bau seiner Burg vor aller Welt seinen Anspruch auf eine Führungsrolle im Reich demonstrieren wollen, da kommt ihm sein unbequemer Nachbar aus Waiblingen auch schon in die Quere und zeigt ihm, dass es einen noch mächtigeren Mann in Schwaben gibt. Kein Wunder, dass ich ihn schon in einer besseren Stimmung erlebt habe!“

„Als wenn wir keine anderen Sorgen hätten, als nur die Eitelkeiten eines einzelnen zu befriedigen“, knurrte Swigger verdrießlich. Schon gleich bei seiner Ankunft hatte ihn angesichts der offen zur Schau gestellten Verschwendung ein unangenehmes Gefühl beschlichen, das sich nach Grüningens Worten noch verstärkte. Wie klein und unscheinbar kam er sich neben all den bedeutenden weltlichen und kirchlichen Würdenträgern des Herzogtums Schwaben vor, die offenbar für die nächsten Tage nichts anderes im Sinn zu haben schienen, als diese opulente, jedes vernünftige Maß bei weitem sprengende Feierlichkeit. Gerade so, als würde es keine anderen Sorgen geben. Als wären im vergangenen Winter nicht tausende von Menschen an Hunger und Entkräftung gestorben. Als wären die Dinge im Reich bestens geregelt und alles im Lot. Von wegen! Doch am heutigen Tag – und an den folgenden – schien keinem der hohen Herren der Sinn danach zu stehen, sich mit den Sorgen und Nöten eines Edelmanns auseinander setzen zu müssen, der sein Dasein auf einem weit entfernten und beständig mancherlei Gefahren ausgesetzten Vorposten fristete. Ganz im Gegenteil.

Und so mochte auch bei Swigger von Gundelfingen keine rechte Freude an der glanzvollen Feierlichkeit aufkommen, so sehr er sich auch mit Friedrich von Staufen verbunden fühlte und so wichtig ihm die Errichtung einer starken Festung auch immer erschienen war. Doch zu drängend waren die Sorgen, die seit vielen Wochen den Tagesablauf des Gundelfingers bestimmten, als dass er diese nun so einfach abschütteln konnte, wie dies den anderen allem Anschein nach mühelos gelang.

Es war nicht nur die Hungersnot, die ihm ernste Sorgen bereitete. Was mochten die Menschen wohl denken, deren Angehörige gestorben waren oder vom Tod gezeichnet daniederlagen, wenn ihnen von der unvorstellbaren Prasserei berichtet würde, der die hohen Herren da tagelang frönten? Würde sich die aufrührerische Stimmung im Land dann womöglich zum alles verzehrenden Flächenbrand ausweiten? Immer wieder war es zu einzelnen Empörungen gekommen, zur offenen Auflehnung gegen „die da oben", zu handgreiflichen Auseinandersetzungen, die mancher Edelmann erst dann wieder hatte ersticken können, wenn ihm die Reisigen der benachbarten Adligen zu Hilfe geeilt waren. Wenigstens darauf konnte man sich verlassen – wenngleich sie ihr Augenmerk künftig verstärkt darauf zu richten hatten, einander noch schneller zu informieren, falls Gefahr drohte. Ein weiterer unschätzbarer Vorteil, den – zusätzlich zu ihrer Wehrhaftigkeit – die in den letzten Jahren immer zahlreicher auf den steilen Anhöhen über den Dörfern neu entstandenen Burgen boten.

Doch nicht nur von innen drohte Gefahr. Voller Sorge hatten sie im Frühjahr Kenntnis vom neuerlichen Zug des Kaisers nach Italien erhalten, mit dem der dem neuen Papst Urban II. bitter zu vergelten gedachte, dass dieser die brisante Ehe zwischen Mathilde von Tuscien und dem Welfensohn zustande gebracht hatte. Selbst Herzog Friedrich, immerhin der Schwiegersohn Kaiser Heinrichs, hatte mit deutlich erkennbarem Verdruss den Kopf geschüttelt, als er den schwäbischen Edelleuten auf einer Versammlung über diese Pläne berichtete und sie gleich anschließend auf Geheiß des Kaisers zum Lehensdienst aufforderte. Mit der Abstellung eines Kontingents von Pferden oder Reisigen war den Rittern gestattet worden, sich von einer persönlichen Teilnahme an diesem Feldzug zwar freistellen zu können, aber dennoch handelte es sich um kein geringes Opfer, das sie damit hatten aufbringen müssen. Erstmals war Swigger auch das Murren aufgefallen, mit dem selbst enge Gefolgsleute Heinrichs IV. dessen Vorhaben kommentierten. „Wieder ein Jahr, in dem sich der Kaiser nicht in Deutschland, sondern in Italien aufhält! Als wenn es hierzulande nicht genügend zu regeln gäbe, wo die Anwesenheit des Kaisers dringend erforderlich wäre!“ Selbst sein Vetter Georg von Justingen, ein ansonsten bedingungslos dem Kaiser ergebener Edelmann, hatte verständnislos seinen Kopf geschüttelt und sich nicht einmal gescheut, seinen Kommentar trocken in den Raum zu stellen.

Heinrichs Italienzug verlief freilich zunächst dermaßen erfolgreich, dass alle Kritiker rasch verstummten. Denn in Windeseile war es dem Kaiser gelungen, so schnell bis vor die Tore Roms vorzustoßen, dass Papst Urban II. nur die überstürzte Flucht zu den mit ihm verbündeten Normannen übrig geblieben war. Dann jedoch verstrickte er sich jedoch mehr und mehr in unnötige einzelne Scharmützel mit den renitenten oberitalienischen Städten, wodurch die Kampfkraft seiner Truppe eine entscheidende Schwächung erfuhr. So stark hatten diese Kämpfe dem kaiserlichen Heer schließlich zugesetzt, dass es Heinrich in diesem Jahr noch nicht einmal wagen konnte, über einen der Alpenpässe zurück nach Deutschland zu gelangen. Denn auch an den Pässen lauerte die Gefahr, der er nur mit einem starken Heer hätte begegnen können.

Der Kaiser war also auf unbestimmte Zeit in Italien festgehalten und so lastete der Großteil der Verantwortung für das Reich auf den Schultern von Friedrich, dem Herzog von Schwaben. So prunkvoll dieser nun in diesen Tagen auch die offizielle Fertigstellung seiner mächtigen Burg beging, so tief wurzelte in ihm der Verdruss, dass sein Schwiegervater all seine Warnungen vor einem neuen Italienzug einfach in den Wind geschlagen hatte. „Italien! Immer wieder Italien. Ich verstehe ihn allmählich wirklich nicht mehr!" Das waren die Worte gewesen, mit denen Herzog Friedrich seinen Sorgen im kleinen Kreis der engsten Vertrauten Luft verschafft hatte. Und auch die Tatsache, dass sich der Kaiser nun (überdies durch eigenes Verschulden) in Italien verschanzen musste, anstatt die Einweihung der Burg auf dem Staufen mit seiner Anwesenheit zu vergolden, trug keinesfalls dazu bei, um die Sorgenfalten auf der Stirn des Herzogs verschwinden zu lassen.

„Und was ihm zusätzlich immer wieder die Zornesröte in das Gesicht treibt, das ist der Umstand, dass seine Gemahlin bislang nur ein einziges Mal dazu bereit war, den Fuß in seine Burg zu setzen. Die doch sein ganzer Stolz ist!" hatte Werner von Grüningen dem Gundelfinger neulich noch unter dem Siegel der Verschwiegenheit anvertraut. Agnes, die junge Herzogin, die Kaisertochter. Sie bevorzugte lieber einen Aufenthalt in dem wesentlich komfortableren und von daher auch ihrem Stand mehr entsprechenden Schloss von Waiblingen, anstatt sich auf der exponierten kalten Burg, an deren Mauern der nicht enden wollende Wind beständig rüttelte, den Tod zu holen. So hatte sie sich dem Herzog gegenüber erklärt, als dieser ihr nach der Fertigstellung der uneinnehmbaren Burg einen Umzug auf den Hohenstaufen anempfohlen hatte. Wo sie sich in den Zeiten seiner – durch dringende Reichsangelegenheiten bedingten – häufigen Abwesenheit in völliger Sicherheit wähnen könne. In Friedrichs mächtigem Adelssitz, der den Anspruch und den Aufstieg des ehemaligen Grafen von Büren dokumentierte, wie kein zweites Bauwerk in Schwaben. Um so ernüchternder hatte die Reaktion von Agnes auf den tief enttäuschten Mann gewirkt, der sich freilich nicht dazu versteigen wollte, die Tochter des Kaisers gegen ihren Willen einfach dennoch auf den Hohenstaufen zu verbringen.

Natürlich war es nicht nur in Schwaben zum gerne behandelten Thema bei mancher Tafelei geworden, dass die Herzogin viel lieber in Waiblingen residierte, als sich auf der Burg ihres Mannes zu zeigen. Auch in den anderen Gebieten des Reiches machte diese Geschichte rasch die Runde. Kein Wunder, dass Herzog Friedrichs Laune auf den Tiefpunkt sank, als eines Tages an sein

Ohr drang, mit welch spöttischer Bezeichnung man ihn seitdem auf welfischer Seite titulierte: nicht vom Staufer war da nämlich die Rede, sondern vom Waibling. Und so sehr der wutentbrannte Mann auch dagegen ankämpfte: der Titel Waibling blieb seitdem zäh wie Leim an seinem Namen haften. An seiner Person genauso wie später an all seinen Nachfahren.

29

Sommer 1093

Knapp drei Jahre waren nun seit der beeindruckenden Feierlichkeit auf dem Hohenstaufen schon ins Land gegangen, die noch monatelang an allen Fürstenhöfen für Gesprächsstoff gesorgt hatte. Jahre der Anspannung und der stetig wachsenden Sorge um einen dauerhaften Frieden. Und Sorge um die Zukunft der ganzen Welt! Denn was konnte diese Zukunft ihnen außer Krieg und Zerstörung noch verheißen? Die Hoffnung schwand von Tag zu Tag.

Spätestens im Jahr 1092 hatte das Unheil, wenn man es rückblickend ganz genau betrachtete, seinen Lauf genommen. Und wiederum handelte es sich um Canossa, den Quell allen Übels, von dem alles ausgegangen war. Von diesem verfluchten italienischen Ort, bei dessen bloßer Erwähnung jeder in der deutschen Ritterschaft die Gänsehaut verspürte, die ihm eiskalt über den Rücken lief.

In diesem Jahr war dem Heer des nach wie vor in Italien festgehaltenen Kaisers Heinrich bei Burg Canossa eine empfindliche Niederlage bereitet worden. Eine Niederlage, die dann unmittelbar danach zu einem unglaublichen Verrat geführt hatte, mit dem die Sache des Kaisers endgültig verloren schien: zum Abfall von Kaiser Heinrichs 18 jährigem Sohn Konrad, der zusammen mit Heinrichs zweiter Ehefrau Praxedis zur Papstpartei übergelaufen war! Konrad, den sie unmittelbar nach diesem Verrat in Mailand zum König von Italien ausgerufen hatten. Mit dem sich nicht nur die mächtigen lombardischen Städte wie Mailand, Cremona und Piacenza verbündeten. Sondern – man wagte es kaum auszusprechen – sogar die Welfen! Die Todfeinde des Kaisers aus dem Haus der Salier. Ausgerechnet die Welfen paktierten nun also mit Konrad, dem abtrünnigen Kaisersohn! Wann in der Geschichte dieser Erde hatte man jemals von einem übleren Verrat vernehmen müssen? Die Welt schien aus ihren Angeln gehoben!

Eine wahrhaft schlimme Zeit war angebrochen. Eine Zeit, in der sich die großen Herren genauso wie die einfachen Leibeigenen, deren Leben doch gemeinhin so gut wie gar nichts zählte, gleichermaßen als Gefangene betrachten mussten – so schien es dem Ritter von Gundelfingen an manchem dieser zunehmend düsteren Tage. Als Gefangene eines Schicksals, dem nicht zu entrinnen war, zappelten sie gemeinsam in einem Netz, das sich langsam und unerbittlich über ihnen zusammen zog. Kein Zweifel! Denn waren die Menetekel nicht erst vor wenigen Tagen überdeutlich am Horizont gestanden?! So dass sie keiner mehr übersehen konnte.

Die furchterregende Verfinsterung der Sonne!

Der nicht mehr zu leugnende, ernste Hinweis auf die sich in Windeseile ausbreitende Gefahr, dem dann rasch weitere Hiobsbotschaften gefolgt waren.

Es handelte sich um das Ende der Welt, das sich mit der Sonnenfinsternis angekündigt hatte. Der Tag des jüngsten Gerichts! Das Ende aller Tage! Es stand nun unmittelbar bevor. Und wiederum zeigten sich die schwarz gewandeten, düsteren Prediger, die furchterregend durch die Lande zogen und die zu Tode erschrockenen Leute zu Umkehr und Buße aufforderten! Als wenn die im Volk herrschende Hysterie nicht ohnehin schon zu unvorstellbaren Auswirkungen geführt hatte: zu panischer Flucht, zum Irrsinn, ja sogar bis hin zu Selbstmorden der völlig aus ihrem Gleichgewicht geratenen Menschen.

Zu Beginn hatte er ihn kaum wahrgenommen, den merkwürdigen Fleck am Rand der Sonne, den Swigger an diesem Tag der Apokalypse eher zufällig entdeckt hatte. Aus welchem Grund auch immer richtete der Ritter von Gundelfingen seinen Blick hoch zur Sonne und bedeckte die vom hellen Licht des Gestirns schmerzhaft geblendeten Augen mit der rechten Hand. Merkwürdig, irgendetwas stimmte nicht. Da war etwas. Aber was? Voller Sorge versuchte er ein weiteres Mal, die strahlende Scheibe in Augenschein zu nehmen, von deren Rand das sonderbare Geschehen seinen Ausgang zu nehmen schien. Doch nach wie vor erstrahlte das Sonnenlicht in einer unerträglichen Helligkeit. Er musste auf der Hut sein, um nicht gar sein Augenlicht dabei aufs Spiel zu setzen! Er wäre nicht der erste, der einen bitteren Preis für diese Neugier zu bezahlen hätte. Geduld also. Abwarten.

In der Tat verstrich nur kurze Zeit, bis sich der Verdacht zur Gewissheit erhärtete: ein dunkler Fleck war es, der sich langsam zwar, aber unaufhaltsam über die helle Sonnenscheibe schob!

Das Licht der Sonne verdunkelte sich mehr und mehr.

Erste entsetzte Schreie verängstigter Menschen, die mit weit ausgestreckten, zitternden Armen an den Himmel deuteten, vermischten sich mit der unnatürlichen Dämmerung, die sich jetzt, in der hohen Mittagszeit, über das erstarrte Land breitete. Der Gesang der Vögel war verstummt, alles Leben schien zum Stillstand gekommen. War es die Apokalypse? Waren die finsteren Prophezeiungen also Wirklichkeit geworden? War heute der Tag des Weltuntergangs? Während die Leute mit gesenkten Köpfen weinend zu Boden gesunken waren und mit aschfahlen Gesichtern auf das nahe Ende warteten, durchbrach urplötzlich ein hysterischer Schrei die unwirkliche Stille dieses Tages, der zur Nacht geworden war. Bruder Kilian! Mit sich vor Panik überschlagender Stimme hastete er an den Menschen vorbei: „Der jüngste Tag ist angebrochen! Der Tag der Abrechnung ist gekommen! Kehrt um, tut Buße, wie oft habe ich es euch gesagt! Doch nun ist es zu spät: die Strafe des Himmels ist über euch, über uns alle gekommen! Zu spät! Alles zu spät! Der Herr sei unserer armen Seele gnädig!" Wirr mit den Armen gestikulierend rannte der Burgpfaffe weiter, geriet ins Stolpern, fiel bäuchlings auf den Boden und rappelte sich stöhnend wieder auf, um seine wilde Flucht fortzusetzen, die ihn zu dem bewaldeten Hügel führte, in dem er kurz darauf verschwand, ohne sich vorher noch einmal umgeblickt zu haben. Es war das letzte Mal, dass Bruder Kilian gesehen wurde. Er blieb fortan für immer verschwunden.

Erst viele Tage später drang die Kunde von einem viele Meilen von Gundelfingen entfernt wohnenden Bauern zu ihnen, der kurz nach dem Ende der Finsternis im Wald einem verwirrten, zerlumpten Menschen begegnet war und der mit sich überschlagender Stimme gerufen habe, er spüre den Atem des Höllenfürsten schon im Nacken. Dann war der Verfolgte auch schon weiter durch das Dornengestrüpp gebrochen. Eine wahrhaft Schauder erregende Nachricht, bei deren Übermittlung Bärbel erschrocken die Hände vor das Gesicht geschlagen hatte. Denn auch ihr war klar geworden, was diese Tatsache zu bedeuten hatte. „Er wird sich, unbewaffnet wie er davon gestürmt ist, in den Wäldern nicht lange halten können. Die wilden Tiere..." konstatierte sie mit vor Entsetzen brechender Stimme. „Der arme Bruder Kilian..."

Auch Swigger nickte düster. „Die Wölfe vor allem. Ich fürchte, sie werden sich seiner schon angenommen haben..."

Es war ein schwerer Gang gewesen, den Bärbel an diesem Nachmittag auf sich genommen hatte. Der Gang hinunter in das Dorf. Zu der bescheidenen Hütte, die Kilian nach seiner Ankunft für sich und die Familie erbaut hatte. Wie sollte sie die schlimme Botschaft nur Ida beibringen, Kilians über die Maßen sensibler Frau? Sie würde den Tod ihres Mannes auf Dauer nicht verwinden. Dessen war sich Bärbel nahezu sicher. Doch es blieb ihr keine andere Wahl, als Ida vom sicheren Tod des Burgpfaffen in Kenntnis zu setzen. Bevor sie es von einem der Leibeigenen erfuhr. Von Leuten, deren Leben tagtäglich von solchen Tragödien begleitet war und die auf eine völlig gefühllos wirkende Art und Weise mit dem Sterben eines Menschen umgingen. Was freilich zugegebenermaßen den einzig möglichen Weg für ihresgleichen darstellte, um nicht angesichts des sie umgebenden Leides irgendwann im sicheren Wahnsinn zu enden. Bärbel selbst, der es als Tochter des Müller vergönnt gewesen war, in ihrer Jugend ein eher besseres Dasein zu erleben, erinnerte sich noch ganz genau an manche ihr damals unverständliche Reaktion von Eltern auf den Tod ihres Kindes. Heute, als erwachsene Frau, wusste sie es besser. Aber Ida. Ida würde an der Nachricht zugrunde gehen. Und dennoch schien es Bärbel ein Gebot der Menschlichkeit, der Frau des Pfaffen, mit der sie oft genug während der zahlreichen Gottesdienste in der Burgkapelle zusammengetroffen war, die traurige Botschaft persönlich zu überbringen.

Und die beiden halbwüchsigen Söhne des Paares? Sicherlich, auch sie würden trauern. Doch die beiden waren stark genug, es schließlich zu verkraften. Sie würden über den Tod des Vaters hinweg kommen, Dank der Zukunft, die ihnen Swigger von Gundelfingen ermöglicht hatte. Es handelte sich um stämmige, lernbegierige Burschen, denen der Burgherr eine Aufnahme in seine Gefolgschaft bereits bewilligt hatte. Als künftige Reitknechte würden sie den Edelmann auf seinen zahlreichen Reisen bald schon begleiten, sobald sie die Ausbildung durchlaufen hatten, die nach wie vor in den Händen von Friedbert lag. Dem treu ergebenen Burgvogt auf Gundelfingen.

Müde rieb sich der Edelmann die Augen, als er an die Ereignisse dieser letzten Tage zurück dachte. Die Finsternis war vorüber gegangen, das jüngste Gericht war entgegen allen Prophezeiungen nicht über sie gekommen. Und so hatte das Leben ganz allmählich wieder seinen gewohnten Lauf genommen. Gerade so, dass man bald schon hätte meinen können, es sei – mit Ausnahme von Kilians mysteriösem Verschwinden – niemals etwas geschehen. Als ziehe die Sonne weiterhin ihre regelmäßige Bahn und erleuchte die Erdenscheibe mit ihren hellen, warmen Strahlen.

Und dennoch: das unfassbare Ereignis hatte in Swigger seine Spuren hinterlassen. Auf die Zukunft war ein Schatten gefallen. Die Zukunft, die ihm seit der Geburt seines Sohnes allen politischen Widrigkeiten zum Trotz doch so klar und hoffnungsvoll erschienen war. Nicht einmal die bald nach dem sonderbaren Geschehen im Reich kursierenden Meldungen, wonach mancher Astronom von der bedrohlichen Sonnenfinsternis als ganz normalem Phänomen gesprochen hatte, das sich in der Geschichte der Welt schon mehrfach ereignet habe, konnte die Unruhe von ihm nehmen. Was, wenn die Gelehrten irrten? Wenn sie mit ihrer Einschätzung völlig daneben lagen? Es wäre weiß Gott nicht das erste Mal!

Wenn es sich also doch um eine ernstzunehmende erste Drohung der göttlichen Dreifaltigkeit gehandelt hatte? Um ein erstes Zeichen der erzürnten Himmelsmächte? Um die üblen Vorboten einer finsteren Zeit? War es vielleicht doch das Grollen des Herrgotts gewesen, weil die Christenheit noch immer nicht zur Befreiung von Jerusalem aufgebrochen war. Allen Mahnungen des Papstes zum Trotz. Denn immer noch befand sich die Heilige Stadt in den Händen der Heiden. Besetzt von wilden Horden, durch deren unchristlichem Tun und Treiben die Heiligen Stätten entweiht worden waren…

Frühjahr 1096

„Ich werde ihm auf alle Fälle keine Totenmesse lesen lassen!“ Voller Erleichterung hatte Swigger am heutigen Nachmittag die Nachricht vom Tod des Abtes Noker in Zwiefalten zur Kenntnis genommen. Vor wenigen Tagen war dieser an den Folgen einer Erkältung gestorben, die ihn wochenlang auf das Krankenlager gestreckt hatte. Die Botschaft war ihm von Frieder übermittelt worden, dem tüchtigen Sohn des alten Burgvogtes Friedbert. In gestrecktem Galopp war der junge Mann direkt auf Gundelfingen zugeprescht und hatte sein Reitpferd mit unablässigen Peitschenhieben den steilen Weg zur Burg hoch getrieben, ohne dem erschöpften Tier auch nur die geringste Verschnaufpause zu gönnen. Mit besorgten Gesichtern hatten die Menschen den wilden Ritt des gundelfingischen Reisigen verfolgt, dessen Eile normalerweise nichts Gutes verheißen konnte. Schlechte Nachrichten, so schien es ihnen, musste er mit sich führen. Mit angsterfüllten Mienen falteten viele von ihnen die Hände und schickten ein stummes Gebet zum Himmel. Nicht, dass schon wieder Krieg und Zerstörung das geschundene Land heimsuchten! Der Herrgott möge ein Einsehen habe und dem beständigen Eroberungsdrang der hohen Herrschaften entgegenstehen.

Es verstrich geraume Zeit, bis der Kern von Frieders Botschaft endlich zu ihnen herunter gedrungen war. Und auch unten im Tal hielt sich die Trauer in genauso engen Grenzen, wie oben auf der Burg. Der Abt war gestorben. Darum also Frieders Eile. Erleichtert atmeten die Menschen auf. Sie hatten weiß Gott weit schlimmeres befürchtet. Doch um den Vorsteher des Klosters Zwiefalten brauchten sie keine Träne zu vergießen. Den Trauerdienst sollten getrost die hohen Herren übernehmen, samt der Mönche des Klosters, das seit seiner Gründung wie ein Krebsgeschwür im südlichen Teil der Schwäbischen Alb mehr und mehr zu wuchern begann. Und falls einer aus dem Kreis der Leibeigenen und zinspflichtigen Bauern womöglich zunächst der naiven Hoffnung verfallen war, die christlichen Brüder würden eine andere Regentschaft betreiben, als man dies von den adligen Herren zu erdulden hatte, dann war er schon bald eines besseren belehrt worden. Die frommen Klosterleute! Sie benahmen sich dem einfachen Volk gegenüber keinen Deut besser, als die Edelherren. Eher im Gegenteil! Umso schlimmer waren die Erwartungen der Bauern also enttäuscht worden, die sich doch nur die barbarischen Szenen vor Augen hätten führen müssen, die sich bei der rücksichtslosen Vertreibung der ehemaligen Bewohner des Dorfes Zwiefalten zugunsten der Klostergründung zugetragen hatten. Nein, in ihrem Verhalten gegenüber dem gemeinen Mann unterschieden sie sich nicht von den Methoden der adeligen Grundbesitzer. Und trugen sie auch noch so fromme Sprüche auf den Lippen. All ihrer vorgeblich gottgefälligen Lebensweise zum Trotz. Wieder einmal schien es den tief enttäuschten Menschen, als gälten die Worte der Heiligen Schrift nur für die Edelleute und nicht für das ganze Volk. Als existierten selbst die zum Lob des Herrn erbauten Klöster nur für den Adel. Denn welcher Glückliche aus dem gemeinen Volk hatte es bislang geschafft, Einlass an der Klosterpforte zu finden, um fürderhin als Mönch in der Gemeinschaft der Benediktiner sein Dasein fristen zu dürfen? Keiner! Und wehe, es machte einer auch nur den Versuch, um solche Aufnahme zu bitten! Mit Schimpf und Schande würden sie ihn davon jagen – falls sie den in ihren Augen unverschämten Fragesteller nicht gleich in Ketten schmieden ließen! Das Klosterleben: ebenfalls also ausschließlich den hohen Herrschaften vorbehalten. Die dann von Zeit zu Zeit ihre Sendboten über das Land schickten, um die Menschen zu ernster Buße und christlicher Einkehr zu gemahnen! Als wenn die Leute nicht andere Sorgen bewegten! Die Pfaffen! Sie konnten getrost zum Teufel gehen! Zur Hölle mit dem Abt! Kein Wunder, dass in zahlreichen der armseligen Bauernhütten nach wie vor Erzählungen die Runde machten, wie es früher gewesen war. In den so unvorstellbar lange zurückliegenden, hellen Zeiten der Ahnen. Als noch die alten Götter geherrscht hatten. Als sich die Bauern noch auf gleicher Augenhöhe mit ihren Waffen tragenden Beschützern befunden hatten. Als sich kein Mensch über den anderen gestellt hatte! Die glorreichen Zeiten der alten germanischen Götter. Donar, Wotan, Freya und Tiwaz: weshalb nur waren sie von ihnen gegangen? Welche Segnungen hatten die christlichen Missionare mit ihren neuen Gottheiten über das Volk gebracht? Nichts anderes als Unfreiheit, Elend und Unterdrückung. Niemals hätten sie die alten Götter verlassen dürfen! Selbst Bruder Kilian, der einzige von all den Pfaffen, mit dem man auch über solche Fragen reden konnte, hatte ihre Einwände nicht ganz und gar verworfen. Selbst er war der Meinung gewesen, dass nirgendwo in der Heiligen Schrift die Rede von der Knechtschaft des gemeinen Mannes zu finden sei. Dass es nicht Gottes Wille sein könne, das einfache Volk in Armut und Knechtschaft zu halten. So, wie dies die hohen Herren, die Bischöfe und Äbte immer behaupteten. Zwar war auch Bruder Kilian nicht des Lesens der lateinischen Sprache mächtig, doch während seiner Ausbildung als Priester hatte er von mancherlei Auslegung der Heiligen Schrift erfahren, die ihm dann viele Jahre später als verheiratetem und deshalb von den Häschern des Bischofs verfolgtem Priester wieder in den Sinn gekommen waren. Doch seit der unseligen Sonnenfinsternis war Bruder Kilian verschwunden. Wie vom Erdboden verschluckt. „Gerade so, als ob auch ihn der Teufel geholt hätte!", diese erschrockene Vermutung hatte seinerzeit im Dorf die Rede gemacht. Und ganz im Gegensatz zu der am heutigen Tag verbreiteten Nachricht vom Tod des Abtes hatte die Kunde von Kilians Verschwinden die Herzen der Gundelfinger damals mit aufrichtiger Trauer erfüllt. Unten im Dorf genauso wie oben auf der Burg.

Denn auch bei Swigger von Gundelfinger rief die Botschaft vom Ableben des Abtes Noker von Zwiefalten keinerlei Trauer hervor, im Gegenteil. Im Gegensatz zu der überwiegenden Mehrzahl seiner adeligen Bundesgenossen war Swigger dem Abt Noker, der es glänzend verstanden hatte, sich den anderen als milder Schöngeist zu präsentieren, immer mit misstrauischer Distanz gegenüber gestanden.

Der große Prediger und Liederdichter! Der feine Herr! Als Nachbar, dessen Gebiet unmittelbar an den sich rasch vergrößernden Einflussbereich des Klosters grenzte, war Swigger bald schon mit den Schattenseiten der schöngeistigen Fassade konfrontiert worden. Denn wie schon bei der Klostergründung gingen die Zwiefalter Vögte nach wie vor rücksichtslos gegen jegliche andere Interessen vor. Und sei es sogar auf Kosten einer handgreiflichen Auseinandersetzung – wie auch Swiggers Vogt Friedbert in manch strittiger Grenzangelegenheit ein Lied davon singen konnte! Natürlich war der listige Abt Noker während seiner gesamten Regierungszeit sorgsam darauf bedacht gewesen, nicht persönlich als unbarmherziger Grundherr oder gar als Unruhestifter in Erscheinung zu treten, doch kein anderer als der Abt persönlich war es, der die Zügel mit eisernem Griff in seiner Hand behielt. Er und kein anderer war der Drahtzieher, der im Zusammenspiel mit den übermächtigen Klostergründern, den Grafen von

Achalm, die nahezu ungehemmte Expansion des Benediktinerklosters durchsetzte – immer beseelt von der Hoffnung, möglichst bald die völlige Unabhängigkeit von seinem Hirsauer Mutterkloster zu erreichen. Was nur noch eine Frage von wenigen Monaten sein konnte. Denn vor kurzem war es Liutold und Kuno von Achalm gelungen, mit der Wahl Gerhard von Urach zum Abt des Klosters Hirsau auch dort einen engen Verwandten im höchsten Klosteramt zu platzieren.

Die frommen Achalmbrüder! Ausgerechnet! Schon beim bloßen Gedanken an Lebensweise und Handlungen der beiden Grafen sträubten sich Swiggers Nackenhaare. Mit immer großzügigeren Schenkungen bedachten diese ihre Klostergründung. Zwiefalten bildete zwar mit seinem Mutterkloster Hirsau eine intensive geistige Achse, würde die Schwarzwälder Mönche aber im Hinblick auf die Größe seines Territoriums und die damit verbundene wirtschaftliche Vormachtstellung wohl schon in Kürze überflügelt haben. Kein Wunder, denn die Achalmgrafen, die als letzte ihres Geschlechts ohne Nachkommen sterben würden, standen nach allem, was im Lande gemunkelt wurde, sogar im Begriff, nach ihrem Ableben dem Kloster ihren gesamten Besitz zu übereignen. Schier unglaublich, angesichts des gewaltigen Vermögens der Herren von Achalm – und dennoch durchaus wahrscheinlich. Swigger brauchte sich nur seine letzte Begegnung mit Graf Liutold anlässlich des Reichstags von Worms ins Gedächtnis rufen, wo er den alten Grafen im ersten Moment mit einem in sich gekehrten, tief ins Gebet versunkenen fremden Abt verwechselt hatte. So sehr war der Mann allem Anschein nach dem religiösen Eifer verfallen. Ganz im Gegensatz zu seinem Bruder Werner, dem Mann, der wirklich das Amt eines Bischofs bekleidete. Doch auch selbst er, der Bischof von Straßburg, der bekanntermaßen fest an der Seite des Kaisers stand, hatte nur bekümmert den Kopf schütteln können, als er den in sich gekehrten Luitold erblickt hatte, den nichts anderes mehr zu beschäftigen schien, als das unablässige Murmeln frommer Gebete. Kein Wunder, dass im Herzogtum längst spöttische Reden die Runde machten. Man habe es bereits gülden um die Häupter der Grafen von Achalm leuchten sehen, wisperten die Lästermäuler und berichteten ihrer staunenden Zuhörerschaft grinsend vom Tagesablauf auf der Achalm, wo man die beiden Grafen entweder in der Burgkapelle antreffen könne, wo sie tief in ihre Gebete versunken viele Stunden verbrächten, oder dann anschließend beim Singen frommer Lieder im Palast der altehrwürdigen Burg. Womöglich glaubte Liutold, der regierende Graf, gar schon an seine baldige Heiligsprechung!

In letzter Zeit gar war gemunkelt worden, dass Liutold sogar den Wunsch geäußert habe, seine letzten Lebensjahre im Kloster Zwiefalten verbringen zu können. Und nicht nur das: selbst der Eintritt in den Konvent der Mönche sei von dem alten Grafen bereits erwogen worden. Der Graf von Achalm mit Tonsur und schwarzer Kutte! Als einfacher Mönch unter den anderen Klosterbrüdern! Unglaublich! Und dennoch lag es auf der Hand, dass es genauso und nicht anders kommen würde. Zu viele andere staunenswerte Dinge hatten sich im Zusammenhang mit dem nahen Kloster schon zugetragen, als dass Swigger von Gundelfingen selbst bei den abstrusesten Gerüchten noch irgendwelche Zweifel an deren Wahrheitsgehalt hegte. Abt Noker und seine frommen Mitbrüder! Sie hatten ganze Arbeit geleistet und die beiden gräflichen Klostergründer voll und ganz in ihren Bannkreis gezogen.

Ob man nach dem nunmehr eingetretenen Tod des mächtigen Abtes nun allerdings womöglich auf ein Klima der Entspannung zwischen Zwiefalten auf der einen und den benachbarten adligen Grundherren auf der anderen Seite hoffen durfte, schien Swigger äußerst zweifelhaft. Nach wie vor vermochte er auf Seiten der so genannten Reformbewegung nur wenig Bereitschaft erkennen, sich mit den treuen Gefolgsleuten von Kaiser Heinrich IV. und Herzog Friedrich von Schwaben zu einem dauerhaften Bund der Freundschaft zu vereinigen. Denn als viel zu tief greifend präsentierten sich nach wie vor die Unterschiede, die sie dazu bewogen hatten, sich auf die Seite der einen oder anderen Bewegung zu begeben. Nein, auch über den Tod des mächtigen Abtes hinaus war es dringend geboten, auf der Hut zu sein. Ein neuer, nicht minder mächtiger Gegenspieler würde sich als Abt aus den Reihen der Mönche er heben. Kein Grund zur Entwarnung also. Und erst recht nicht der geringste Anlass für den Edelherren auf Gundelfingen, eine Messe für das Seelenheil des toten Abtes lesen zu lassen. Die Herrschaft Gundelfingen und das Kloster Zwiefalten, sie würden auch künftig nicht in Freundschaft verbunden sein. Man brauchte sich diesbezüglich weder Illusionen zu machen, noch gab es einen wie auch immer gearteten Grund dafür, eine scheinheilige Trauer an den Tag zu legen. Die Fronten waren klar und deutlich abgesteckt: auch künftig würde man sich erfüllt mit skeptischem Misstrauen eher wie Fuchs und Hase gegenüber stehen. Wobei man sich schon die Frage stellen durfte, wem die Rolle des Fuchses zugefallen war und welcher Seite die des Hasen! Das Land war noch lange nicht zur Ruhe gekommen. Ganz im Gegenteil: schon drang die Kunde von neuen Unruhen vom Rheinland herauf. Selbst auf der noch scheinbar friedlichen Schwäbischen Alb konnten sich die Dinge schnell ins Gegenteil verkehren!

Denn auch das Klima des Jahres 1095 war feucht und viel zu kalt verlaufen. Als Folge davon war vor allem in den großen Städten am Rhein eine noch weitaus schlimmere Hungersnot ausgebrochen, als dies in der Vergangenheit der Fall gewesen war. Selbst die sonst so sehr auf nichts anderes als auf ihren eigenen Vorteil bedachten Klöster hatten angesichts dieser Notlage ihre Kornspeicher geöffnet, doch auch diese Maßnahme war angesichts der katastrophalen Ernte nahezu wirkungslos verpufft. Nicht einmal zwei Monate hatten die Vorräte ausgereicht, dann waren auch sie restlos verbraucht. Und nun litten sogar die Klosterbrüder Hunger. Vom adligen Patrizier über die stolzen Stadtbürger, Priester, Mönche und Handwerker bis hinunter zum letzten Fuhrknecht starben die entkräfteten Menschen in diesem Winter wie die Fliegen. Mord und Totschlag waren unter den Hungernden an der Tagesordnung. Immer gewalttätiger versuchte die Masse des marodierenden städtischen Pöbels sich die hungrigen Mägen zu stopfen. Kein Wunder, dass die Herren in ihrer bedrängten Notlage rasch die Schuldigen gesucht und gefunden hatten, gegen die sich denn auch sofort der geballte Zorn des Volkes richtete: die Juden! Wieder einmal waren es die Juden, die als Verantwortliche für Missernten, Wetterkatastrophen, Hunger, Tod und Seuchen herhalten mussten. Die Kreuziger Christi! Der Quell allen Übels! Die Verführer der frommen Christenheit! Klar, dass die Predigten der schwarzgewandeten religiösen Eiferer in dieser angeheizten Stimmung auf besonders fruchtbaren Boden fielen...

Und ausgerechnet jetzt war eine weitere Nachricht bis in die entferntesten Winkel des Reiches gedrungen. Die Kunde von einem unglaublichen Ereignis, das sich Ende des Monats November auf einer Versammlung der Kirchenfürsten in der Stadt Clermont – Ferrand zugetragen hatte. Papst Urban I. war hier persönlich vor die begeisterten Teilnehmer des Konzils getreten und hatte eine flammende Rede gehalten. So, wie dies seinem von allen Seiten gerühmten Redetalent entsprach. Er hatte den heiligen Krieg proklamiert. Hatte die gesamte abendländische Ritterschaft aufgefordert, das Kreuz zu nehmen und nach Jerusalem zu ziehen. An die heiligen Stätten der Christenheit und Jerusalem aus dem Würgegriff der Heiden zu befreien. Erst dann, wenn dieser Zug erfolgreich, wenn also Jerusalem, die heilige Stadt, befreit worden sei aus der Herrschaft der Heiden, erst dann könne auch damit gerechnet werden, dass der Zorn Gottes wieder von ihnen weiche.

Der Kreuzzug! Seit Jahrzehnten schon war die Rede davon gewesen, die Ritterschaft unter dem Zeichen des Kreuzes in einer riesigen Streitmacht zu vereinen, wie sie der Erdkreis niemals zuvor gesehen habe. Nie hatten es die Vorfahren vermocht, das gewaltige Vorhaben auch wirklich in die Tat umzusetzen.

Doch jetzt stand der Zug nach Jerusalem unmittelbar bevor! Papst Urban war das unmöglich scheinende gelungen. Auf nach Jerusalem! Einer Flutwelle gleich ergoss sich der Aufruf über das ganze Land. Und alle schienen sich anstecken zu lassen von der Woge der Begeisterung, die durch die offizielle Verkündung des Heiligen Krieges über sie hinweg schwappte. Selbst jene Edelleute, die noch nie auf Seiten der Papstpartei zu finden gewesen waren. Denn jetzt ging es um höhere Ziele. Jetzt ging es um die Befreiung von Jerusalem. Um nichts anderes mehr!

31

Sommer 1096

„Es kann doch niemals der Wille Gottes sein, dass sich die Menschen zu solch üblen Handlungen hinreißen lassen!“ Ungläubig schüttelte Swigger von Gundelfingen seinen Kopf, und ballte gleichzeitig voller Ingrimm die Fäuste.

Auch in Bärbels Antlitz stand das fassungslose Entsetzen geschrieben, das sie bei der Schilderung ergriffen hatte, deren Zeugin sie gerade eben zufällig geworden war.

Zwei armselige Gestalten waren es, die da verschüchtert und trotz der sommerlichen Hitze am ganzen Leib zitternd im Burghof vor dem Ritter gestanden hatten. Auf das ausdrückliche Geheiß des Gundelfingers waren sie von Friedbert, dem Burgvogt, hierher gebracht worden. Abgerissene, zerlumpte Menschen, allem Anschein nach Bettler, unehrliches Gesindel eben. Deren zerschlissener Kleidung, die ihnen in Fetzen vom Körper hing, man freilich bei ganz genauem Hinblicken noch ansehen konnte, dass die beiden einst bessere Zeiten erlebt haben mussten, falls die Kleidung nicht gestohlen war. Falls es sich also nicht gar um Diebe handelte. Was jedoch irgendwie nicht zu den beiden passen wollte. Zu dem älteren Mann mit seinem verfilzten tiefschwarzen Haar und dem vielleicht zwölf, dreizehn Jahre zählenden Mädchen, bei dem es sich allem Anschein nach um dessen Tochter handelte.

Begonnen hatte es drunten im Tal, bei der oberen Mühle. Bis zur Wache auf dem Turm von Burg Gundelfingen war das Geschrei gedrungen, das sich an diesem sonnigen Nachmittag mit einem Mal erhoben hatte. Der Wächter hatte dem Burgvogt sofort die entsprechende Meldung gemacht, woraufhin sich Friedbert persönlich an der Spitze von drei weiteren Reitern zu der Stelle begab, an der sich mittlerweile schon ein kleiner Menschenauflauf gebildet hatte.

„Erschlagen muss man sie!“, drang da gerade eine laute Aufforderung aus der Mitte der Menge.

„Jawohl! Auf der Stelle erschlagen!“, bestätigte ein zweiter mit sich schier überschlagender Stimme.

„Ersäufen ist besser! Dann haben sie wenigstens vor ihrem Tod noch die Taufe erhalten!“ lachte ein dritter roh in die Runde.

Höchste Eile schien geboten! Ohne sich in irgendeiner Weise um die wütenden Kommentare der nur widerwillig zurückweichenden Bauern zu scheren, drängte Friedbert mit seinem Pferd entschlossen durch die Menge, bis er das Zentrum erreicht hatte. Hier fiel sein Blick auf zwei abgerissene Gestalten, die an Händen an Füßen gefesselt hilflos am Boden lagen. Aus dem Mund der kleineren Gestalt drang ein jämmerliches Schluchzen, das in wellenartigen Bewegungen durch den Körper des kleinen Mädchens drang, während der gefesselte Mann mit weit aufgerissenen Augen angstvoll ins Leere starrte und sich in sein unmittelbar bevorstehendes Ende gefügt zu haben schien.

Schon hoben zwei der Bauern drohend ihre hölzernen Prügel in die Höhe, jederzeit bereit, die kurz zuvor angekündigten Schläge auszuteilen.

„Halt!“ Rasch hieb Friedbert die Sporen in die Flanken seines schmerzhaft aufwiehernden Pferdes, das dadurch in einem weiten Satz nach vorne preschte und die Bauern mit seiner Körpermasse einfach zu Boden stieß.

Friedbert war in der Tat keinen Wimpernschlag zu früh gekommen, um dem unseligen Treiben gerade noch rechtzeitig Einhalt zu gebieten. Und es hatte nicht nur all seiner eigenen Autorität als Burgvogt bedurft, sondern auch der energischen Mithilfe seiner drei Reisigen, bis die aufgebrachten Menge wieder einigermaßen wieder zur Räson gebracht war.

„Sie sind die Verführer der Christenheit!“

„Die Juden haben unseren Herrn ans Kreuz geschlagen!“

„Wer einen von ihnen erschlägt, dem ist der Himmel sicher!“

In rascher Folge drangen diese wütenden Ausrufe an das Ohr des verblüfften Burgvogts, der die sonst so bedächtigen Bewohner des Dorfes Gundelfingen kaum noch wieder erkannte. War die Saat des Hasses also auch schon hier auf fruchtbaren Boden gefallen? Hatte dies die eifernden Prediger bewirkt, die in diesen Tagen allüberall durch die Lande zogen und selbst das einfache Volk zum Heiligen Krieg gegen die Verführer der Christenheit anstachelten, wobei sie die Juden rücksichtslos mit genau denselben drastischen Begriffen brandmarkten, wie die heidnischen Seldschukenhorden, die Eroberer von Jerusalem. Der Zweck schien ihnen alle Mittel zu heiligen! Und die Saat des Hasses war aufgegangen. Selbst bei den Leibeigenen von Gundelfingen, die doch, wie Friedbert ganz genau bekannt war, in aller Heimlichkeit immer noch den sehnlich vermissten germanischen Gottheiten huldigten. In diesem Fall jedoch hatten sie sich vom Fanatismus der Eiferer anstecken lassen. Die in den wehrlosen Juden einen Schuldigen gesucht und gefunden hatten. Wofür auch immer! Für die Hungersnöte im Rheinland genauso wie für den Tod Christi, für die Leibeigenschaft der Bauern ebenso wie für den Fall von Jerusalem! So einfach war es also, die Leute zu verführen. Man brauchte ihnen nur einen Schuldigen zu präsentieren!

Erst nach weiteren hitzigen Wortgefechten war es dem Burgvogt gelungen, die aufgebrachten Bauern zu beruhigen und ihnen zu versichern, dass durch die beiden Juden, keinerlei Bedrohung für das Dorf Gundelfingen und für das Leben von dessen Bewohnern ausgehen werde. Dafür stünde er als Burgvogt ein. Und im Übrigen: „Jetzt schaut einmal auf dieses kleine Mädchen! Wie unterscheidet es sich von euren Töchtern? Was sind denn das für Heldentaten, ein solches Kind auf den Boden zu werfen und an Händen und Füßen zu fesseln? Ihr müsst mir schöne Feiglinge sein, wenn ihr solchermaßen eure Angst vor solch einem unschuldigen Kind offen zur Schau stellt!“ Dieses Fazit hatte schließlich verfangen. Tief beschämt und mit hängenden Köpfen liefen die Bauern danach auseinander, während sich Friedberts Reisige anschickten, die Fesseln der beiden Gefangenen zu lösen um sie danach vorsichtig auf die Pferde zu setzen.

Selbst Friedbert nahm freilich im Anschluss daran voller Überraschung Kenntnis von Swiggers Aufforderung, die zwei Juden zum Burgherrn zu bringen, der sie persönlich nach ihrem Herkommen zu befragen gedachte. Und so war es schließlich zu dem erschütternden Bericht gekommen, den der Jude mit Namen Isaak leise und mit vor Anspannung immer wieder stockender Stimme vor dem fassungslosen Herren von Gundelfingen ausgebreitet hatte.

Einst, vor noch gar nicht so langer Zeit, war Isaak noch ein wohlhabender Kaufmann in der Stadt Köln gewesen, wo er im dortigen Judenviertel unbeschwert und sorglos seinen einträglichen Geschäften nachgegangen war. Mit seiner Ehefrau Lea führte er eine gute Ehe und ihre geliebte Tochter Afra, das Kind, mit dem er sich nun bis hierher auf die Alb geflüchtet hatte, galt den beiden als Geschenk Gottes, als Mittelpunkt ihrer liebevollen Zuneigung. Selbst die Zeit der ersten Hungersnot hatten sie noch unbehelligt überstanden, nicht zuletzt durch die großzügigen Spenden, die Isaak dem Armenspital der Stadt hatte zuteil werden lassen. Und dies freiwillig – neben den an sich schon horrenden Steuern, den ein jüdischer Handelsmann wie er für die Erlaubnis zu zahlen hatte, die ihm den sicheren Aufenthalt hinter den festen Mauern der Stadt garantierte. Den sicheren Aufenthalt! Isaak lachte bei diesen Worten bitter auf. Denn, als im vergangenen Jahr die große Hungersnot wie eine Heuschreckenplage über sie gekommen war, waren selbst reiche Kaufleute wie Isaak und dessen Familie gezwungen, mit hungrigen Mägen zu Bett zu gehen: „Denn Gold und Silber kann man nicht essen, Herr!", da war es mit der Sicherheit für die Juden schlagartig vorbei gewesen. Spätestens als einer aus der Schar der wortgewaltigen und Unheil verkündenden Prediger die Massen in seinen ganz besonderen Bann geschlagen hatte, in dem er ihnen vom Zorn Gottes erzählte, den sie nur durch die Vernichtung aller Juden und die Befreiung der Heiligen Stätten von sich würden nehmen können, hatte das Unheil seinen endgültigen Lauf genommen. Kein Christenmensch war ihnen mehr zu Hilfe gekommen. Im Gegenteil. Selbst der niedere Adel des Rheinlandes hatte sich von den Predigten des Einsiedler Peter von Amiens anstecken lassen und im Zeichen des Kreuzes geraubt, geplündert und geschändet. Geschändet! „Ein Schicksal, vor dem ich auch meine arme Ehefrau nicht habe bewahren können, Herr. Mit eigenen Augen haben sie mich gezwungen, die Taten ansehen zu müssen, bis einer von ihnen Lea dann mit einem Stock erschlagen hat, Herr. Glaubt mir, der Tod ist eine Gnade für sie gewesen..."

Nach dieser entsetzlichen Schilderung hatte es geraumer Zeit bedurft, bis Isaak wieder in der Lage war, mit seinem Bericht fortzufahren. Weder der Burgherr, noch der durch seinen früheren Dienst als Reisiger des Erzbischofs an Grausamkeiten mancherlei Art gewöhnte Friedbert und erst Recht nicht Bärbel, hatten in der beklemmenden Pause auch nur eine Silbe über ihre vor Anspannung und Scham fest zusammengepressten Lippen dringen lassen. Nur Bärbel hatte einen vorsichtigen Schritt nach vorne getan und das apathisch vor sich auf den Boden stierende Mädchen mit ihren Armen fürsorglich umschlungen und eng an ihren Leib gepresst.

Auch der zweite Teil von Isaaks Schilderung ließ die Zuhörer in ihrem Innersten erbeben. Zumal bislang nicht das Geringste von den Geschehnissen zu ihnen gedrungen war, die sich seit Wochen nicht mehr nur in Köln, sondern nun auch schon in anderen, rheinaufwärts gelegenen Städten ereigneten. Worms zum Beispiel. Auch in der altehrwürdigen Domstadt hatte der marodierende

Mob übel gehaust. Wobei sich sogar kein geringerer als der Bischof von Worms persönlich mit aller Entschiedenheit gegen die Hasspredigten des Peter von Amiens gestellt und die Juden in offener Rede verteidigt hatte. Doch die fanatisierte Menge hatte dem Bischof kein Gehör mehr geschenkt und war nun in offener Rebellion selbst gegen den Bischof vorgegangen, dem angesichts dieser Umtriebe nur noch die überstürzte Flucht aus seiner Stadt geblieben war.

Hunderte von Juden hatten sie in der Stadt aufgegriffen und wie Schlachtvieh zu einer Herde zusammen getrieben, um sie am nächsten Tag zwangsweise zu taufen. Zu Dutzenden waren die verzweifelten Juden vor ihren Häschern geflohen und hatten als letzten Ausweg den Selbstmord gewählt, in dem sie sich einfach in den Rhein stürzten, in dem sie dann elendiglich ertrunken waren. „Zwar ist es auch in unserer Religion strengstens untersagt, sich selbst das Leben zu nehmen, Herr. Doch viele von ihnen haben erklärt, sie wollten lieber durch die eigene Hand den Tod finden, als sich unter Zwang zu Christen taufen zu lassen. Und so sind sie also lieber gestorben, Herr. Während wir, meine Tochter Afra und ich, es mit knapper Mühe geschafft haben, der Gefangennahme zu entgehen. Und so hat uns das Schicksal nun also hierher zu Euch getrieben und uns eurer Gnade und Barmherzigkeit empfohlen..."

Damit war Isaak zum Ende gekommen. Es zerriss Swigger vor Mitleid fast das Herz, wenn er einen Blick auf das arme vor Anspannung und Entkräftung zitternde Mädchen in Bärbels Armen warf. Das Mädchen, das ungefähr im selben Alter sein musste, wie einst Hildegard, seine nach wie vor schmerzlich vermisste Tochter. Auch Afra, dem Judenmädchen, würde fürderhin kein leichtes Leben beschieden sein. Die Mutter ermordet, der abgezehrte in seiner Existenz vernichtete Vater ohne jegliche Hoffnung und Zukunftsaussicht. Die Erinnerung an all die erlebten Demütigungen und Fußtritte des wechselvollen Schicksals, er würde sich nie mehr davon lösen können. Schlimmer noch: sie würde ihn mit Sicherheit das Leben kosten. Keine Macht der Welt würde den verzweifelten Mann mehr vor dem baldigen Ende bewahren können. Swigger war Realist genug, um sich in dieser Hinsicht nicht die geringsten Illusionen zu machen.

Zumindest jedoch abmildern konnte man die unmittelbaren Auswirkungen des heutigen Geschehens. So schiene es ihm immerhin ein Akt der puren Barmherzigkeit, wenn er ihnen wenigstens ein Obdach anzubieten hätte.

Auf Swiggers Geheiß wurden die kleine Afra und ihr Vater in die Burgküche geführt, wo Bärbel schon dafür Sorge tragen würde, dass die beiden endlich einmal wieder genügend zu essen bekamen. Wenig später befahl er Friedbert zu sich, um ihn von seiner Entscheidung in Kenntnis zu setzen, dass der Herr von Gundelfingen dem Juden die Erlaubnis erteilen würde, sich unten im Dorf niederzulassen und eine Hütte bauen zu dürfen, für die der Burgvogt nicht nur das benötigte Baumaterial ohne Gegenleistung zur Verfügung stellen werde, sondern auch Sorge dafür zu tragen habe, dass einige der gundelfingischen Leibeigenen tatkräftig beim Bau der Hütte mithalfen. Wenngleich Friedbert dem Juden Isaak aus guten Gründen strengstens ans Herz legen sollte, nur ja keinerlei religiöse Handlungen in der Öffentlichkeit zu vollziehen.

Wer konnte er für den Mann nicht tun. Immerhin hätte er somit ein, wenn auch bescheidenes, Dach über dem Kopf gefunden. Für sich und das arme Mädchen. Die murrenden Gundelfinger würden sich schon irgendwann an ihre neue Nachbarschaft gewöhnt haben. Dessen war sich auch Friedbert sicher. Ein armseliges Leben zwar, verglichen mit dem, das Isaak wohl in Köln hatte zurücklassen müssen. Aber eben gleichwohl ein Leben, das zumindest die kleine Afra vor schlimmerem bewahren konnte. Deren Flucht damit zu einem Ende gekommen war.

Was würden wohl die frommen Priester sagen, wenn sie Kenntnis von der Ansiedlung eines Juden auf dem gundelfingischen Besitz erhielten? Und die Patres, die im nahen Kloster Zwiefalten ihr gottgefälliges Leben führten, würden nicht im Mindesten zögern, den Edlen von Gundelfingen mit dem Kirchbann zu belegen und zu exkommunizieren. Genauso, wie sie es mit dem Kaiser schon getan hatten! Als wenn nicht andere Sorgen im Vordergrund stünden, in diesen unruhigen Zeiten, in denen die Kirchenfürsten nur der Heilige Krieg zu bewegen schien. Der offenbar schon bald bevorstehende Kriegszug ins heilige Land. Der Kreuzzug, von dem es hieß, die ersten, die den Beginn gar nicht mehr hatten erwarten können, seien sogar schon aufgebrochen. Wilde, ungehobelte Gestalten, denen es weit mehr um fette Beute zu tun war, als um das eigentlich Ziel: die Befreiung der heiligen Stätten der Christenheit aus den Händen der Heiden.

Die christliche Botschaft führten sie alle unablässig auf den Lippen. Und jener angeblich fromme Einsiedler, der mit seinen begeisternden Brandpredigten durch die Lande und dessen scharfzüngige Agitation schon tausende das Leben gekostet hatte. Sie hatten die gute Botschaft in das genaue Gegenteil verkehrt. Über Nacht hatten sich die Dinge verselbständigt. Es war dringend geboten, den volksverhetzenden Umtrieben endlich Einhalt zu gebieten.

Der Kaiser musste handeln. So rasch wie möglich handeln, bevor es endgültig zu spät war. Zumindest im Reich die Ruhe wieder herstellen.

Währenddessen würde der Kreuzzug seinen Gang nehmen. Überraschenderweise ohne einen gekrönten König an seiner Spitze. Denn Kaiser Heinrich war immer noch vom Bannstrahl des Papstes belegt und überdies nach wie vor mehr als genug damit beschäftigt, einen dauerhaften Frieden zwischen Welfen und Saliern zustande zu bringen. Und so hatte er mit bemerkenswerter Umsicht dafür gesorgt, dass mit dem lothringischen Edelmann Gottfried von Bouillon zumindest ein kaisertreuer Ritter die Bewegung anführte. Wenn sie schon nicht mehr aufzuhalten war...

Auch bei einer Vielzahl von schwäbischen Adligen hatte sich die Begeisterung für den Zug ins Heilige Land inzwischen gewaltig abgekühlt. Je mehr an Nachrichten zu ihnen drang, über die außer Rand und Band geratenen Horden am Rhein, die vermeinten, jedes von ihnen begangene Unrecht mit dem Verweis auf ihre heilige Mission rechtfertigen zu können, umso unwohler war ihnen bei dem Gedanken geworden, womöglich viele Monate Seite an Seite mit diesen Räubern und Galgenvögeln zubringen zu müssen, denen es doch in Wirklichkeit um nichts anderes zu tun war, als um eine möglichst fette Beute. Auch um den Preis von unschuldigen Menschenleben!

Und ferner: wessen Interessen steckten sonst noch hinter dem Befreiung der Heiligen Stadt? Waren es wirklich nur fromme Motive, die den Papst dazu bewogen hatten, den Heiligen Krieg zu verkünden?

Man konnte sich nur der Hoffnung hingeben, dass dies wirklich und wahrhaftig der Fall war. Wenn nicht... Dann war der Abgrund tief, in den sie – alle miteinander – zu fallen drohten.

Handelte es sich also in der Tat um eine heilige Christenpflicht, sich am Zug nach Jerusalem zu beteiligen, wie es die Prediger nicht müde wurden, zu betonen, wenn sie mit ihrem Aufruf zum Heiligen Krieg durch die Lande zogen?

Swiggers Entscheidung, wie auch immer sie ausfallen würde, duldete keinen Aufschub.

32

Oktober 1096

„Er hat es gewusst! Glaube mir, er hat es ganz genau gewusst. Er kennt unsere Geschichte! Bis in alle Einzelheiten kennt er sie..."

Swigger von Gundelfingen musterte die neben ihm auf dem Felsgestein kauernde Bärbel mit einem unglücklichen Blick. Wie sollte er sie nur von der Notwendigkeit seines künftigen Handelns überzeugen! Wollte sie es einfach nicht wahrhaben oder begriff sie den Kern der Botschaft wirklich nicht, um den sich seitdem all seine Gedanken bewegten? Seitdem der Prediger des Heiligen Krieges auch auf Burg Gundelfingen erschienen war und den Edelmann mit eindringlichen Worten dazu aufgefordert hatte, das Kreuz zu nehmen und sich dem großen Zug der abendländischen Ritterschaft zur Befreiung der heiligen Stätten endlich anzuschließen. Wie so viele andere vornehme Herren dieses Joch bereits auf ihre Schultern geladen hatten. Mit scharfen Entgegnungen war Swigger dem Eiferer immer wieder ins Wort gefallen. Keinen Gedanken würde er daran verschwenden, sich auf ein solches Abenteuer einzulassen, das doch nur den Interessen des Papstes und der Kurie dienlich sei. Wie er es überhaupt wagen könne, einen bekanntermaßen in Treue fest zum Kaiser stehenden schwäbischen Ritter im Namen des Papstes zu solch einem Kriegszug aufzufordern, wo niemand anders als Papst Urban doch Kaiser Heinrich mit dem Bannstrahl belegt und zum wiederholten Mal aus der Kirche ausgeschlossen habe!

Doch der Prediger hatte sich dadurch nicht beirren lassen. War vielmehr ganz und gar unvermutet auf Swiggers Herkunft zu sprechen gekommen. Hatte von den tragischen Begleitumständen gesprochen, durch die der Herr von Gundelfingen seinerzeit überhaupt erst in die Gegend an der Lauter gelangt war. Ereignisse, die ein schon ein halbes Menschenleben zurück lagen! Von denen seit Jahren schon keine Rede mehr war! Die Swigger längst im Dunkel der Geschichte verschwunden wähnte.

Von wegen! Wie ein Blitz aus heiterem Himmel war die Vergangenheit plötzlich wieder über ihn gekommen. Woher auch immer der Geistliche seine Informationen bezogen haben mochte, sie waren präzise und entsprachen ganz genau den Tatsachen! Bis hin zu den Umständen seiner damaligen Verbannung aus der alten Heimat! Der Mann wusste über alles Bescheid! Sprach da mit einem Mal von der Gelegenheit zur Reinwaschung von aller Schuld, die Swigger als junger Mann auf sich geladen habe und die seitdem schwer auf seinem Leben laste! Eine Schuld, die noch immer nicht vollständig gesühnt sei. Die sich nach dem Ableben des Gundelfingers auf seine Nachkommenschaft übertrage.

Swigger schien es bei diesen Worten, als sei der Boden unter seinen Füßen ins Schwanken geraten. Dicke Schweißperlen standen auf seiner Stirn, während gleichzeitig ein kalter Schauder über seinen Rücken jagte. Und der Mann war noch längst nicht am Ende seiner bedrohlichen Rede angelangt! Sprach nun sogar von Kunigunde und Magdalena, den beiden auf tragische Weise verstorbenen Gemahlinnen des Herrn von Gundelfingen. Von den tot geborenen Kindern. Den Fehlgeburten. Ja, selbst das schreckliche Ende der kleinen Hildegard fehlte nicht in seiner dunklen Aneinanderreihung der Unglücksfälle, die sich bleiern über Swiggers Leben gebreitet hatten! Hildegard! Der Name seiner vom Fels gestürzten Tochter! Es war zu viel! Aufhören! Sofort aufhören! Weshalb bereitete ihm der Mann nur diese Höllenqualen? Doch der in seinem Innersten schwer getroffene Edelmann war nicht imstande, den Redefluss des Predigers zu beenden. Zu unvorbereitet hatte ihn dieser getroffen.

Doch jetzt erst setzte der andere zu seinem entscheidenden Schlag an, der in Swiggers gemartertem Hirn nur noch blankes Entsetzen hervorrief. Unvermittelt kam er auf Swigger II. zu sprechen, den Erben der Gundelfinger, das Kind aus der heimlichen Beziehung mit der Müllerstochter, das sie gleich nach der Geburt mit dem verstorbenen Zwilling vertauscht hatten. Auch diese Tatsache war dem unheimlichen Mann also bekannt! Unfassbar! Doch der war noch nicht am Ende seiner Rede angelangt. Sondern wiederholte seine schon kurz zuvor geäußerte Feststellung, dass die ungesühnte Schuld mit dem Ende des alten Swigger damit nicht etwa vom Geschlecht der Gundelfinger weiche. Dass sich diese vielmehr fortpflanze, sich auf den Erben übertrage. Falls es diesem vom Schicksal überhaupt vergönnt sei, seine Schwertleite zu erleben...

Damit war der Unheilsverkünder zu seinem Fazit gekommen: nur die Teilnahme am Heiligen Krieg der abendländischen Christenheit ermögliche dem Ritter die Reinwaschung von all seiner schweren Schuld. Nur dem, der jetzt das Kreuz nehme und sich auf den ruhmvollen Zug zur Befreiung der heiligen Stätten aus der Hand der Heiden begebe, werde die Gnade der Absolution zuteil. Die stärker wirke, als jedes Bußgelübde. Und sollte einem von ihnen auch der Tod begegnen. Er müsse keinen der tapferen Männer schrecken, denn ein Tod für Jesus Christus bringe sie alle direkt ins Paradies. So habe dies auch der Heilige Vater feierlich verkündet. Die einmalige, niemals wiederkehrende Gelegenheit zur Vergebung aller Sünden! Die Loslösung vom ewigen Fluch. Die endgültige Sühne.

„Aber woher will er denn diese angeblich genaue Kenntnis über deine ganze Vergangenheit erhalten haben? Ich begreife das einfach nicht – und kann es auch gar nicht glauben..."

Bärbel, die sich am heutigen Mittag kurz nach Swigger zu dessen Lieblingsplatz aufgemacht hatte, der hohen Felswand über der linken Lauterseite, um sich mit ihm hier zu einem unbeobachteten Gespräch zu treffen, wie sie dies schon oft zuvor ebenfalls getan hatten, schüttelte zum wiederholten Mal heftig ihren Kopf. Keinem von ihnen stand an diesem sonnendurchfluteten warmen Oktobertag, vielleicht dem letzten in diesem Jahr, der Sinn nach den Schönheiten der herbstlich gefärbten Landschaft, die sie ansonsten so genussvoll in sich hineinsogen. Es waren sorgenvolle Auseinandersetzungen, die sie seit dem Erscheinen des unheimlichen Predigers in Atem hielten. Und niemals seitdem Bärbel ihren Dienst als Amme und spätere Betreuerin des kleinen Swigger II. auf Burg Gundelfingen angetreten hatte, war sie dem Ritter dermaßen heftig entgegen getreten, wie in diesem Moment. „Es ist unmöglich", wiederholte sie trotzig ihre Feststellung. „Er kann es gar nicht wissen, was er zu wissen vorgibt. Er hat es nur mit großem Geschick geschafft, dich zu täuschen!"

„Mich zu täuschen!" Der Ritter schnaubte verärgert. „Als wenn mich jeder dahergelaufene Prediger einfach an der Nase herumführen könnte, wie einen Tanzbären!" In einer verzweifelten Geste breitete Swigger die Arme aus und fixierte seine Gefährtin aus ernsten, hoffnungslosen Augen. „Dann sag mir doch, woher sonst er all diese Einzelheiten erfahren haben kann. Meine ganze Lebensgeschichte, über die er anscheinend doch ganz genau im Bild ist. Der unglückliche Todesstoß, die Verbannung aus der alten Heimat meiner Familie, das neue Wappen, das mir der König damals befohlen hat, künftig auf meinem Schild zu tragen..."

„Aber du hast es mir doch selbst einmal gesagt: das ist doch in den Kreisen um deinen Onkel, den Erzbischof Anno von Köln, dem Edelfreien von Steusslingen, alles bekannt gewesen. In Kreisen der Kirche also – und genauso im engen Umfeld der Herrschaft Steusslingen. Von Friedbert und seinen Reisigen, die dich nach Gundelfingen begleitet haben, ganz zu schweigen," beharrte Bärbel voller Überzeugung auf ihrem Standpunkt.

Eine Argumentation, die nicht einfach von der Hand zu weisen war. Und dennoch...

Wieder breitete Swigger in einer hilflosen Geste die Arme aus. „Aber das weitere Geschehen. Er wusste auch über mein weiteres Leben ganz genau Bescheid. Über die beiden Hochzeiten. Über das Ende meiner beiden Gemahlinnen, über die Kinder..."

„Es wird nicht schwer gewesen sein, auch dieses auszuforschen. Mit etwas Geschick gelingt es mühelos, den Menschen die Zunge zu heben", entgegnete Bärbel unbeeindruckt.

Voll zornigem Verdruss klatschte der Ritter in die Hände. „Und was ist mit der wahren Herkunft von Swigger – unserem Sohn? Woher will er das dann erfahren haben. Wer außer uns beiden weiß denn darüber Bescheid? Und wer hätte es gewagt, sich darüber in dieser Art und Weise auszulassen? Erst recht einem Fremden gegenüber?! Der sich dann mir gegenüber sogar getraut hat, im Zusammenhang mit Swigger von einem Bastard zu reden!" Er spürte, wie der Ärger mehr und mehr in ihm hochzusteigen begann. Sie musste doch einfach begreifen, wie sehr sich Swigger in die Enge getrieben fühlte! Wie er einfach keinen anderen Ausweg mehr sah, ja sehen konnte...

Selbst Bärbel war bei dem üblen Stichwort Bastard unwillkürlich zusammen gezuckt.

„Das ist ein dreistes Stück! Doch genau betrachtet war auch diese Schlussfolgerung kein großes Problem für den Mann. Wenn er ohnehin über gute Kenntnisse von deiner Geschichte verfügt, dann wird es für ihn ein leichtes gewesen sein, sich den Rest einfach zusammen zu reimen. Und wir dürfen nicht vergessen, dass es auch im Kloster von Zwiefalten manche dir übel gesonnene Lästermäuler gibt..."

„Hirngespinste!" Längst befand sich der Ritter in einem Zustand viel zu tief greifender Unruhe, als dass er sich von solchen Argumenten noch von seiner

Überzeugung abbringen ließ. „Es ist so, wie ich es sage: er hat es gewusst! Schlichtweg gewusst! Alles gewusst! Und“, Swigger hielt kurz inne und fixierte Bärbel mit einem ernsten Blick, der seine endgültige Entschlossenheit nachdrücklich unterstreichen sollte, „er hat mir auch klar und deutlich den Weg gewiesen, der mir als einzige Möglichkeit noch offen geblieben ist. Es gibt nur diesen einen Weg!“

„Auf keinen Fall!“ Mit vor Erregung hochrotem Kopf war Bärbel in die Höhe geschossen und ballte krampfhaft die Fäuste. „Es ist der falsche Weg. Glaube mir. Du darfst uns nicht verlassen. Nicht mich – und erst recht nicht deinen Sohn. Unseren Sohn...“

Doch Swigger, dem es vor Kummer fast das Herz zerriss, beobachten zu müssen, wie es in Bärbels Augen erst feucht zu glitzern begann und anschließend dicke Tränen über ihre Wangen rannen, schüttelte traurig seinen Kopf. „Es geht nicht anders. Ich werde es tun. Ich werde das Kreuz nehmen. Ich werde es nehmen müssen. Schon um das Leben unseres Sohnes willen. Und um der Zukunft der Herren von Gundelfingen. Es ist ein Opfer, das gebracht werden muss – und ich werde es auf mich nehmen...“

Trotz aller vorgeblichen Entschlossenheit, die Swigger in seine Worte gelegt hatte, bedrückte ihn dennoch ein dunkles Gefühl der Unsicherheit und der Bedrohung. Woher auch immer. Weit im Hintergrund seines Lebens schienen mächtige Feinde zu agieren. Gegner, die sich jahrzehntelang im Verborgenen gehalten hatten. Von denen er nie das Geringste geahnt hatte und die dennoch über jede Facette seines Lebens bestens im Bilde waren.

Sein Leben! Der Prediger hatte davon berichtet, als handele es sich gleichsam um ein Buch, das offen vor ihm lag.

Vielleicht...vielleicht hatten Swigger und all die anderen die Seite ihrer Gegner tatsächlich auf geradezu fahrlässige Art und Weise unterschätzt? Was, wenn die Partei des Papstes eben doch über ungeahnte Mittel und Wege verfügte, die ihnen selbst verschlossen waren. Wenn es sich bei dem Mann auf dem Stuhl Petri also doch um den Stellvertreter des Herrgotts auf Erden handelte? Dessen Wille folglich immer auch der Wille Gottes war? Wenn die Kurie doch im Recht war – und die Kaiserseite folglich im Unrecht!

Nachdenklich betrachtete der Ritter von seinem erhöhten Standort auf dem schroffen Felsen über der linken Talseite aus die Fahne, die stolz vom Turm der weit unter ihren Füßen liegenden Burg Gundelfingen im Herbstwind flatterte. Das Erkennungszeichen seiner Familie, der edelfreien Herren von Gundelfingen. Den feurig roten Hagdorn auf goldenem Feld, das Wappen, das ihm der erzürnte König Heinrich IV. einst zugewiesen hatte. Zur Strafe für seine unbedachte Handlung, die einen edlen Mann das Leben gekostet hatte. Doch längst leuchtete der Stern der Edlen von Gundelfingen rein und makellos am Firmament. Längst war es ihm gelungen, Aufnahme in den Reihen der schwäbischen Ritterschaft zu finden. Wo man seinen Ratschlag schätzte und ihm mit Respekt begegnete. Ausgerechnet jetzt, wo sich doch scheinbar alles zum Guten gewendet hatte, war es unvermittelt wieder hervor gekommen, dieses dumpfe Gefühl der Bedrohung. Das Menetekel. Die ewige Unsicherheit. Die bohrenden Zweifel.

Aber der unheimliche Prediger hatte ihm den Weg gewiesen. Den Weg, den zu gehen er inzwischen bereit war. Auch um den Preis, das so friedlich scheinende Bild, das sich ihm an diesem sonnigen Herbsttag präsentierte, niemals mehr wieder sehen zu können. Wenn damit nur die Schuld getilgt wäre. Endgültig getilgt wäre.

33

Anfang Februar 1097

Mariä Lichtmess. Der Feiertag der Heiligen Muttergottes. Ein guter Tag für den Aufbruch zu einer heiligen Mission. Frühmorgens schon, beim ersten fahlen Dämmerlicht des anbrechenden Tages war der festlich gewandete Swigger von Gundelfingen schon in der Kapelle seiner Burg erschienen, um seinen letzten Gottesdienst an diesem Ort zu feiern. Womöglich auf Jahre hinaus. Wenn nicht gar für immer...

Mit aschfahler Miene und vor Anspannung zitternden Lippen hatte Bärbel die feierliche Zeremonie stumm und regungslos verfolgt. Die routinierte Gelassenheit, mit der jener eigens von Herzog Friedrich von Schwaben zu diesem Anlass nach Gundelfingen beorderte Priester, die Messe gelesen hatte. Wie Swigger mit fester lauter Stimme und mit feierlich zum Schwur erhobener Hand sein Gelübde abgelegt hatte, selbst um den Preis seines eigenen Lebens für die Heilige Sache einstehen zu wollen. Um endlich die heiligen Stätten der Christenheit zu befreien. Den Ort, wo seine Füße standen!

Wie der Priester dem vor ihm auf die Knie gesunkenen Ritter anschließend das Aschekreuz auf Stirn gemalt hatte und ihm ein kleines Holzkreuz um den Hals gehängt. Wie Swigger sich zu Bärbel gewandt und gelobt hatte, dieses Kreuz nach Gundelfingen zurück zu bringen. Um es ihr am Tag seiner Rückkehr zu überreichen.

Unmittelbar danach war Swigger in Begleitung seines neuen Knappen Frieder aufgebrochen. Ein kurzes Umwenden noch. Ein letztes Mal trafen sich ihre Blicke. Die Hand zum Abschiedsgruß erhoben. Dann gab der Ritter seinem Pferd die Sporen. Vorbei an Friedbert, seinem langjährigen treuen Begleiter, in dessen Hände Swigger für die Zeit seiner Abwesenheit die Geschicke von Burg und Herrschaft Gundelfingen gelegt hatte. Dessen junger, kräftiger Sohn Frieder ihn nun auf seinem langen und gefahrvollen Weg begleitete. Was den Burgvogt Friedbert, aller Sorge um das Leben des Sohnes zum Trotz, dennoch mit Stolz und Glückseligkeit erfüllt hatte. Dass der Herr von Gundelfingen gerade ihm und keinem anderen die Würde zuteil werden ließ, an seiner Seite die Heiligen Stätten zu befreien. Als hoffnungsvoller junger Knappe, dem nach seiner wohlbehaltenen Rückkehr eine verheißungsvolle Zukunft beschieden wäre.

Zunächst sollte es nach Süden gehen. Zum nahe der Donau gelegenen Wohnsitz des Freundes, Werner von Grüningen, wo sie die Ankunft der drei Brüder von Zimmern abwarten wollten, mit denen sie dann gemeinsam weiter nach Osten ziehen würden. Erstaunlicherweise hatte sich keiner der drei Brüder von Zimmern bereit gefunden, im Interesse der Familie auf die gefährliche Reise zur Eroberung von Jerusalem zu verzichten. Weder Albrecht, noch Konrad und auch nicht Friedrich von Zimmern, der jüngste. So hatten auch sie ihren Wohnsitz Herrenzimmern am Neckar in die Obhut eines Vogtes gegeben und waren wie so viele andere in diesen Tagen aufgebrochen, um das Kreuz zu nehmen und das heilige Land zu befreien. Es handelte sich um eine stattliche Anzahl von deutschen Edelleuten, die nun den langen Zug verstärkte, dessen Vorhut längst in Kleinasien angekommen war.

Also war es den in den vergangenen Monaten in immer größerer Anzahl durch die Lande ziehenden Predigern schließlich doch noch gelungen, die Flamme zur Teilnahme am Heiligen Krieg endlich auch in den Kreisen der deutschen Ritterschaft zu entzünden. Mit dem wieder und wieder beschworenen Grundsatz, man dürfe die Befreiung der Heiligen Stätten nicht nur den Lothringern, Franzosen, Italienern und Burgundern überlassen, waren sie durch die Lande gezogen. Und nicht ohne Geschick hatten sie darauf verwiesen, dass sich mit dem 37-jährigen Gottfried von Bouillon ja in der Tat ein Lothringer an die Spitze des riesigen Heeres gestellt hatte. Der Adoptivsohn von Gottfried dem Buckligen, den man zumindest als ehrliche Haut ansehen durfte, als treuen Gefolgsmann des Kaisers, dem es als nach wie vor vom Papst Gebannter genauso verwehrt war, sich auf den Zug nach Jerusalem zu begeben wie dem ebenfalls gebannten König Philipp von Frankreich.

Auch Herzog Friedrich von Staufen hatte es im Gegensatz zu seinen Brüdern, den Bischöfen Otto von Straßburg und Konrad von Chur, vorgezogen im Lande zu bleiben, wo es seiner Anwesenheit dringend bedurfte, um endlich den brüchigen Frieden zu sichern, nach dem sie sich im Herzogtum Schwaben schon seit Jahren sehnten. Er hatte recht gehandelt. Denn der Friedensprozess war reichlich unvermutet in Gang gekommen und deshalb wäre es mehr als fahrlässig gewesen, das Land und seine Regierung in dieser Phase anderen zu überlassen.

Auf der Reichsversammlung am Dreikönigstag des Jahres 1097 war es dem bis dahin in Oberitalien feststeckenden Kaiser Heinrich zum ersten Mal seit zwei Jahren wieder möglich gewesen, nach Deutschland zu gelangen. All die jahrelangen erbitterten Feinde waren hier zusammen gekommen, um Frieden miteinander zu schließen. Eine Entwicklung, die Ende 1095 noch ganz zaghaft begonnen hatte: mit der aufsehenerregenden Trennung der Ehe zwischen Welf V. und Mathilde von Tuscien. Es handelte sich um die ersten Anzeichen für eine mögliche Aussöhnung von Saliern und Welfen, die erfolgt waren, nachdem die Unterhändler des Kaisers dem Welfen im Gegenzug für einen Friedensschluss in Aussicht gestellt hatten, ihn wieder in das Amt des Herzogs von Bayern einzusetzen und ihm ferner die Herrschaft über Augsburg und Oberschwaben antrugen. Der Welfe hatte daraufhin die von seinen Verbündeten besetzten Alpenpässe freigegeben und dem Kaiser damit die gefahrlose Rückkehr nach Deutschland ermöglicht.

Damit war der Stein ins Rollen gekommen: selbst Berthold von Zähringen verzichtete nun auf seine Ansprüche auf das Herzogtum Schwaben und erhielt zum Ausgleich dafür die von ihm schon seit langem begehrte Reichsvogtei Zürich.

Trotz aller zur Schau gestellten Zuversicht, trotz allen symbolbeladenen Versöhnungsgesten blieb das Misstrauen zwischen den seit Jahren verfeindeten Parteien jedoch buchstäblich mit Händen greifbar. Zumal es Kaiser Heinrich nicht vermocht hatte, den Konflikt in seiner eigenen Familie beizulegen. Nach wie vor befand sich König Konrad, der Sohn des Kaisers, in offener Opposition zu seinem Vater. Wie dünn das Eis immer noch war, zeigte der gescheiterte Versuch des Kaisers, seinen Sohn der deutschen Königskrone für verlustig zu erklären. Ein Ansinnen, dem sich die anderen strikt entgegen gestellt hatten. Beweis genug, wie sehr es unter der nur vorgeblich ruhigen Oberfläche nach wie vor brodelte. Von einem dauerhaften Frieden konnte somit noch lange nicht die Rede sein.

Es war ein zwiespältiges Gefühl, das von Swigger in diesen Tagen Besitz ergriffen hatte. Zum ersten Mal seit Jahren war der Frieden mit Händen greifbar gewesen – und ausgerechnet jetzt rüstete er sich zu einem Kriegszug!

Doch sei es, wie es wolle. Er hatte sein Gelübde abgelegt und längst gab es kein Zurück mehr. Nicht für ihn und auch nicht für die anderen, für Werner von Grüningen und die drei Zimmernbrüder, mit denen er nun von Burg Grüningen aus gemeinsam weiter an der Donau entlang nach Südosten ziehen würde, um sich bei Regensburg oder spätestens in der Stadt Wien mit den anderen Kreuzfahrern zu einem riesigen Heer zu vereinigen.

Voller Sehnsucht dachte Swigger in diesen ersten Wochen der beschwerlichen Reise wieder und wieder an den Tag seines Abschieds zurück. Als er sich ein allerletztes Mal im Sattel umgewandt und den Blick zurück auf Burg Gundelfingen geworfen hatte.

Nur noch als kleiner dunkler Punkt waren Bärbel und ihr knapp zehnjähriger Sohn zu erkennen gewesen. Mehr zu erahnen, als zu erkennen. Swigger II. Sein Sohn! Ob es ihm jemals vergönnt sein würde, die beiden lieben Menschen wieder zu sehen? Müßig, in dieser Situation darüber zu spekulieren! Entschlossen schluckte er den trockenen Kloß in seiner Kehle hinunter und gab seinem Pferd die Sporen, wodurch er pfeilschnell an seinem erstaunten Knappen vorüber preschte.

34

August 1097

Es war entsetzlich! Bei weitem schlimmer, als sie dies jemals für möglich gehalten hätten. Diese Hitze! Diese Gluthitze, die das Land versengte. Nicht nur das Land, sondern auch die Haut der Ritter. Deren Gesichter in einem ungesunden Rot erglühten. Auf deren aufgeplatzten Lippen sich eitrige Wunden gebildet hatten. Und wehe einer hielt es nicht mehr aus und streifte sich die Gewänder vom Leib, so wie sie alle dies in den ersten Tagen getan hatten, als die unerträglich heiße Sonne von Kleinasien den Schweiß in wahren Sturzbächen von ihren erhitzten Körpern hatte perlen lassen. Allen Warnungen zum Trotz hatten sie sich die Umhänge vom Leib gerissen, hatten ihre geschundenen Pferde zu einer schnelleren Gangart angetrieben, um sich damit zumindest etwas Kühlung zu verschaffen. Der Preis war hoch gewesen. Schon in der darauf folgenden Nacht hatte es begonnen: die sich spannende Haut. Die Hitzewallungen, die ihre Körper durchfluteten und sich im nächsten Moment in einen heftigen Schüttelfrost verwandelten, der ihre Gliedmaßen unkontrolliert erzittern ließ. Sonnenbrand! In einer Heftigkeit, wie ihn keiner von ihnen jemals zuvor erlebt hatte. Weder die unempfindlicheren von ihnen, diejenigen mit der etwas dunkler getönten Haut. Und erst recht nicht solche, wie der rotblonde Swigger von Gundelfingen, dem die entzündete Haut in Fetzen vom Körper hing. Nässende Wunden, die er einerseits mit einem Umhang zu bedecken hatte, wollte er die Verbrennungen nicht noch verschlimmern – die sich jedoch andererseits mit dem Stoff zu einer harschen Kruste verbanden, deren Entfernung noch tiefere blutende Verletzungen hervorrief. Er war beileibe nicht der einzige, aus dessen Mund gequälte Schreie drangen, wenn sich einer ihrer ziemlich hilflos wirkenden Heilkundigen daran machte, die Wunden am Abend zu säubern.

Dieses feindliche, fremde Land. So unendlich viele Meilen von der Heimat entfernt. Ein wochenlanger Ritt, der allem Anschein nach niemals enden würde. Schon kurz nachdem sie die Stadt Adrianopel hinter sich gelassen hatten, also immer noch nicht nach Byzanz gelangt waren, dem ersten ersehnten Ziel ihres langen Feldzuges, hatten sich Swigger und seine Gefährten neue Kleidung besorgen müssen. Mit zahlreichen Löchern waren ihre durchgescheuerten Gewänder übersät, kein Wunder, wenn man die Witterung dazu rechnete, denen sie tagsüber schutzlos ausgesetzt waren. Genauso wie oft genug auch in der Nacht. Denn auch die Zelte hatten im Lauf der Zeit schon schwer gelitten und hielten die Feuchtigkeit und die Nässe bei starken Regenfällen, wie sie im Frühjahr eben an der Tagesordnung waren, nur noch unzureichend ab.

Zu allem Überfluss waren das Heer der Befreier des Heiligen Landes selbst in Byzanz, der doch vom Christentum seit Jahrhunderten geprägten Stadt, dem Bollwerk gegen die heidnischen Seldschuken und all die anderen unchristlichen Horden, höchst unfreundlich empfangen worden. Und dabei hatten sie es doch kaum erwarten können, nach vielen Wochen der Entbehrungen, nach schweren Erkältungen an denen viele von ihnen erkrankt waren, endlich das goldene Byzanz zu erreichen. Den östlichsten Vorposten der Christenheit, das stolze Ostrom, die Hauptstadt eines altehrwürdigen Weltreiches. Jubelnde Menschenmassen würden sich zu einem würdigen Spalier für die tapferen Ritter aufreihen. Mit Wein, Milch und Honig würde man sie begrüßen und ihre geschundenen Körper in den weltberühmten Bädern pflegen. Ausgeruht, mit neuer Kraft und Stärke versehen, würden sie schließlich weiter ziehen, ihrem heiligen Ziel entgegen, der Befreiung von Jerusalem. Eine ruhmreiche Tat, deren Umsetzung auch ureigenste byzantinische Interessen betraf. Denn immer wieder war die Rede von Überfällen auf byzantinische Kaufleute, von heidnischen Wegelagerern, von zahlreichen Scharmützeln an den Außengrenzen des byzantinischen Reiches, wo sich die Seldschuken immer aggressiver bemerkbar machten. Gründe mehr als genug für den Basileus von Byzanz, das Heer der abendländischen Ritterschaft dementsprechend mit allen Ehren zu empfangen.

Doch das Gegenteil war der Fall. Anstelle von jubelnden Menschenmassen, anstelle einer festlich geschmückten Stadt, deren Wächter die Tore zum Empfang der Gäste sperrangelweit geöffnet hatten, stießen sie auf schroffe Ablehnung, ja sogar offene Gegnerschaft. Zu groß war die Furcht, die den ewig misstrauischen Kaiser von Byzanz angesichts des riesigen Aufgebots an Rittern umtrieb. Die Furcht davor, dass die Kontrolle über die Stadt aus seinen Händen gleiten könnte. Dass es womöglich zum Umsturz käme und einer der abendländischen Ritter den Thron des ewigen Rivalen des alten Rom besteigen würde.

Nur wenigen aus der Heerschar der Kreuzfahrer, lediglich den vornehmsten unter den Grafen und Herzögen, wurde die Erlaubnis zuteil, tatsächlich in die Stadt zu gelangen. Der bei weitem überwiegenden Anzahl blieb diese Aufnahme verwehrt und so sahen sich die zunächst tief enttäuschten, später vor Zorn beinahe rasenden Ritter gezwungen, ihre Zelte vor den starken Mauern der riesigen Stadt aufzuschlagen. Wieder kein festes Dach über dem Kopf! Und auch den Proviant musste man sich mühsam besorgen. Von wegen Wein, Milch und Honig! Nicht einmal für ausreichende Wasservorräte, die angesichts der unsäglichen Hitze, die inzwischen Einzug am Bosporus gehalten hatte, doch so dringend benötigt wurde, war bisher gesorgt worden. Und schon gar nicht kostenlos! Alles ließen sie sich bezahlen, selbst für die kleinste Kleinigkeit verlangten die gewissenlosen Geschäftemacher horrende Summen. Kein Wunder, dass es angesichts des so gänzlich unerwarteten Empfangs, den man ihnen bereitet hatte, in den rund um Byzanz gelegenen Dörfern zu Plünderungen und Brandschatzungen durch wilde Gruppen von erbosten Rittern gekommen war. Zu Mord und Totschlag sogar. Mehr und mehr spitzte sich die Situation dramatisch zu und bald schon schien eine offene kriegerische Auseinandersetzung zwischen den aus den starken unüberwindlichen Stadtmauern heraus operierenden Truppen des Basileus und den schutzlos im Freien campierenden Kreuzrittern unvermeidbar. Bis es ihrem Anführer, Gottfried von Bouillon, nach zähen Verhandlungen endlich gelungen war, den oströmischen Kaiser gegen die Zahlung einer horrenden Summe an Silbermünzen wenigstens zur Lieferung von so viel Proviant zu bewegen, dass es ihnen mit diesen Vorräten versehen möglich war, ihren Zug fortzusetzen, dessen nächstes Ziel die Stadt Nicaea sein würde. Die altehrwürdige Stadt an der ehemaligen Kaiserstrasse, in deren Mauern vor vielen hundert Jahren das bedeutsame Konzil der Kirchenfürsten zusammen getreten war, nach dessen damals für alle Zeiten festgelegten Regeln des Glaubensbekenntnisses die abendländische Christenheit seitdem ihre Gottesdienste feierte. Die Eroberung und Befreiung dieser heiligen Stadt, die längst in türkische Hände gefallen war, würde gleichzeitig das erste Ziel ihrer heiligen Mission sein. Vor den Mauern dieser Stadt würden sie sich dann mit den anderen Einheiten der Kreuzfahrer vereinigen, um anschließend an die Eroberung von Nicaea den Zug ins Heilige Land gemeinsam fortzusetzen.

Mit Ingrimm hatten sie bei ihrem Abzug von Byzanz die Tatsache zur Kenntnis nehmen müssen, dass es sich bei dem militärischen Geleit, zu dem sich der Basileus ebenfalls nach langem Hin und Her verpflichtet hatte, nur um einige Dutzend Soldaten handelte, die dazu hin über völlig unzureichende Kenntnisse der Gegebenheiten verfügten, mit denen auf ihrem weiteren Vormarsch zu rechnen sein würde. Und nach wenigen Tagen waren diese dann sogar gänzlich verschwunden, das Heer im Hinblick auf die fürderhin einzuschlagende Richtung also auf sich selbst gestellt. Auf sich selbst und auf die wenigen alten Beschreibungen des Landstrichs, über die sie verfügten. Denn selbst den Bewohnern in den armseligen Dörfern, durch die sie zogen, war nicht zu trauen. Ganz und gar nicht! Mehr als einmal schon waren sie von solchen Leuten absichtlich in die Irre geführt worden. Plötzlich hatte der Weg vor einer Felswand geendet und ehe man sich dagegen hatte wappnen können, waren die furchterregenden Gestalten auf ihren kleinen wendigen Pferden über sie hergefallen. Eine geradezu alptraumhafte Situation, die in manchem verstörten Ritter erste Zweifel über die Erfolgsaussichten ihres heiligen Zuges hervorgerufen hatte. Es würde nicht so einfach vonstatten gehen, die Heiligen Stätten zu befreien, wie sie sich dies bei ihrem Aufbruch gedacht hatten. Wie man es ihnen vorgegaukelt hatte! Allein diese monatelange Reise durch lebensfeindliches Gebiet! Dazu die gänzlich andersartige Kampftechnik der Heiden, die alles in den Schatten stellte, was die abendländischen Ritter bei ihren Ausbildern je gelernt hatten. Mit Blitzesschnelle waren die wilden Horden bei ihren Überfällen aus den Felsspalten gequollen. Der unbeschreibliche Lärm, der ihnen aus den sonderbaren Musikinstrumenten entgegenschlug, das Mark und Bein durchdringende Kampfgeschrei aus den rauen Kehlen der dunkelhäutigen, schwarzbärtigen Gesellen. Und erst recht ihre Waffen! Die merkwürdig geformten Bogen der Türken, deren Pfeile aus unvorstellbar großer Distanz ihr Ziel erreichten und grausame Opfer in den immer stärker gelichteten Reihen der Überfallenen verursachten! Wie wehrlose Lämmer, die man zur Schlachtbank führt, so waren sie sich in den ersten Auseinandersetzungen mit den Heiden vorgekommen. Denn während die abendländischen Ritter noch ihre Armbrüste gespannt hatten und voller Unruhe darauf warteten, dass die Angreifer sich ihnen endlich bis auf Schussdistanz genähert hätten, bohrten sich die türkischen Pfeile bereits in die Herzen der völlig überraschten und damit wehrlosen Kreuzfahrer.

Was war schlimmer? Der Durst, der Hunger oder die Sehnsucht nach der Heimat, die viele von ihnen nie mehr wieder sehen würden. Auch Swigger von Gundelfingen war sich erst auf dem Weitermarsch von Nicaea nach Ikonium ganz allmählich über die bedrückende Situation im Klaren geworden, in der sich ihr zu Beginn der Reise unbesiegbar scheinender gewaltiger Heerzug in Wirklichkeit befand. In der Tat: es schien ihm als eine ausweglose Lage. In einem fremden, ihnen feindlich gesinnten Land. Mit Proviant und Wasser mehr als unzureichend versorgt. Mit Pferden, die den ausdauernden, blitzschnellen kleinen Reittieren der Feinde bei weitem unterlegen waren. Erst recht, angesichts der sich ins unermessliche steigernden Hitze, die keiner von ihnen gewohnt war. Und selbst dann noch, wenn sie sich in ihre schweren Panzer warfen, von denen sie sich den einzigen Schutz vor einem Schwertstreich versprechen durften, waren sie den anderen hoffnungslos unterlegen. Waren in den eisernen Rüstungen, die in der sengenden Sonne zu glühen schienen, viel zu unbeweglich, so dass sie von den Türken mühelos von Pferd geworfen werden konnten und nur dann mit dem Leben davon kamen, wenn es ihnen rechtzeitig gelang einen Schutzwall aus Schildern um die hilflos am Boden zappelnden Reisigen zu bilden.

Die zahlenmäßige Überlegenheit! Wie lange würde man sich zumindest darauf noch verlassen können? Denn die Lücken in ihren Reihen waren in der Zwischenzeit längst unübersehbar geworden. Die heimtückischen Überfälle, begleitet von Hitze, Durst, Hunger, Unterernährung und Krankheiten hatten furchtbar unter den Edelleuten gewütet. Mit hängenden Köpfen und längst bar jeglicher Siegeszuversicht waren sie weitergezogen. Was blieb ihnen auch anderes übrig? Denn jedem von ihnen, der es vor Entkräftung nicht mehr schaffte, dem Zug zu folgen, drohte der sichere Tod. Sie würden keinen der zurück gelassenen verschonen, die Kämpfer des Sultans Arslan, dessen bloße Namensnennung die einst so stolzen Ritter trotz der Gluthitze frösteln machte. Wie viele Tage waren vergangen, seitdem wohlgesonnene Byzantiner sie eindringlich vor der berüchtigten Truppe des Sultans gewarnt hatten. In höhnisches Gelächter waren sie damals ausgebrochen. Gelächter, das längst dumpfer Angst gewichen war.

Am gestrigen Tag hatte sich unvorstellbares ereignet. Nach einem zweitägigen mühseligen Fußmarsch, den sie gezwungenermaßen auf sich genommen hatten, um ihre entkräfteten Pferde zu schonen, waren sie am späten Nachmittag endlich in ein Dorf gelangt, dessen Bewohner allem Anschein nach erst kurz vor der Ankunft des Kreuzfahrerheeres geflohen waren. Laute Jubelrufe hatten sie ausgestoßen, als sie schon von weitem die beiden Ziehbrunnen erkannten, in denen frisches Wasser auf sie wartete. Endlich frisches Wasser! Nicht mehr die stinkende faulige Brühe aus den Holzfässern, die zudem schon am vorherigen Abend zur Neige gegangen war! Wasser! Sie konnten es kaum mehr erwarten, das Dorf zu erreichen. Jegliche Vorsichtsmaßnahme ließen die Dürstenden außer Acht, als sie unter Aufbietung ihrer letzten Kräfte in wilder Hast zu den Brunnen eilten. Nichts anderem galt mehr ihre Aufmerksamkeit. Es hätte ein Hinterhalt sein können. Egal! Nur vorwärts, zum Wasser! Endlich zum Wasser!

Selbst der ansonsten so bedächtig agierende Swigger von Gundelfingen war von dieser Hysterie angesteckt worden. Selbst Swigger war mit der Menge auf das verlassene Dorf zugestürmt. Einer von hunderten, die sogar mit dem Einsatz ihrer Fäuste erbittert darum kämpften, möglichst als erste zu dem Leben spendenden, kühlen Nass vorzudringen. Dumm nur, dass sich Swigger mitten in der Menge befand und somit keinerlei Möglichkeit besaß, sich rasch zu den Brunnen vor zu arbeiten. So heftig er sich auch zur Wehr setzte, um seine unnachgiebig an ihm vorbei drängenden Hinterleute in Schach zu halten. Im Nachhinein hatte ihm genau diese Tatsache das Leben gerettet.

Denn während der Ritter von Gundelfingen sich immer noch verzweifelt seiner rücksichtslos zum Wasser stürmenden Kampfgenossen erwehrte, geschah vorne an den Brunnen plötzlich merkwürdiges. Mit einem Mal wichen die Menschen, die sich gerade eben noch um den vordersten Platz am Wasser geprügelt hatten, mit entsetzten Aufschreien zurück und deuteten mit weit ausgestreckten Armen fassungslos auf ihre sich unter heftigen Krämpfen windenden und auf den Boden gestreckten Gefährten. Es handelte sich um diejenigen, die den Brunnen als erste von allen erreicht hatten. Die scheinbar glücklichen, die damit auch als erste ihren Durst an dem Wasser hatten löschen können. Und jetzt?! Mit weit aufgerissenen blutunterlaufenen Augen lagen die Unglücklichen nun vor ihnen, Schaum quoll aus ihren Mündern, die Körper zuckten in einem schmerzhaften Rhythmus, bis schließlich jede Bewegung in ihnen verebbte und die Männer mit einem letzten qualvollen Stöhnen auf den Lippen ihr Leben aushauchten. Tot!

„Sie sind vergiftet worden!“ Wie ein Donnerschall aus dem stahlblauen Himmel gellte der Schreckensschrei in ihren Ohren. Es war ihnen, als krallte sich eine eiserne Klammer um ihre Herzen, als sie von dieser grausamen Erkenntnis so unvermittelt getroffen wurden. Vergiftet! Die Heiden hatten die Brunnen vergiftet! Absichtlich vergiftet! Hatten ihnen damit jegliche Möglichkeit genommen, endlich den quälenden Durst zu löschen. Diese Barbaren! Es bedurfte gar keiner Kämpfe mehr, um das einst stolze Heer der Kreuzfahrer zu besiegen. Sie brauchten nur noch in sicherer Entfernung dazusitzen und abzuwarten, bis der Tod auch den letzten abendländischen Ritter davon gerafft hätte. Tod durch Verdursten!

„Nein!“ Mit vor Wut und wilder Entschlossenheit funkelnden Augen war einer der Männer in den Kreis getreten, den sie um ihre vergifteten Kameraden gebildet hatten. „So leicht lassen wir uns nicht besiegen! Nicht auf diese schmachvolle Art und Weise! Wir werden sie zur Rechenschaft ziehen, diese feigen Mörder und Brunnenvergifter! Mein ist die Rache, spricht der Herr!“

„Aber wie? Davon spricht der Herr leider nicht!“ wagte ein anderer, dem Redner eine gotteslästerliche Replik entgegen zu werfen. Was sollte man sich denn auch jetzt noch um Rücksichtnahme bemühen? Jetzt, wo der Herrgott sich doch ganz offensichtlich von ihnen abgewandt hatte! Wo er es anscheinend sogar in Kauf nahm, dass all die Ritter, die sich doch immerhin in seinem Namen zur Befreiung der heiligen Stätten aufgemacht und deswegen ihre Heimat verlassen hatten, nun im fernen Kleinasien einem unwürdigen Ende entgegen blickten.

„Von wegen! Du musst nur abwarten, was ich dir erkläre. Dir – und allen anderen Gefährten auch!“, ließ sich der hochgewachsene Recke nicht so schnell in seine Schranken zurück weisen. „Pass auf, wie es geht! Es wird dir zwar im wahrsten Sinn des Wortes nicht schmecken, aber es ist unsere einzige Möglichkeit, zu überleben. Und – wir werden überleben!“

Voller Unbehagen dachte Swigger von Gundelfingen noch Jahre später an diesen Vorschlag, der ihnen in der Tat das Leben gerettet hatte, zurück. Jedem, der bereit gewesen war, diesem Vorschlag zu folgen. Und so sehr sie anfangs davor zurück geschreckt waren: es gab keinen, der dann nicht doch auf diese Art und Weise sein Leben gerettet hatte. Mit dem Blut ihrer Maultiere!

Das war der Weg gewesen, der ihnen das Überleben gesichert hatte. Der einzige Weg. Während sie zu Beginn noch versucht hatten, die Maultiere am

Leben zu halten und ihnen nur wenig Blut abzuzapfen, hatte es sich bald herausgestellt, dass es damit nicht getan war. Und so waren schließlich alle Maultiere geschlachtet worden, so dass die Heerschar der Ritter an diesem Morgen gezwungen war, einen Großteil ihres mitgeführten Kriegsgeräts in dem Dorf mit dem vergifteten Brunnen zurück zu lassen. Genauso wie jedes irgendwie entbehrliche Teil aus ihrem Gepäck. Es war ein jämmerlicher Zug, der sich wie ein langer Lindwurm langsam durch die hitzige, von Geröll und Dornbüschen übersäte Landschaft zog. Weiter, immer weiter: dem nächsten großen Ziel entgegen. Der Eroberung von Antiochia, der starken Festung, von der seit Jahrhunderten die wichtigsten Pässe nach Syrien kontrolliert wurden. Die Eingangspforte ins Gelobte Land, der Weg nach Palästina. Um jeden Preis musste es gelingen, diese Stadt zu unterwerfen! Wie auch immer dies bewerkstelligt werden sollte! Und so blieb – wiederum im wahrsten Sinn des Wortes – ein schales Gefühl in ihren Herzen zurück. Zu dem sich überdies der ekelhafte Geschmack nach warmen Pferdeblut gesellte, den sie niemals mehr, so schien es ihnen, aus ihrem Gaumen würden vertreiben können. Denn genauso wie die weiterhin andauernden, die Moral der Ritter mehr und mehr zermürbenden beständigen Überfälle und kleineren Scharmützel zu einem ständigen Begleiter ihres weiteren Vormarsches geworden waren, kamen sie auch in den folgenden Tagen und Wochen nicht um die schlimmsten Notmaßnahmen herum. Immer wieder sahen sie sich, erfüllt mit ohnmächtiger Wut und Hilflosigkeit, dazu gezwungen, ein weiteres Pferd zu opfern, um selbst zu überleben. Erst die Pferde der Knappen, dann die Reittiere der Ritter.

Selbst die wenigen kleinen Städte, die sich ihrem Zug entgegen gestellt hatten und die sie meist im Handumdrehen erobert hatten, erwiesen sich als tückische Fallen. Denn auch deren Brunnen enthielten samt und sonders nur vergiftetes Wasser.

Durst! Dieser unsägliche, alles verzehrende Durst! An nichts anderes mehr gelang es ihnen, zu denken. Nur noch dieser eine Begriff beherrschte ihr Dasein. Durst! In ihrer Not wussten sich die Männer schließlich nicht mehr anders zu helfen, als sogar ihren eigenen Urin zu trinken! Ekelhaft! In der Tat! Doch selbst Swigger von Gundelfingen, der sich zunächst voller Abscheu abgewandt hatte, als ihn seine Gefährten aufforderten, es ihnen in Gottes Namen eben nach zu tun, sah sich nur wenig später dazu gezwungen, dem Beispiel der anderen zu folgen. Immerhin war dies noch besser, als es so zu machen, wie ein Teil niederadligen Fußvolkes. Werner von Grüningen hatte ihn darauf aufmerksam gemacht. Hatten sich diese Leute doch in einer der eroberten Städte dazu verstiegen, leinene Lappen in die Latrine zu werfen. Hatten dann die in den Lappen aufgesogene grässlich stinkende Flüssigkeit ausgewrungen und tatsächlich getrunken. Man mochte nicht einmal zu sehen! Schlimme Durchfälle waren meist die Folge und dennoch: in der nächsten Stadt wiederholte sich dasselbe Spektakel ein weiteres Mal. So groß war inzwischen die Not. Es war eine harte Prüfung, die der Herrgott da auf ihre Schultern geladen hatte.

Lange konnte es so nicht mehr weiter gehen. Lange durfte es so nicht weiter gehen!

Antiochia! Egal, wie groß die Verluste an Menschenleben auch immer ausfallen würden: sie mussten Antiochia erobern. So rasch wie irgend möglich.

35

Weihnachten 1098

So rasch wie irgend möglich! Es war mehr ein Akt der hoffnungslosen Verzweiflung gewesen, der Swigger von Gundelfingen bei der Rückschau auf die Eroberung von Antiochia unwillkürlich zu einem rauen, kehligen Lachen veranlasst hatte, als dass er sich wirklich amüsiert hätte fühlen können. Wozu auch nicht der geringste Anlass gegeben war. Denn über sieben Monate lang waren sie vergeblich gegen die belagerte Stadt angerannt, erst dann hatten die Verteidiger kapitulieren müssen.

Doch was war damit gewonnen, seitdem sie am 3. Juni endlich in Antiochia einmarschiert waren? Die Proviantvorräte der Stadt waren erschöpft, kein Wunder nach der monatelangen Belagerungszeit. Ein Großteil der Brunnen auch hier vergiftet, dazu grassierten seit dem Tag nach der Eroberung Seuchen wie Cholera und Typhus, denen die entkräfteten Männer zu hunderten zum Opfer fielen. Und kaum war ihnen die Besetzung der Stadt gelungen, da wurden die ehemaligen Belagerer auch schon zu Belagerten. Eine mächtige seldschukische Armee war plötzlich vor der Stadt erschienen und hatte sie in dichter Reihe umzingelt. Damit war es schier unmöglich geworden, sich mit neuen Vorräten zu versorgen. Mit anderen Worten: die Verhältnisse für die Kreuzfahrer hatten sich keineswegs gebessert. Angesichts der grassierenden Seuchen war eher das Gegenteil der Fall.

„Sie sterben wie die Fliegen!" Albrecht von Zimmern stand das Entsetzen ins Gesicht geschrieben, als er an diesem Abend in die notdürftige Unterkunft zurück kehrte, in der die drei Zimmernbrüder zusammen mit Swigger von Gundelfingen, Werner von Grüningen und ihren überlebenden Knappen während des Aufenthalts in Antiochia hausten. Albrecht hatte sich am Morgen dazu bereiterklärt, zusammen mit anderen Helfern die Toten aus den provisorischen Lazaretten zu tragen, die an diesen Seuchen verstorben waren. Fürwahr: es handelte sich gar und gar nicht um eine Tätigkeit, die dem vornehmen Ritterstand angemessen schien. Aber solche Fragen waren in dieser Situation gänzlich fehl am Platz. Jetzt konnte ihnen nur noch das gemeinsame Miteinander helfen. Ob Knappe, Ritter oder Edlefreier: hier galten nun keine Standesunterschiede mehr. „Wie sollen wir da ausruhen und neue Kräfte sammeln, wenn in Wirklichkeit doch nur der Tod auf uns wartet?“ hatte Albrecht der anderen von der unvorstellbaren Zahl an Opfern berichtet, die sie allein an diesem Tag in eilig ausgehobenen Gruben bestattet hatten!

Kein Wunder war es vor wenigen Tagen sogar zu einem regelrechten Aufstand gekommen, in dem der niedere Teil des Adels mit roher Gewalt in die weit besseren Behausungen der hohen Herren eingedrungen war, von denen sich eine stattliche Anzahl überdies mit Schiffen ganz bequem von der Stadt Bari hatte über das Meer führen lassen, um dann in der Nähe von Antiochia an Land zu gehen.

Allein die angewiderten Blicke, mit denen diese Herrschaften die zerlumpten und ausgemergelten Kreuzritter betrachtet hatten, waren von diesen nicht unbemerkt geblieben. Und trotz des geradezu babylonischen Sprachgewirrs, das unter ihnen herrschte, hatte der eine oder andere doch nur allzu genau verstanden, was sich die von vornherein als arrogant verschrienen burgundischen und lothringischen Adligen da hinter vorgehaltener Hand zugeflüstert hatten. Aufgeschnappte Bemerkungen wie „verlauste Gesellen“, „stinken wie die Otter“, „über und über mit Flohstichen bedeckt“ hatten unter den Rittern schnell die Runde gemacht und zu heftigen Auseinandersetzungen geführt, die sie nur mit Mühe hatten beenden können. Doch es war nur eine Frage der Zeit, bis ein neuer Gewaltausbruch folgen würde.

Insofern wollte bei keinem unter den schwäbischen Kreuzfahrern an diesem Tag eine wie auch immer geartete feierliche Weihnachtsstimmung aufkommen. Wie auch? Weder die im Vergleich zu der Heimat völlig andere Witterung noch die bedrohliche Situation, in der sie sich nach wie vor befanden, waren dazu angetan, sich in einer der zahlreichen Moscheen, die sie mit roher Gewalt in provisorische christlichen Kirchen umgewandelt hatten, während des Weihnachtsgottesdienstes der Hoffnung auf eine unbeschadete und womöglich gar rasche Heimkehr hinzugeben.

Aber: es musste etwas geschehen. So konnte es nicht weiter gehen. Bevor sie hier in diesem dreckigen Nest wehrlos und elendiglich an den grassieren den Seuchen zugrunde gingen, wollten sie lieber weiter ziehen. Jerusalem, dem Ziel ihrer Pilgerreise entgegen. Selbst wenn sie in den Kämpfen um die heilige Stadt den Tod fänden: immer noch besser, als hier, an der Eingangspforte zum

Gelobten Land tatenlos zusehen zu müssen, wie einer nach dem anderen aus der Reihe ihrer Gefährten ins Grab sinken würde.

Auch Swigger von Gundelfingen und seine Gefährten gesellten sich aus dieser Erkenntnis heraus auf die Seite derer, die vom Anführer der Heerschar, von Gottfried von Bouillon nun ultimativ die Fortsetzung des Zuges forderten. Zunächst mit einem überraschenden Ausfall, durch den man den Ring der Belagerer sprengen und sie in alle Winde zerstreuen würde. Notfalls im erbitterten Zweikampf, Mann gegen Mann. Danach würde man den letzten Teil der langen Reise in Angriff nehmen. Und falls er nicht gewillt war, ihren Wünschen zu entsprechen, dann würden sie eben ohne den Lothringer weiter ziehen, um Jerusalem zu erobern! Ihr Entschluss stand felsenfest. Daran war nicht mehr zu rütteln! Auf nach Palästina!

36

Anfang Juli 1099

Swigger von Gundelfingen kam aus dem Staunen nicht mehr heraus. Was sollte diese seltsame Zeremonie bewirken? Glaubte der Mann denn wirklich und wahrhaftig daran, dass die gewaltigen Mauern von Jerusalem, der heiligen Stadt, einfach so in sich zusammen stürzen würden? Nur weil ein Mensch namens Gottfried von Bouillon Jerusalem barfuß an der Spitze einer absonderlicher Bittprozession umrundete? Was um alles in der Welt bezweckte ihr Anführer mit dieser Demonstration? Außer, dass er sich damit der Lächerlichkeit preisgab. Oder war es ihm vielleicht genauso ergangen, wie manch anderem bedauernswerten Edelmann in den letzten Wochen: vielleicht war er..., Swigger schluckte bei diesem Gedanken trocken, vielleicht war er einfach nur verrückt geworden. Hatte die sengende Hitze, die sich über das Land gelegt hatte, einfach nicht mehr ausgehalten? Gut möglich. Man brauchte sich doch nur die seltsamen Gebärden in die Erinnerung zurück rufen, mit denen Gottfried von Bouillon sie alle schon einmal in einen Zustand erschrockenen Erstaunens versetzt hatte. Damals, vor wenigen Wochen, am 7. Juni des Jahres 1099. An dem Tag, als es ihnen erstmals vergönnt gewesen war, Jerusalem mit eigenen Augen erblicken zu dürfen.

Von einem Hügel, den der völlig in Verzückung geratene Gottfried sofort als „Berg der Freude" bezeichnet hatte, als der diese Erhebung künftig benannt werden sollte. Ein Tag, den natürlich auch Swigger niemals in seinem Leben vergessen würde. Genauso wenig wie all die anderen, die es nach all den Qualen bis hierher geschafft hatten. Von einem wohligen Schauder waren sie ergriffen worden, der sich nach und nach freilich immer mehr in ernste Besorgnis verwandelt hatte. Denn auf eine dermaßen stark und wehrhaft befestigte Stadtmauer waren sie nie und nimmer gefasst gewesen.

Dementsprechend kläglich war ihr erster Versuch der überraschenden Einnahme von Jerusalem auch rasch gescheitert. Ein Tag, dessen Morgenkühle sich bald zur Gluthitze gewandelt hatte. So dass viele der mit einer schweren Rüstung gepanzerten Reiter noch nicht einmal durch Feindeshand vom Pferd gesunken waren. Was den entsetzten Angreifern zunächst als unerklärliches Phänomen in die Augen gesprungen war, hatte sich wenig später eine ernüchternde Erklärung gefunden. Die eisernen Rüstungen hatten sich in der grellen Sonne so gewaltig erhitzt, dass die Reiter unter ihren glühenden Helmen einfach in Ohnmacht gefallen waren! Die Verteidiger der Stadt, die angesichts des kläglich in sich zusammen gebrochenen Angriffsversuchs einen schnellen Ausfall wagten, hatten unter den nahezu wehrlosen Rittern furchtbar gehaust.

Es schien mehr und mehr aussichtslos, Jerusalem zu erobern. Erst recht angesichts dieser Schar von erschöpften, zerlumpten und ihrer Hoffnungen längst beraubten Ritter. Und nun auch noch die merkwürdige Bittprozession ihres barfüßigen Anführers. Das Ende schien nahe. Alles war anders gekommen, als Swigger von Gundelfingen und dessen Gefährten dies bei ihrem hoffnungsvollen Aufbruch einst erwartet hatten!

15. Juli 1099

Es kam einem Wunder gleich! Einem göttlichen Wunder. Wie anders sollte man es bezeichnen? Die überraschende Tatsache, dass ihnen die Einnahme von Jerusalem überraschenderweise doch noch geglückt war. Dank einer wahrhaft sonderbaren Holzkonstruktion, die sie auf Anweisung von Gottfried von Bouillon und dessen Bruder hastig zusammen gezimmert hatten. Eine Anweisung, die ein weiteres Mal Kopfschütteln und ungläubiges Staunen unter ihnen hervorgerufen hatte. „Er muss verrückt geworden sein!" Selbst ein sonst so bedächtiger Mann wie Swigger von Gundelfingen war zu diesem Fazit gelangt, als er die in den Wüstensand gezeichnete Skizze erblickte, mit der die Umrisse der Holzkonstruktion sichtbar wurden. Dabei handelte es sich um einen riesigen, auf Rollen bewegbaren Belagerungsturm. Unter unvorstellbaren Mühen war es ihnen gelungen, den heftig schwankenden Turm, der mehrmals umzustürzen drohte, direkt an die Stadtmauer von Jerusalem zu bugsieren. Und kaum waren sie der Umfassungsmauer auf die Distanz dreier Schritte nahe gekommen, da hatte sich vom hohen Turm der Kampfmaschine eine Brücke auf die Zinnen der Mauer hernieder gesenkt. Auf dieser Brücke erschien – den Beobachtern beider Seiten stockte bei dem unfassbaren Anblick vor Furcht und Erstaunen schier der Atem – kein geringerer als Gottfried von Bouillon persönlich. Als erster von allen. Als Anführer einer nicht enden wollenden Schar von schwer bewaffneten Eroberern. Es war einige Zeit verstrichen, bis sich die maßlos überraschten Verteidiger der Stadt aus ihrem Zustand der erschreckten Erstarrung hatten lösen können. Zu unglaublich war das Bild gewesen, das sich ihren staunenden Augen hier präsentiert hatte. Wie Gottfried von Bouillon, angetan mit einer silbrig glänzenden Rüstung auf die Brücke getreten war. Die im gleißenden Sonnenlicht erstrahlende Rüstung, die ihren Träger einen überirdischen Schein tauchte. Wie ein himmlischer Racheengel schritt er mit stolz erhobenem Haupt gemessen und offensichtlich ohne jegliche Furcht voran. Den Zinnen von Jerusalem entgegen! Dem Erlöser gleich! Hier nun konnten sie ihn mit eigenen Augen erblicken: den Heilsbringer! Den Erretter des Heiligen Grabes! Dem das Unmögliche gelungen war. Der jetzt, in diesem Augenblick, seinen Fuß auf die Mauern von Jerusalem setzte. Wie einst der ebenfalls vom Himmel Gesandte.

Es gab kein Halten mehr! Keine Furcht, keine Vorsicht, kein Bedenken, kein Innehalten! Es war ein kollektiver Rausch, der die Ritter plötzlich und mit aller Macht ergriff. All die Tausende, denen es unter unvorstellbaren Mühen nach Monaten, wenn nicht gar Jahren gelungen war, am Leben zu bleiben. Um hier das Gelübde wahr zu machen, das sie einst feierlich geschworen hatten. Der Eid, der sie hierher nach Palästina geführt hatte. Den Ort zu befreien, wo einst seine Füße standen! Es gab kein Zurück mehr! Das Ziel stand vor ihren Augen – und Gottfried von Bouillon hatte ihnen mit Hilfe des Himmels den Weg gewiesen. Nur vorwärts! Immer weiter vorwärts! Egal, um welchen Preis! Auf zur Eroberung von Jerusalem!

Erst Tage später wurde das Ausmaß der Verwüstungen sichtbar, das die im Blutrausch rasenden Ritter in der Heiligen Stadt angerichtet hatten. Es war zum schrecklichsten Blutbad gekommen, das der Erdkreis jemals hatte erleben müssen. Kein Straßenzug, in dem nicht die verkohlten Balken abgebrannter Gebäude anklagend in den Himmel ragten. Keine Gasse, auf deren Boden kein Blut geflossen war. Kein Gotteshaus, das sie verschont hatten. Und sie machten nicht den geringsten Unterschied zwischen Arabern und Juden, zwischen Moscheen und Synagogen. Alle fielen ihrer Raserei zum Opfer. „Mitgefangen, mitgehangen", so lautete die zynische Devise, die sie genauso auf den Lippen trugen, wie den Spruch „Wer einen Heiden erschlägt, dem ist das Himmelreich!". Noch immer waren die Leichen der Ermordeten nicht aus allen Stadtvierteln geborgen. Immer noch gellten die grässlichen Schreie der Verwundeten durch die stickige nach Blut und Verwesung stinkende Luft.

Die Ritter im Namen des Kreuzes! Sie hatten schlimmer gehaust, als einst die für ihre Grausamkeiten berüchtigten Vandalen!

Auch der von jener kollektiven Hysterie mit fortgerissene Swigger von Gundelfingen war erst am Abend wieder zur Besinnung gekommen. Als er unvermittelt zum Zeugen eines Aktes schlimmster Barbarei hatte werden müssen. Eine Horde des sich besonders wild gebärdenden Fußvolks hatte Dutzende von Juden und Arabern durch die engen Gassen vor sich her getrieben. Männer, Frauen und Kinder, die sich in höchster Not schließlich in eine der Synagogen geflüchtet hatten. Mit höhnischem Gelächter auf den Lippen hatten die Verfolger daraufhin einen Kreis um das Gotteshaus gebildet und die Synagoge einfach angebrannt. Dichter schwarzer Qualm drang bald schon aus dem Inneren und vermischte sich mit den entsetzlichen Schreien der in der Hitze des Brandes elendiglich zugrunde gehenden Menschen. „Da, da ist einer entwischt!“ Noch ehe der laute Hinweis auf den fliehenden Araberjungen in aller Ohren gedrungen war, da hatte ein gewaltiger Schwerthieb auch schon des Schädel des Jungen in zwei Hälften gespalten, dessen Leben beendet war, noch bevor sein Körper auf dem schmutzigen blutbedeckten Boden aufschlug.

Es war eine Szene, die Swigger urplötzlich innehalten ließ. Erfüllt von Abscheu und Ekel blickte er sich um. Was um alles in der Welt hatten sie in ihrer Raserei nur angerichtet? Was war mit ihnen nur geschehen? Waren dies die Taten, auf die christliche Ritter mit Stolz verweisen durften? Wie war es möglich gewesen, dass auch er sich von der Woge aus Wahnsinn und Gewalt hatte mitreißen lassen? Und: was hatte er selbst in den letzten Stunden wohl an Grausamkeiten begangen.

„Sag mir“, packte der Ritter einen der Pfaffen, einem plötzlichen Impuls folgend, jetzt grob an dessen Kutte und zog ihn zu sich heran. „Ist es wirklich der Wille Gottes, der hier geschieht?“

Der Pfaffe bedachte ihn mit einem verständnislosen Blick aus seinen blutunterlaufenen Augen. Dann riss er sich los und stürmte, ein erbeutetes Krummschwert in den Händen, rasch weiter, ohne den Gundelfinger einer Antwort zu würdigen.

„Das also ist unsere Religion!“ Als wenn es nicht auch einen Gott für „Die frohe Botschaft!“ gäbe, ergänzte eine ihm bekannte raue Stimme in seinem Rücken. Werner von Grüningen. Auch seine Miene spiegelte das Entsetzen wieder, das er angesichts der unvorstellbaren Zerstörungen empfand.

„Als ob es nicht auch einen Gott für die Heiden und für die Juden gäbe! Das alles kann doch nicht der Wille unseres Herrgotts sein!“

Warnend legte Grüningen seinen Zeigefinger an die Lippen. „Sei vorsichtig mit dem, was du sagst! In ihrer grenzenlosen Raserei kennen sie weder Freund noch Feind!“

„Aber Mord bleibt Mord!“ beharrte der bis tief in sein Innerstes erschütterte Gundelfinger auf seinem Standpunkt. Wie sollte es ihm gelingen, diesen furchtbaren Anblick je wieder aus seiner Erinnerung zu tilgen? Tief, viel zu tief hatten sich die Spuren der Eroberung von Jerusalem bereits in sein Gehirn gebrannt.

„Ex oriente lux!“ Der alte Spruch hatte urplötzlich einen niemals für möglich gehaltenen, dunklen Klang bekommen. Der Spruch, der ihnen doch besagen sollte, aus dem Orient komme das Licht. Von wegen!

Hier also stand er nun! Mitten in Jerusalem. Mitten im Orient! Aber weiß Gott nicht im Licht, sondern viel eher gefangen in der Düsternis dieses schrecklichen Tages, den die Welt nicht vergessen würde. Unvorstellbare Gräueltaten – begangen von so genannten christlichen Rittern: konnte die lange herbeigesehnte so genannte „Befreiung der heiligen Stadt“ wirklich in solch einem Blutbad enden? Sollte dieser Anblick der Preis sein für die einst von dem Priester verheißene Reinwaschung von aller Schuld? Der Fluch des vor langer Zeit begangenen Totschlags: wie konnte man jene Tat denn allen Ernstes mit dem bestialischen Morden dieser Tage aufrechnen?! Mord und Totschlag als Preis für die ewige Glückseligkeit! Entsetzlich! Die Befreiung von Jerusalem: es war zum Trauma geworden, das seitdem schwer auf der Christenheit lastete. Bis an das Ende aller Tage.

38

September 1099

Endlich. Sie waren dem unheimlichen Meer glücklich entronnen. Hatten die Seefahrt mit Gottes Hilfe überstanden. Am vorgestrigen Tag waren sie nach einer knapp zweiwöchigen Überfahrt im Hafen von Venedig angelandet. Eine unglaublich kurze Zeit. Ein kühler Schauder zog sich über seinen Rücken, wenn Swigger an die monatelange Reise nach Jerusalem dachte, an Hunger, Durst, Krankheit und Überfälle, die ihre Reihen so dramatisch gelichtet hatte. Und nun – hatte er es den hoch gestellten Herrschaften nachgetan und war wie diese schon auf ihrer Hinfahrt einfach über das Meer gesegelt. Zu einem horrenden Fährpreis zwar – aber im Rückblick hatte sich diese gewaltige Summe gelohnt. Wer weiß, ob ihm auf der Rückreise durch das von der Hitze versengte Land ansonsten noch einmal das Glück beschieden wäre, das feindliche Kleinasien lebend zu durchqueren. Natürlich waren die Zustände auf der stinkenden, von sage und schreibe 200 Ruderern vorwärts getriebenen Galeere unerträglich gewesen. Aber was war das schon verglichen mit all den Erlebnissen, die ihnen auf der Hinreise das Leben zur Hölle gemacht hatten? Selbst das Unwetter, in das sie einmal geraten waren, selbst die turmhohen Wellen und die bohrende Übelkeit, die Swiggers Magen während der gesamten Überfahrt zu einem Klumpen zusammen gezogen hatte: es war nichts, verglichen mit den unvorstellbaren Entbehrungen, denen sie sich noch im Frühsommer dieses Jahres ausgesetzt gesehen hatten! Möglich, dass die beiden Fläschchen an Swiggers Gürtel mit ihrem wundertätigen Inhalt ein Übriges dazu getan hatten, ihre Überfahrt glücklich enden zu lassen. Die heilige Erde mit dem Blut der unschuldigen Kindlein von Bethlehem und das weiße Pulver, die zu Staub gewordene Milch der heiligen Jungfrau Maria. Samt dem ganz heimlich von Swigger in seinem Gürtel versteckten Bruchstück des geheimnisvoll leuchtenden grünen Smaragdes, der die Herzen der Menschen schon dereinst in Babylon in Verzückung versetzt hatte, wie ihm der in einen zerschlissenen Kaftan gehüllte, seltsam bedrückt erscheinende Verkäufer des wertvollen Fundstücks unter dem Siegel der Verschwiegenheit anvertraut hatte. Natürlich hatte es einer unglaublichen Summe bedurft, diese Heiligtümer in seinen Besitz zu bekommen. Noch vor all den anderen, die inzwischen ebenfalls Kenntnis von der Existenz dieser Wunderelixiere erhalten hatten. Spätestens seitdem sich die Kunde von der überraschenden Entdeckung des wahren Kreuzes wie ein neuerliches Lauffeuer in Jerusalem verbreitet hatte, waren die Preise in wahrhaft schwindelerregende Dimensionen gestiegen, mit denen kenntnisreiche Araber sich nach langen Verhandlungen dazu bewegen ließen, die frommen Kreuzfahrer mit den kostbaren Reliquien zu versorgen. So war auch Swigger von Gundelfingen eines ordentlichen Teils seiner Beute bereits vor der Einschiffung nach Venedig wieder verlustig gegangen. Andererseits: es hatte sich gelohnt, den hohen Preis zu zahlen. Denn welche Kirche in ganz Schwaben verfügte über ähnliche Kostbarkeiten? Welcher Kirchenschatz konnte sich von nun an mit dem des Swigger von Gundelfingen messen. Gleichwohl: ohne dass er auch nur das geringste über seinen wertvollen Besitz jemals verlauten lassen würde!

Immerhin: die Galeerenfahrt also hatten sie nun sicher überstanden. Was für ein unbeschreiblich gutes Gefühl, endlich wieder festen Boden unter den Füßen verspüren zu dürfen. Europäischen Boden zumal.

Gleich bei ihrer Ankunft in Venedig war den mit allem Respekt begrüßten Befreiern von Jerusalem berichtet worden, dass schon im Juli dieses Jahres 1099 mit Papst Urban II. ausgerechnet der Kirchenfürst verstorben war, der den Aufruf zur Befreiung der Heiligen Stätten verkündet hatte. Zwei Wochen nach der Einnahme von Jerusalem war er verschieden, wohl ohne dass es ihm noch vergönnt gewesen war, die Nachricht von der Eroberung der Heiligen Stadt zu erfahren. Swigger von Gundelfingen und die anderen hatten dies achselzuckend zur Kenntnis genommen. Im Augenblick bewegten sie ganz andere Sorgen. Denn so freundlich sich die Venezianer ihnen gegenüber auch zeigten, so respektvoll sie die Kreuzfahrer auch behandelten, so bald es um Handel und den Verkauf von Waren ging, war die freundliche Maske rasch verschwunden. Und genauso wie für die Überfahrt mit der Galeere verlangten die geldgierigen Kaufleute nun ebenfalls geradezu astronomische Summen, als die fünf Edelmänner sich nach dem Preis von zehn Pferden erkundigten, die sie und ihre Knappen sicher über die Alpen nach Schwaben bringen sollten.

Es war jedes Mal dasselbe: kaum hatten die Kaufleute den Palmwedel an ihrem Gewand erblickt, das Erkennungszeichen der Kreuzfahrer, schon verdoppelten sich die Preise. Natürlich. Man wusste doch um die Kostbarkeiten, die von den überlebenden Kreuzfahrern mitgeführt wurden. Überdies machten Gerüchte die Runde. Gerüchte von sagenhaften Schätzen, die nun auch allerlei finsteres Gesindel auf den Plan riefen. Schnell hatten Swigger und die Gefährten begriffen, wie gefährlich der Palmwedel an ihrem Umhang für ein gefahrloses Weiterkommen geworden war. Schon war keinerlei Rede mehr vom heiligen Stand der Kreuzritter, denen niemand, nicht einmal der übelste Raubgeselle, nach dem Leben zu trachten wagte. Von wegen! Auch diese Verheißung war einfach im Nichts zerstoben. Genau wie so viele andere Prophezeiungen auch! Das goldene Jerusalem! Ewiger Friede und immer währende Glückseligkeit. Ein unbeschwertes Dasein, das den Eroberern der Heiligen Stadt fürderhin zuteil sein würde.

Es war ganz anders gekommen. Er brauchte sich dabei nur das Bild in sein Gedächtnis zurückzurufen, das ihn seit ihrem Abzug aus Jerusalem in den letzten Julitagen wieder und wieder beschäftigt hatte. Der Anblick des glorreichen Befreiers von Jerusalem. Als welcher Gottfried von Bouillon ohne jeden Zweifel einmal in die Geschichte eingehen würde. Aber wenn die Menschen diesen Herrn von Bouillon doch nur mit eigenen Augen gesehen hätten, wie er da vor seinen Rittern weinend auf die Knie gesunken war. Jawohl! Weinend. Schluchzend und völlig verzweifelt. Gleich, nachdem ihm ein Teil der Ritter, unter denen sich auch Swigger befunden hatte, ihren für den übernächsten Tag bevorstehenden Aufbruch angekündigt hatte! Es war ein Bild des Elends und des Jammers! Angewidert hatte Swigger sich abgewandt. Er hatte den Anblick einfach nicht mehr ertragen können. Wie Gottfried von Bouillon, der „Vogt des Heiligen Grabes", sie auf den Knien kauernd angebettelt hatte, ihn doch auf keinen Fall zu verlassen. Der Befreier von Jerusalem! Dem doch Dank seiner großen Tat verheißen war, die Gnade des Himmels auf sich zu ziehen. Bis an das selige Ende seiner Tage. Die Gnade, die auch ihnen allen, den heldenhaften Befreiern von Jerusalem beschieden sei. Es war nicht das Geringste davon zu spüren! Kopfschüttelnd hatten sie dem hemmungslos schluchzenden Bündel aus Elend und Verzweiflung schließlich den Rücken gekehrt. Die in Jerusalem verbliebenen Ritter würden es schon bewerkstelligen, die Stadt so lange zu verteidigen, bis die schon im Anmarsch befindlichen Ersatztruppen eintreffen würden, hatte auch Werner von Grüningen die würdelose Vorstellung trocken kommentiert. Sie aber hatten ihr vor Jahren abgelegtes Gelübde erfüllt. Ihre heilige

Mission war zu einem erfolgreichen Ende gekommen. Und so stand ihnen der Sinn jetzt nur noch danach, wieder nach Hause zu kommen. Endlich die so sehnlich vermisste Heimat wieder sehen zu dürfen!

Voller Sehnsucht richteten sie ihre Blicke nach Norden! Noch immer befand sich die Heimat in weiter Ferne. Erst waren die Alpen zu überqueren. Die mächtig in die Höhe ragende Gebirgskette, über deren engen steilen Pässen schon der erste Schnee dieses Winters nieder gegangen war. Ein früher Witterungsumschwung, der den an sich schon gefahrvollen Weg zusätzlich noch erschweren würde. Als wäre dies nicht mehr als genug, gesellten sich gleich zu Beginn ihres Rittes weitere unwillkommene Nachrichten zu diesen anderen. Nicht nur, dass man schon in Oberitalien beständig auf der Hut zu sein hatte, was die Gefahr betraf, die beständig von den zahlreichen wilden Horden ausging, die dort ihr Unwesen trieben, wobei sie es ansonsten auf Kaufleute und deren kostbare Ware abgesehen hatten. Doch dieses üble Gesindel würde sich wie gesagt auch nicht von den Palmwedeln an der Schulter der frommen Kreuzfahrer abschrecken lassen – eher im Gegenteil, denn bei diesen erwarteten sie naturgemäß fette Beute. Doch jetzt kam auch noch schlimme Kunde vom Brennerpass, auf dem Grüningen, Swigger und die drei Zimmernbrüder samt ihren Knappen eigentlich die Alpen hatten überwinden wollen. Aber gerade am Brenner war die Situation in den letzten Wochen eskaliert. Immer wieder waren selbst gut beschützte Handelszüge von räuberischen Banden überfallen worden, sogar am helllichten Tag! Düstere Aussichten im Hinblick auf ein gefahrloses Vorwärtskommen. Und so waren sie schweren Herzens übereingekommen, lieber einen mehrtägigen Umweg in Kauf zu nehmen, als sich der Gefahr eines Überfalls am Brenner auszusetzen. So mühsam und beschwerlich der Weg über die Tauern auch sein mochte, so groß damit der Umweg war, so sehnsüchtig sie der Heimat nun entgegenfieberten: es war besser so. Denn hier, auf dem Pass unterhalb des mächtigen Großglockners, förderten die Knappen des Herzogs von Tirol seit Jahrhunderten schon das wertvolle Erz aus dem Inneren der schneebedeckten Berge. Eine eminent wichtige Einnahmequelle für den Herzog, der die Tauernroute aus diesem Grund auch permanent mit einer stattlichen Anzahl von Reisigen überwachen ließ, um den sicheren Weitertransport des Erzes zu gewährleisten. Eine Sicherheit, die damit auch den Reisenden zugute kommen würde. Und so sehr sie auch mit sehnsuchtsvollen Herzen nun schon jeden Tag verfluchten, der sie von der Heimat trennte, so klar und eindeutig fiel ihre Entscheidung zugunsten der Alpenquerung über die Tauern. Ein mehrtägiger Umweg, den man zähneknirschend auf sich zu nehmen hatte! Bei der Stadt Innsbruck würden sie schließlich wieder auf die ursprünglich geplante Strecke treffen, die sie dann weiter durch das obere Inntal führen würde. Innsbruck! Schon bei dem bloßen Gedanken an den Namen dieser Stadt begann das Herz des Ritters heftig zu pochen. Denn Innsbruck war ihm und all die anderen schon immer ein Meilenstein gewesen. Ein Synonym, gleichbedeutend mit dem Gefühl, es geschafft zu haben. Die schlimmsten Mühen waren vorüber, die Überquerung der Alpen glücklich überstanden. Nur ein allerletztes, beinahe schon als bequem zu bezeichnendes Stück des Weges in Richtung Norden lag jetzt noch vor ihnen: der Fernpass, wonach sie die unheimlichen Alpen endgültig hinter sich gelassen hätten. Keine Woche also trennte sie bei Innsbruck mehr von der Heimat.

Ein seltsames Gefühl der Unwirklichkeit breitete sich in ihm aus, wenn Swigger seine Gedanken jetzt auf das nach zweieinhalb langen und entbehrungsreichen Jahren nun unmittelbar bevorstehende Wiedersehen lenkte. Mit Bärbel! Und Swigger! Seinem mittlerweile zwölfjährigen Sohn! Es war ihm, als erwache er aus einem langen, tiefen Schlaf.

Die Rückkehr

Aber weshalb dieser Blick? Und erst die Miene, die Frieder überdies dabei zur Schau stellte. Diese nur unbeholfen unterdrückte Mischung aus Mitleid und Entsetzen, die sich auf dem Gesicht seines Knappen abzeichnete. Und so verzweifelt sich der junge Mann auch mit dem Versuch abmühte, dem Kern seiner Botschaft einen milden Klang zu verleihen: es musste etwas geschehen sein! Frieders Mienenspiel verhieß nichts Gutes. Ganz und gar nichts Gutes. Irgendwann – während der langen Zeit ihrer Abwesenheit musste es geschehen sein. Wie ein Stich bohrte sich der Name seines Sohnes durch Swiggers Herz. Nicht! Bitte nicht! Es durfte nicht sein! Es konnte doch auch gar nicht sein! Weshalb, wenn nicht für das Leben seines Sohnes hatte Swigger denn das Kreuz genommen. Hatte all die Gefahren überstanden und sein Gelübde wahr gemacht: Jerusalem war befreit. Die Gnade der Absolution, der Reinwaschung von aller Schuld und aller Sünde, wie sie ihnen Papst Urban doch versprochen hatte, sie war ihnen zuteil geworden.

Was also war geschehen, das den Blick seines Knappen gleichwohl so verdüstert hatte. Was um alles in der Welt hatte sich hinter den hohen Palisaden von Burg Gundelfingen ereignet. Krampfhaft umklammerte der Ritter die Mähne seines Pferdes, während er versuchte, sich auf Frieders Mitteilung zu konzentrieren, die ihm dieser mit vor Anspannung vibrierender rauer Flüsterstimme überbrachte. Wie durch einen immer dichter werdenden Nebel drangen die Worte des Knappen in sein Bewusstsein. Ein letztes stummes Stoßgebet, das er zum Himmel richtete: Swigger! Bitte nicht Swigger!

„Herr...“ Der verzweifelte Frieder schien hilflos nach den richtigen Worten zu suchen. Er fasste sich ein Herz und fixierte den Edelmann mit festem Blick. „Herr. Es ist nicht euer Sohn, dem Schlimmes widerfahren ist...“

Nicht Swigger! Nicht mein Sohn! Wie ein fernes Donnergrollen hallte das Echo der Erkenntnis immer wieder durch das gemarterte Hirn des Ritters. Es schien ihm, als müsse er vor Erleichterung in Ohnmacht sinken. Gott sei Dank! Nicht sein Sohn! Der Herrgott hatte ihn bewahrt vor allem Übel! Der Segen der Absolution von allen Sünden war über das Geschlecht der Herren von Gundelfingen gekommen. So, wie ihnen dies die Priester auf dem langen Zug nach Palästina immer wieder verheißen hatten! Wie hatte er nur jemals daran zweifeln können?! Nicht Swigger! Alles war gut! Glücklich und wohlbehalten war er wieder nach Hause gekommen. Was also konnte sich seinem Glück nun noch in dem Weg stellen? Swigger II. – er war am Leben, war gesund! Ob er den Vater nach so langer Zeit wohl noch wieder erkennen würde? Den alten Swigger, wie man ihn fürderhin nennen würde. Mit dem schlohweißen Haar, mit dem genauso weißen Vollbart. Ein Mann, gezeichnet von einem langen Leben, das nun schon 46 Jahre währte. Der alte Swigger und der junge Swigger, die Zukunft eines stolzen Geschlechts. Alles hatte sich also zum Besten gefügt. Ein kurzer scharfer Ritt hinauf zur Burg, und dann endlich würden sie sich wieder in den Armen liegen. Der Kreuzfahrer, sein Sohn und – Bärbel. Bärbel, die Mutter seines Sohnes, deren Beziehung er nunmehr endlich legalisieren würde. Egal, was die Lästermäuler sagen würden. Beim ersten feierlichen Gottesdienst in Jerusalem hatte er es geschworen! Auf Burg Gundelfingen würde es fortan keinerlei Heimlichkeiten mehr geben. Alles war gut! Alles... Doch unvermittelt schreckte Swigger aus seinen Gedanken hoch und blinzelte beunruhigt in das Gesicht seines Knappen, der immer noch diese merkwürdig ernste Miene zur Schau stellte. Was hatte der gemeint, mit seinem merkwürdig klingenden Satz, wonach es nicht um Swigger den Jüngeren ging, dem schlimmes widerfahren sei?

Schlagartig hatte sie sich zurück gemeldet, die alles verzehrende Furcht in Swiggers Herzen. „Jetzt sprich schon! Auf der Stelle!“ herrschte er sein Gegenüber an. „Was also ist geschehen?“

Der Knappe schluckte trocken, dann begann er stockend zu sprechen: „Es ist...es ist die Tochter des Müllers...“

„Bärbel!?“

„Ja, Herr, es geht um Bärbel...“ Mit Ausnahme des Burgvogtes Friedbert, seines Vaters also, handelte es sich bei Frieder um den einzigen aller Dienstleute des Gundelfingers, der über Swiggers Beziehung zu Bärbel genau im Bild war. „Eure Gefährtin...sie ist...“

„Was ist mit ihr?“ Er hätte die Frage gar nicht zu stellen brauchen und auch auf die Antwort zu warten, war unnötig – zu merkwürdig war Friedberts sonderbares Verhalten. Und dennoch...

„Sie weilt nicht mehr unter uns. Sie ist gestorben!“

„Sie ist gestorben!“ Wie ein scharfer Peitschenhieb zerteilten diese Worte Swiggers Zukunft. Bärbel tot! Es war ihm noch nicht einmal mehr vergönnt gewesen, sie ein letztes Mal in seine Arme zu schließen. Bärbel war tot!

Mitte November 1099

Es würden wohl die letzten warmen Strahlen dieses allmählich verlöschenden Jahres sein. So, wie auch das Leben aus Bärbel gewichen war. Die immer kraftloser vom Himmel scheinende Sonne. Die sich mehr und mehr über das Land breitende Dunkelheit. Eine Ahnung von Vergänglichkeit breitete sich langsam, aber unaufhaltsam über das Land. Fast so, wie die klagenden Töne jenes merkwürdigen Instruments, das Swigger für seinen Sohn bei einem arabischen Musikanten erstanden hatte. Ein Musikinstrument. In der Tat, es handelte sich um völlig fremdartige Töne, die sie diesem seltsamen Beutel mit den Pfeifen daran festgemachten Pfeifen entlockten. Laute, klagende Töne. Instrumente, mit denen sie sogar in die Schlachten gezogen waren. Und einen dermaßen höllischen Lärm veranstaltet hatten, dass den europäischen Rittern, die solches nie zuvor gehört hatten, vor Schreck beinahe das Blut in den Adern gefroren wäre. Nicht nur Swigger von Gundelfingen, auch viele andere unter den Kreuzfahrern hatten sich, mit solch einem Instrument versehen, auf die Heimreise gemacht. Die zu Hause gebliebenen würden staunen, welch sonderbare Töne diesem Bock zu entlocken waren. Aus welchem Grund auch immer – am heutigen Mittag hatte Swigger von Gundelfingen nach dem bislang von keinem so recht beachteten Instrument gegriffen und sich mit ihm an seinen Lieblingsort zurückgezogen. Auf den steilen Felsen über der linken Talseite, dem Ort, an dem er so oft in stiller Vertrautheit mit Bärbel zusammen war. Seiner so schmerzlich vermissten Gefährtin. Langsam und getragen schwebte die seltsame Melodie über das Land, das an diesem spätherbstlichen Nachmittag in einem unwirklich goldenen Sonnenschein erstrahlte. Ein letztes Aufblühen vor dem nahenden Ende.

Bleiern waren die Tage nach Swiggers Ankunft ins Land gegangen. Tage der Trauer und der Bestürzung. Tage der unablässig bohrenden Fragen. Wie hatte es nur geschehen könne? Weshalb hatte der Herr ihm Bärbel genommen, die doch – nach Swigger, dem Sohn – das Liebste war, das er auf der Welt besaß. Das Liebste – und das Einzige! Was war denn nur geschehen? So kurz vor Swiggers Ankunft erst. Nur wenige Wochen zuvor. Es hatte den alten Ritter viel

Selbstbeherrschung und Mühe gekostet, sich endlich mit den Tatsachen auseinander zu setzen. Mit Bärbels Tod – und mit all den Fragen, die sich an Bärbels Ende knüpften. Widerstreitende Gefühle kämpften in seiner Brust. Hatte er sich tatsächlich dazu verstiegen, gegeneinander aufzurechnen? Hatte er tatsächlich einen Gedanken daran verschwendet, sich zu fragen, welche Nachricht ihn tiefer getroffen hätte. Die Botschaft vom Tod seines Sohnes, oder Bärbels Ende! Hatte er also insgeheim womöglich gar aufgeatmet bei dieser Kunde, weil er eben doch in aller erster Linie um das Leben seines Sohnes gebangt hatte?! Müßig, sich mit solch sinnlosen Fragen zu beschäftigen. Und gleichwohl: sie gingen ihm nicht aus dem Kopf. Natürlich musste er froh und dankbar darüber sein, dass Swigger am Leben war. Swigger II., die einzige Aussicht auf einen Fortbestand seiner Familie. Der Herren von Gundelfingen. Doch Bärbel! Bärbel war gestorben! Was für ein Preis, den er hatte bezahlen müssen! Und: warum nur? Warum? Weshalb hatte sich die Absolution als Preis für die Befreiung des Heiligen Grabes denn nicht auch auf sie erstreckt, auf seine arme Gefährtin? Seine Sühne war doch längst erbracht! Und: handelte es sich denn in Wirklichkeit nicht um ihrer beider gemeinsames Leben, das mit Bärbels Ende nun schlagartig seinen Glanz verloren hatte? Womit folglich auch Swiggers Leben erloschen schien! Die Welt war grau und düster geworden.

Erst am heutigen Vormittag hatte sich der Ritter dazu in der Lage gesehen, von seinem Burgvogt Friedbert einen detaillierten Bericht über das Geschehen der letzten Wochen auf Gundelfingen zu verlangen.

Vorsichtig und mit Worten, die er sich lange schon zurechtgelegt hatte, war der Vogt auch die Ursachen zu sprechen gekommen, die Bärbel das Leben gekostet hatten. Auf eigene Verantwortung hin hatte er es sogar gewagt, nach einem Medicus schicken zu lassen, als die Krankheit Bärbels Zustand immer bedrohlicher hatte erscheinen lassen. Als sich längst keine der in Heilkunde erfahrenen Frauen des Dorfes mehr zu helfen gewusst hatte. Doch auch dem Medicus war es nicht mehr gelungen, seine Kunst zur Rettung von Bärbel einzusetzen. Es war nichts zu machen gewesen. Düster hatte der Mann seinen Kopf geschüttelt und dann seine furchtbare Diagnose gestellt: Antoniusfeuer! Eine Krankheit, für die es keinerlei Aussicht auf Heilung gab. Es sei denn, der Herr erhörte die Gebete!

Die Gebete! Krampfhaft ballte Swigger von Gundelfingen seine Faust! Welche Gebete denn?! Wo er doch zum selben Zeitpunkt im Heiligen Land geweilt hatte, um Jerusalem zu befreien! Um dem Willen Gottes dienlich zu sein! Und um die vollkommen Absolution für sich zu erhalten – für sich und seine Familie! Als wenn Bärbel nicht ebenso dazu gehörte! Hatte er den Herrgott etwa so sehr erzürnt mit seiner unkeuschen Lebensweise, dass die göttliche Rache dann über Bärbel gekommen war? Dass Gott der Herr die arme Müllerstochter mit dem Antoniusfeuer und Leib und Leben gestraft hatte. Der schlimmen Seuche, die sich seit unvordenklichen Zeiten schon in unregelmäßiger Folge über das Land breitete. Eine Seuche, der nicht nur Bärbel, sondern auch viele andere Menschen auf der Alb in den vergangenen Monaten zum Opfer gefallen waren. Keiner vermochte ihr mehr zu entrinnen, wenn sie ihr Opfer erst einmal gefunden hatte. Grausam, mit ansehen zu müssen, wie die Krankheit ganz langsam in den Körpern der Männer und Frauen zu wuchern begann. Erst die Übelkeit, dann zeigte sich auf der Haut die eine oder andere Blase. Blasen, die mehr und mehr wucherten, die aufplatzen, sich entzündeten. Bis den bedauernswerten Opfern, die sich in unbeschreiblichen Qualen auf ihren Krankenlagern wälzten, sogar die Gliedmaßen verfaulten und abfielen. Viele von ihnen waren aufgrund der Schmerzen dem Wahnsinn anheim gefallen, zitterten am ganzen Leib oder verfielen gar in eine Art ekstatischem Veitstanz, bis sie ihr erbärmliches Ende fanden. Und keiner konnte ihnen helfen. Noch nicht einmal die barmherzigen Brüder, die so genannten Antoniter, die sich doch immerfort auf die heilkräftige Wirkung der Gebeine des Heiligen Antonius von Byzanz beriefen, die sich im Besitz ihres Klosters befanden. Auch sie vermochten es gleichwohl nicht, die Kranken zu heilen. Bestenfalls für die Linderung der grässlichen Schmerzen konnten sie sorgen, doch auch selbst dies gelang nur in äußerst unbefriedigendem Maße. Ob die Gerüchte stimmten, die besagten, es müsse mit dem Roggen zusammen hängen? Denn überall dort, wo sich die Kranken, die zudem meist aus den ärmeren Schichten der Bevölkerung stammten, mit Roggenbrei ernährt hatten, war eine Zunahme der Erkrankung kaum noch zu übersehen. Vor allem, wie die Heilkundigen im Laufe der Zeit zu mutmaßen begann, wenn kühle feuchte Witterung die Ernte fast völlig verdorben hatte. Nun ja, es handelte sich um einen Verdacht, einen durchaus begründeten zudem, doch: wie sollte es gelingen, den Dingen richtig auf den Grund zu gehen? Und: welchem Hungernden wollte man es verbieten, sich in seiner Not mit Roggenbrei zu ernähren? Zumal die Seuche bekanntlich dann über Jahrzehnte hinweg oft wieder völlig verschwunden war!

Müßig, darüber zu spekulieren. Erst recht, nachdem die arme Bärbel mit an Sicherheit grenzender Wahrscheinlichkeit, genau dieser Krankheit zu Opfer gefallen war. Diesem verfluchten Antoniusfeuer! Voller Ingrimm berichtet Friedbert, wie der Medicus nach einer guten Weile ratlos die Schultern gezuckt und sich dann verabschiedet habe, nicht ohne vorher einen üppigen Lohn für sein Erscheinen verlangt zu haben. „Ich habe ihm seinen Lohn kräftig auf den Rücken gebrannt, Herr. Das könnt ihr mir glauben, " versicherte der Burgvogt mit düsterer Miene. „Aber die Qualen der armen Frau hat dies natürlich auch nicht lindern können..." Er streifte den Edelmann mit einem anteilsvollen Blick, dann zog er es vor, seinen Bericht an dieser Stelle zu beenden. Es musste weiß Gott nicht sein, dass er dem Gundelfinger das lange und qualvolle Ende der Müllerstochter in allen Einzelheiten zu Gehör brachte. Der Herr konnte sich auch ohnedies denken, dass es sich um alles andere als ein friedliches Dahinscheiden gehandelt hatte.

„Aber sie war doch noch so jung...", mehr als dieser eine verzweifelte Halbsatz drang nicht über Swiggers Lippen, danach bedeutete er dem Vogt mit einer kurzen Bewegung seines linken Armes, sich nun aus dem Herrenhaus zurück zu ziehen. Von Schmerz und Trauer überwältigt, vergrub er seinen Kopf zwischen den Händen und ließ seiner Verzweiflung nunmehr freien Lauf.

Jetzt! Ausgerechnet jetzt, zu dem Zeitpunkt, an dem er gewillt gewesen war, ihre Beziehung aller Welt zu offenbaren. Und zu legalisieren. Auch wenn die Unterschiedlichkeit ihres Herkommens noch so gewaltig sein mochte: wer hätte es gewagt, ihm, dem tapferen Befreien des Heiligen Grabes, entgegen zu treten. Und Einhalt zu gebieten? Niemand! Noch nicht einmal die altbekannten Gegenspieler.

Warum also nur? Warum? Freigewaschen von aller Schuld und Sünden hatte er den Rückweg aus Palästina angetreten. Hatte auf seiner Heimreise keine neue Sünde auf sich geladen – im Gegensatz zu manch anderem unter den Kreuzfahrern, die sich selbst nach der endgültigen Einnahme von Jerusalem einen regelrechten Spaß daraus gemacht hatten, auch weiterhin jeden Heiden zu erschlagen, der das Pech gehabt hatte, lediglich ihren Weg zu kreuzen. Nein, an diesen Grausamkeiten hatte er sich nie beteiligt, genauso wenig, wie die Gefährten, Werner von Grüningen oder die drei Zimmernbrüder, die voller Abscheu über diese Gräuel Bericht erstatteten. Er hatte seine Aufgabe mit der Befreiung von Jerusalem erfüllt, war wohlbehalten, stolz und hoffnungsfroh in die Heimat zurückgekehrt. Zu Bärbel zurück gekehrt. Doch Bärbel... war tot!

Wie hatte sich der alte Burgvogt bei Swiggers Einzug auf Gundelfingen doch geäußert? „Herr, denkt doch nur an euren Sohn! Er lebt! Er braucht euch! Und er hat sich so auf dieses Wiedersehen mit seinem Vater gefreut!“ Voller Anteilnahme hatte sich Friedbert gar dazu verstiegen, seinen Arm um die Schultern des Edelmanns zu legen, der sich dieses unziemliche Vergalten widerspruchslos gefallen ließ. „Bedenkt, ihr müsst jetzt stark sein. Ihr dürft euch keine Schwäche anmerken lassen, wie sehr es euch in Wirklichkeit auch getroffen hat. Im Interesse eures Sohnes, Herr!“ Der Sohn! So sehr auch Swigger II. den Tod von Bärbel sicherlich betrauerte: er wusste doch noch nicht einmal, dass es in Wirklichkeit seine Mutter war, die damit von ihm gegangen war. Er würde es nie erfahren. Es war besser, fortan zu schweigen. Um der Zukunft willen. Der Zukunft seiner Familie: der stolzen edelfreien Herren von Gundelfingen!

Es sei!

Er würde sich zusammenreißen. Noch einmal unter Aufbietung aller Willensstärke die Kräfte bündeln – wie ihm dies doch schon so oft in seinem Leben gelungen war. Immer dann gelungen war, wenn er sich schon unmittelbar am Abgrund befunden hatte! Fürwahr! Es ging um mehr! Um ein größeres Ziel, als nur um das persönliche Lebensglück von Swigger dem Älteren! Selbst wenn die Welt um ihn herum seit Bärbels Tod plötzlich kälter und einsamer geworden war: er würde auch diese Krise meistern. Würde den großen Plan zu einem guten Ende bringen.

Swigger von Gundelfingen richtete seinen Oberkörper kerzengerade auf und nahm einen tiefen Atemzug von der würzigen frischen Albluft, die langsam in seine Lungen strömte. Herbstduft. Zeit der Ernte. In jeglicher Hinsicht.

Erfüllt von neuer Tatkraft und Zuversicht griff der Ritter rasch entschlossen zum Dudelsack und blies mit kräftigen Atemstößen Luft durch die Pfeife des sich rasch aufblähenden, ledernen Beutels. Wieder waren es seltsam klagende Töne, die er dem Instrument entlockte. Feierlich und getragen schienen sie im leichten Wind dieses letzten warmen Herbsttages über die Landschaft des

Lautertals zu schweben, bis sie zögernd irgendwo im weiten Blau des Himmels verklangen. Wie die Seele eines Verstorbenen, die sich langsam mit der Unendlichkeit verband.

Wie Bärbels Seele, die ihm nur vorausgegangen war und irgendwo dort oben am Firmament auf seine Ankunft wartete...

September 1104

Keuchend vor Anstrengung erhob sich der alte Ritter langsam von seinem Krankenlager. Noch immer verursachte ihm jede Bewegung seiner Gliedmaßen heftig stechende Schmerzen im ganzen Körper. Vor allem in der Brust und im Rücken. An die hölzerne Wand seines Gemachs gelehnt, massierte sich Swigger von Gundelfingen die schmerzende Stirn, von der dicke Schweißtropfen auf den Boden perlten. Dennoch: zum ersten Mal seit vielen Wochen war es ihm nun also gelungen, sein Lager ohne fremde Hilfe zu verlasen. Wenngleich auch mit äußerster Mühe. Und an die Schmerzen, die es ihm bereitet hatte, durfte er erst gar nicht denken. Ein furchtbares Gefühl – und dennoch: es war tatsächlich ein Fortschritt, dass er es geschafft hatte. Erstmals seit seinem schweren Unfall, der doch schon so lange zurück lag!

Im April dieses Jahres 1104 war es geschehen, als Swigger von Gundelfingen an einem feuchtkalten Morgen gleich beim ersten Licht des Tages zusammen mit seinem Baumeister zur Baustelle der neuen Burg aufgebrochen war, um persönlich den Fortschritt der Arbeiten in Augenschein zu nehmen. Wichtige Angelegenheiten, die seine Stellung als Lehensmann des Herzogs von Schwaben betrafen, hatten ihn mehr als einen halben Monat von Gundelfingen fern gehalten und so hatte er geradezu danach gebrannt, sich über das unaufhaltsame Emporwachsen seines künftigen stolzen Herrensitzes aus nächster Nähe zu informieren. Denn so entschieden er sein Pferd auf dem Heimritt auch zu einer rascheren Gangart angetrieben hatte, die Sonne war dennoch schon hinter dem Horizont verschwunden, als er am gestrigen Abend endlich in Gundelfingen eingetroffen war. Mehr als die dunklen Schattenrisse, mit denen sich die halb fertigen Mauern samt ihren kühnen Gerüsten vom schwarzblauen Abendhimmel abzeichneten, war zu dieser Stunde nicht mehr zu sehen gewesen. Doch allein diese mächtigen Schatten hatten sein Herz vor freudiger Erregung schneller schlagen lassen. Wie sie sich unmittelbar vom Rand der steil abfallenden Felsen in die Höhe reckten! In der folgenden Nacht hatte er nur wenig Schlaf gefunden. Voller Ungeduld war er in seinem Gemach auf und abgelaufen, bis er von seiner Fensterluke aus endlich einen schmalen hellen

Streifen am Horizont hatte erblicken können. Selbst auf den üblichen Morgenimbiss hatte der grob aus seinem Schlummer geweckte Baumeister verzichten müssen, so ungeduldig war er von dem Gundelfinger zur Baustelle der Burg gedrängt worden.

Was sich den Augen des Swigger von Gundelfingen wenig später auf den hohen Felsen der linken Lauterseite präsentierte, ließ ihn vor Stolz und Glückseligkeit erbeben. Die Heerschar der zahllosen Handwerker und Leibeigenen, die seit der ungewöhnlich zeitigen Schneeschmelze dieses Jahres, emsig zur Sache gegangen waren, hatte gute Arbeit geleistet. Was auf den Plänen des Baumeisters im Grunde genommen doch nur zu erahnen gewesen war, hier sah er sie nun als steingewordenes Monument unaufhaltsam in den Himmel wachsen: die größte Burganlage, die weit und breit zu finden war. Vergleichbar allenfalls mit dem Hohenstaufen, nach dessen Vorbild der Baumeister auf Swiggers ausdrückliche Anweisung hin die Pläne ausgearbeitet hatte. Es würde ein mächtiges, nahezu uneinnehmbares Bollwerk entstehen, von dessen festen Mauern aus die Reisigen des Gundelfingers das weite Land ringsum künftig sicher unter ihrer aufmerksamen Kontrolle halten konnten. Der gewaltige Bergfried, dessen Ausmaße schon an den riesigen Fundamentsteinen zu erahnen war, würde ihnen die Möglichkeit eröffnen, das gesamte gundelfingische Territorium durch einen einzigen Turmwächter überwachen zu können. Im Gegensatz zu den zahlreichen Hilfskonstruktionen, mit denen sie für die Sicherheit der weit unterhalb der neuen Anlage im Tal gelegenen Burg mit ihrer künftigen Bezeichnung Niedergundelfingen hatten sorgen müssen. Bis hin zum Wohnturm seines treuen Gefährten Frieder, der seit seinem Ritterschlag als Lehensmann des Gundelfingers auf dem Kapf bei Weiler einen solchen Beobachtungsposten errichtet hatte, um die Bewohner von Burg Gundelfingen möglichst früh über das Herannahen fremder Reiter in Kenntnis zu setzen. All diese Vorsichtsmaßnahmen wären nach der Fertigstellung der neuen Burg und ihres riesigen, ganz aus Stein gebauten Bergfrieds, verzichtbar. Doch noch würde manches Jahr ins Land gehen, bis sie endlich Einzug in diese neue Burganlage mit dem Namen Hohengundelfingen würden halten können.

Man musste es sich nur einmal vor Augen halten: seit dem März des Jahres 1102, als Swigger hier feierlich den Grundstein zum Bau seiner Steinburg gelegt hatte, waren immerhin schon zwei Jahre ins Land gegangen. Und es würden noch mehr als doppelt so viele Jahre vergehen, bis sie daran denken konnten, zumindest eine vorläufige Besatzung nach Hohengundelfingen zu verlegen. Nur, wenn die Unterstützung von Seiten des Kaisers und des Herzogs von Schwaben auch weiterhin erfolgen würde, konnte das Werk des Gundelfingers gelingen. Denn nicht nur auf ausdrücklichen Vorschlag des Herzogs Friedrich, sondern auch mit dessen nachhaltiger Hilfe versehen, war Swigger von Gundelfingen überhaupt erst auf das Wagnis dieses Burgenbaus eingegangen. Nur mit der Unterstützung des Herzogs, ob sich diese nun in Gold- und Silbermünzen, oder in der Abstellung von Bauleuten ausdrückte – selbst die Kosten für den erfahrenen Baumeister waren von dem Staufer übernommen worden, konnte das Werk gelingen. Eine starke und wehrhafte Verteidigungsanlage, deren Errichtung freilich auch im unmittelbaren Interesse des Herzogtums und des Reiches begründet lag.

Nur mithilfe solcher Burgen, deren Mittelpunkt in jedem Fall ein großer, weithin sichtbarer Bergfried bildet und die sie über die nächsten Jahre hinweg in großer Anzahl auf ähnlich exponierten Stellen wie dem Staufen, Gundelfingen oder einem Berg mit Namen Neuffen erbauen würden, konnte es gelingen, eine ausgeklügelte Alarmierungskette aufzubauen. Dermaßen hoch mussten die Türme gebaut werden, dass es den Turmwächtern künftig möglich wäre, mithilfe von Wimpeln, Hornstößen oder gar Spiegelungen den Nachbarn in Windeseile von drohender Gefahr in Kenntnis zu setzen. Und dieser würde die Warnung sofort weiter schicken, zum nächsten Turm, zur nächsten Burg. Innerhalb kürzester Zeit würde das Land in den Verteidigungszustand versetzt werden können, das Trauma der Ungarneinfälle, die vor noch gar nicht all zu langer Zeit und über Jahrzehnte hinweg in allen Teilen Schwabens ihre Brandspur hinterlassen hatten, wäre endgültig überwunden. Und auch der Gefahr, die trotz aller Friedensbeteuerungen nach wie vor von den unruhigen Welfen auszugehen schien, war mit diesen Burgen bestens zu begegnen. Das Reich nun in seinem Inneren zu sichern. Dies war das Gebot dieser Jahre. Falls... ja falls ihnen die gewaltigen Summen auch fürderhin zur Verfügung standen, die ein solcher Festungsbau verschlang. Denn für einen einfachen Edelmann – und mochte er auch noch so begütert sein – war ein solcher Bau nie und nimmer zu bewältigen. Ohne die Unterstützung des Kaisers beziehungsweise des Herzogs wäre die Grundsteinlegung von Hohengundelfingen niemals erfolgt. Doch der Kaiser war in neue Streitigkeiten verstrickt worden. Fraglich, ob mit seiner Hilfe also auch weiterhin zu rechnen war. Und mit der seines Schwiegersohns, des Herzogs von Schwaben.

Eines stand für Swigger fest: den eigenen Leuten würde er nicht noch mehr an Fronarbeiten abverlangen können, als er dies ohnehin schon von ihnen eingefordert hatte. Im Grunde genommen konnte er es den Bauern und Leibeigenen nicht verdenken, dass sie ihrem Grundherrn trotzige Widerworte ins Gesicht geschleudert hatten, nachdem sie von dem Gundelfinger angewiesen worden waren, den gut und gerne 15 Fuß tiefen Burggraben aus dem harten Felsgestein auszumeißeln und ferner die steil aufragenden Felsen noch weiter abzuschroffen, auf deren äußersten Rändern die dicken Umfassungsmauern der Burg zu einer Einheit mit dem Felsen verschmelzen sollten. Es war eine lebensgefährliche Arbeit, die auch zahlreiche Opfer unter den Bauern gefordert hatte. Doch so sehr er die Verunglückten auch bedauerte, es blieb Swigger von Gundelfingen keine andere Wahl, als auf der Erfüllung seiner Anweisung zu bestehen. Natürlich, es war schlimm, mit ansehen zu müssen, wie weinende Frauen und Kinder um die Toten trauerten, wie diejenigen sich unter Schmerzen wanden, die ihren Sturz überlebt hatten und nun zu elenden Krüppeln geworden waren. Die plötzlich auf die Barmherzigkeit ihrer Mitmenschen angewiesen waren, weil sie für ihr eigenes Leben nicht mehr sorgen konnten. Grausam, fürwahr. Und dennoch: er durfte nicht die geringste Unsicherheit zeigen. Nicht in einer solch kritischen Phase. Das war die Lektion, die Swigger von seinem alten Burgvogt Friedbert, der im vorvergangenen Jahr verstorben war, widerstrebend übernommen hatte. Weiß Gott! Es war nicht immer leicht, solche Verantwortung auf den eigenen Schultern zu wissen.

Nachdenklich hatte Swigger an diesem Morgen die Schultern gezuckt. Schicksal eben. Der Herrgott hatte es so gewollt und jeden von ihnen an seinen Platz gestellt. So schmerzhaft der Verlust an Menschenleben auch war: der Bau würde sich als notwendig und richtig erweisen. Selbst die Bauern würden dies irgendwann begreifen. Spätestens dann, wenn sie sich beim Angriff feindlicher Truppen auf das Dorf Gundelfingen erstmals hinter die sicheren Steinmauern der unbezwingbaren Burg geflüchtet hatten.

Wie es wohl bei den besonders schwierigen Arbeiten auf dem unteren Felsen voran ging? Er musste es persönlich in Augenschein nehmen. Die Warnungen des Baumeisters vor der Rutschgefahr auf der steil abfallenden Geröllhalde an diesem feuchten Morgen hatte er zwar vernommen, sie schienen Swigger aber mehr als übertrieben. Wenn es die Bauern schafften, sich bis zum Felsrand vorzuarbeiten, weshalb sollte es ihm selbst dann nicht gelingen?

Kaum hatte er diesen Gedanken in seinem Kopf bewegt, da war es auch schon geschehen: unvermittelt hatte sich einer Gesteinsbrocken unter seinen Füßen gelöst, der Ritter kam ins Rutschen, wedelte hilflos mit den Armen, dann verlor er das Gleichgewicht, überschlug sich in rascher Folge mehrmals und stürzte hilflos in die Tiefe. Das Ende!

Erst Tage später war er wieder zu Bewusstsein gekommen. Ein Wunder, dass er überhaupt noch am Leben war. Sein Glück, dass sie ihn nach dem Unfall rasch hatten bergen können. Direkt vom Schlund der Hölle hätten sie ihn hinweggezogen, wie er ohnmächtig und mit verrenkten Gliedmaßen da auf dem warmen Feld gelegen und der Teufel schon die Hand nach dem Verunglückten ausgestreckt habe, raunten die Leute. Nur jenes wundertätige Fläschchen an seinem Gürtel, mit der Milch der Jungfrau Maria, habe ihn vor dem Zugriff des Höllenfürsten bewahrt. Ein Bauer mit Namen Jäcklein war als erster bei Swigger eingetroffen und beschwor seitdem, dass er es mit eigenen Augen gesehen habe: die in tausend Glassplitter zerbrochenen Reste des Fläschchens und das weiße Pulver, das sich wie schmelzender Schnee über die Geröllhalde gebreitete und den Satan so vertrieben habe. Merkwürdig: am darauf folgenden Tag hatte sich Swigger, der Sohn des Ritters, auf der Suche nach den womöglich ebenfalls Wunder wirkenden Glassplittern in das warme Feld begeben, doch es war nicht der geringste Splitter mehr zu finden gewesen! Der Herr habe den Schatz aus dem Heiligen Land wieder zu sich genommen! Wahrhaftig: ein Wunder sei geschehen! Rasch verbreitete sich die staunenswerte Nachricht von der wundersamen Errettung des Kreuzfahrers im ganzen Land, während Swigger von Gundelfingen über Monate hinweg mit schweren Knochenbrüchen daniederlag. Jede Bewegung verursachte ihm höllische Schmerzen, und lange Zeit wiegten die Heilkundigen bei der Frage sorgenvoll den Kopf, ob es ihm überhaupt noch einmal vergönnt sein würde, sein Krankenlager zu verlassen. Was für ein furchtbares Gefühl, nahezu bewegungslos die Tage an sich vorüber streichen zu sehen! Unfähig, die Aufsicht über den weiteren Fortschritt der Bauarbeiten selbst in den Händen zu behalten! Und: rechtzeitig in die Entwicklung einzugreifen. Es war eine Aufgabe, die nun plötzlich und unvermutet auf den Schultern von Swigger II. lastete. Seinem erst 17 Jahre alten Sohn, der sich gleichwohl voller Umsicht und Augenmaß dieser Anforderung stellte. Er schien den Aufgaben gut gewachsen, die mit dem Übergang der Herrschaft Gundelfingen in einer nicht mehr allzu fernen Zukunft auf ihn zukommen würden.

Erschöpft ließ sich Swigger, der Alte, ja, als dieser durfte beziehungsweise musste er sich getrost nun auch selbst bezeichnen, wieder auf das Lager sinken. Was war nicht alles in den wenigen Jahren geschehen, seitdem er aus Palästina zurückgekehrt war.

Schon in der Zeit seiner Abwesenheit war Mitte August des Jahres 1098 mit Graf Liutold von Achalm der Gründer des Klosters Zwiefalten verstorben, der sich tatsächlich noch drei Tage vor seinem Ende die Tonsur hatte scheren und eine Mönchskutte anlegen lassen. Mit dessen Ende das Geschlecht der stolzen und altehrwürdigen Grafen von Achalm erloschen war. Sein Erbe hatten die Welfen angetreten. Ausgerechnet die Welfen! Denen, Friedensschluss hin oder her, doch wohl niemals so recht zu trauen war.

Im Heiligen Land hatte Gottfried von Bouillon das Zeitliche gesegnet. Nur ein Jahr nach der Eroberung von Jerusalem, im Alter von erst 40 Jahren! Trotz all seiner Heldentaten war ihm also vom Herrgott nur ein kurzes Leben beschieden gewesen. Sein Bruder Balduin hatte sich nun an Gottfrieds Stelle an die Spitze des neuerstandenen Königreichs Jerusalem gestellt.

Und der Kaiser? Heinrich VI.?! Er schien niemals zur Ruhe zu kommen! Mochte es mit seinem hitzigen Temperament zusammen hängen, oder lag es wirklich nur an diesen unruhigen Zeitläuften. Mit seinem Sohn Heinrich V. hatte sich ein weiterer Erbe des Kaisers erhoben und stand nun in offener Opposition zu seinem Vater. Ausgerechnet bei einem Reichstag in Regensburg war es zu einem heftigen Streit gekommen. Und schon vermeinte man, die Welfen witterten wieder Morgenluft. Samt ihren Parteigängern. Wie anders sollte man sich den Zwischenfall erklären, der sich erst kürzlich an der Grenze des gundelfingischen Territoriums ereignet hatte? Als der Vogt des Grafen von Wartstein einen gundelfingischen Fuhrknecht des Diebstahls bezichtigt hatte. Und nur einen Tag darauf war ebenfalls dort unten, im Grenzgebiet kurz vor dem meterhohen Wasserfall der Lauter, einer von Swiggers Leibeigenen sogar erschlagen im Wald aufgefunden worden. Zufall? Man mochte kaum daran glauben. Andererseits: man durfte sich nicht provozieren lassen. Vorsicht war geboten. Nach wie vor. Es war noch lange nicht vorbei...

Es war erforderlich, neue Bündnisse zu schmieden. Doch ausgerechnet jetzt war Swigger seit dem Unfall nicht mehr in der Lage gewesen, dies zu tun. Und wohl auch in den nächsten Wochen noch nicht. Er fühlte sich schwach. Viel zu schwach. Der Zeitpunkt des Wechsels war nicht mehr weit.

Die Übergabe des gundelfingischen Erbes an Swigger II., an seinen Sohn. Der sich spätestens in diesem Jahr als würdiger Nachfolger seines Vaters erwiesen hatte.

42

Januar 1105

Er war sich ganz sicher. Bald schon würde es zu Ende gehen. Diese höllischen Schmerzen, die nach wie vor durch seinen geschundenen Körper jagten. Und dabei lag der Unfall doch schon so lange zurück. Doch auch das monatelange Krankenlager hatte ihn zermürbt. Die Kraft in seinem Inneren zerstört. Unwiederbringlich zerstört. So viele Kämpfe waren es, die er in seinem langen, für einen Ritter beinahe überlangen, nun schon bald 52 Jahre währenden Leben bestanden hatte. So viele Kämpfe, so viele Wunden. Auch vom Hof des Herzogs Friedrich aus Waiblingen war alles andere als gute Kunde bis nach Gundelfingen gedrungen. Auch der Gesundheitszustand des Herzogs schien sich plötzlich in besorgniserregender Art und Weise verschlechtert zu haben.

Die wie so oft mit ratlosen Mienen am Krankenlager verharrenden Heilkundigen hatten die düstere Vermutung geäußert, bei dem starken, von heftigen Hustenattacken begleiteten Fieber handele es sich mutmaßlich um das gefürchtete italische Hustenfieber. Die unheilbare Seuche, von der die Alten erschaudernd berichteten. Denn schon einmal war man dem im ganzen Reich grassierenden Hustenfieber hilflos ausgesetzt gewesen, das furchtbare Ernte unter den Menschen gehalten hatte. Weder die Edelleute, noch die Leibeigenen waren von dem wohl aus Italien ausgehenden Fieber verschont geblieben. Und wehe dem, der damit infiziert worden war. Er hatte das nächste Jahr nicht mehr erleben dürfen, sondern war an den heftigen Hustenattacken, zu denen sich eine Entzündung der inneren Organe gesellt hatte, elendiglich zugrunde gegangen.

Das italische Hustenfieber. Der alte Swigger war erschrocken zusammen gezuckt, als dieses Stichwort gefallen war. Wenn es sich wirklich darum handelte...dann konnte man nur noch beten. Und auf ein Wunder hoffen. Vielleicht hatten sich die Quacksalber aber auch geirrt mit ihrer Diagnose. Es wäre nicht das erste Mal...

Doch neben allem Hoffen und Bangen: wer Augen hatte, zu sehen, für den war längst schon unverkennbar geworden, dass sich eine Ära ihrem sicheren Ende entgegen neigte. Ein Leben mitten in einer tief zerrissenen Phase der Geschichte ihrer Welt. Immerhin – mit berechtigter Hoffnung durften sie darauf bauen, dass es ihnen gelungen war, den Grundstein zu legen für eine bessere, eine womöglich gar glanzvolle Zukunft.

Und Swigger, der erste Ritter von Gundelfingen, war einer von ihnen gewesen. Nun also war die Zeit gekommen, die Verantwortung in andere, in jüngere Hände zu legen. Im Herzogtum Schwaben ebenso wie auch auf Gundelfingen. Den wahren Grundstein legen!

Noch am heutigen Tag würde er seinen Sohn, den jungen Swigger anweisen, ihm den grünen Smaragd zu reichen, den er ebenfalls in Palästina erstanden hatte. Ein besonders kostbarer Schatz, von dessen Existenz er niemandem bislang berichtet hatte und dessen Versteck folglich also auch nur ihm, dem alten Swigger, bekannt gewesen war. Er würde dem jungen also den Aufbewahrungsort des wundertätigen Smaragden schildern und ihn dann mit der Aufgabe betrauen, den Stein aus dem Heiligen Land sofort nach oben zu bringen. Hoch zur neuen Burg, wo sie am vorgestrigen Tag daran gegangen waren, nun auch die Fundamente der Burgkapelle auszuheben. Direkt an jener Stelle, wo später auf Geheiß des alten Swigger der Altarstein aufgestellt werden würde, sollte sein Sohn den grünen Smaragden tief in die Erde versenken – und danach sorgsam darauf achten, jegliche Spur zu verwischen. Für immer und ewige Zeiten würde der Smaragd unter dem Altarstein ruhen. Ewiger Friede und ewiges Glück wären so für alle Zeiten gesichert. So wahr, wie das wundertätige weiße Pulver bei dem Sturz vom Geröllfeld sein Leben wirklich beschützt hatte, so würde sich auch diese Verheißung erfüllen, die sie dem damals noch zweifelnden Ritter dereinst in Palästina geheimnisvoll ins Ohr geflüstert hatten.

Gleich nach dessen Rückkehr von Hohengundelfingen würde er den Sohn zu einem weiteren Gespräch bitten und ihm von der Botschaft berichten, die ihm der kürzlich eingetroffene Reiter übermittelt hatte. Es handelte sich dabei um die Bitte, in der Stadt Ulm als Zeuge bei einer feierlichen Schenkung zu fungieren. Als Zeuge einer Übereignung von Gütern an das Kloster St. Blasien. Auf den 26. Februar dieses Jahres hatte man den Gundelfinger dazu nach Ulm geladen.

Eine wahrhaft große Ehre, die ihm hiermit zuteil wurde. Und deshalb würde es ihm noch einmal gelingen, seinen geschundenen Körper zu einer letzten Kraftanstrengung zu zwingen. Egal, welche Qual und Mühe es ihm auch bereiten würde. Es war unendlich wichtig. Noch wichtiger dürfte freilich die Tatsache sein, dass ihn sein Sohn bei dieser ehrenvollen Handlung begleiten würde. Swigger II., der damit erstmals ganz offiziell unter den schwäbischen Edelleuten in Erscheinung treten würde. Auch die sich an die Beurkundung anschließende Feier schien ihm für weitere Gespräche als geradezu ideal. Um den Sohn und Nachfolger des Edelfreien Swigger von Gundelfingen in die Runde der Edlen von Schwaben einzuführen. Den Sohn eines Mannes, dem die schwäbische Ritterschaft längst mit höchstem Respekt begegnete. Dem hoch angesehenen Befreier des Heiligen Grabes. Eine Wertschätzung, wie sie ihm noch vor Jahrzehnten, bei seiner geradezu alptraumhaften Ankunft im Tal der Lauter, noch völlig undenkbar erschienen war. Wirklich und wahrhaftig: Swigger II. von Gundelfingen, er durfte voller Stolz auf seine Abstammung verweisen.

Es war Ende Februar, der drittletzte Tag des Monats. Möge ihm der Herrgott die Gnade gönnen, diesen Tag noch erleben zu dürfen!

43

26. Februar 1105

Mit vor Freude und Aufregung glänzenden Augen schritt Swigger II. jetzt zur Vollendung der feierlichen Handlung. Langsam, ganz langsam und vorsichtig drückte er das Siegel seines Vaters in das weiche warme Wachs auf dem eng beschrieben Pergament. Gerade hatte er das Petschaft aus den zitternden Händen seines Vaters entgegen genommen. Das Siegel mit dem darin eingravierten Schrägbalken, dem gezackten Hagdorn. Dem Erkennungszeichen der Herren von Gundelfingen. Verstohlen wischte sich der alte Swigger über die tränenfeuchten Augen, während er erfüllt von Stolz und Anspannung, seinen Blick über die lange Reihe der hier im Rathaus der Stadt Ulm versammelten schwäbischen Adeligen wandern ließ. Wie hatten sie doch ihre Verblüffung kaum für sich behalten können, als sich der alte Swigger nach so langer Zeit endlich wieder einmal in ihren Reihen gezeigt hatte: in Begleitung eines hübschen, hoch aufgeschossenen Jünglings, mit blondem Haar, dunkler Hautfarbe und blauen Augen. Bei dem es sich gleichwohl erstaunlicherweise um den Sohn des ersten Swigger handelte, wie sie aus dessen Mund zu hören bekommen hatten. Obwohl doch auch dessen Mutter, Magdalena von Grüningen, soweit sie sich überhaupt noch an die unglückliche Frau zurück erinnern konnten, von eher blasser Farbe gewesen war. Vom hellhäutigen Vater, dem alten Swigger, ganz zu schweigen. Erstaunlich!

Vorsichtig betastete Swigger von Gundelfingen mit seiner Hand den Buchsbaumzweig, den er zur Feier des heutigen Tages über der rechten Schulter an seinem Gewand hatte anbringen lassen. Dem für jeden erkennbaren Zeichen, dass es sich bei dem Träger um einen der legendären Kreuzfahrer handelte, den Befreiern von Palästina. Solche Buchszweige waren mittlerweile an die Stelle ihres ursprünglichen Erkennungsmerkmals getreten, des kleinen Palmenastes, den er noch bei seiner Rückkehr an den Stoff des Umhangs geheftet hatte.

Im vorvergangenen Jahr war diese Tradition begründet worden: am Tag der Befreiung der Heiligen Stadt, am 15. Juli. Als die Mehrheit der schwäbischen Teilnehmer des Kreuzzuges in der Stadt Waiblingen zu einem festlichen Gottesdienst zusammengekommen war, um die Einnahme von Jerusalem zu feiern.

So, wie sie dies fürderhin in jedem Jahr zu zelebrieren gedachten. Allen widerstreitenden Gefühlen zum Trotz, die sich gerade auch in Swiggers Brust bei der Erinnerung an das grausame Gemetzel jener Tage breit machten. Ein Gemetzel, über das sie freilich längst den Schleier des ewigen Schweigens gebreitet hatten. Und so war landauf – landab nur noch die Rede von der glorreichen Eroberung der Heiligen Stadt. Verklärt mit Gold und Edelstein.

Nun denn! Manchmal schien es ihm besser, den Dingen ihren Lauf zu lassen. Denn es hatte ihm, dem alten Swigger, Ruhm und Ehre in einem von ihm niemals für möglich gehaltenen Ausmaß eingebracht. Und so wollte er den heutigen Tag mitsamt seiner festlichen Stimmung auskosten, so gut es ihm angesichts seines schlechten Gesundheitszustands eben möglich war. Die Ehre, hierher geladen worden zu sein. Zusammen mit seinem Sohn und Nachfolger. Der am Beginn eines glanzvollen Lebensweges stand.

In der Tat: es handelte sich um den schönsten Tag seit vielen Jahren, den zu erleben Swigger heute vergönnt gewesen war. Kurz trafen die Blicke von Vater und Sohn in diesem Moment zusammen. Ein stolzes, glückliches Lächeln spiegelte sich auf der Miene des Jüngeren. Er hatte verstanden. Es war ihm also bewusst, was dieser Tag für seinen Vater bedeutete.

Gott sei gedankt! Er hatte seinen Kampf nicht vergebens gekämpft. Endlich war er ans Ziel gelangt!

Der Kreis hatte sich geschlossen.

Mai 1105

Er hatte sich nicht mehr aufhalten lassen: gleich am darauf folgenden Tag schon war er zurückgeeilt. Hatte auf die tagelange Feier und die üppigen Gelage gerne verzichtet. Es hatte ihn zurück gedrängt. Nach Hause: so schnell wie irgend möglich. Und so war Swigger II., der junge Edelmann, am heutigen Nachmittag wieder auf Burg Gundelfingen eingetroffen. Mit stolz erhobenem Haupt war er unverzüglich in das Gemach des Vaters geeilt und hatte dem alten Swigger, den die Krankheit ein weiteres Mal auf das Lager gestreckt hatte, von seiner gestern erfolgten Schwertleite berichtet. Von seiner Aufnahme in den Kreis des schwäbischen Adels. Mit dem feierlichen Ritterschlag, der auf dem Hohenstaufen erfolgt war. Zu gerne wäre der alte Gundelfinger als Zeuge bei diesem wichtigsten Ereignis im Leben eines jungen Edelmanns dabei gewesen, doch die Krankheit hatte es verhindert.

Swigger II. – Ritter und Edelfreier von Gundelfingen. Welch ein glücklicher Tag! Wenngleich sein Sohn überdies noch eine bittere Nachricht zu überbringen hatte. Es ging um den Gesundheitszustand des Herzog Friedrich, dem es ebenfalls nicht möglich gewesen war, zur Feier der großen Schwertleite zahlreicher junger schwäbischer Adliger auf seiner mächtigen Burg persönlich zu erscheinen. Und so hatte also der Hofmarschall des Herzogs den formalen Akt des Ritterschlags übernehmen müssen. Der Herzog selbst schien endgültig auf Leben und Tod danieder zu liegen.

Gleichwohl hatte der kranke Herzog dem jungen Swigger durch einen eigens abgesandten Boten seine persönlichen Glückwünsche zur Schwertleite übermitteln lassen und ihm zudem aufgetragen, seine allerbesten Grüße auch an den Vater, den alten Gundelfinger weiter zu geben.

„Was ich hiermit also gerne tue, Vater!“ lächelte der frisch gebackene Ritter mit vor Eifer geröteten Wangen.

Was für ein stolzer Anblick!

Es war ihm, als ströme eine warme Woge des Glücks und der stillen Zufriedenheit durch seinen von der Krankheit ausgezehrten Körper, als er den Jungen so kraftvoll und zukunftsgewiss vor sich stehen sah.

Nichts weniger, als das Erblühen des einst von Swigger dem Alten unter so ungünstigen Vorzeichen begründeten Geschlechts der Gundelfinger. Swigger II.: ihm würde es vergönnt sein, den gewaltigen Burgbau auf der gegenüber liegenden Talseite zu vollenden. Eines nicht mehr allzu fernen Tages endlich würde er die schwindelerregende Höhe des mächtigen Bergfrieds erklimmen, der das Land im weiten Umkreis beherrschte. Das steinerne Symbol von Macht und Würde seiner Erbauer: edelfreien Herren von Gundelfingen.

Alles hatte sich zum Besten gewendet!

Ein tiefer Seufzer entrang sich der Kehle des alten Ritters, während ein zufriedenes Lächeln um seine Mundwinkel zuckte. Eine lange Reise war glücklich zu Ende gegangen. Dann schloss der erste Herr von Gundelfingen für immer seine Augen.

Diese Urkunde, auf die sich der vorangegangene Text so oft bezieht, gibt es wirklich. Als Zeuge anlässlich einer Schenkung an das Kloster St. Blasien tritt dabei am 26. Februar des Jahres 1105 erstmals ein Ritter Swigger von Gundelfingen in das Licht der Geschichte. Es ist der erste urkundlich fassbare Hinweis auf die Existenz eines hochadeligen Herren von Gundelfingen. Nach dieser Beurkundung verliert sich seine Lebensspur wieder. Nicht aber diejenige seines Geschlechts, der Edelfreien von Gundelfingen im Lautertal auf der Schwäbischen Alb. Er war der erste in einer langen Reihe. Viele Jahrhunderte nach dem Erscheinen dieses ersten Gundelfingers berichtet die berühmte Chronik der Grafen von Zimmern über das Ende des hoch angesehenen Geschlechts, das mit Schweikhart, dem letzten Gundelfinger im Jahr 1546 in Neufra an der Donau ausgestorben ist: „...mit ihm ist das uralte Geschlecht und Herkommen der Freiherren von Gundelfingen abgestorben, auch Schild und Helm sind mit ihm zu Neufra in der Pfarrkirche begraben worden."

Im für Schwaben so schicksalsträchtigen Jahr 1105 ist ein Swigger von Gundelfingen also erstmals urkundlich nachweisbar. Mindestens 28 weitere männliche Nachfahren – zumeist die Erstgeborenen – sind danach zu Ehren ihres legendenumwobenen Ahnherrn, des „alten Swigger" auf den Namen Swigger, Schweiger oder Schweikhardt getauft worden. Zur schieren Verzweiflung der Historiker manchmal sogar gleich mehrere Söhne ein und derselben Generation. Manche Legende rankt sich bis auf den heutigen Tag um die Burgruine Hohengundelfingen, genauso wie um die Teilnahme eines Gundelfingers an einem der Kreuzzüge. Erwähnt sei dabei nur die Sage von der „Steinernen Jungfrau und ihren sieben Kindern"*.

Die Herren von Gundelfingen haben diesen Teil der Schwäbischen Alb fast 500 Jahre lang beherrscht. Und bis auf den heutigen Tag prägen ihre Bauwerke erstaunlicherweise immer noch den Anblick des Lautertals – seit nunmehr 900 Jahren.

** mehr dazu in dem Bildband: Gunter Haug/Manfred Wassner „Im Tal der Burgen – das große Lautertal auf der Schwäbischen Alb". DRW Verlag*

Noch einmal zurück ins „Schicksalsjahr“ 1105: das Jahr, in dem Swigger nach seinem ersten Erscheinen in der Geschichte bereits wieder für immer in deren Dunkel verschwindet. Es handelt sich um das Jahr, in dem Herzog Friedrich von Staufen tatsächlich gestorben ist. Nicht von der Hand zu weisen ist dabei die Vermutung, dass auch der Herzog jenem so genannten „italischen Hustenfieber“ zum Opfer gefallen ist, das in diesem Jahr in Mitteleuropa grassierte. Und auch der Abt Gebhard von Hirsau hat in diesem Jahr den Tod gefunden.

Was aber war mit Kaiser Heinrich IV.? Dem Mann, der als tragischer Bußgänger von Canossa geradezu alptraumhaft in die mittelalterliche Geschichte eingegangen ist? Ein Jahr nach dem Ende seines Schwiegersohns, des Herzogs von Schwaben, war auch seine Lebensuhr abgelaufen. Nachdem er zuvor weitere schwere Schicksalsschläge hatte ertragen müssen – bis hin zur Flucht vor den Truppen seines eigenen Sohnes, König Heinrichs V.

Agnes, die Königstochter, die Witwe des Herzogs Friedrich von Schwaben hat nach dessen Tod den Herzog Leopold von Österreich geheiratet. Ihr Sohn Konrad aus der ersten Ehe ist später zum Deutschen König aufgestiegen. Er war der erste König aus der Dynastie der Staufer, die nach dem Ende der Salier für mehr als ein Jahrhundert dem Heiligen Römischen Reich Deutscher Nation ihren Stempel aufgedrückt haben.

Was nun die Landschaft der Mittleren Schwäbischen Alb rund um das Lautertal betrifft: die dort bereits vor dem Jahr 1100 deutlich erkennbare Grenzlinie hat sich in Folge der späteren Auseinandersetzungen zwischen Staufern und Welfen noch verfestigt.

Und so existiert südlich von Anhausen und nördlich des Wartstein im Lautertal in der Tat seit nahezu 1000 Jahren eine Grenze – bis auf den heutigen Tag. Natürlich bei weitem nicht mehr in dieser Konsequenz wie in früheren Zeiten, aber dennoch immerhin an der Tatsache ablesbar, dass genau auf Höhe der ehemaligen „Demarkationslinie“ der Kreis Reutlingen und der Alb-Donau-Kreis aneinander stoßen. Das ist alles andere als ein Zufall – auch wenn dies fast keinem mehr bewusst ist. Mitten durch dieses Lautertal, übrigens eines der schönsten im ganzen Land, zieht sich also eine fast 1000jährige Grenze.

Landesgeschichte, die hier sogar europäische Geschichte widerspiegelt. So genannte große Geschichte, die wieder einmal erst im Kleinen richtig begreifbar wird.

In der Buchreihe: ERZÄHLTE GESCHICHTE *ist der folgende Roman von Gunter Haug in Vorbereitung:*

Die Schicksalsfürstin –

Amalie Zephyrine, die Retterin von Hohenzollern

Textauszug:

Sigmaringen im Oktober des Jahres 1841
im Herbst meines Lebens

Meine schmerzlichst vermisste, teuerste und allerliebste Josephine, hochverehrte ehemalige Kaiserin des stolzen Frankreich

fürwahr – geraume Zeit ist mittlerweile verstrichen, seit dem unseligen Tag, an dem Du allzu früh hast Abschied nehmen müssen von dieser Welt. Einer Welt, von der auch ich nun in Bälde scheiden werde, furchtlos und mit einem letzten Adieu auf den schmal gewordenen Lippen. Das Ende naht. Nun denn, mir ist mit meinen mehr als 81 Lebensjahren fürwahr ein hohes Alter zuteil geworden. Ganz im Gegensatz zu Dir, teuerste Freundin, deren Gegenwart ich an jedem neuen Morgen so sehr vermisst habe.

27 Jahre sind seither ins Land gegangen, und jetzt bin es also nur noch ich, die übrig geblieben ist von all unseren in früheren Jahren so lebenslustigen Gefährtinnen! Eine alte Schabracke, die diesen Brief mit vor Altersschwäche zitternden Händen an Dich schreibt. Einen Brief, von dem ich natürlich weiß, dass er Dich niemals wird erreichen können und den zu verfassen es mich gleichwohl dennoch drängt. Zugegeben, man kann es als eine durchaus merkwürdige Beschäftigung bezeichnen, der ich mich in diesem Augenblick somit hingebe. Eine Epistel aufzusetzen, die in Wirklichkeit niemals jemand lesen wird! Ist es die beginnende Verwirrung des müden Geistes, die folglich nun auch mich zu erfassen scheint?

Egal!

Welch eine Fülle an bittersüßen Gedanken und Erinnerungen, die mich an die langen Jahre unserer gemeinsamen Zeit im schönen Paris gemahnen!

Wie die letzten milden Sonnenstrahlen dieses zögernd erlöschenden Jahres es vermocht haben, das dunkle Himmelsgrau ein letztes mal zu vertreiben, so lebt noch einmal auch die Erinnerung in meinem Denken wieder auf. Gerade so, als wäre all dies am gestrigen Tage erst geschehen.

Wie oft, teuerste Freundin, haben wir Schicksal gespielt in unserem Leben? Denkst Du zum Beispiel noch manchmal an jenen Tag zurück, an dem wir beide es mit vereinten Kräften geschafft haben, Deinen Mann, den damals so allmächtigen Napoleon Bonaparte, für meinen Vorschlag zu erwärmen? Und dies gegen den erklärten Willen all seiner intriganten Ratgeber!

Erinnerst Du dich noch an die verdutzten Mienen, die sie – selbst Talleyrand sogar – nach Napoleons Zustimmung zur Schau gestellt haben?

Hohenzollern! Ausgerechnet diese winzigen und gänzlich unbedeutenden Fürstentümer in Schwaben vom Zugriff der Württemberger und der Badener zu verschonen, während für andere, selbst viel größere und bedeutende, das letzte Stündlein endgültig geschlagen hatte!

Wie hat er damals geschäumt vor ohnmächtiger Wut, dieser unsagbar dicke Friedrich von Württemberg, der Hohenzollern doch schon sicher in seinen Händen geglaubt hatte! Ein herrlicher Anblick, den ich niemals vergessen habe!

Doch wie haben sie es mir gedankt im eigenen Fürstentum? Die souveränen Fürsten in Sigmaringen und in Hechingen, die nur durch unser beherztes Handeln nicht von ihrem Thron verjagt worden sind?

Keines Blickes haben sie mich in jener Zeit für würdig befunden, weder mein Ehemann, der unglückselige Fürst Anton Aloys, der Herr sei seiner armen Seele gnädig, noch mein eigener Sohn, der nunmehrige Fürst Karl! Diese derben Bauernköpfe! Niemals haben sie es mir verziehen: die Tatsache meiner damaligen Flucht aus dem öden Sigmaringen in das lebendige Paris! Sie konnten es nie begreifen!

Doch – wie lange wird es noch Bestand haben, das Werk, das wir mit vereinten Kräften vollbracht haben? Kannst Du sie hören, ebenso wie ich, die Lästermäuler in Württemberg und Baden? Wie sie mit lauter, kecker Stimme von Hohenzollern als einem Treppenwitz der Geschichte reden, der seine Existenz nur einem schwachen Moment des Kaisers der Franzosen zu verdanken habe

– und dem Einfluss zweier Frauen, die mit List und Tücke den Geist Napoleons verwirrt hätten! Schon strecken sie begehrlich die Hände nach Hohenzollern aus – und kein Bonaparte ist mehr da, der sie in ihre Schranken weisen könnte!

Ach, hätten wir also unsere Kräfte doch besser weiterhin unserem liebsten Zeitvertreib gewidmet, der Jagd auf die jugendliche Pariser Männerwelt!

Was wäre wohl gewesen, wenn...

...wenn die Vorsehung Dir eben nicht die Rolle als Kaiserin der Franzosen an der Seite Deines so maßlos ehrgeizigen Mannes zugedacht hätte! Und mir nicht das Dasein einer biederen und dennoch von keinem Untertanen geliebten Landesmutter in diesem gottverlassenen Hohenzollern!

Wie schön, wie turbulent, wie aufregend, wie schrecklich, ist sie verlaufen: unsere gemeinsame Pariser Zeit!

Und: was würden sie staunen, wenn sie diese meine Zeilen jemals zu Gesicht bekämen...

In stürmischen Zeiten

Die Jugendjahre König Wilhelms I. von Württtemberg

Historischer Roman von Gunter Haug

272 Seiten, Format 15 × 21,5 cm, geb. mit Schutzumschlag.
ISBN 3-87181-530-6 – DRW-Verlag

St. Petersburg, Dezember 1786: Der erst 5-jährige Prinz Friedrich Wilhelm von Württemberg, der spätere König Wilhelm I., wird am Zarenhof brutal von seiner Mutter getrennt und muss mit seinem ungeliebten Vater zurück nach Württemberg. Dieses traumatische Erlebnis sollte ihn für immer prägen. Noch Jahrzehnte später ist er auf der Suche nach der Wahrheit über das Schicksal seiner früh verstorbenen Mutter, ein Leben lang leidet er unter der frühen Trennung. Dieser historische Roman beleuchtet die Jugendjahre des für die Geschichte Württembergs so maßgeblichen Monarchen, der in den Jahren 1814 und 1815 entscheidenden Anteil am endgültigen Sturz von Napoleon hatte und jahrzehntelang auf der europäischen Bühne eine wichtige Rolle spielte.

Gunter Haug hat in diesem Roman verbürgte historische Gegebenheiten zu einem fesselnden und gleichzeitig gefühlvollen Porträt des jungen Prinzen verwoben.

Ganz in der Tradition seines unvergessenen Lehrers Hansmartin Decker-Hauff, dem dieser Roman gewidmet ist, eröffnet der Autor dem Leser mit diesem Werk einen faszinierenden Einblick in die württembergische Landesgeschichte.

Rebell in Herrgotts Namen

Der kurze Sommer des Pfeiferhans von Niklashausen

Historischer Roman von Gunter Haug

256 Seiten, Format 15 × 21,5 cm, geb. mit Schutzumschlag.
ISBN 3-87181-529-2 – DRW-Verlag

Er war der erste deutsche Revolutionär. Und er hat im Jahr 1476 einen gewaltigen Flächenbrand entfacht, als er in dem kleinen Dorf Niklashausen im Taubertal gegen soziale Missstände, gegen die Obrigkeit, gegen den Kaiser und sogar gegen die Kirche wetterte: Hans Böhm, ein einfacher junger Schäfer, der später als der „Pfeifer von Niklashausen" in die deutsche Geschichte eingegangen ist. In Massen sind schon 50 Jahre vor dem großen Bauernkrieg die Menschen aus dem ganzen Land zu Hans Böhm geströmt, um sich seine Predigten anzuhören und ihm als ihrem neuen Messias zuzujubeln. Zehntausende waren es, die in den Wäldern rings um Niklashausen campierten und ihrem „Heiligen Jüngling" zujubelten, der ihnen eine neue, bessere Welt versprach. Bis plötzlich der in äußerste Bedrängnis geratene Bischof von Würzburg zurückschlug. Hans Böhm wurde in einer Nacht-und-Nebel-Aktion gefangen genommen und in den Kerker der Feste Marienberg gesteckt. Ein Volksaufstand war die Folge, doch es konnte nicht verhindert werden, dass der Pfeifer von Niklashausen nach einem eiligst inszenierten, skandalösen Scheinprozess auf dem Scheiterhaufen von Würzburg verbrannt worden ist. Dieser spannende historische Roman von Gunter Haug beleuchtet das Leben und den kurzen Sommer des Pfeifers von Niklashausen, dem es gelungen ist, mit seinen Reden einen Flächenbrand in der Bevölkerung zu entfachen: einen Volksaufstand, der viele Forderungen des großen Bauernkriegs von 1525 schon vorweg genommen hat.

Die Rose ohne Dorn

Irene von Byzanz, die Königin des Hohenstaufen

Historischer Roman von Gunter Haug

288 Seiten, Format 15 × 21,5 cm, geb. mit Schutzumschlag,
ISBN 3-87181-012-6 – DRW-Verlag

Sie war die meistbewunderte Frau des hohen Mittelalters: die oströmische Kaisertochter Irene von Byzanz, die im Jahr 1208 als deutsche Königin auf dem Hohenstaufen gestorben ist. Nur 28 Lebensjahre waren der „Rose ohne Dorn", wie sie der größte Minnesänger seiner Zeit, Walther von der Vogelweide, enthusiastisch beschrieben hat, vergönnt. Trotz ihres kurzen Lebens war ihr ein wechselvolles Schicksal beschieden. Im Alter von nur 14 Jahren wurde sie aus Gründen der Staatsräson mit dem sizilianischen Normannenkönig Roger verheiratet und in Palermo nur wenige Monate später zur Geisel der staufischen Eroberer. Gefangen auf der Burg Schweinhausen bei Biberach/Riß lernte sie Herzog Philipp von Schwaben kennen und lieben, den jüngsten Sohn des legendären Kaisers Friedrich Barbarbarossa.

Zusammen mit ihrem Ehemann Philipp hat man sie zur deutschen Königin gekrönt, aber Philipps Wahl entfachte einen blutigen Bürgerkieg, der mehr als zehn Jahre im ganzen deutschen Reich wütete. Staufer und Welfen bekriegten sich unbarmherzig – bis König Philipp schließlich die Oberhand behielt. Doch kaum war im Reich wieder der langersehnte Frieden eingekehrt, wurde Philipp in Bamberg heimtückisch ermordet. Es war der erste Königsmord in der deutschen Geschichte. Zahlreiche Legenden ranken sich um das tragische Los dieser mildtätigen Frau, die trotz ihres frühen Todes unvergessen geblieben ist – als eine der geheimnisvollsten deutschen Königinnen. Und bis in unsere Zeit hinein strahlt wunderbar der sogenannte Ring der Irene, der vor über 100 Jahren bei Ausgrabungsarbeiten im Kloster Lorch gefunden worden ist und die Menschen nach wie vor in seinen magischen Bann zieht ...

Im Tal der Burgen. Das Große Lautertal auf der Schwäbischen Alb
Von Gunter Haug und Manfred Waßner.
Herausgegeben von der Volksbank Münsingen eG.
128 Seiten mit 97 Abbildungen, Format 25,5 × 23 cm, fester Einband
mit farbigem Überzug. ISBN 3-87181-449-5

Wie eine Kette reihen sich im Großen Lautertal zahlreiche Burgen entlang des Flusses aneinander. Nirgendwo sonst im Land gibt es auf so engem Raum so viele Burgen, Schlösser und Ruinen wie hier. Auf den 44 Kilometern von der Quelle bis zur Mündung der Lauter in die Donau haben unsere Autoren 18 solcher Bauwerke gezählt. Einst Sinnbild für die Macht und den Einfluss ihrer Bewohner, sind die Burgen als steinerene Zeugen übrig geblieben, die von lang erloschenen Geschlechtern erzählen. Deren Geschichte lässt Gunter Haug lebendig werden. Er berichtet anschaulich über große und kleine Adlige, die Mühsal des Lebens der einfachen Leute und die politischen Ereignisse in jener bewegten Zeit mit ihren Herrschafts- und Religionskämpfen. Zahlreiche Sagen und Legenden, die sich um die alten Gemäuer ranken, runden das Bild vom damaligen Leben ab.
Manfred Waßner tut mit ansprechenden Fotografien das Seine dazu, dem Leser einen Eindruck vom Großen Lautertal und seinen Sehenswürdigkeiten zu vermitteln. Dank seiner hervorragenden Ortskenntnis hat er sie aus interessanten Persepektiven und mit besonderem Augenmerk auf malerische Details portätiert.
Zusammen haben sie einen ebenso unterhaltsamen wie informativen Bildband geschaffen, der alle Freunde des Großen Lautertals begeistert.

Burg Wildenstein über dem Tal der jungen Donau
Von Gunter Haug und Heinrich Güntner. 128 Seiten mit 100 Farbfotos, Format 26 × 23,5 cm, fester Einband mit farbigem Überzug. ISBN 3-87181-464-4

Die Autoren präsentieren die Geschichte der Burg Wildenstein mit ihren Vorläuferburgen und Besitzern bis in die heutigen Tage. Knapp 100 Fotos – oft auch aus gewagter Perspektive – ziehen den Betrachter in den Bann und legen Zeugnis ab von der Attraktivität der Burg und ihrer Region. Faszinierende Textausschnitte aus der – teilwesie auf dem Wildenstein verfassten – Chronik der Grafen von Zimmern lassen die bunte Welt des Mittelalters in der altehrwürdigen Burg wieder lebendig werden: gerade so als stünde der Leser nach einer Zeitreise mittendrin – in einer lange vergangenen Epoche! Die Autoren kennen „ihr" Tal der jungen Donau in- und auswendig – und genau diese Tatsache verspricht den Lesern manch überraschenden und auf jeden Fall wertvollen Insider-Tipp für Ausflüge in die faszinierende Landschaft, für Besichtigungen und Wanderungen.